午夜凶影

舒云华侦探小说集

舒云华◎著

中国文联出版社

图书在版编目（CIP）数据

午夜凶影：舒云华侦探小说集 / 舒云华著 . -- 北京：中国文联出版社，2018.5（2024.6重印）

ISBN 978 - 7 - 5190 - 3639 - 3

Ⅰ.①午… Ⅱ.①舒… Ⅲ.①侦探小说—小说集—中国—当代 Ⅳ.①I247.7

中国版本图书馆 CIP 数据核字（2018）第 102087 号

著　　者　舒云华
责任编辑　刘　旭
责任校对　乔宇佳
装帧设计　中联华文

出版发行　中国文联出版社有限公司
地　　址　北京市朝阳区农展馆南里 10 号　　邮编　100125
电　　话　010 - 85923025（发行部）　　85923091（总编室）
经　　销　全国新华书店等
印　　刷　三河市华东印刷有限公司

开　　本　880 毫米×1230 毫米　　1/32
印　　张　13
字　　数　292 千字
版　　次　2024 年 6 月第 1 版第 2 次印刷
定　　价　98.00 元

序一

谢永根

最近，《湘乡文学》等文学杂志，发表了云华先生的一些侦探小说，作品独树一帜，引人注目。

侦探小说，是以罪犯分子实施犯罪、侦察人员寻找证据，进行推理破案为主要故事情节的小说类型，又称侦探推理小说。它要求有严密的逻辑推理和令人信服的推理结果。一篇成功的侦探小说，就是侦探人员与犯罪分子斗智斗勇的智力博弈。在描写和叙述上要求严谨，且语言要求通俗易懂、准确生动，能够紧紧抓住读者的心弦，激发其阅读兴趣，要涉及的知识面广泛。云华先生却连续发表了这类小说，实在出乎意料，也就带着一种好奇的心理浏览起来，读着读着，竟深深地吸引了我。的确，他笔下的作品，情节离奇、布局精妙、引人入胜，能让人在紧张之余，体验一种放松和智力启迪的感受。例如《溺亡真相》，构思新颖、案情奇异、真夼假难辨；又如《涟水悬案》，迷雾密布、疑窦丛生、扑朔迷离；还有《银河沉尸》，更是悬念迭起、险象环生、扣人心弦……作品通过曲折的情节和惊险的场面，展示了广大公安干警不畏艰难、疾恶如仇的精神风貌。面对跌宕起伏、错综复杂的案情，他们才思敏捷、抽丝剥茧，将犯罪分子绳之以法。深情地讴歌忠于职守的公安战士，弘扬了正气，鞭挞了邪恶。难怪这些作品获得了众多读者的点赞。

我在基层公安部门工作多年，亲历过侦察破案的实际，云华先生侦探小说中的那些故事情节，那些博弈场面，似曾相识，触发了我的记忆，艰苦卓绝的岁月又呈现眼前，倍感亲切！

　　云华先生曾担任过多年的村乡干部，有着丰富的基层工作经历，于1990年调湘乡市财政局工作后直至退休。在职期间，他不论是单位一般干部，还是领导成员，工作兢兢业业、任劳任怨，为人谦虚谨慎、亲和友善，深得领导赞赏和同事们的拥戴。退休后，他积极发挥余热，响应习总书记"繁荣文艺创作、推动文艺创新"的号召，努力践行社会主义核心价值观，在很短时间内创作出了不少弘扬社会正能量的诗歌、散文、小说，实在难能可贵。他之所以能取得这样的成绩，完全得益于阅读和自学，不管是他的领导还是同事，对他的印象是：他爱书如宝、手不释卷，总是如饥似渴地读书学习。这样，使他增长了知识、开阔了视野、拓展了思路，能够在文学创作上触类旁通、得心应手。或许，这就是他成功的根本吧。

　　"读书破万卷，下笔如有神"。云华先生取得的成就，完全印证了这一至理名言。亦为广大离退休干部、职工老有所学、老有所乐、老有所为做出了表率。

　　高尔基说过：书是人类进步的阶梯。读书的好处无处不在，古今中外多少名人就是因为酷爱读书而功成名就。习总书记曾经说过，"我的爱好挺多，最大的爱好是读书，读书已成为我的一种生活方式。"读书，是全球推崇的风尚，1995年，联合国教科文组织正式确定每年4月23日为"世界读书日"。"一本好书，影响人的一生"，读书已是人们日常生活中不可或缺的部分。

　　我们每个人都应深深体会读书的重要性，认真看书学习，努力实现自己的人生价值，真正做到"读万卷书，行万里路"，营造一个认真看书学习的浓厚氛围，为繁荣党的文化事业做出较大的贡献。

　　云华先生的侦探小说集即将出版，为了表示对他的祝贺，我肤浅地谈了点上述看法，并由衷地期待他在文学创作的道路上百尺竿头，更进一步，创作出更多更好的作品。

2017 年 8 月

　　谢永根，中共湘乡市委常委、宣传部部长，曾任中共湘乡市委常委、政法委书记。

序二

易竹贤

　　我多年读书谋食在外，远离故土，有时难免产生一点淡淡的乡愁，让我牵挂生我养我的那片热土。家乡潭市镇有一个民办的文学刊物《潮音》，以反映乡土、乡情、乡韵为宗旨。编辑者热情相约相邀，并按时寄送刊物，使我从中多少能领略一点家乡的风土人情，颇感亲切。

　　近几期的《潮音》刊登了舒云华先生的一些侦探小说。我对这种题材的小说，平时读得不多，研究不深。对舒云华先生也不太熟悉。据了解，得知他是湘乡市财政局的退休干部，他的老家在湘乡市潭市镇榔石村油麻坳，距我的老家潭台村昴江湾约4华里，我们是实实在在的老乡。他以高中毕业的学历，当过耕读教师、村党支部书记、国家干部，在湘乡市财政局工作直至退休。于2015年开始从事文学创作，写出了不少诗歌、散文、小说，并在诸多文学杂志上发表，还获得了若干奖项，这次结集出版的侦探小说就有30多万字。在这么短的时间内创作如此丰富，可见他的文学功底非同一般，也反映了家乡文学创作氛围和读书风气的浓厚，实在可喜可嘉！

　　侦探小说是通俗文学中最受读者喜爱的体裁之一，它不仅要有精彩的情节和奇妙的构思；还要有跌宕起伏的悬念和波澜诡橘的疑窦；更要有险象环生的场面和引人入胜的意境。舒云华先生这样一个学历不高，没有经过文学专业学习和培训的退休干部，能够在文学创作上，锲而不舍地长足进取，创作出深受读者欢迎的侦探小说，确属难能可贵。

　　对舒云华先生的作品，我因年老多病，没能认真细读，无法做出过多评述。所幸一部作品好坏的评判，只有读者最有发言权。如果舒云华先生的作品，能够赢得广大读者的喜爱和点赞，就不失为一部成功之作。

　　舒云华先生的侦探小说集即将付梓，嘱我作序，只好粗略地写了几句，以表祝贺，并期盼他取得更大的成绩。

　　即此为祈为序。

　　　　　岁次丁酉时年八十有三草于武汉大学昴星书屋

　　易竹贤，笔名楚汛。中国作家协会会员、武汉大学文学院教授、博士生导师，享受国务院政府特殊津贴。中国现代文学学会理事、中国鲁迅研究学会理事。著有《鲁迅思想研究》《胡适传》《胡适与现代中国文化》《新文学天穹两巨星——鲁迅与胡适》等著作十数种，享誉中外。

目录
CONTENTS

目录

枫林迷案

一

"小刘，我们又有事做了！枫林大队肖大侠失踪了。"一天上午我正在办公室整理"涟水盗窃案"归档材料，王所长突然走了进来，神情凝重地说。

"什么？肖青不见了？"我霍地站起来，惊讶不已！我在枫林大队蹲点，知道肖青是枫林二队社员，因在"文革"中参加武斗，左手被砍伤致残，被人们称为独臂大侠。他老实本分，从不出远门，又怎么会突然失踪呢？

"不值得什么大惊小怪呀，人生在世，什么样的事情都可能发生！准备一下，我们赶过去看看，或许有好戏看呢！"他就是这样一个人：不管遇到什么紧急事，总是从容不迫，说话风趣幽默。

我匆匆发动派出所的唯一公车——一辆老掉牙的边三轮，王所长很利索地背上他那些古董破案工具，一下跳进了车斗，我即扭动油门，边三轮就在坑坑洼洼的山路上，嘎吱嘎吱地跳跑。在险峻盘旋的山路上，我们艰难地行驶近半个小时才到达枫林二队。见我们到来，大队支书、治保主任等大队干部忙迎上来和我们一一握手。

山冲里，阳光惨淡，凉风飕飕。几只山鹰在层峦叠嶂中盘旋，俯瞰着山冲旮旯里焦虑不安的人群。

肖家屋里屋外人头攒动，一片嘈杂纷乱。只见一个年近四十的女人哭哭啼啼地走过来说："终于把你们盼来了，我那男人，一去快两天没音信了，拜托领导帮我找找啊！他要有个三长两短，叫我怎么活？"说完，号啕大哭起来。

"别急，别急，急也解决不了问题，请把发生的事情讲讲吧。"王所长不紧不慢地劝慰着。

肖青老婆止住啼哭，抽抽泣泣地讲述起她老公失踪的经过：

这几天趁生产队没出工，肖青在家编织了些竹货，昨天清晨，他挑着竹货去枫林镇集市上卖，但一直到深夜还没回来，以前卖得快时会赶回来吃中午饭，卖得慢也要赶回吃晚饭，从来没在外面过夜。她整夜没合眼，惶恐不安地等到今天上午，还是不见肖青回来，担心出了什么事，就报告了大队，大队支书和治保主任得信后，马上组织一帮人到处寻找，也不见踪迹，感到事态严重，就报告了派出所。

"你男人平时和些什么人交往，有关系好的朋友吗？"

"他是个老实人，没有结交什么朋友，有几个也都是淡淡相交。"

"同学、亲戚呢？"

"以前与一个同学要得好一点，但也好久没见他提起过了。"

"你见过那个同学吗？"

"没见过他本人，只在他们同学的集体照上，肖青指给我看过。"

"请你把照片给我看看。"

"好的。"

肖青老婆进屋去拿出相片，指着上面说："这是我男人，这就是那个同学。"

王所长接过照片看了一下夹进记录本说："相片先放我这里，说不定它对寻找你老公有帮助呢！"

"老丁，你们在什么地方寻找过？"王所长转过脸来问治保主任丁军。

"我们在肖青去枫林镇经过的 10 多里路途及竹货交易市场都寻找过，但没找到他的任何踪迹。"

"寻找要认真仔细，稍不留神，他在什么地方睡着了，也会发现不了呀，这样吧，我和小刘，还有丁主任，再去沿路找找，你们各忙各的活去吧！这样的事，人多踩草不死！"

二

我们三人沿着崎岖的山路寻找起来。

枫林大队，是群山环抱的山村。枫林掩映、翠竹密布。正值晚秋时节，枫叶似火，竹林深绿，置身于这万山红遍、层林尽染的山色之中，无不让人心旷神怡！但我们重任在身，无暇欣赏这番迷人的景致。

王所长一改常态，全神贯注地勘查着，只见他时而抬头眺望，时而俯身琢磨，时而对山边足痕仔细辨认。

我们边走边看，在险峻的山径中攀上爬下，累得气喘吁吁，但一无所获。

当来到一个狭窄的山路转弯处，王所长突然止住了脚步，仰头观察路边一棵古老枫树，又弯腰捡起了几片枫叶观察，还夹起什么东西放进了勘查纸袋里，露出一副难以捉摸的神色，我忙走过去，看到地上散落了不少枫叶。心想，枫叶飘落是一种正常现象，就不以为然地往前走。

"小刘，快过来。"突然，王所长向我招手，我忙转过身去，只见王所长指着大枫树下面说："你看，那是什么？"

我俯身朝他指的地方望去，只见枫树边缘是悬崖，陡直的峭壁上除长满茂密的茅草、灌木外，没发现什么。

"你认真一点看嘛！"

听他这么说，我就又仔细地观察那些灌木、茅草，发现有些灌木枝头折断了，茅草倒伏了，而且呈直线向下。说明有什么物体从悬崖上掉落，把灌木折去了枝叶。就很担心地问："悬崖边上那些灌木、茅草好像被什么东西滚压过，肖青莫不是在这里摔下去了？"

"我也是这么想，必须赶快下去看看。"于是，王所长迅速从勘查工具袋里掏出一把尼龙绳，一头固定在枫树干上，一头抛向悬崖，又对我说："我先下去看看，如有情况，我拉拉绳子，你再下来，记住，抓紧绳索，踩牢岩石，慢慢向下行，千万小心！"说完，他就一步步往下滑。

本来我想先下去，但王所长的脾气是不容人争执的，只好听从安排。

不到两分钟光景，绳子往下扯了，我知道王所长一定有所发现，忙交代丁主任在上面等，一把抓住绳子滑了下去，刚站稳脚，王所长就指着乱石中一团黑乎乎的东西说："不出所料，这里摔死了一个人，应该就是那肖大侠了！"

我走过去顺着王所长指的方向一看，一个穿着黑色衣服的人蜷曲在乱石中，脑袋砸在岩石上，一团红白相间的混杂物摊在石块上，衣服被灌木、荆棘扯得千疮百孔，裸露出黄白斑驳的躯体。

这时，丁主任也很利索地滑了下来，他是当地山民，攀岩爬山当然比我们敏捷。

他走近死者一看："啊！一点不假，是肖青！"

"既然是这样，我们把现场勘查一下，本来，要通知县局刑侦大队来人，但近 200 里路程，又是崇山峻岭，车子进不来，等他们赶到这里要明天了，就不等这些老爷们，我们自己干吧！"

他掏出一部 120 傻瓜照相机，在死者周围照了相，又把死者翻过来覆过去地照了几张，用皮尺量了死者高矮胖瘦，查验了损伤情况，我按照他的口述一一做记录：死者头颅开放性骨折、脸色青紫、眼珠微突，脖子下右前侧有 3 个手指压痕，左前侧有 4 个手指压痕。全身躯体擦伤 18 处，多处骨折，左手旧伤致残，弯曲的手指内有一块灰白色破衣布，右手指甲里粘满淡红色粉末，穿黑色旧中山装上衣，上衣右下边口袋里有一块价值 2 角的光头面条牌子，左下边口袋里有一张枫林镇日杂收购站开出的收购竹货单据，上面记载所收竹货及金额合计 24 元 8 角。但从所有衣裤口袋里没找到一分钱，我们四处寻找，也没发现散落了钱。

钱，哪里去了？

"看来，肖青遭抢劫了！"治保主任突然冒出这句话。

"是啊！他的钱都被抢走了。而且从死者左手里握的破布看，他们经过了一番搏斗，肖青扯烂了对手的衣服，因此，这是典型的抢劫杀人！只要找到衣服上扯掉了这块布的人，就是凶手。"我综合现场勘查情况，运用所学刑侦知识，缜密分析、推理，迅速形成了自己的判断。

但见王所长却一言不发，抽出一支烟，在烟盒上顿了又顿，点燃后深深地吸着，眉宇间川字纹渐渐加深，若有所思地说："好吧！既然你们都这样认为，暂且就按这种假设办，事不宜迟，迅速寻找这个人！"

什么假设？明摆着的事实嘛！我心里不服气地说，但他是领导，不便和他争辩！

"这样吧，我们兵分两路，小刘和丁主任你们两个去查找那个凶手，我嘛，带着那块牌子去一趟枫林镇饮食店吃碗面条，既然肖青出了钱，别浪费了呀！"王所长吩咐完，就沿着来路，在岩石和灌木丛中边勘查边攀登，爬了上去。

三

我和丁主任回到队上，拿着那块破布明察暗访，很快查实本队一个叫花哑巴的社员有这样颜色的衣服。他是一个智障聋哑人，父母双亡，一个人过着乞讨的生活。

得知这一情况，我和丁主任迅速赶到花哑巴居住的茅屋，由于家徒四壁，没什么值钱的家当，他平时不管在不在家从不关门上锁。我们径直走了进去，只见花哑巴躺在破烂邋遢的床上，蒙头大睡，丁主任上前把他摇醒，他发出"啊啊啊"的声音，不愿起来。没办法，丁主任把他从床上拖了出来，只见他穿的正是与肖青手里那块布一样颜色的破烂上衣，我忙把那块布拿去与他上衣右边下摆的缺口比对，完全吻合！心想，那些钱也应该藏在什么地方，就在他身上搜索起来。

不出所料，在他的左边裤兜里摸出了一把钱，一数是 24 元 6 角，刚好与肖青丢的钱数一分不差。

我一阵狂喜，抢劫杀人犯就是他！

我立即要丁主任安排两个民兵，把花哑巴抓起来，来的民兵得知他是抢劫杀害肖青的凶手，对他愤怒至极，就咬牙切齿地把他五花大绑地捆个结实，关押到了大队部，准备移送县公安看守所羁押候审。但那花哑巴好像什么事都没发生一样，没有一点害怕的反应，只是不时地发出"啊啊啊"的声音，看来，弱智就是弱智，大祸临头都感觉不到。

一切安排妥当，我回到枫林大队队部，悠闲地抽烟、品茶，想到从勘查现场到抓住凶手，不到两个小时。不禁为自己的破案神速窃喜不已。丁主任更是对我竖起大拇指一再夸奖："小刘，真有你的，心思缜密，判断准确，堪比福尔摩斯啊！"我飘飘然起来：是啊，只要认起真来，我这号小人物也能创造出奇迹！

想到当时提出我的判断，王所长还不以为然地说是假设，现在却完全变成事实，而他仍在什么地方疲于奔命地查案，看来，老将也有失手的时候！

由于没有什么通信工具，无法告诉王所长我们已大功告成，他不必再白费心机了。而现在只能静候他回来，再给他一个天大的惊喜。

枫林迷案

晚上 10 点多，在我们翘首盼望之际，王所长风尘仆仆地赶回来，我忙把他带到关押花哑巴的房间，喜滋滋地说："所长，我们已抓到了凶手，你看，就是他！"

"什么？快把他放了！"王所长不但没有一点惊喜的表情，而且绷着脸很生气地说。

怎么？把他放了！我如坠五里云雾中，丁主任等在场的人更是瞪大圆溜溜的眼睛望着他发呆。

"没听见吗？你们抓错了人，真正的凶手已被我抓捕归案，正在押往县局公安看守所的路上。"

什么？花哑巴不是凶手！我简直不敢相信自己的耳朵，但王所长一本正经的话语，不容置疑，更不像开玩笑！我们无可奈何，只得把花哑巴放了。

看到王所长坐下来，跷起二郎腿品茶、抽烟，一副轻松惬意的模样，让我越想越糊涂：明明是证据确凿的凶犯，却要放掉，说逮捕了真凶，是男是女又只字不提，真不知他唱的是哪出戏？

"所长，你说花哑巴抓错了，真凶已逮捕，到底是怎么回事呀？把我们都弄糊涂了！"我迷惑不解地问。

"小刘，我知道你们都闷着一肚子怨气，责怪我把花哑巴放了，看来不向你们作番'交代'是不行了啊——"王所长对我们笑了笑，故意拖长话音。语气深沉地讲述了他的查案推理过程：

"从整个案件来看，凶犯是个极其狡诈的人，一开始他就给我们布下了迷魂阵，让你不知不觉地走进去。你们就轻易地上了当，我嘛！也差点被他糊弄了。

"首先，他设计了一个肖青失足掉落悬崖的现场，只要办案人员稍有疏忽就会上当受骗，以意外摔死定案，他就万事大吉了！

"但他又想到，如果碰上细心的办案人员，就会很快识破他的迷局，继续追查凶手而找到他。不行！必须转移办案人员的视线。正在这时，他发现花哑巴在枫树前的山洞里呼呼大睡，让他欣喜不已！一条诡计随即冒了出来，他小心翼翼地在花哑巴衣上扯了块已破烂得要自然掉落的布片，放在死者手里，又把肖青卖竹货的钱掏出来放进花哑巴裤袋里，为了给办案人留下线索，他又把记载钱的单据留在死者身上。这样就万无一失：如果失足摔死的假象败露，花哑巴抢劫杀人的证据就会彰显，加上花哑巴不能说话，花哑巴抢劫杀人的事实就铁板钉钉了！"

"啊！这样的精心设计，真是煞费心机，可谓天衣无缝！"我和丁主任不约而同地伸出舌头。

"是的，确实是个了不起的角色，他未雨绸缪，加了双保险！"

"这么处心积虑的计谋，又怎么会被你轻易地识破了呢？"丁主任不解地问。

"你用词不当，不是轻易！而是付出了艰辛的代价，不知死了我多少个脑细胞呢！"王所长拍拍自己的脑壳，笑嘻嘻地说。

"那就请讲讲，你又是怎么识破他的？"看到他慢条斯理的样子，我有点急躁了。

"别急嘛，心急吃不了热豆腐！在对摔死现场勘查时，一些奇怪的现象让我疑窦丛生：一是失足掉落悬崖，所经过的灌木枝杈折断，但枝叶上却没有一滴血迹，碰撞的岩石上也没有血印，脑袋砸烂的地方虽然有一摊脑浆和血的混杂物，但都呈块状形，死者擦伤、刮伤遍布全身，应该是血糊糊的了，但只有惨白微青的尸体，连刮得七零八落的衣服上也没沾上一点血渍，说明这个人掉落前已经死亡，全身血液已凝固。这就告诉我：这不是死者丧命现场，而是抛尸现场！

"二是死者本来是左手残废，在搏斗中不可能用左手去扯对手的衣服，但他左手内偏偏握住一块布，而且正是用左手去扯掉了对手右边的衣襟下摆，实在匪夷所思！

"其次，在死者左边上衣口袋里的单据和裤兜里的钱，更露出了破绽，人们的一般习惯是右手拿的东西会顺手放进右边口袋，左手拿的东西会顺手放进左边口袋，死者左手手指没有活动能力，右手又不可能刻意把东西往左边口袋放，那么放这张单据和钱的另有其人。

"这是制造假象者紧张慌乱之际容易忽略的细节。而正是这些细节让我断定：这是有人精心设计的假现场。"

"既然你当时就认定是假象，又为什么要我们去寻找那个被撕烂了衣服的人？"丁军满腹疑虑地问。

"当时虽然我做出了这样的判断，但一个正确的判断，是需要有多个佐证来支撑。既然你们另有看法，就让你们按照自己的思路去实施吧，或许能为我找出一些佐证来。当时我的想法是：既然真凶抛出了这样一个替身，我们就不妨来个将计就计，在这个替身上做做文章，稳定他，为我们争取查案时间。"

"看来你是打着灯笼，却让我们去摸黑路！请问，那个真凶又是怎样被你认定、抓捕的呢？"听王所长这么说，丁军感到被他耍了，就满腹牢骚地紧紧追问。

"不要对我有怨气嘛！其实，我们的目标是共同的，只是分工不同而已，我的付出一点不比你们少啊！要抓捕这个真凶，首先，我们要确定他的一般特征，通过对现场勘查掌握的零乱信息，进行分析、判断，把凶犯的肖像勾画出来，才能做到有的放矢。

"从他能把体重不轻的死者搬来悬崖，我猜测他应该是个身强力壮的中青年人。当时我从枫叶掉落现象就已判断出，他有 1.8 米以上的个子，因为在他把死者抛下悬崖时，抬头碰到了横伸出的枫树枝头，把枫叶碰落了不少，我站在树枝下比对时，我这 1.78 米的个子碰不到树枝，说明他比我高，后来在肖青老婆给我的照片上得到了证实：他与肖青并排站着，比肖青高出半个头，通过尸体检测肖青是 1.68 米，那么凶犯就应该是 1.8 米以上。

"从死者脖子上手指压痕分析，我就推测出凶犯右手食指短缺。因为从死者面部表情、五官状态及脖子上乌紫压痕分析，我已判断出死者是被人从后面用双手抠住脖子窒息死亡。死者脖子上左边有 4 个指头压痕，右边却只有 3 个，而缺少的地方正好是食指的位置。另外，他与肖青是同学，年龄应该不相上下。

"这样，凶犯的大体轮廓就呈现出来：40 岁左右、高 1.8 米以上、身强力壮、右手食指缺失。"

"我就不信，仅凭这些你就能找到凶手？"看来，丁军仍怨气未消。

"当然这只是寻找凶手的一些线索，只有挖掘出所有线索进行综合分析、缜密推理，才能把真凶擒获。"

"那你还挖到了哪些线索？又是怎么进行分析、推理的呢？"丁军还是紧追不舍。

"当时我想到肖青买了面条牌子，却没去吃，感觉蹊跷，就拿着面条牌子找到了那家饮食店，买了碗肉丝面条，打了二两'七五钻'（当时7角5分一瓶的烈性白酒），边吃边与饮食店卖牌子的服务员搭讪，获得了极为重要的线索。"

四

在我们一再追问下，王所长又讲述了他在饮食店的查案经过：

因枫林镇饮食店是集体开办，来就餐的人要先交钱买牌子，再拿牌子去换所买的食品。他就故意问那个服务员："肉丝面要2角5分一碗，光头面要多少钱一碗？"

那个服务员指着价格牌说："上面都有，不放臊子的光头面2角钱一碗。"

他又问："现在生活好起来了，买光头面的不多吧？"

她说："是的，今天只卖出两碗光头面。"

王所长又故意问："昨天呢？"

那个服务员回答："昨天只卖出3碗，但有一个人买了没去拿。"

他就装作很不理解的口气问："那个人是不是有点迷糊？买了又不去拿。"

服务员忙解释说："不是，那个人正要去端时，发现一个朋友在旁边喝酒，上去打招呼，就凑到一起了。"

"哦！原来是这样，那肯定不是一般的关系啊！"

"是的，他们好像互称老同学。"

"那个喝酒的人你认识吗？"

服务员是个健谈的人，有问必答："不怎么认识，只是近几天多次来店子吃喝，有点熟了，他有时还做东请客，出手也大方，每次都是几块十几块的！大家都称他什么师傅。"

他心里暗喜，就想进一步证实一下，忙问服务员："别人是不是叫他宁师傅？"

她想了一会儿，就连声说："对，对，他们是这样叫的他，你认识他吗？"

"打住，打住，讲得越来越玄乎了，你又不是神仙，怎么知道那个人姓宁？"丁军对王所长津津乐道的讲述表示怀疑，就打断他的话问。

王所长见丁主任突然打断他的谈话，有点不高兴了，就大声说："告诉你吧，就是肖青那张同学集体照帮了我的忙，因为那张照片背面的相应位置上标有照相人的名字，他的位置上标的是宁春生。你们有什么疑问，等我把情况介绍完后再提，不要总是打岔呀！"

丁主任不好意思地笑了笑说："对不起，那请你继续讲吧。"

于是，王所长又接着讲述起与饮食店服务员的谈话内容。当服务员问他是否认识那个宁师傅时，他忙说："不认识，只是正想找他帮点小忙，你知道他住在哪里吗？"

服务员没把握地说："不太清楚，但从他这几天基本上都在店里吃早餐来看，应该就住在附近。"

了解到的情况，与王所长猜测的八九不离十，心里有底了，就又抓紧问她："那个宁师傅一定长得很帅气吧？"

"是的，他浓眉大眼，五大三粗，是个40岁左右的精壮汉子，只是右手食指好像断了大半截，是在他结账数钱时我注意到的。"

"你刚才说他们好像是同学见面，一定喝了不少酒吧？"

"是的，两人喝了一瓶'七五钻'，都喝得醉醺醺的，喝着喝着还吵了起来，故我印象很深。"

"同学难得见面又怎么吵起来了？"

服务员回忆着说："是啊，本来两人你敬我让的显得很亲热，但当那个人讲到什么钱的事，那个宁师傅就生气了，而那个人也不示弱，说如果不这样，就要去报……话没说完就被那宁师傅捂住嘴巴，搀着他走了。"

"这些就是我在枫林饮食店了解到的情况，有什么不明白的地方现在可以提问了。"王所长笑眯眯地盯着我们说。

"哦，原来是这样！你怎么认定他就是凶手？"显然，丁主任听了王所长的讲述有所释疑，但又提出新的疑问。

"因我勘查、推测出的所有线索，都指向他，你看：抛尸人是一个1.78米以上的人，他是1.8米，与死者交往甚密的同学是他，与死者生前最后一次待在一起喝酒的是他，与死者脖子上抠痕右手食指缺失相符的是他。所有证据在他身上——集合啊！"

"看来，你对凶犯的犯罪证据、事实已掌握得很透彻，把他抓捕归案应该没多大悬念了吧？"丁军又试探地问。

"不行啊！这些线索和证据的显露，只能说是整个案件的冰山一角。但他为什么要杀害肖青？第一作案现场又在哪里？让我一筹莫展！"王所长见丁军一再追问，端起茶杯咕噜地喝了一口，表现出难以名状的神色。

丁军又不解地问:"那你又怎么找到了他的杀人动机呢?"

"正当我陷入冥思苦索之中,霍地,服务员的话提醒了我:'当那个人讲到什么钱的事,宁师傅就生气……'这就是说他们在为钱争吵!突然,眼前一亮:钱,钱可让人反目!钱可让人走险!这么说他们有段钱的勾当?或者是肖青掌握了什么把柄要挟他?他为了保护自己而杀人灭口?这就是杀人动机!"王所长笑微微地说。

"哦,原来是这样!但肖青的情况我最熟悉,他在县三中高中未毕业就停学回家务农,天天出勤挣工分,快20年了,没出去过,应该没有与人发生过什么钱的勾当,如果有的话,也只能发生在县里读书的时候。"丁军说。

"是啊!我也是这么想,正当我为他们是因什么事绑在一起,现在又反目而感到迷茫时,突然想到肖青曾在县三中读书,正是'文革'时期,他与宁春生是一个学校的同学,是响当当的红卫兵造反派,文攻武卫、为所欲为,什么事都可能干,就给我指明了方向。"

稍停片刻,他又说:"刚好我手头有份公安内部简报,说的是'文革'时期,在一次红卫兵武斗中,一家银行被洗劫,盗去人民币2万多元。由于当时公检法被砸,实行军事管制,虽然成立了专案组,终因破案不力而成为悬案。最近正在启动重新侦查。我猜想,是不是宁春生闻到了什么风声,正巧碰上肖青在喝酒时又提及此事,就引发了这一命案。"说完,王所长又点燃一支烟,深深地吸着,锐利的目光凝视窗外,现出若有所思的神色。

五

王所长合乎情理的分析、推测，让丁军心悦诚服，终于改变了态度，用钦佩的口气说："这么说来，一切案情都在你的推测、判断之中，凶犯就将乖乖就擒了！"

"没这么简单呀！当时，虽然我对整个案情有了一个大概轮廓，对犯罪嫌疑人的基本特征和作案动机也有所了解，但还没有与凶犯打过照面，对作案的第一现场还一无所知。当务之急，就是要找到杀人现场，但到哪里去找呢？仍是一片渺茫。"王所长连连摇头，现出一副无奈的神情。

当听到王所长说我们抓错了人，他已把凶犯抓捕归案时，我就一直表示怀疑。故在丁军紧追不舍地追问他时，我就一声不吭，任他们争论不休。在听了王所长有理有据的讲述后，让我不得不佩服：原来他在现场找到了那么多疑点，并对这些疑点进行抽丝剥茧的分析、判断后，最终识破了凶犯设下的迷局，但他是怎样找到第一作案现场，又是怎样把凶犯抓捕归案的呢？这些疑问一直纠结在心，于是，我一改沉默，急切地问："是啊！找到作案现场是侦破案件的关键，在那种迷茫的情况下，你又是怎么找到第一作案现场，还把凶犯抓捕归案了呢？"见我发问，王所长笑呵呵地说："天无绝人之路嘛！正当我陷入无计可施之中，突然，我想到肖青当时喝得烂醉如泥，是那个宁师傅搀着他离开饮食店的。青天白日，凶犯不可能在外面杀人，更不可能把人背到别人家去动手，杀人现场就应该在他自己家里。"

于是，他又讲述了查找作案现场和抓捕凶犯的经过：

当推测出作案现场可能在凶犯嫌疑人家里后，他就立即找到当地大队治保主任，了解这个人的情况。治保主任告诉他，宁春生是他们大队三生产队社员，但十多年来一直在外面搞什么副业，老婆孩子都在外地，家里一个老父亲最近去世，他是回来收埋父亲的，这几天可能又要走了。听到这个情况，王所长有点急了，虽然，抓捕条件还不成熟，贸然行动有点唐突，但如果凶犯嫌疑人突然走了，再去追捕，就将费不少周折。刻不容缓，必须采取果断行动！

为防万一，王所长又给镇武装部长打了个电话，要他调几个武装民兵迅速赶来。又要治保主任叫来几个基干民兵，守候在宁春生家附近。安排停当，王所长和治保主任赶到宁春生家敲开了门，因大队治保主任与宁春生是熟人，宁春生就热情地把王所长他们迎进了厅屋。他抬头瞄了宁春生一眼，哦！长相特征与他原来判断的一点不差，再看地上，已打好了出行的包。好险！迟一步，宁春生就溜之大吉了。

治保主任为了稳住宁春生，就用平静关切的口气问："怎么就要走了？"

"是啊！回来这么久了，公司在催我回去。不知主任光临，有失远迎，这位是……"宁春生边说边盯着王所长问。

治保主任忙介绍，"啊！忘记介绍了，这是在我们大队蹲点的王干部，听说你在外面抓副业，特来看望你。"

"哦，快坐，快坐！"宁春生忙拿出一包香烟，给他们一人一支，宁春生右手食指断了大半截，是用大拇指和中指给他们递的烟，而且烟是长沙牌，与王所长在枫树下捡到的烟蒂是同一个牌子。王所长暗自窃喜：——对上了号！

枫林迷案

宁春生对王所长他们的来访，没有一点戒备，轻松愉快地和他们交谈，眉飞色舞地讲述他在外地的创业轶事。

"他杀了人，正准备逃跑，应该已是惊弓之鸟，怎么会这样镇定自若？太不正常了呀！"听王所长讲到宁春生没有一点惊慌表现，让我疑惑不解。

王所长品了口茶，用异样的目光看了我们一眼，笑眯眯地说："这个吗？都是你们的功劳啊！"

"我们的功劳？"我和于军瞪大眼睛望着他。

"这还不明白吗？是你们抓住了花哑巴，让他吃了定心丸！"

哦，我恍然大悟！就说："原来是这样，那就请你继续讲述抓捕宁春生的经过吧。"

"好呵，希望你们少打岔。"王所长笑了笑说，"当时纠结在我心头的就是作案现场，我边和他交谈，边留意房间有无异样，但很失望，房间陈设井井有条，无任何可疑之处。于是我装作要上厕所的样子问厕所在哪里？宁春生忙指着房间里面说，经过正房往里走，在侧屋右转，最后面那间就是。我即起身往里面走，边走边用目光四处搜索。当走到侧屋时，发现一张吃饭小方桌横倒在地上，小木靠椅斜躺着，地下还有些蓝花碗片，感觉奇怪，就走过去，小心翼翼地把桌子扶正仔细琢磨起来，这是一张红漆旧方桌，可能是使用年久红漆脱落了不少，色彩浅淡斑驳，突然桌面上四道不规则的黄白线状抓痕映入了我的眼帘，抓痕上的红漆膜不见了，露出了黄白色漆底子泥。"

"是不是被肖青抓掉了？在勘查现场时我们不是发现死者右手指甲内粘满淡红色粉末吗？"听他这么说让我突然想

起来。

"一点不错！我把当时提取的样品对比了一下，就是在桌面上抓去的漆皮。"

"恭喜所长！终于找到了第一现场。"

"同喜，这是我们大家的功劳，是我们付出艰辛的回报！"

"一切证据都已掌握，可以对他实施抓捕了吧？"

"不，为慎重起见，我还想了个绝招来证实他是不是凶手，才动手。"

"什么绝招？"

"问一句话。"

"问句什么话？"

王所长见我们一再追问，现出故弄玄虚的神态，笑吟吟地说："你们猜呀，六个字，猜对有奖，我出一瓶德山大曲，猜不对你们出！"

我和丁军搜肠刮肚地想了半天，都无奈地摇头。

"看来你们输定了，我有德山大曲喝了啊！"王所长得意扬扬地大笑起来。

"你快说吧！是句什么话？酒我们去买就是。"丁军急得有点不耐烦了。

王所长见我和丁军左猜右猜没结果而乖乖认输，就笑眯眯地讲述了他实施绝招的经过："其实很简单，我从侧厅出来，对宁春生劈头盖脸一句话：'你认识肖青吗？'只见他一愣，瞬间，手指微微颤抖，面上掠过惊慌的神色，但很快镇静下来说：'不认识。'这在我的意料之中：如果他是凶手，就会做贼心虚，矢口否认认识肖青，当然，这就告诉了我：

他就是凶手。欲盖弥彰嘛！"

"真是一招制敌的绝招，亏你想得出！"我和丁军异口同声地赞叹。见我们夸奖他，王所长显得有点不好意思，笑微微地说："这是被逼出来的！面对阴险狡诈的凶犯，如果我们没有出其不意的招数，让他猝不及防，就难以让他就范呀！"

"确实如此，侦查破案必须做到魔高一尺，道高一丈！但你们是怎么把宁春生抓捕的呢？"对王所长的说法我表示同感，只是想到仅靠他与大队治保主任两个人要把穷凶极恶的凶犯抓获很难，就不解地问。

"当然靠我们两人是难以制伏宁春生的，是镇武装部长帮的忙，就在宁春生矢口否认认识肖青的话音一落，刚好武装部长带着一帮威风凛凛的武装民兵赶来了，我心里一阵踏实就厉声喝道：'不，你认识他，你们是同学，是文攻武卫的战友，只是昨天你把他杀死了！'听我这么说，他瑟瑟发抖，瘫软如泥地倒了下去！武装民兵就蜂拥而上把他捆了个结实。"王所长讲述完毕，现出洋洋自得的神情，对我们微微而笑。

"他们到底干了些什么？值得宁春生这样狠心杀害肖青？"我和丁军不解地问。

"经过初步审问，他全招供了，正如我的判断，是他杀害了肖青，制造了假现场，企图嫁祸于人。至于为什么？你们自己看看他的供述就清楚了。"王所长拿出一沓讯问笔录递给我。上面记录着他对宁春生的初步讯问：

……

问：你和肖青在什么时候，在什么地方，干了一些什么勾当？

答：那年正值"文革"高潮，我和肖青在县里读高一，是同班同学，都参加了"红色怒火"红卫兵组织，当时同学们推我为司令，由于乡里乡亲，我就任命他为副司令。"红色怒火"与"湘江风雷"是观点不同、势不两立的两派红卫兵组织，经常发生摩擦，最后升级到动刀动枪。在一次武斗中我们失利，被他们穷追猛打，我和肖青被追赶得慌不择路地躲进了一家银行的营业厅，因怕惹祸挨打，武斗发生时银行员工都已惊慌逃离，营业厅人去楼空。当我屏息躲进一间小房时，发现一个装钱的铁箱里有一沓沓的钞票，第一次见到这么多钱，我喜呆了！就忙不迭地把钱往口袋里塞，因是冬天，穿的衣服口袋多，那些钱都能装下。当我把最后一沓往口袋塞时，被慌慌张张跑进来的肖青撞见了。我就说："捡了一沓钱，刚好我们组织缺钱，我们拿回去，你知我知不声张就没事。"肖青点点头，没吭声。

问：那次盗了多少钱？你们是怎么分的赃？为什么要杀害肖青？

答：我拿回去点了一下有20000多元，藏到了一个隐秘的地方。当时我对肖青讲是300多元，他好像没当回事。在又一次武斗中他手臂被砍伤住进了医院，我的右手也被砍去了一个指头，就都停学回家了。后来他找过我多次，说老婆患有疑难杂症，花了不少钱不见效，要我帮忙支持点钱，我意识到他是冲那事来的，也就破财消灾，每次都给了他一点。

这段时间我们好久没见面了。在饮食店碰到时，他说他老婆要去省大医院看病，要我借点钱给他，我问要多少？他这次竟然狮子大开口：要200块！这简直是在要挟啊，我当时气撑了喉！就说没有，他一听，就说要去报……我知道他会说什么，大庭广众之下后果不堪设想！就捂住了他的嘴巴，搀扶着他回到了家里。

到家后，我把他扶坐在侧屋的饭桌边，给他泡了杯茶，想让他醒醒酒和他好好谈谈，但他一点不让，大喊大叫地说不给 200 元就要去报案，我一听惊慌得不知所措，因外面正传闻，公安部门在重新追查这个案子，他的话传出去我就完了！情急之下我从他背后用双手抠住他的脖子，不想让他喊出声来，他拳打脚踢地把桌椅都弄翻了，茶碗也打碎了。可能是掐得过重，时间又长了一点，他挣扎一阵就没动弹了。

看到他断了气，我吓蒙了，意识到闯了大祸！怎么办？不能坐以待毙！我霍地想到肖青回家要经过一段悬崖峭壁的山路，就心惊肉跳地等到夜深人静之时，把他背去丢在悬崖下，想让人们以为他是失足跌落而死，在去的路上，又看到花哑巴在路边山洞里呼呼大睡，灵机一动，就又设计了一个抢劫杀人的现场。心想加了这样的双保险，没有人会怀疑到我。谁知都让您识破了，我自认倒霉，栽在您的手里……

溺亡真相

一

一天清晨，涟水河岸畔的清涟村，发生了让人唏嘘不已的事情：一个叫文明华的年轻人，在母亲和妻子的眼皮下冲出房间，一路飞跑跳进滔滔涟水，妻子和母亲惊慌失措，大声呼救，闻讯赶来的村民立即进行搜救，但已不见踪影！

中午，在10多里外的下游，一个捕鱼者发现了他的尸体。

村主任李浩受死者妻子李芳委托，持村委会开具的文明华死亡证明信，赶来派出所为其办理户口注销手续。

王所长感觉事情有点蹊跷，就和我迅速赶到死者家核对情况。死者妻子正拿着一块淡黄色手帕掩着眼睛号啕大哭，母亲更是悲痛欲绝。为了了解事发经过，王所长耐心地劝慰："死生有命，你们不必过度悲伤，抓紧办理丧事，让死者入土为安。"又说，"请把事情发生的经过讲一讲，让我们了解一下，好抓紧办理户口注销手续。"

李芳见问，立即止住啼哭，抽泣着讲述了家庭情况及事发经过："我丈夫现年29岁。是文家独生子，父亲于前年去世，母亲视他为命根子，把希望都寄托在他身上，但他患有精神病，隔三差五地做出一些怪异举动。这几天又染上伤风，精神病严重发作，一直在家里焦躁不安，时而自言自语，时而呵呵痴笑，而且表情淡漠、动作迟钝。我和婆婆轮流伺候他打针服药。今天清晨我准备搭公交车去县城为他买药，他还在床上呼呼大睡，我就叫来婆婆接班伺候他，突然，他猛地爬起来，向门外冲出去，差点把我和婆婆都撞倒了，我们慌了手脚，赶紧追上去，但他已一溜烟地跑到涟水桥上跳了下去。"说完，她又用手帕掩着脸，凄凄惨惨地哭起来。

"你丈夫昨晚和今天早上跑出去之前有什么异常表现？"王所长听了她的讲述后问。

"没有，与以前一样，服药后就呼呼大睡。"

"服药？服的什么药？"

"是医生开的这些安神镇静药，他的精神病最近发作次数多了，医生还给开了些中药。"李芳拿出一些没服完的药品给我们。我接过来看了一下，无非是些氟西汀、丙米嗪等治疗精神病、抑郁症之类的药品。

"以前吃过这些药吗？有没有不良反应？"王所长拿过药品和药品说明书认真看了一遍。

"吃过，我们都是遵医嘱，按时按量地给他服药，没有发生过不良反应。"

"哦！"王所长心不在焉地应着。

我们又找死者母亲了解情况，由于无法承受白发人送黑发人的悲惨遭遇，她已哭得死去活来，嗓子嘶哑得讲不出话，但还是哽咽着讲述了事发经过，但与儿媳讲的完全一致。

"您发现儿子今天早上还有什么异常表现？"王所长重复着问她媳妇的话。

"没发现，当时我刚走进房间，就见他从床上爬起来向门外跑，差点把我撞倒了。"

"他当时是什么表情？"

"没看到他的脸，因他戴了顶斗笠，只看到他穿的是那套常穿的浅蓝色卡叽布衣服。"

"戴了斗笠？什么样子的斗笠？"王所长现出惊讶的神色。

"就是我们乡里人夏天在田间劳动时遮挡阳光和避雨的竹片编织帽。"

"哦！您晚上睡得还安稳吧？"王所长又问。

"我平时睡眠很不好，但昨晚可能是伺候文明太疲劳了，晚上 11 点上床就睡死了，今天清晨要不是儿媳来叫我，还没醒来呢！"

听她这么说，王所长眉头紧蹙，两眼闪烁着异样的目光，不言不语地站着发呆。当意识到了自己的走神，慌忙说："喔！喔！人死不能复生，您好好保重身体要紧。"然后小声对我说，"小刘，看来我们还得去查验一下尸体。"

心想，这个文明华明明是精神病发作，神经错乱，产生幻觉，而跳入河中淹死的，这些举动完全符合精神病抑郁症的症状，又是在妻子和母亲的眼皮下发生的，还有必要验尸吗？但他既然这么安排，我也只得违心服从。

我们对文明华的尸体进行了认真查验：他有 1.68 米的个子，蓄着方寸头，由于长期患病，身体骨瘦如柴。但他胸腹部是鼓胀胀的，明显是溺水时胸腔和消化道涌进了水，出现水性气肿使双肺体积膨胀及胃部积有大量溺液和异物所致，又见他口腔和鼻腔内粘满泥沙和血沫，牙齿上有许多硅藻，而且口底部肌肉有明显的血迹。这些都是典型的溺水身亡体征，与他妻子和母亲讲述的事实完全吻合。而且，他穿的又正是一身浅蓝色卡叽布衣服。因此，溺水身亡无疑！完全可以销户交差了。

然而，王所长好像没有一点轻松的感觉，只见他一支支地抽着烟，眉头皱成了疙瘩。突然，他猛地扔掉没吸完的半截烟对我说："小刘，我们必须去查看一下死者跳水现场，找找目击证人。"

文明华精神病发作跳水身亡已是不争的事实，还需这样多此一举去现场察看吗？本想提出反对意见，但见他已大步流星地冲到了前面，没办法！我也只得很不情愿地跟随他走向涟水河畔。

二

文明华家的房屋与其他村民的住房一样，是坐北朝南，面向涟水而建的砖瓦结构，屋前经过几丘水田就是涟水河堤，河堤上有座横跨涟水的九拱石板桥，由于年代已久，显得斑驳粗疏，破败不堪，滔滔涟水穿桥而过。

从文明华家到石拱桥不到半里路程，要经过一家邻居的地坪，刚好碰上一个50多岁的村民从屋里走出来，王所长忙迎上去，很礼貌地打招呼："老乡，你好！"

"哦！王所长您好！快进屋坐坐。"

因王所长在这个乡工作了多年，又因侦查破案稍有名气，认识他的人很多，这个村民热情地把我们领进屋里。

"你和文明华是近邻，他今天早上跳河的事你一定知道吧？"王所长刚落座就问。

"知道，今天清晨，我出门正要去田里扯稗草，突然，一个戴着斗笠的人飞跑着从地坪经过，只见文明华的妻子和母亲大声呼喊着追了过来，说文明华精神病发了，要我帮忙快把他追回来，我回过神来，拔腿就追，但已经迟了！他已从涟水桥上跳了下去，只见那个斗笠打着旋儿向下游漂动，我一跃跳了下去，一阵蛙游划过去抓住了斗笠，但文明华却不见了。在他妻子和母亲的大声呼救下，赶来一大群人，进行了紧张的打捞，但仍没见他的踪影。"

"是不是沉到河底了？"

"不可能，因为我们10多个'水鸭子'（会水性的人）在水中像梳篦子一样进行搜索，打捞了近两里远，也没找到他，都认为可能是被河水漂走了，这不，中午就在涟水河下游发现了他的尸体。"

"哦！"王所长听他说完，点燃一支烟，深深地吸着，沉默片刻又问："今天没下雨，早上又没出太阳，他怎么还戴着斗笠？"

"是的，我也有点解不透。"

"听说他患有严重的精神病，这些奇怪的举动，是不是病症发作的表现？"我忙插嘴问。

"他确实经常发病，但也只是痴痴呆呆、神经兮兮的样子，不发病时，也是和正常的人一样，要从事田间劳动。这样戴着斗笠乱跑，还是第一次见到，可能是这次病症发作得

溺亡真相

严重了吧！"

"他奔跑的样子正常吗？"王所长又问。

"由于戴着斗笠，头脸看不见，但穿的是他平时那套浅蓝色衣服，只是这次裤脚吊得很高，还露出了一段雪白的小腿。"村民边想边说。

"什么？露出了雪白的小腿？"王所长现出惊异的神情。

"是的。"

"他们家庭还和睦吧？"王所长又不放心地问。

"文明华多年来体弱多病，妻子和母亲都是细心照顾，没发生过不和睦的事。"村民肯定地回答。

"怎么没看到他家的小孩？"

村民笑了笑说："呵呵，文明华这样一个病秧子，恐怕干不了那种事，哪来小孩？"

听村民这么说，我不解地插嘴："照你说的，文明华一直就是个病坏子，李芳又怎么会嫁给他？"

见我不解，那个村民叹了一声气说："唉！这话说来就长了，以前文明华的父亲一直在外面驾船（当船工）挣了些钱，是我们这里的小康人家，只是文明华从小体弱多病，患了精神病，20多岁了还没找到对象，听说是花重金通过媒贩子从溆浦那边把李芳找来的，当时李芳家里很穷，父亲又身患重病，奄奄一息，急需一笔治病钱，因此，不管对象怎样，只要有丰厚的彩礼就行。这样，李芳就嫁到了文家。"

"找了这样一个丈夫，李芳在文家安心吗？"我又问。

村民很同情地说："家里那样穷，不安心也得安呀！而且文明华父母很会做人，意识到委屈了李芳，就经常给她家里接济些钱物，对李芳更是关怀备至，算是给她一些补偿。李芳也就心安了，对公婆很孝顺，对丈夫尽心照料，和邻里也合得来。又从不外出，没什么话让人说。只是前年文明华的父亲在一次翻船事故中丧生，收入来源断了，文明华又总是要钱治病，家境每况愈下，自家难保，对李芳家也就没什么接济了，本来就话不多的李芳，更显得沉默寡言，总是一副愁眉苦脸相，可能也是她命该如此吧。"

我插嘴问话时，王所长在旁边深深地吸着烟，现出一副冥思苦想的神态，待我问完，他又继续询问那个村民："你说她很少外出，连娘家也不回吗？"

"大概是距离这么远，又要带上这样个痴呆呆的丈夫，确实很少回家，只是近半年来，听说她母亲得了重病，卧床不起，她就一个人回家勤密了。"

"她一个人回家？"王所长带着异样的口吻问。

"是的，回家照顾重病的母亲，怕带着文明华是个拖累，一个人回家是可以理解的呀！"

"呵呵！可以理解，是可以理解！"王所长若有所思地连连点头。

"你说的那顶斗笠现在在哪里？"沉默片刻，王所长又问。

"在这里，正准备给他家拿过去呢！"这个村民起身从墙壁上取下一个用细竹片编织成的圆锥形斗笠递给王所长。

王所长接过斗笠翻来覆去地琢磨着，又把斗笠里面的汗圈仔细地察看，还从上面扯了些什么放进了勘查物品袋里。突然，他意味深长地对那个村民说："谢谢你啊！你帮了我们的大忙。我和小刘还要去河边走走，再见。"说完，就和村民握手告辞。

三

我跟随王所长漫步在涟水河边，由于这几天天气晴朗，涟水河风平浪静，河水缓缓流淌，一群群白鹭在水中捕鱼、嬉戏。堤岸上树木葱翠欲滴，山雀在柳树枝头撒欢打闹，知了在婉转鸣唱，各种野花姹紫嫣红、争相绽放……面对这派旖旎的涟水风光，无不让人心旷神怡，要不是在一门心思地查案，我定会引吭高歌！

当走到石拱桥下，王所长把攀下的一根柳枝丢向河中，瞅了一下腕表，然后随着被流水漂动的柳枝一步步走向下游。

从踏进文明华家开始，王所长的一系列举动，实在让我琢磨不透：死者精神病发作，溺水身亡是明摆着的事实，还需这样枉费心思一本正经地查案吗？但他是领导，我虽然有怨气也不好表露，只得亦步亦趋地跟随他在河边游荡。

我们从文明华跳水的桥下，沿着河边向下游行走了近两里，但一无所获。王所长停下脚步，点燃一支烟，两眼漫无目的四处张望，喃喃自语："是不是弄错了？怎么一点迹象都没有？"

我在旁边想：当然弄错了！文明华溺水身亡，尸体漂流而下，在这里又能找到什么？于是提醒他："所长，死者尸体是在下游10多里外的地方找到的，我们却在这里磨蹭，地点错了呀！"

"哦！对，对，错了，地点错了！方向错了！"听到我这么说，倏地，他眼睛放出光亮，好似恍然大悟，旋即掉转身，匆匆原路返回。

王所长这突然的举动，让我感到茫然！立在原地不动，心里嘀咕：怎么又往回走？难道你的神经也不正常了？

但他对我的疑虑不予理睬，头也不回地径直向涟水河上游走去。没办法！我又只得慢吞吞地跟随其后。当走到文明华落水的地方，王所长放慢了脚步，边走边沿着河岸仔细观察。当走了约50米时，他突然停住脚步，蹲下身去认真察看起来，我忙走过去躬身一看，河边卵石中的水草倒伏了不少，连接水草至河岸的茅草也有踩踏过的痕迹，并一直通向河堤灌木丛中，说明有人从河里上岸，爬上了河堤。

我想这些现象并不奇怪，涟水两岸在河中捕鱼、捉虾的村民很多，上下堤岸很正常。但王所长却如获至宝，喜形于色，自言自语地说："厉害，厉害，确是个了不起的角色！"

他掏出照相机拍了几张照，又用卷尺测量了踩踏痕迹，河边卵石密布、茅草丛生，根本看不出完整脚印，但见他没有一点沮丧的表现。又兴致勃勃地沿着踩踏痕迹钻进了灌木丛，然后爬上河堤，我也跟随他走到了防洪堤上，但防洪堤是一条水泥和卵石混合路面，来往行人多，无法分辨出脚迹来。

王所长跟踪的脚印到此消失。我想一定会让他大失所望！但他却喜不自胜地说："小刘，看来我们这段河边漫步没白走，我已找到了文明华溺水事件的重要证据，现在我们兵分两路：你去附近走访调查，寻找一个身高1.7米以上、很会水性、蓄着大背头、不务农事、拥有交通工具的青壮男人。记住，这个人必须全部具备上述五个特征，缺一不可！我去一趟发现尸体的地方，了解一些情况，两个小时后，在派出所办公室碰头。"

"什么？寻找这样一个人？"听他这么说，把我弄糊涂了！事情明摆着，还需这样兴师动众吗？而且突然又冒出个什么五个特征具备的人，这个人又是什么角色？我一头雾水！

"抓紧行动吧，至于为什么，以后再说。"看到我迷惑不解地望着他，王所长莫测高深地笑着说。

我只好抱着应付的态度回到村里，找村主任了解情况，寻找这样一个具有五个特征的人，但很失望，全村近千多号村民，没有一个是我要找的人。我和李主任又找到邻村涟河村邓主任，一起摸底调查。皇天不负有心人！通过一番调查走访，终于找到了这样一个人，他叫许仁，现年40岁，妻子去年病故，一直在河堤边自己家里开便利店，由于要经常进货，有一辆机动三轮车，以前还从事过驾船摆渡。完全符合王所长交代的具有五个特征的人。

为了不打草惊蛇，我交代两位村主任对调查的事不要声张出去。然后一个人装作过路的，走进便利店买了包黄芙蓉王烟，近距离观察了这个人，他有1.7米以上，五大三粗，蓄着大背头，红光扑扑，确是一个血气方刚的汉子。

四

当我急匆匆地赶到派出所时，王所长已在办公室轻松惬意地抽烟、喝茶，他瞄了我一眼，笑吟吟地说："看来，圆满完成了任务。"

"是的，这个人是隔壁涟河村的，我是费了九牛二虎之力才找到他的呀！"我把调查的情况做了汇报。为了表明自己付出的艰辛，当然要说得严重点。

"有付出就有回报，侦破这个案件的功劳簿上肯定会添上你光彩的一笔！现在我们必须立即行动，抓捕杀人凶犯。"

"杀人凶犯？你是说文明华不是跳河'自杀'？"听他这么说，我一下懵了！

"一点不假，是'谋杀'！"

"谋杀？凶犯又是谁？"

"许仁、李芳。"

"不对！死者明明是精神病发作，自己跳进河里淹死的，怎么又变成了谋杀？"

"那是凶犯耍的障眼法，他们利用死者精神病发作做出一些怪异举动，精心设计了这出戏。"

"不可能！文明华是在妻子和母亲的眼皮下冲出房间，跳进涟水河里，而且还有邻居亲眼所见，你是不是弄错了？"我睁大眼睛望着他。

王所长肯定地说："不会弄错的！在我们的生活中，往往是那些不可能发生的事却总是在发生！"

"但那些众目睽睽下发生的事实又怎么解释？"我还是疑虑重重。

王所长笑眯眯地说："这些现象的出现，正是凶手的高明之处。但他们那些拙劣表演，都被我一一识破了。"

"被你识破了？"我一脸茫然。

"是的，这些本应在结案后再说，既然你这么急，现在就告诉你吧！"

王所长点燃一支烟，语气深沉地讲述了他的推理、探案过程：

濒亡真相

　　"这个案子，死者精神病发作，在妻子、母亲、邻居的眼皮下跳水身亡的事实，千真万确，无懈可击，作案者可谓煞费苦心，做得天衣无缝！稍不留神，就会让人上当受骗。但只要我们对整个事件进行分析、推理，就不难发现，所有现象的出现不合情理、破绽百出。

　　"首先，没下雨，没出太阳，跳水者为什么还要戴着斗笠？目的只有一个：不想让人看到他的面目，文明华是精神病人，不会怕被别人看到，那么这个跳水者另有其人。其次，这个人刚跳入水中，就进行了紧张搜救，但人、尸不见。在勘察现场时，我在死者跳水的上游却发现了有人从河里爬上堤岸的痕迹，说明跳水者跳入水中时，故意向下游丢下斗笠，让搜救者追逐斗笠打捞，他却潜水而上，爬上河岸逃脱。这是他耍的金蝉脱壳之计。其三，邻居发现那个跳水的人，穿的虽然是文明华的衣服，但裤脚吊得很高，露出了一段小腿，表明他穿着文明华衣服不得体，不会是文明华本人。还有，昨天没刮风下雨，涟水河风平浪静，流速很慢，我测试了一下，当时的涟水流速应该是每小时不超过 1000 米，但文明华跳水不到 4 小时，却在 10 多里外发现了他的尸体，说明是有人把文明华丢在远处淹死的。上述这些就告诉我们：跳水者不是文明华，是有人假冒了他！"

　　"你说有人假冒了文明华，那个人又是谁？"

　　王所长笑微微地说："就是那个具有五个特征的人。"

　　"那你又是怎么知道那个人具有这五个特征呢？"我疑惑不解地问。

　　王所长见我对他说的话总是弄不明白，就详尽地讲述了他断定凶手有五个特征的推测、判断过程。

既然跳水者是假冒的，那么文明华溺水身亡就是"谋杀"！假冒者就是凶手。这个人又是谁？他就对整个案件反映出来的信息进行了认真梳理，凶手的独具特征就——彰显出来：

一、身高 1.7 米以上。因为这个人穿着文明华的裤子裤脚吊得老高露出了一段小腿，说明比文明华高，文明华有 1-68 米，那这个人就应该在 1.7 米以上，而且在河岸发现的足迹虽然模糊不清，但从大概的踏痕推断这个人也在 1-7 米以上。

二、很会水性。这个人跳下滔滔涟水逆流而上，潜游了 50 多米，而一般游泳者进行潜游是难达到 50 米的，说明这个人的游泳技能高。

三、蓄着大背头。从假冒者戴过的斗笠的汗圈上发现有几根两三寸长的头发，这个斗笠是文明华常戴的，但文明华是方寸头，没有这么长的头发，那就是假冒者留下的，而只有大背头才有这么长的头发。

四、不从事田间劳作。邻居看到这个人穿着文明华的裤子，露出了一截雪白的小腿，而经常日晒雨淋在田间劳动的人，不会有雪白的小腿。

五、有交通工具。青天白日在很短的时间内要把文明华弄去 10 多里外的地方，没有交通工具是做不到的。

根据上述这些情况分析、推理，王所长就很快判断出假冒者具备上述五个特征。

"但听邻居反映，这个李芳很守妇道，家庭和睦，应该不会突然背叛文家，而变成杀夫凶犯呀！"听了王所长有理有据的推断，我虽然心悦诚服，但还是提出纠结心头的疑团。

见我又提出新的疑问，王所长语气深沉说："按一般常理，似乎是这样。但我们应该想到，当时李芳是因为家里穷困，为了救治奄奄一息的父亲而身不由己地下嫁了文明华这样一个废人，文明华父亲在世时，碍于文家对她家的支持和对她本人的体贴，让她得以委曲求全，忍耐下来。文明华父亲一死，失去了物质基础，一切就变了，加上文明华病症日趋严重，面对这些无法承受的生活重压，再贤惠的妇人恐怕也会不安了！何况她正值青春旺盛之际而长期守着活寡，一直忍受性饥渴的压抑。我们应该知道：世间任何事情都有个极限。可以说，李芳的忍耐已到了极限，她再也耐不住寂寞，于是，春心荡漾，红杏出墙就在情理之中。"

五

为了释却充塞胸间的疑团，我又打破砂锅问到底："那么她又是怎样与那个许仁勾搭上的呢？"

"据我的调查和推测，这个事件应该是这样形成的：当李芳不安现状的心态出现后，对文明华就产生了怨恨和厌恶，在文家坐立不安了，就一反常态，一个人频繁出走回娘家，以消怨气。正在这时，许仁妻子因病去世，这个血气方刚的汉子又怎耐空巢寂寞？就在暗中四处物色猎物。而他开的便利店，正是家庭主妇光顾的必由之地。这个许仁本来就是个拈花惹草的角色，以前李芳去店里购物时，对她的花容月貌早就垂涎三尺！只因妻子在世，李芳又是近邻而不敢造次。而现在就无所顾忌了，他察言观色揣摩出了李芳的心理变化，于是移干柴近烈火，一番挑逗，水到渠成！他们一拍即合、勾搭成奸。李芳享受了让其神魂颠倒的愉悦，许仁如愿以偿地宣泄了情欲，两人如鱼得水，如胶似漆。"

王所长点燃一支烟，继续侃侃而谈："虽然许仁和李芳都得到了满足，但毕竟干的是偷偷摸摸见不得人的事。每次苟合都是提心吊胆，担心一旦奸情败露，他们就会遭到谴责，在村里抬不起头。但他们又深陷孽情泥淖之中而无法自拔，文明华是他们的障碍。离婚吧！李芳碍于文家的恩典和舆论压力而不敢提出。下毒、下药吧！又会逃不脱法律的制裁！怎样才能消除障碍又不牵扯上自己呢？他们搜索枯肠，无计可施！突然，许仁眼前一亮：文明华长期患精神病，经常做出一些荒诞的举动，何不借题发挥，编造一个他自杀身亡的事实？让人们信以为真。于是他们密谋策划，精心设计。这次文明华旧病复发，机会来了！他们立即行动，演出了这场文明华因精神病发作溺水身亡的戏，蒙骗了所有村民，达到了他们的罪恶目的，恐怕他们正在沾沾自喜、暗自庆幸呢！"

"但我还是不明白，假冒者是穿着文明华的衣服跳的水，但在10多里外发现他的尸体也是穿着同样的衣服，还有文明华的致死体征是生前溺亡，这些，他们又是怎样做到的呢？"他头头是道的分析、推理，无懈可击，但诸多疑团仍充斥我胸间。

王所长笑吟吟地说："呵呵，你的问题可真多呀！这个问题，乍一看，确实有点费解，但只要对整个案情仔细琢磨、演绎，一切就明朗了：作案者为了把戏演得逼真，当然要花费心思，做到面面俱到：文明华必须是淹死的，否则，就会在验尸时被发现破绽。因此，他们肯定给文明华喂了过量的镇静药，让他一直昏迷不醒，趁凌晨无人之际把他搬到了许仁家藏起来。然后，许仁穿上文明华的衣服拿着斗笠躺在床上，李芳假装要搭早班车去购药，叫来婆婆，待婆婆刚跨进房间，许仁一跃而起，戴上斗笠冲了出去。当他跳入水中时就把斗笠丢向下游，让搜救者上当，他却潜入水底逆游而上回到了家里。换下湿漉漉的衣服，给一直在昏睡中的文明华穿上，然后迅速发动三轮车在防洪堤上径直向下游开去，在一个人烟稀少的河岸边停下来，把昏睡的文明华丢下去。这样，文明华穿的衣服和溺水身亡体征不就一一吻合了吗？而且按照我的测算整个过程耗时也不到一个小时。只是，他犯了个明显的错误：没有考虑到水流的速度与尸体漂走的距离，留下了破绽，为我指明了侦查的方向。嘿嘿！真是'智者千虑必有一失'啊！"

王所长的一番演绎、推理，虽然无懈可击，但还是让我半信半疑，就说："你的这些说法虽然很有见解，但还是一种猜测，无法得到印证呀！"

王所长见我总是质疑他的判断，就又做了进一步解释："你的疑虑虽然有道理，但这些判断都是对一些偶然的现象进行观察、分析，继而依据事物发展的情理，运用逻辑方法推衍出来的。如，今天刚踏进死者家门，我就嗅到了一种'假'的气味：那个李芳虽然在扯着嗓门号啕大哭，但脸上没一滴眼泪，原来她是在做作——假哭。霍地，让我冒出一个疑虑：文明华溺水身亡有诈！还有，当我爬上河岸沿着河堤下行时，发现堤边有家便利店，我走进去买烟时，突然觉得店老板有点脸熟，好像在哪里见过，仔细一想原来是我心目中揣摩过的假冒者，心想：莫非此木就是柴！一下引起了我的警觉，于是就仔细观察起四周来。发现便利店前的地坪上有机动三轮车碾压的车辙，而且车辙中有零星的机油滴渍，这是机动车油箱底壳渗油的缘故。于是，我循着模糊的车辙和油渍上了河堤，沿防洪堤径直向下游走去。走了10多里，发现路面的油点在原地增多，没继续向前滴了，说明车子在这里停了下来。我就仔细观察河边有无异样，发现有处河岸的灌木茅草有向下倒伏的迹象，俯身望去，原来这是涟水河道转弯处，滔滔涟水迎头撞上前面坚硬的石山后转道向北。只见河岸陡峭，潭渊幽深。让我迅速判断出：原来文明华就是在这里被丢下去的！通过走访，找到了发现死者尸体的渔民，证实了死者尸体就是在水潭边河滩上找到的。因为涟水在这里受挫转弯后流速加快，文明华落水淹死后随着湍急的流水漂到了河滩。这些都是我通过现场勘查、分析、推理得出来的，绝非凭空臆想！当然，还需通过凶犯的供述，做进一步印证，才能最后认定。"

"那就迅速抓捕凶犯吧！"听王所长讲得这么滴水不漏，我无话可说了，只想尽快审讯凶犯，来验证他的推测准不准。

于是，派出所干警全部出动，分头抓捕许仁、李芳。由于凶犯以为他们的计谋无人识破，正沉浸在欣喜之中，没有一点心理戒备，我们就毫不费力地把他们双双擒获。

通过连夜审讯，许仁、李芳承认了他们为了达到长相厮守的目的，而蓄意谋害文明华的犯罪事实。

次日通过对文明华尸体解剖查验，获取了他曾吸收过大量镇静剂的证据，又把斗笠汗圈上的长头发与许仁的头发做了DNA鉴定，结果完全一致。

这样，李芳、许仁合谋杀害文明华的犯罪情节，证据确凿、事实清楚，本人供认不讳。所有案情细节和犯罪心理活动与王所长的分析、判断一一吻合。实在让我惊叹不已！真是：再狡猾的狐狸，也斗不过聪明的猎人！

死亡真相

午夜凶影

一

　　一个春寒料峭的清晨，传来冷江大队发生的一件骇人听闻的惨案：大队卫生所的女医生和两个孩子被人杀害了！

　　接到报案，我和王所长丢下还没吃完的早餐，迅速赶到出事地点。我们拨开围得水泄不通的人群，进入凶杀现场外围。走近房门一看，只见死者周丽年约30岁，仰卧在睡房里的血泊中，脖子血肉模糊，两眼皮开肉绽，眼珠破裂，但衣着完整。一张木床上两个小孩躺在被鲜血染红的床单上，小女孩不到5岁，下巴脖子上有条深深的伤痕，大男孩8岁左右，脖子上也是同样的伤口，两个小孩的眼睛都是血糊糊的。整个现场血腥恐怖，惨不忍睹。

　　由于案情重大，出发前王所长已报告了县局，并吩咐我不要破坏现场，对尸体等物件一律不要触碰，等待省县领导来勘查破案。因此，我只能站在房间门口对现场拍照、记录。幸好冷江大队于书记和大队民兵营长带领一班民兵守护在房门前，保护了现场原貌。

王所长和于书记稍事商量后，迅速成立了由大队支部书记、民兵营长、治保主任、我和王所长参加的 5 人临时破案小组，王所长任组长，副组长本应由于书记担任，但他坚持因年事已高、精力有限，极力推荐民兵营长陈平担任，说他年富力强，又是刚从某侦察兵部队复员的退伍军人，精力充沛，是副组长的最佳人选。那个陈平先是一番推让，经于书记的劝说，也就欣然应承了。

听于书记说陈营长这么优秀，我特意瞄了他一眼，只见他年近 30，身高 1.8 米以上，确是一个英俊潇洒、精力充沛的年轻人，尤其是那炯炯有神的眼睛，无不显示出过人的心智。只是身上散发出一种浓郁的香味，让我不解，他怎么也像女人一样，有抹香的癖好？

在上级侦查人员未到之前，我们破案小组分工负责，紧锣密鼓地开展了查案工作，陈营长和于书记一班人负责疏散围观群众，保护现场，我和王所长、治保主任负责调查走访。

通过调查了解，初步摸清了一些情况，原来，这个卫生所是冷江大队设立的，有一个老中医，一个大队赤脚医生，死者周丽负责中西药发放和现金收付，并居住在卫生所。由于当时社员家庭都很贫穷，虽然有病，基本上是在家里搞点土方子应付，不是急难病症一般不来看病就医，因此，卫生所每天收入不多，少时几元十把元，多时也只几十元。

当天清晨，一个叫邓元的社员，因小孩突发高烧，上呕下泻，不到 6 点就急匆匆地赶来卫生所买药。当走到卫生所叫了几次门，见没人答应，就走上前去推门，不想轻轻一推门就开了。因是附近邻居，她和周丽很熟悉，见门未关，就边喊边径直往周丽房间里走，只见房门也是虚掩着，就顺手推开门走进去，猛然发现周丽倒在血泊中，两个小孩也血糊糊地躺在床上，她吓得魂不附体！一阵惊叫："不好了！死人了啊，死人了啊！"跌跌撞撞地往回跑，附近邻居闻讯赶来，看到这惊悚的一幕，个个目瞪口呆，赶紧报告了大队，于书记就向派出所报了案。

"周丽的丈夫怎么没在家？"王所长问于书记。

"她丈夫是现役军人，听说还是个连级干部。"

"他们夫妻感情怎么样？"

"他们夫妻感情好坏我也说不来，只是丈夫在武汉服役，探亲假只能按部队规定，聚少离多。"

"哦！她平时表现怎样？得罪过什么人吗？"

"她是个工作认真细致、待人热情大方的人，和任何人都合得来，附近邻居及来看病购药的都对她印象很好，根本不会得罪什么人。"

"按你这么说，'仇杀'的可能性很小？"

"是的，完全可以排除。只是我实在不解，是什么人这样狠心，把一家三口都杀了。唉！到底是什么原因呀？"于书记唉声叹气地摇头痛惜。

"总是有原因的吧！等上级领导来了，运用侦查技术，把案子破了，将凶手抓获，就会真相大白。"

"但愿如此，抓住凶手，将他碎尸万段也难解人们心头之恨，因为他们对周丽的死非常悲痛。"

"这说明周丽人缘很好！"王所长两道犀利的目光凝视前方，又自言自语地说，"是呀，这个案子必须迅速侦破，把凶手绳之以法，才能抚平人们心中之痛！"

二

上午 11 点，"呜呼——呜呼——"一阵警车鸣叫声传来，省县公安部门开来了 3 部警车，省公安厅和县公安局组成的重案侦破组 10 多人匆匆赶来。

省、县公安部门领导一到，立即召开紧急会议，王所长简要地汇报了案情，县局分管刑侦的朱副局长介绍了参与破案工作的厅、局领导、技术专家。稍事研究后，他神色凝重地说："省厅领导对这件案子非常重视，派出了刑侦处马处长带队的 10 多名破案专家来亲临指导，限我们 3 天破案，我们必须服从指挥、尽职尽责，保证如期完成任务。"

按照朱副局长的安排，把冷江大队部作为破案小组办公室，我们原来组成的破案小组不变，根据需要随时听从调遣，积极配合省、县联合侦破组的侦查工作。

于是，一场紧张的现场勘查，追查凶犯的工作迅速开展起来。

王所长分配参加现场勘查组。我和陈营长被指派为外勤侦查，跟随带犬干警，随时准备抓捕被警犬发现的嫌疑人。

警犬凭灵敏的嗅觉对犯罪嫌疑人遗留在犯罪现场的线索和气味，跟踪寻找犯罪嫌疑人的知识和案例，我在上警校时也听闻过，但真正亲历还是第一次。

这时，带犬干警正牵着一头高大威猛的德国牧羊犬走进凶杀房间，对死者及现场物件一一嗅闻，然后走出房间在门前来回嗅寻，突然它走到我跟前嗅起来，我一阵紧张，担心警犬弄错了，把我当成嫌疑人，幸好，它闻了一会儿走开了，悬着的心才算落下来。

接着，它又走到陈营长跟前，对着他汪汪大叫起来，心想，这只警犬怎么总是弄错？又把陈营长当成了凶犯，但陈营长到底是侦察兵出身，不像我那么紧张，淡定自若，纹丝不动地注视着对他叫吠的警犬。这时带犬干警走过去吆喝一声，警犬才很不情愿地走开了。带犬干警对我们笑了笑说："你们一定是在现场待的时间长，身上沾有现场气味，故它把你们也当成了嫌疑人！而且今天坐了这么久的车，它有点晕车了，嗅觉不太灵敏。"

原来如此，我们虚惊一场！

片刻，警犬又兴奋起来，汪汪地叫着向房门左侧的小路奔去，带犬民警也跟着跑起来，我兴奋不已，警犬一定嗅到了线索，这样一路跟踪下去，肯定会找到嫌疑人，我和陈营长紧紧跟随。

但警犬奔跑了1里多路突然停了下来，对着前面汪汪叫吠，我们走过去一看，路边是一个大水塘，警犬是在对着水塘叫吠。我不解地问带犬干警："怎么回事？警犬只是叫吠不走了？"

"这说明跟踪的线索中断了，它失去了追寻的方向。"

"原来跟踪得好好的，怎么突然就中断了呢？"我茫然不解。

"这个嘛！你们当然不懂，因为凶犯走到这里跳入塘中逃走了，警犬跟踪的线索也就断了，说明这个凶犯很狡猾，反侦查意识强，是个高智商的罪犯呀！"

"他跳进水中，肯定还要爬上水塘继续逃走，我们让警犬沿着塘边走一圈，他的线索不是又会被警犬捕捉到嘛！"陈营长提出建议。

"没这么简单！警犬嗅闻的气味源于嫌疑人遗留在现场的微弱气味，现在嫌疑人经过水流冲洗，残留的气味就荡然无存，失去了气源，再厉害的警犬也是无能为力呀！"带犬民警无可奈何地连连摇头。

"我们还是试试吧，或许有点希望呢！"我实在不甘心。

我们牵着警犬沿水塘走了几圈，但警犬一点反应都没有，只是摇头摆尾地跟着我们散步。

一无所获！我们垂头丧气地回到卫生所，向朱副局长等领导汇报了警犬失去跟踪线索的情况。在场的破案人员大失所望，现出不无遗憾的神色。

眼看夕阳西下，已近黄昏，由于一下子来了这么多人，冷江大队无法安排住宿，朱副局长根据现场勘查和调查了解的情况，对下步侦破工作做了安排后，留下几个干警指导侦查破案，其余大部分省、县领导原路返回。

三

当我们拖着疲惫不堪的身子回到派出所，王所长就迫不及待地问起警犬追踪凶犯的事，我就一点不漏地讲述了全部经过。当讲到警犬把我和陈营长当成凶犯嗅闻时，他现出惊愕的神情："警犬对你嗅闻了一阵，对陈营长又是嗅闻又是叫吠吗？"

"是的，当时把我吓得冷汗直冒，但陈营长却一点不惊，幸亏带犬干警大声吆喝，警犬才很不情愿地走开，为我们解了围。"

"呵呵，有这样的事？警犬也有弄错的时候！"王所长朗朗大笑起来。

"你们现场勘察找到了什么线索？"我也向他打听起来。

"找是找到了一些。"

"能把你们进行现场勘查的情况讲讲吗？"

"好吧，但要注意保密，案子未结之前不要透露出去。"

"这个我懂。"

在我的央求下，王所长讲述了他们进行现场勘查的情况。

他跟随法医等现场勘查专家走进死者周丽的睡房时，只见周丽仰卧在睡房中央的血泊中，嘴巴有被捂过的痕迹，脖颈上有5厘米长的伤痕，喉管已被割断。根据尸体僵硬程度、尸斑变化情况判定，死亡时间应该是凌晨零点左右。

死者睡房进门左侧靠墙摆着一张老式五屉木书桌，桌面上有本翻开的现金收支日记账和钢笔，五个抽屉都已打开，里面的书籍、记录本都翻动过，其中左边上面的抽屉里一个长方形铁皮盒也敞开了盖，里面有一叠进药的单据、发票和一些人民币分票、硬币。桌前一张木靠椅斜倒在死者尸体旁边。书桌右侧靠墙横摆的木床上一左一右两个小孩，脖子上有3厘米长的伤口，深度2厘米，喉管均被割断。3个死者的眼球都被戳烂。

根据这些现场情形分析，勘查小组初步形成了统一看法：案件性质是典型的抢劫杀人。犯罪嫌疑人午夜时分进入卫生所实施抢劫时，被坐在书桌前记账的周丽发现，正要大声呼喊，嫌疑人迅速捂住了她的嘴吧，掏出刀具杀死了她，这时被惊醒的孩子在大声哭叫，为怕喊叫声招来附近邻居，干脆把他们也全部杀死。然后把抽屉里的钱悉数卷走，打扫现场后逃之夭夭。

"卫生所及周丽睡房门未撬，窗未破，抢劫犯是怎么进入房间的呢？"在夜深人静之时入室抢劫，但被害者住处门窗完好无损，我提出疑问。

"据此推测，只能说明抢劫者与被害者是熟人，他装作看病购药叫开了门，顺利地进入了房间。"王所长分析着说。

"哦！有道理。那杀死他们的凶器是什么？"

"根据伤口大小、深度等特征，经伤痕、器械专家分析，是一把军用'95式'刺刀，凶手用刺刀对周丽实施一抹割喉，手法准确、一刀致命，说明他训练有素，搏技精湛。杀死两个小孩也是同一手法和凶器。"

"这个凶犯对无知的小孩也不放过。简直没有一点人性呀！"想起现场情形，我愤怒至极。

"有人性还会干抢劫杀人的事吗？"

"把人杀死了，还要挖烂他们的眼球，太残忍了呀！"

"恐怕不只是残忍，可能还有另一番用意。"

"还有什么用意？"我不解地问。

见我不明白，王所长讲出了凶手要戳烂死者眼珠子的原因："这个嘛！说来有点荒谬，因为，现在社会上流行着一种说法，凶杀案中死者瞳孔里会留下凶手的影子，破案人员根据瞳孔里的影子就能找到凶手。其实这是无稽之谈，现在可知的科学认知理论证实：任何动物的眼睛都没有保留物体影像的功能。能看到东西并加以辨认完全是大脑对外界信息处理的结果，人死了这种神经活动也就停止，不会有图像保留下来。'视网膜暂留现象'只是侦探小说家的虚构。但凶犯信以为真，为防万一，就把死者的眼球挖烂，以免破案人员找到他的影子，真够小心谨慎！"

"哦，原来挖眼举动是出于这种荒唐至极的动机！说明这个凶犯一点不含糊，难怪带犬干警说他反侦查意识强。"我极其愤慨地说。

"是的，我们确实碰上了厉害的对手！"

"现场上留有嫌疑人的痕迹吗？"

"没有，这个嫌疑人确实反侦查力强，连杀 3 人，现场上却没留下他指纹之类的任何痕迹，他行凶后，对现场进行了清理，虽然通过先进的探案仪器勘查，也没找到他的蛛丝马迹。省、县破案专家也感到很失望。"王所长连连摇头。

"就没发现一点线索吗？"

"发是发现了一点，但很难确定。"

"是什么？"

"现场勘查时，我发现周丽右手食指下有一个弯弯曲曲的血迹，好似中文'了'字形状，感觉奇怪。但又找不出原因，一直纠结在心。"

"肯定是周丽临死时全身抽搐，手指痉挛所致。"

"破案专家们也这么说，但我不太认同，又说不出理由。"

"那是你多心了！这么说，侦破工作走进了死胡同。你看，警犬失去跟踪线索，现场又没一点嫌疑人的踪迹。"我有点灰心丧气了。

"不，在无意中我还发现了一条线索：正当我们结束现场勘查走出房间时，我顺手把倒在地上的木椅扶起来，发现椅子下有一枚比较清晰的脚印，可能是凶犯清扫现场时，因被倒下的椅子遮住了而没看到。我们如获至宝，沮丧情绪一扫而光！专家们立刻拍照、取样、复制，最后确定是一只 43 码的右脚军用胶鞋脚印。按照穿 43 码鞋的人推算，他的脚长应该是 250 至 255 毫米，身高就是 1.75—1.85 米之间，而且这枚脚印特点明显：后跟鞋底内侧纹路模糊，外侧纹路清晰。说明这个人走路脚跟着力点不均匀，内重外轻，这样内侧鞋底面纹路磨损快，外侧磨损慢，就形成了上述脚印。不过是不是作案人留下的，还待甄别，但这枚鞋印还是为我们追查凶犯带来了一线希望，真是天无绝人之道。"王所长感慨尤深地说。

"真是山穷水尽疑无路，柳暗花明又一村啊！"我喜形于色地说。

王所长肯定地说："是的，只要确定这枚鞋印是嫌疑人留下的，就有可能找到他。"

"军用刺刀、军用胶鞋，都与'军'字挂上了钩，说明嫌疑人可能是个军人，周丽的丈夫是现役军人，难道……"听王所长这么说，我霍地产生了联想。

"是啊！县局与周丽丈夫杨跃服役的部队联系过，但说他不在驻地，联系不到本人，联合破案组已派人去他部队调查了。估计明天下午有情况反馈。"

"妻儿被杀，嫌疑人是军人，作为军人的丈夫又联系不上，怎么这么凑巧呀？"

"是有点让人费解！使案子变得复杂起来。但不用我们多费心思，省、县领导都在操这个心，天塌下来有长子撑，还是养精蓄锐，美美地去睡一觉吧！"王所长苦笑着说。

"好，听你的，睡觉去，晚安！"我也无奈地点点头，走进自己的卧室。

四

次日，天刚绽亮我们就匆匆赶到了冷江大队，因为破案期限已过去了 1 天，必须抓紧侦查。大队于书记和陈营长已在卫生所等待，于书记到底是年岁不饶人，经过昨天的奔波劳累，精力还没恢复过来，现出一副无精打采的样子。

"于书记，附近是不是有名字或绰号带'3'的人？"一见面，王所长就劈头盖脸地问。

"带'3'称呼的人？有几个呀！"于书记见问，想了想说。

"有哪几个？说说他们的情况吧！"

"一个叫李三木匠，有 50 多岁，经常在附近社员家做木工，家庭较富裕，一个叫石三嫂，40 多岁，因丈夫石新朝英年早逝，现在孤儿寡母，生活很艰难，还有一个叫三懒汉，人高马大，但从小父母娇生惯养，养成了好吃懒做的习惯，父母一死，生活无依靠，现在 30 多岁了，仍单身一人，由于懒惰成性，衣食无来源，靠偷鸡摸狗过日子，当地社员最讨厌他。你问这些做什么呀？"

"不瞒你说，我在现场发现了一个周丽写的好像阿拉伯数字'3'字形的血迹。猜测是不是周丽在临死时想要告诉我们凶手的什么特征？但想来想去找不出答案。"

"哦！王所长这一说提醒了我，周丽临死时肯定是告诉我们杀她的人叫'三'什么的？那个人肯定是三懒汉了。这个人好吃懒做，经常是有了上顿没下顿的，一定是饿慌了，铤而走险实施抢劫杀人。尤其是前天上午我还看见过他，而昨天至现在却没见他踪影，肯定是作案后逃走或躲藏起来了。"陈营长眼睛忽闪着光亮，语气肯定地说。

"陈营长说得有道理，那个三懒汉嫌疑最大，我们应该迅速行动，对他实施抓捕。"我对陈营长的说法很赞同。

"小刘，凶犯可能带'3'的特征还是我的一种猜测，你和陈营长先去把于书记讲的那3个人调查了解一下。看他们有没有作案条件。没有足够证据，不要随便抓人呀！"王所长神色严肃地对我说。

于是，我和陈营长立即行动，先对李三木匠、石三嫂进行了一番调查，但他们都有没有作案时间和不在现场的证据。3个人排除了2个。我暗自思忖：这个三懒汉可能就是我们要找的人！

陈营长更是乐不可支地说："刘所长，杀死周丽母子3人的凶犯十拿九稳就是三懒汉了，但这个人很蛮横、狡诈，不会轻易就范，更不会如实招供，如果找到他，我们只能来硬的，先把他抓起来再说。"

"到时看情况再说吧！"本来我也很认同陈营长的说法，但想到王所长交代我不要轻易实施抓捕，只好模棱两可地回答。

我们翻山越岭地找遍了三懒汉可能藏匿的地方，但都没见到他的踪影，正当我们垂头丧气地准备返回时，突然听一个三懒汉的亲戚说："三懒汉可能去了他姐姐家，因她家正在起新屋，他肯定是帮忙去了。"

我们又马不停蹄地赶到10多里外的三懒汉姐姐家，三懒汉确实在那里，只是他腿上打着石膏绑躺在床上一个劲地"哎呀！哎呀！"地呻吟。原来，三懒汉前天下午来姐姐家帮忙，在抬木头上屋时，由于平时懒惯了，一下子干重活吃不消，不小心踩空一脚从墙上摔下来，摔断了腿。

这样，三懒汉就不可能在前天晚上去抢劫杀人了。我们也就白忙活了一场。

"看你们这副沮丧样子，一定是空手而归吧，不必气馁呀！东边不亮西边会亮！"王所长瞅着灰溜溜的我们，笑呵呵地说。

"我们扑了个空，他们3人都有不在现场的证据，完全可以排除。看来只能另找线索了。"我向王所长详细汇报侦查经过，很遗憾地说。

"所长，今天是第二天了，时间不等人呀，我们下步该怎么行动？您吩咐吧！"陈营长语气很急切。

"呵呵，看来陈营长是个急性子，但心急吃不了热豆腐！虽然时间紧迫，但饭只能一口一口地吃，路只能一步一步地走呀。"王所长笑眯眯地盯着陈营长说。

"所长，不是我心急，只是周丽母子三口死得太惨了，我恨不得迅速抓住凶手，把他碎尸万段！"陈营长话语铮铮地回答。

"陈营长到底是军人出身，疾恶如仇，办事雷厉风行呀！好吧，到时抓住了凶手，一定让你出出气，为周丽母子报仇。"王所长对陈营长竖起大拇指。

"所长过奖了，其实我没什么能耐，只是在部队里混了几年，办事、讲话喜欢爽快点，今天要我做什么，尽管安排吧。"

见陈营长显得有点迫不及待，王所长就笑吟吟地说："根据现场勘查，省县破案专家都认为周丽丈夫杨跃是重大怀疑对象，通过与他所在部队联系，昨晚案发时，他又不在部队，有充分的作案时间，联合破案小组昨天已派人去他部队调查，如果不出意外的话，今天下午就有好消息，甚至把他押回来指认现场也有可能！我为慎重起见，刚才又安排你们去调查走访了一番，尽量排除了其他的嫌疑人。这样就证实他是唯一的嫌疑对象了。这样吧，为了配合行动，我们不能闲着，要围绕他开展内查外调，把材料搞扎实点。"

听王所长这么说，我猛吃一惊，昨天他跟我说，对杨跃的怀疑还是一种猜测，根本没什么证据，叮嘱我在结案前不要把勘查的情况透露出去，现在他却和盘托出，而且讲得这么肯定。所长啊！你今天怎么了？

对，您讲到这一点，让我想起来了，周丽夫妻感情不好，是众所周知的事，听说他在部队与师长的女儿有暧昧关系，在部队里能攀上上司，上升就快呀！能当上师长的乘龙快婿就前途无量了。这就是作案动机。听说周丽的手表也不见了，这是他送给周丽的定情物，现在没有了，可能是作案时被他拿走了，说明他已恩断情绝，因此，领导们的怀疑是有一定道理。"陈营长连声附和。

"陈营长确是个细心人，对他们的情况这么熟悉，那就要麻烦你把这些写出来，以便作为定案的旁证，今天还要辛苦你和刘副所长去一趟杨跃就读高中的潭市附中，找到他当时的班主任、任课老师、学校领导等熟悉他的人，把他的在校表现调查清楚，越详细越好，不要怕花时间，你们下午5点后赶回就行。"

"好，保证完成任务，刘所长，我们走吧！"陈营长听了王所长的交代，显得信心十足，大踏步走了出去。

看着陈平走出了房间，王所长凑近我的耳朵说："刘所长，不到 5 点不要回。"

真是莫名其妙！侦查破案讲究的是兵贵神速，应该争分夺秒。但他却规定只能什么时候回来，这不是要我故意拖延时间吗？还有，去潭市附中外调的事，昨晚他只字不提，现在突然要我和陈平去调查。他的这些举动实在让我琢磨不透！

我正想问清后再走，但陈平在一个劲地催："刘所长，快走吧！我们这里到潭市附中有近 30 里的路程，全靠步行，往返至少五六个小时呀。"

没办法，我只得满腹狐疑地跟了上去。

我们徒步跋涉近 3 个小时，才到达位于涟水河畔的潭市附中，通过对杨跃当时的班主任、任课老师等人的询问，得知杨跃在校期间，各方面表现很好，尽管我们有目的地引导他们反映杨跃的负面情况，但都众口一词，说杨跃在校表现优秀、无可挑剔。

这本来是很正常的事，调查询问应该实事求是，不带任何观点，被询问人反映什么就记录什么。但陈平好像对调查的情况大失所望，总是自言自语地唠叨："怎么是这样？不正常呀！"

看他这种状况，我很不理解，就说："这很正常呀，人是会变的，好人可变坏，坏人也能变好，世界上任何事物都不是一成不变的，这就是唯物主义辩证法则。杨跃读书时表现好，但不能担保他一辈子表现好。"

"你说得很有道理，学校表现好不等于就不犯罪，按王所长的说法，杨跃杀妻灭子就是万恶不赦的罪犯！"

"是的，我们别磨蹭了，现在快下午3点，是该返回的时候了，说不定又有新的任务在等着我们呢！"

"好，我们就抓紧回去吧。"

于是，我们迎着偏西的太阳，又风风火火地往回赶。

五

我们回到冷江大队，已是下午5点半。一路上只见人们议论纷纷：

有的摇头叹息，"唉！怎么是他？不可想象，不敢相信呀！"

有的厉声咒骂，"呸！简直丧尽天良，虎毒不食子，他比畜生还不如！"

察言观色，让我意识到发生了重大事情，众口所指，是死者的丈夫杨跃！陈平更是兴奋不已，用肩膀猛耸了我一下说："听，他们是在说杨跃。看来王所长估计得一点不错，杨跃肯定被押回来了！"

"我猜也是，只是不相信这么快就把他抓住了。"

"他们是破案专家，侦破技术、手段肯定厉害，不相信不行呀！"

"你说得有道理，我们赶紧过去看看就清楚了。"

当我们一路小跑走进卫生所时，王所长笑吟吟地迎上来："你们回来得正是时候，告诉你们一个好消息，杨跃被押回来了，现锁在房间里，准备进行现场指认。陈营长，我答应过你，过去教训教训他一下吧，但不要过火了啊！"

"好，所长放心，我会掌握分寸的。"陈平说完，手握拳头，大步流星走进房间。

"哎哟，哎哟呀！怎样没把杨跃捆绑？他反把我铐住了，王所长快来呀！"

正当我质疑王所长的做法，怎么能怂恿陈平去打嫌疑人？这是违反侦查纪律的呀！突然传来陈平一声声凄厉的叫声，我一阵惊悚：怎么？凶犯铐住了陈营长！我急忙奔过去。只见陈平已戴上手铐，被一个身材伟岸的军人使劲按住在地，我正要伸手掏枪，但王所长快步走过来轻声地说："刘所长，别动！"然后慢悠悠地走到他们跟前装模作样地问，"怎么回事呀？"

"所长，您看杨跃这个凶犯真够歹毒，我稍不留神就被他弄成这样，快打开我的手铐，快把他抓起来！"陈平连声央求。

"所长，这个杀死我妻儿的抢劫杀人犯已被我抓住，赶快把他押起来审讯吧！"那个杨跃怒目圆瞪，指着陈平说。

"呵呀呀！你们都说对方是凶犯，谁真谁假把我弄糊涂了，没有照妖镜分辨不出真假美猴王呀！"王所长满面堆笑地说。

王所长原来说得清清楚楚杨跃是犯罪嫌疑人，要陈平去教训他，现在陈平却被杨跃撂倒在地，在这紧急关头不去解救，却在装乖卖傻耍幽默，完全不应该呀！我为陈平打抱不平！

但王所长的脾气我知道，如果不想挨骂，这个时候最好闭嘴。因此，虽然愤愤不平，也只得缄口不言。

"王所长你是知道的，我是破案小组副组长，一直积极参与破案，并通过了警犬搜查检验，是清清白白的，他才是真正的凶犯。"陈平振振有词地分辩。

"他丧尽天良，杀害我家三口，是天打雷劈的杀人犯！"杨跃牙齿格格作响，怒不可遏地吼叫。

"好了，好了，你们也不用争吵，让我问几个问题，你们按实回答，谁是凶犯就一目了然了。"

"好！"杨跃、陈平齐声回答。

"先问杨跃，你前晚凌晨零点在哪里？"

"在团部开会。"

"有证明人吗？"

"有，团长、团政委及参加会议的连营干部都可作证，前晚是团部召开紧急军事会议，一直开到昨天深夜才结束，我妻儿惨死的噩耗，今天早上才知道。"

"你有一把'95式'军用刺刀吗？"

"有，我随身带着，请所长过目。"杨跃从裤腰上掏出一把带鞘的刺刀递给王所长。王所长接过去瞄了一眼交给我。

"你穿的军用胶鞋是43码吧？"

"是的，您怎么知道？"

"因为在现场发现了43码的军用胶鞋脚印。"

"这与我有什么关系？"

杨跃对王所长的问话是对答如流，当问到这里，他霍地警觉起来。我想，这就接近问题的实质了。如此深究下去，对杨跃就会越来越不利。

但王所长话锋一转问陈平："是什么意思，你一定明白。陈营长你说说吧？"

午夜影

"杨跃杀妻灭子，在现场留下了脚印，侦破专家确定他就是凶犯。而他却在装蒜。"陈平见问，赶紧回答。

"你才装蒜，仅凭一个脚印就说我是凶犯，简直好笑！"

"好，好，不要争了，陈营长轮到问你了，只问他不问你，会说我一碗水没端平。"

"所长，您尽管问吧！"

"前晚凌晨零点你在哪？"

"我在家里睡觉。"

"谁能证明？"

"我是单身一人，无人证明。"

"哦，那你有一把'95式'军用刺刀吗？"

"没……哦！有，是仿制品，但丢了。"听陈平口气，先想否认，但瞬间又改变了主意。

"什么时候丢的？"

"好久不见了，什么时候丢的我记不起来了。"

"不，你应该记得很清楚，是前晚丢的吧！"王所长用难以捉摸的语气，微笑着说。

"不……不是，所长你怎么这样乱猜呀？"

"好，不猜了。换一个问题，你穿的军用胶鞋是43码吗？"

"是的，真凑巧，和他的一样大。"陈平苦笑着。

"这几天怎么没穿？"

"因要办案，穿布鞋舒服点。"

"是怕警犬嗅出来吧？还有，湿漉漉的穿在脚上也确实不舒服！"

"所长，您……您怎么……这么说……说呀？"陈平紧张起来，语无伦次。

我感到茫然不解，王所长怎么这么问？

"好，你怕问，我就不多问了，最后一个问题，你怎么知道周丽的手表不见了？"

"这……这个……我……我是听别……别人说的。"陈平额头上冒出一串串汗珠，越来越结巴起来。

"陈营长呀陈营长，别演戏了，越演越露出了马脚！其实，你的所作所为我已全部掌握，你就是连杀3人的凶犯！"王所长声色俱厉地喝道。

刹那之间，陈平脸色惨白，全身颤抖，一下瘫倒在地。

目睹这一切，我彻底懵了！

六

一件震惊四乡的血案，在省、县破案专家一筹莫展之际，不到两天时间，却被王所长毫不费劲地抓住了凶手，实在太神了！

人们对王所长高超的破案技巧和缜密的推理演绎，称颂不已，就连破案无数的省、县侦破专家都竖起大拇指啧啧赞叹：了不起，真了不起！

王所长一时名声大噪。面对一片赞扬声，他只是微微一笑：其实没什么，是自己运气好，碰上的。

当我问到他怎么认定陈平就是凶犯时，他微微一笑，点燃一支烟，吞云吐雾地讲述了他对整个案情的推理、演绎过程。

昨天晚上，他要我去美美地睡一觉，自己却躺在床上辗转反侧，无法入睡，现场勘查、调查走访的情况，在他脑海里一一回放：行凶的军刀，现场上的军鞋脚印，警犬寻踪的过程，死者留下的血字……这些现象分明隐蔽着惨案发生的图像，藏匿着凶犯的密码。

怎样才能让图像再现？如何破解这些密码？他冥思苦想，一个个假设确立，又一个个被推翻！一条条蹊径打开，又一条条被堵塞！

尽管他搜肠刮肚地思索、推测，但仍是一片渺茫。

他把现场发现一遍遍唠叨，军用刺刀、军人胶鞋……让他想到作案者可能是军人。而这个军人又必须具备如下条件：第一，与死者是熟人。死者丈夫杨跃是军人，如果他叫门，死者会毫不犹豫地去开，还有谁是她熟悉的军人呢？霍地，他想到了陈平，他是退伍军人，又与周丽是邻居，如果他去叫门，她也不会有戒备。第二，穿43码的军用胶鞋。杨跃是现役军人，陈平是退伍军人，他们都拥有军用胶鞋，但是不是43码呢？没见过杨跃，不能肯定，但按照陈平的身材和今天穿的布鞋大小推测应该是穿这样大码鞋的人。第三，执有"95式"军用刺刀。一个是现役侦察部队连长，肯定执有。一个是侦察兵退伍军人，服役时肯定使用过，但退伍时必须上交，耍点手段偷偷带回来也有可能，而且市场上有仿制品卖。

这个嫌疑人还有什么特征？他陷入沉思，突然周丽写的"了"字形血字在脑海里涌现，她为什么要写这个"了"，是不是在书写凶犯的什么特征？或者是涉及凶犯的姓名？她想写出来，但来不及写完就死了，只留下了这简单的笔画，虽然写得不规范，但看得出是"一横，折钩"。他猛地想到这是中文字体的书写笔画！如果是中文姓氏笔画，那什么姓氏有这个"了"状形的起笔呢？

他边背诵百家姓，边一个个书写：赵、钱、孙、李……陈……当写到第3个"孙"字和11个"陈"字时，发现这两个姓氏的起笔都是"了"，他推测：如果周丽临死时想要告诉人们，杀死她的凶手是叫"孙"或者"陈"什么的，那么，这个"姓"就是凶犯的第四个特征，照此推理，只要是"孙"或"陈"姓又满足上述三个条件的人，就是凶犯！按照这种假设推测，"杨"字没有"了"的起笔，杨跃就可排除。暂时没有发现有符合上述三个条件的"孙"姓人，这样，只有陈平的姓是"了"的起笔，而且又恰恰具备上述三个条件，他欣喜不已：哦，找到了！陈平就是制造这一惨案的凶犯。

他又想到：昨天陈平身上散发的异常香味，原来是为了扰乱警犬的嗅觉，故意在身上抹的香水。但还是被警犬发觉了，曾对陈平凶猛地叫吠，只是带犬干警认为陈平是破案组骨干没产生怀疑，为其解了围，加上警犬有点晕车，嗅觉失灵，没有准确地辨认出来，让陈平逃过了一劫。

如果这些推测、判断全部成立，"陈平是凶犯"就毫无疑问了。但想到这些只是他推理出来的结论，还需多方印证，特别是要找到在现场留下脚印的军鞋和行凶器械等物证，才能最后确定。他又想到，那个一横、折钩的血迹笔画，像"了"的形状又有点像阿拉伯数字的"3"，那具有"3"的特征的人也有可能是嫌疑人。因此，还需进一步侦查，但现在有了目标，就可有的放矢了。

七

今天早上见面时，王所长有意识地对陈平进行了一番观察、试探，完全证实了他的推测：首先，陈平穿的布鞋脚后跟鞋底部是外厚内薄，外侧鞋底上翻，说明陈平脚后跟着力不均匀，与现场脚印完全吻合。其次，陈平身上没有香气了，是陈平认为逃过了警犬追踪一关，已放心，不需再抹香了。其三，当他故意抛出杨跃是嫌疑人时，陈平就极力附和，并说出周丽手表不见了的事，陈平的用意是企图嫁祸于杨跃。但适得其反，露出了马脚。因为，为了以追赃作为侦查的突破口，对周丽丢表的事是绝对保密。除了王所长等几个现场勘查的破案专家知道外，应该只有作案者清楚，现在陈平无意中说出，就不打自招了！

但他还是不放心，这样一个各方面优秀、积极参与办案的大队干部，却是穷凶极恶的抢劫杀人犯！实在让人难以置信，凶犯是不是另有其人？因此，就安排我们对其他具有嫌疑特征的人进行了逐一排查，才吃了定心丸，最后锁定陈平是唯一案犯。

现在只要找到那双军鞋和凶器，在物证齐全之下就可实施抓捕了。怎样才能找到这些物证呢？王所长想到军鞋、军用刺刀对陈平来说，应该是喜爱之物，不会随便丢弃，应该藏匿在什么地方，说不定就藏在家里也有可能。必须对陈平家进行搜查！但他是破案小组副组长，有关研究侦查工作的会议他都要参加，对行动部署一清二楚。现在，要对他进行侦查，就必须支开他。王所长灵机一动，就冒出了一个去潭市附中外调的主意，把我也蒙在鼓里。

"去外调就外调，为什么交代我'不到5点不要回'？"我不解地问。

"这是我临时想起来的，当时想到如果在陈平家找到了物证，就可对他实施抓捕，但他是训练有素的侦察兵出身，人高马大，反抗力强，一旦拒捕就要多费周折，为慎重起见只能智擒！怎么才能一举成功将他制服？我突然想到了杨跃，他是现役侦察兵连长，擒拿技能肯定比陈平强，一物降一物嘛！而且妻儿被害，对凶手是恨之入骨，由他来抓捕陈平是最佳人选，但杨跃还在部队，可能今天才得知妻儿被害的消息，我计算了一下，他得信后动身到达家里最快也要下午4点半，这样，你们在下午5点回来，我才有充足时间对陈平家进行搜查和把抓捕行动安排得妥当。不出所料，在把你们支开后，我对陈平家进行了全面搜查，在他的地窖里找到那双湿漉漉的军鞋，鞋面上还沾有几滴依稀的血迹。因此，待陈平一到，我就放出烟幕弹要他去教训杨跃，让他毫无戒备地送货上门！"

"哦！整个案情都在你的掌控之中，真是料事如神！"对王所长处事精细、才略过人的表现，我佩服不已。

"什么料事如神，只不过是对一些零碎的现象多想想，拼凑拼凑而已！现在又面临一个让我困惑的难题！"

"嘿嘿！什么难题，竟然困住了我们无坚不摧的大所长？"我不以为然，笑嘻嘻地说。

"你怎么也变得油腔滑调起来？这样幸灾乐祸地哂笑我。"

"不是油腔滑调，要说，也只是幽默点吧，这是跟你时间长了的缘故，潜移默化嘛！"我还是嬉皮笑脸地说。

"真会狡辩！不和你争了。说正经的，这个难题让我绞尽脑汁，无计可施！"

"真有这么严重，是什么事呀？"

"什么事你应该清楚，就是凶器和丢失的手表没找到。这些物件是定案的重要证据。审问陈平时你也在场，他一直不认罪，说刺刀早就丢了，手表也没见过，这就是他的狡诈之处，他很清楚，我们仅凭一只军用胶鞋脚印的孤证，是难对他定罪结案的。"

"是啊！他确是个难以对付的家伙，那我们就抓紧寻找这些物证吧！"

"寻找是肯定的，但必须首先确定方向，我们不能盲人摸象地乱找呀。"

"也是，这么小小的东西随处都可藏匿，广阔的荒郊野外、深深的河塘水坝，都是他丢弃物证的理想之地。"我也意识到寻找物证的难度了。

"你说什么？呵呵！是的，你这一提醒，为我指明了方向。我真笨，怎么没想到这一点呀！"听我说完，王所长拍着脑门，爽朗地笑起来。

"什么，我给你指明了方向？"他喜不自胜的神色，却让我茫然不解。

"是的，是你提到河塘水坝，让我豁然开朗，想到凶犯为了摆脱警犬的跟踪，曾经跳入水塘，那么凶器和手表就应该丢在水塘里。"

"哦，是这样！但偌大的池塘，水深泥烂，就是丢在里面也很难找到呀！"想不到我无意中的话语，帮了他的大忙，但还是给他泼了瓢冷水。

"当然，要找到这些东西不是轻而易举的事，但只要是定案证据，就是大海捞针，我们也要找到！"

"怎么找？"

"放水干塘、挖泥！"

八

围绕放水干塘找物证的事，破案小组展开了激烈的辩论，王所长详细地讲述了自己的推测，表明干塘寻找物证的必要性。但于书记极力反对，他反复强调：靠天种田的农民，水是命根子，现在要把好不容易蓄下来的水放掉，会对农业生产造成严重影响，当地社员绝不会答应。

本来他对把陈平确定为犯罪嫌疑人就无法接受，各方面都很优秀的年轻人，不可能去干抢劫杀人的事，认为王所长搞错了。现在，又提出要干塘去找什么物证，他更加反感。就理直气壮地说："王所长，我们办事要讲点实际，不能捕风捉影，仅凭你个人的猜测就要这样兴师动众地干塘、挖泥，难道你不知道一塘水就是一仓谷吗？这样牺牲群众利益去干不着边际的事，我不同意！"

"于书记，不是不着边际，而是非常必要的事，因为，找不到凶器等物证，周丽被害的案子就难结案，对陈平也无法定罪。"

"王所长，你真的认为陈平就是凶犯？"

"是的，根据现场勘察的信息分析、判断，凶犯的四个特征他都一一具备。"

"前几年由于他表现好，大队才送他去参军，在部队里他又入了党，退伍后，工作主动积极。最近上级组织部门来考察，对他也很赞赏，同意了我的推荐意见，由他接我的班。这样一个根正苗红的人，怎么会成杀人凶犯，打死我都不信！"

听于书记这么说，对陈平是凶犯，我也产生了疑虑：他杀死周丽没有作案动机呀！

"什么？上级已确定他接任大队书记？"王所长现出惊讶的神情。

"是的，再过两个月我就要卸肩，我们都谈好了，他很愿意挑起这副担子。"

"哦，是这样！这就进一步证实了我的推测，他之所以要杀死周丽是出于某种原因。"王所长双目闪烁着异样的光芒，语气肯定地说。

"某种原因？他接我的班，没有竞争对手，周丽更没有任何妨碍他的地方，怎么会去杀死她？"

"你说得一点没错，但我们分析问题，要敞开思路，对可能发生的各种意料之外的情况，要多设想、多思考，就不难找到问题的冻结点！"

"你说的那些深奥道理我不懂，我只知道陈平杀周丽没有作案动机，一、她不是他接任大队支部书记的竞争对手；二、卫生所收入不多，经清查丢失的钱只有20多元，他绝不会为这点小钱连杀3人。除非还有别的原因。"

"你说对了，肯定有别的原因。"

"什么原因？"

"现在还是我的猜测，等把塘干了，找到了物证，我会把他的整个作案过程告诉你。"王所长笑眯眯地说。

　　"说来说去，你还是要放水干塘，要是塘干了，仍没找到物证，白白放干了一塘水，怎么向群众交代？我还是不同意。"

　　"于书记呀，请别跟我过不去了！我敢担保我要找的东西就在塘里。至于放干了水会影响生产是你的借口，因为，现在还是初春，雨水季节还未过，在下雨时多派几个人赶点山水，水塘仍会蓄满的。我也是作田出身，不要把我当伪农民哄呀，其实你不同意干塘，是醉翁之意不在酒！"王所长笑吟吟地说。

　　"好吧，你既然这么有把握，就按你的意见办吧。只是，到时没找到物证，看你怎么下台？"于书记也笑着说。

　　"你放心！我会满载而归，稳稳当当下台的。"见于书记同意干塘，王所长如释重负，长长地舒了一口气。

九

　　由于当时没有机械抽水设备，干塘是按传统的方法，先打开埋设在塘里的高、低涵洞慢慢放水，当低涵洞以下的水放不出时，就由人用传统的木制手提水车俗称"手车子"抽出塘底的余水，因此，干塘是件耗时费力的事。经过一上午的放水、车水干塘，一口8亩多水面的池塘才逐渐露出塘底。幸好这口塘位于山石丘陵之中，塘里沉积的泥土很少，除塘底有一尺多厚的淤泥外，锥形的塘里边全是碎石块。但要从这些石块、淤泥里寻找体积不大的凶器、手表，也不是件容易的事。

为了避免人多把寻找现场搞乱，王所长事先做了安排：塘堰上由民兵站岗维持秩序，除参与破案的公安干警负责寻找外，其他人员一律不准下塘。因此，塘干后，虽然一堆堆的鱼虾在塘底活蹦乱跳，也没人敢下塘捕捉。

我们10多名公安干警在王所长的带领下，一律脱掉外衣外裤，打着赤足，把衣袖和裤腿高高扎起，一字儿排开，在塘里进行梳篦子式寻找。我们小心翼翼地翻开一块块石头，抓挖一坨坨淤泥。虽然正值气温很低的初春，泥水还冰冷刺骨，我们却累得汗流浃背。但搜遍全塘，也没见到物证的踪影，我们面面相觑，大失所望！

"所长，是不是弄错了？那些东西压根儿就没丢在塘里！"这样兴师动众地白忙活一场，我对王所长干塘找物证的举动产生了怀疑。

"没丢在这里，又会丢在哪里呢？应该不会错呀！"王所长锐利的目光一遍遍地扫视着被翻挖过的塘泥、石块。很不甘心地喃喃自语。

突然，他快步走到塘堰边一块突兀的大石头前琢磨起来，由于这块石头是原生的塘边岩石，有很多凹陷的石缝，随即，他伸手在一条条深深的石缝中摸索着。

不一会儿，他欣喜地叫喊起来："呵呵！找到了，都找到了，你们看，就是这两样东西。"

我们急忙奔过去，只见他一手举着一把带鞘的刀具，一手拿着一个薄膜纸团，咧着嘴在"嘿嘿——"地傻笑。

我们兴高采烈地簇拥着王所长赶回大队部，王所长小心翼翼地洗去刀具上的泥迹，抽出刀体，反复端详后说："这是一把'95 式'刺刀的仿制品，说明陈平在部队时对这种军刀非常钟爱，但退伍时不能带回，就只好在市场上买把仿制品过过瘾了。"

"所长，你似乎忽略了重要的一点，仅凭这把刀，怎么能说就是陈平的呢？"我忽然想起这个问题，忙提醒他。

"你看看这里就明白了！"王所长把刀具递给我，指着刀柄说。

"哦！真是他的。"我接过来一看，刀柄上刻有"陈平"字样，字迹陈旧，说明这把刀非陈平莫属。

王所长又打开一层层包裹的薄膜纸，从里面拿出了一块小巧玲珑的女式西铁城手表。至此，加上从陈平身上搜出的 20 多元赃款，及通过鉴定从他军鞋上提取到的血迹与周丽血液完全相符的事实，陈平抢劫杀人的犯罪证据已全部获取。

但我还是纳闷不已，仅凭这点东西，值得连杀 3 人吗？于是，我提出纠结心头的疑问："所长，陈平抢劫杀人已证据齐全，只是我怎么也弄不明白，他不可能为了那点东西去杀人呀，他的犯罪动机到底是什么？审问他时，他又一言不发，真让人费解！"

"这个嘛！确实是个伤脑筋的问题，现在不妨来分析分析，检验一下我们的智商吧，一般犯罪分子行凶杀人，有多种动机，如仇杀、情杀、谋财害命等，此案仇杀、情杀不存在，就只有后者了，但抢劫的价值与连杀 3 人很不相称，确实令人费解。但我们是不是可以从另一层面来分析，犯罪分子的杀人动机，又可分为蓄谋已久，有明显的目的，经过深思熟虑才付诸实施的；也有一时暴怒，激情杀人的；还有的是犯罪分子本来就没有杀人的念头，只是在发生意外的情况下，临时引发的。从此案的情形分析，我认为应该属于后者，就是说陈平本来没有要杀死周丽母子3人的想法，但突发了什么事情，让他不得不痛下狠心，连杀3人！当然，这还只是我的一种推测，只有让陈平亲口供述，才会真相大白。"

"但他一直缄口不言，怎么才能撬开他的嘴？"

"你放心，他原来是认为我们只掌握了他鞋印的孤证，抱有侥幸心理，现在在我们已全部掌握了他的犯罪证据，在证据确凿、铁的事实面前，不怕他不低头认罪。"

"那我们抓紧行动，对他进行审讯吧。"

于是，我们把大队部作为临时审讯室，对陈平进行突击审讯。开始他还是百般抵赖，口口声声说是冤枉了他，但在王所长步步紧逼之下，在凿凿证据面前，他无言以对，只得低头认罪，如实交代了他连杀3人的动机。

原来，前天快凌晨零点，他胃病突发，疼痛难忍，就急匆匆赶到大队卫生所买止痛药，因与周丽是邻居，虽然是深夜了，但一叫门，正在汇总一天收入记账的周丽，就毫无顾虑地开了门，当周丽去药房为他拿药时，陈平看到书桌上摊着一堆现金，一时心动，就顺手拿了两张"麻大伍"（当时人们把伍元的人民币称作麻大伍），殊不知他的这一举动被正要起床撒尿的周丽男孩看到了，就大声喊叫："妈妈，叔叔偷你的钱。"

周丽听到儿子叫喊急忙走过来，发现桌上的钱少了，就大声呵斥陈平："看不出你是这样的小偷！平时装作正人君子，却干出这种不知廉耻的事来，听说你就要接于书记的班了，这样小偷小摸的人有资格当书记吗？"

周丽的一番数落，让陈平无地自容，想到如果周丽把这事声张出去，自己就无脸见人，梦寐以求的大队支部书记位子，就会泡汤！霍地，一个恶念涌上心头：只有把周丽干掉，才能保全自己的名节，于是他快步上前一手捂住她正要喊叫的嘴，一手抽出随身携带的仿"95式"刺刀，往周丽脖子上一抹。这时又惊醒了熟睡的小女孩，与没睡的哥哥大声哭喊："叔叔，你怎么要杀我妈妈？"

　　孩子们的哭叫声，让处于疯狂状态的陈平惊慌失措，想到两个孩子都认识他，一旦追查凶手，就会指证他，要保全自己，只有把孩子都杀掉！于是，就毫不犹豫地手起刀落，制造了这一惨绝人寰的血案。

　　陈平的供述，一一印证了王所长的推理、判断，让我惊叹不已！尽管陈平花招耍尽，但天网恢恢疏而不漏，终究逃不脱法律的制裁。

弑母事件

一

涴江村是涴水北岸一个依山傍水的小村庄，这里山明水秀、民风淳朴，多年来被县里评为敬老爱幼、遵纪守法的模范村。

就在这个远近闻名的模范村里，最近却发生了一起震惊四乡的事件：一个大学毕业的女儿把半身不遂的母亲推下池塘淹死了！

愤怒至极的村民和死者亲属把她五花大绑押送来派出所，强烈要求对其法办！我把这个大逆不道的人犯推搡进派出所的临时关押室，就和王所长一起接待村民，由于群情激动，村民们七嘴八舌，一片嘈杂！我们好不容易做工作才把他们安静下来，要他们一个个发言。

通过询问，得知了死者生平情况和事发经过：死者叫王美英，现年55岁。她命运坎坷多舛，30岁不到丈夫李文就在一次矿难中丧生，丢下一对幼小的儿女，儿子刚小学发蒙，女儿还在襁褓之中。丈夫的离世，家里失去了顶梁柱，本来就贫困的家庭雪上加霜，但凭着她的倔强意志，在悲惨境遇中不屈不挠，艰难地撑起了这个家。

当时王美英是远近闻名的大美人，又是具有初中文化的知识女性，丈夫过世后，上门说媒的、主动求婚的，络绎不绝、踏破门槛，但都被她婉言谢绝，凭着她姣好的身材和贤淑的品行，完全可以再婚找到幸福，但她几十年来不离不弃地守护着儿女。把全部精力和心血倾注在他们身上，她含辛茹苦、呕心沥血，终于把他们拉扯成人。儿子大学毕业后已在省外一家大公司就业多年，并已结婚生子。女儿婷婷也已大学毕业在家等待分配。

看到儿女一天天长大，成了有知识的人才，她的心血没有白费，她感到由衷的欣慰。她应该休息了！应该享福了！

然而，由于长期的过度劳累，她已是腰肌劳损、高血压等多种疾病缠身，为了节省钱，病痛发作时又总是强忍着不去医院，在家里搞点土方子应付，由于没有得到及时医治，病症越来越严重，她又是个闲不住的人。在去年冬季的一天，她冒着风雪去菜园劳作，重重地摔了一跤，导致脑溢血中风，留下了下肢瘫痪的后遗症。

在生活中不畏艰难的强人，终于被病魔击倒！

王美英生病后，儿子建华因公司事务抽不出身，想把她接去一起居住，边工作边照顾她的生活，但她死活不答应，说会影响他的前程。无奈之下，儿子只好要刚大学毕业的妹妹，暂时在家里照顾母亲。他则尽量多回家，及时把挣的钱送回来给母亲治病。但每次都要受到她一顿呵斥，说不要浪费钱了，她的病是治不好的，要他把工作干好，把家庭建设

弑母事件

好就行。

这样，女儿婷婷就在家里陪伴母亲，王美英逢人就夸奖女儿对她的精心照顾，是个孝顺乖女，只是认为这样拖累了女儿，流露出深深的不安和愧疚。

"这么说，她们母女感情很好，李婷又怎么会起杀心？"王所长提出疑问。

"本来我们也不相信，婷婷是我看着长大的，从小到大一直是个听话乖巧的孩子，但事情却这样发生了，李婷又承认是她害了母亲，我们也只得相信了！"一个自称是李婷的伯母的妇人很心疼地说。

"她承认害死了母亲？"王所长现出惊讶的神色。

"是的，我与王美英是一直相处很好的邻居，今天难得久雨天晴，吃过早饭大约9点的时候，想过去与她聊聊天，当路过她家屋前塘边时，发现塘中有团黑乎乎的东西，仔细辨认是王美英穿的衣服，我猛吃一惊：王英掉落塘里了！就大声呼救，闻讯赶来了不少邻居，几个会水性的跳入水塘，把她捞上岸来，但她已是僵硬笔直了！这时，只见李婷从屋里慌慌张张跑来，看到母亲这个样，扑上去就捶胸顿足地号啕大哭，连声说是她害了母亲，并奔向塘边，说要跟随母亲而去，我们几个慌忙扯住她，她就摇摇晃晃的突然昏厥过去。当时在场的人都认为她是在做作、演戏！等她醒来时，我们就把她绑来了派出所。"一个年近六十的婆婆说。

"她没有作案动机呀！"王所长还是不相信。

"有，她在大学期间就谈好了对象，听说还是个有权有势的'官二代'，并已答应帮李婷分配个好工作，然后就结婚。刚毕业时还来过多次，我们组上好多人都见过他，是个很帅气的小伙子，但最近没见他的踪影了，可能是吹了，也难怪，条件这么好的一个人，怎么会找个瘫痪婆子做丈母娘。因为母亲瘫痪，拖累了她！男朋友吹了，前途没有了，李婷肯定会迁怒于母亲，一时想不通而痛下杀手，是完全可能的！"一个自称村民组长的中年人说。

听完他们的讲述，王所长一言不发，只是一个劲地抽烟，陷入沉思之中。突然，他把没吸完的大半截香烟使劲撚灭在烟灰缸里，站起身："既然是这样，你们先回去保护好现场，我们询问一下李婷，就赶来勘查。"

我边听着他们谈话，边思索、琢磨，很赞成村民们的看法，十拿九稳是李婷害死了王美英，她有充分的作案条件，有明显的作案动机，自己也承认了。而且，王美英下肢瘫痪，不能行走，不可能自己掉进塘里去，不是李婷作的孽，又是谁呢？但王所长却提出要去勘查什么现场，真是无事找事！当时人多混乱，现场肯定遭到了破坏，是查不出什么来的，但他是所长，我不好提出反对意见。

待村民一走，我和王所长走进关押室，只见李婷畏缩在墙角嘤嘤哭泣，王所长走过去，帮她解开捆绑的绳索，让她在桌前坐下，又给她倒了一杯水，细声细气地说："小李，不要害怕，请把事情发生的经过讲讲吧！"

但她一声不吭，只是一个劲地抽泣，口里不时发出蚊子般的呢喃声。

"是你害死了母亲吧？快把事实交代清楚！"见她这样无动于衷的样子，我气不打一处来，就大声喝问。

她猛然抬起头来看了我一眼，肩膀不停地耸动，一吸一顿地抽噎着，连连点头。

当她抬头张望时，一张俏丽的鹅蛋脸展现出来，只见她五官端正，弯弯的柳眉下镶嵌一对大大的丹凤眼，樱桃小嘴两角微翘，要不是泪痕斑斑、惨白无血，确是一副娇艳的容貌，这样天使般的脸庞下却掩藏着一颗歹毒的心，实在让人感叹人心险恶！

"小李，母亲的死对你肯定打击太大，你也不必太伤心了，事情总会弄清楚的。"王所长对她不但没责怪，反而更亲和地劝慰起来。

这是什么话？明明是她害死了母亲，却说母亲的死对她打击太大，还要她不要太伤心，对王所长的态度我愤愤不平，你怜香惜玉也要看对象呀！我心里叽咕着。

"小刘，我们不要在这里耗费时间了，还是迅速去现场看看，或许在那里还可能找到意外收获呢！"王所长好像没觉察出我的不满，微笑着说。

他又叫来搞内勤的女干警吩咐：李婷悲伤过度，又染了风寒，给她弄碗姜糖水，小心照顾好。就和我匆匆赶赴现场。

王美英家已是人来人往，在喧闹纷乱地准备丧事。她家是乡村常见的一栋一正两横的土砖瓦屋，正屋地坪前有口近4亩水面的小水塘，从正屋阶级边到水塘约10米多远。

我们径直走进灵堂，由于等她儿子回来，王美英还没入殓，王所长掀开罩在她尸身上的白布，从头到脚一一认真查看。还拿起她的手，扳起她的下巴仔细观察，又用相机照了几张相。我在旁边想：王美英溺水身亡，已是不争的事实，他却还要这样郑重其事地验尸、拍照，岂不多此一举！

查验完尸体，我们就走到塘边勘查。不出我所料，现场已破坏得面目全非，由于昨天阴雨绵绵，地面泥泞不堪，来往人多，到处是一片杂乱的踩踏脚印，根本找不出与案情有关的踪迹。因此，我就抱着应付敷衍的态度，在塘边漫不经心地溜达。但王所长却是一丝不苟地勘查，只见他时而蹲下仔细辨认脚印，时而起身四处张望，当他走到水塘前的一处地方，突然停下脚步，向我招了招手。

我忙走过去，只见一条竹靠椅斜倒在地上，椅子与塘边相距有3米多远，中间有块黄色毛毯，上面踩满了泥脚印，王所长弯下腰，小心翼翼地掀开毛毯，俯身查看，又掏出相机拍了几张照，还从几处地方拈出一些泥土辨认，然后弯着身子，眼光不离地面，一步步向前移动，一直走到水塘边才停下来，然后伸直腰，长长地舒了一口气，自言自语地说："哦，不出所料，看来真是冤枉了她！"

"怎么？王美英不是李婷害死的？"听他这么说，我不解地问。

"是的，王美英是投塘自尽！"

"不可能！你有什么证据？"听他如此肯定的口气，简直让我丈二和尚摸不着头脑。

"我找到了非常给力的证据，你看，地面上这些抓痕，一直从椅子前呈直线伸到塘边，说明王美英是用手抓挖着泥地，匍匐着爬向水塘，因为她下肢瘫痪，只能靠手的抓力拖着腿向前爬行，所以，在泥土上还留下两只脚的拖痕，还有，两手抓痕的中间，还有同步向前的凹陷印痕，这是她爬行时下巴也使劲地抵着地面向前移动身子而留下的，而且这些痕迹的泥土上都沾有血迹。上述这些现象就可断定：王美英是投塘自尽。"

"现场一片混乱，怎么就能确定这些痕迹就是王美英留下的？"我根本不相信。

"要确定是不是她留下的，其实很简单！"

"怎么确定？"

"只要看看她的手指和下巴有没有伤痕，在验尸时我发现王美英的双手指头损伤严重，大部分指甲都裂开了，下巴的皮肉也磨损不少，都是血糊糊的，当时就感觉蹊跷，看到泥土上的这些痕迹才恍然大悟：原来是她艰难地爬向塘边时留下来的创伤。"

"那张毛毯又是怎么回事？你说的那些证据，都是在毛毯下找到的，是不是有人制造了假现场，又用毛毯保护起来，故意让你上当？"

"这个你就不用担心了，我可完全肯定，这个现场绝对是原始、真实的，因我根据现场上的这些现象，进行了反复的演绎、推理，猜测出当时的情况应该是这样：难得碰上久雨天晴的天气，王美英提出要到外面晒晒太阳，李婷拗不过她，就在地坪里放上竹椅，把她安顿在椅子上，在她瘫痪的双腿上盖上毛毯，就去屋里忙家务了。殊不知王美英早就动了自尽的念头，待李婷走开后就挣扎着从竹椅上倒了下来，当然就把毛毯抖落在地，身体就自然而然地压在毛毯上，又因两条腿僵硬不能动弹，向塘边艰难爬行时就会把毛毯同步向前拖动，当然就把手指和下巴留在泥土上的痕迹覆盖了，这样，无形中为我们保护了现场。"

"但李婷已承认是她害死了母亲呀！"我还是茫然不解。

"李婷的话你信吗？她是因没照看好母亲，而发生了这样不测的事，无法面对兄长和亲友，感到愧疚莫极，母亲的死让她悲痛欲绝，产生了以死谢罪的心态，因此就口口声声地说是她害死了母亲。而且在这样一个充满母爱家庭长大的人，绝不会干出相悖伦理的事！当时我就不相信她会做出这种大逆不道的事情来。"

"但这些还是你的猜测，我总觉得事情不会那么简单，一个活生生的人，怎么会去选择这条不归之路？"

"当然，这些还只不过是整条证据链上的一些环节，只有把所有环节找到衔接起来，才能弄清事件的来龙去脉，现在还有重要的一环没找到。"

"重要的一环？"

"是的，正如你说的，一个活生生的人怎么会选择去死？我想，王美英做出自尽的选择，不是一时的贸然行动，而是通过一番痛苦的心理斗争，思前想后做出的决定。她会把自己的死交代得明明白白，绝不会给儿女和亲友留下猜疑。她又是个有文化的人，因此，肯定写了遗嘱，只要找到那份遗嘱，一切就明朗了！"

"那就事不宜迟，赶快寻找那份遗嘱吧！"虽然对王所长头头是道的分析、推理，我仍半信半疑，但他既然说得这么肯定，也只得暂且认同。

于是，我们走进王美英的卧室寻找起来，我们翻箱倒柜地查找了一遍，但一无所获！心想，或许王美英根本就没写什么遗嘱，只不过是王所长的异想天开吧！因此，就漫无目的地随便翻翻。但王所长却是在全神贯注地寻找，当他从一个破旧的小木箱里拿出一个发黄的习字本时，就如获至宝地一页一页地翻阅起来，突然欣喜地说："啊，找到了！找到了！"

我忙拿过来一看，一页密密麻麻的文字展现眼前：
建华、婷婷：

我知道你们对我的突然死去悲痛万分，懊悔不已，但是，我的死，是我由来已久的念头，是我心甘情愿的选择，你们不必自责，更不用悲伤。

俗话说："宁愿世上捱，不愿土里埋。"我也恋生，不忍丢弃血脉相连的亲人，不愿离开生我养我的土地，不想离别阳光明媚的世界！我憧憬儿女成家立业、大展宏图的未来，我期盼后辈茁壮成长、享乐天伦的美景！

但是，老天爷是那样的不公平，凶残的病魔总是缠绕着我，让我瞬间变为废人！成了家庭累赘，使你们背上沉重的包袱。

建华通过艰辛打拼，事业刚有起色，却因我的病，三天两头往家走，挣的钱都塞进了我的药罐，长此以往，辛辛苦苦开创的事业，将毁于一旦！

婷婷刚大学毕业，正是就业的黄金时候，却成了我的保姆，整天围着我转，让热恋中的男友也悄然离去。这也不怪他，谁会找一个废人做岳母？

而这一切，都是因为我！我不能这样自私，这样苟且偷生，而耽误了你们的前程，毁灭了你们的幸福。我必须离开，步入另一个世界，给你们一片自由的天空。

……

捧读王美英的遗嘱，我不禁黯然泪下，深陷沉痛之中……

难道这就是一颗母亲的心？

不言而喻，这份沉甸甸的遗嘱，揭开了"弑母事件"的真相。

深山骷髅

一

一天下午，正当我在值班室暗自庆幸：今天没出什么事，难得这样清闲！

突然一个年近五十的山民慌慌张张地走进来："报告，石峰山下有一堆人骨！"

"什么？人骨！"我心里咯噔一下，第一次听到辖区内有人骨残骸。

"是啊！怪吓人的。"

"小刘，不要惊慌，看来我们又有事做了！"这时王所长听到了我们的谈话，慢悠悠地走了进来。

看到报案人惊魂未定，我给他倒了杯茶，让他坐下来慢慢说，原来，他是岭南村的，经常攀爬在悬崖峭壁中采摘蘑菇、灵芝等药材、山货。今天下午，他在石峰山主峰上采摘一株灵芝时，发现悬崖下好像有东西微微发光，感觉奇怪，就攀爬到跟前去看个究竟，猛然发现岩石夹缝中有堆白骨嶙嶙的骷髅，黑幽幽的眼洞还直愣愣地盯着他，令他毛骨悚然！慌忙跑来派出所报案。

"小刘，抓紧行动，必须赶在日落前把现场勘查完，天色暗下来，就什么也做不了了。"只见王所长已背上勘查工具，站在门口。

在山民的带路下，我们迅速赶到一处险峻的悬崖边。山民说，那堆人骨就在悬崖底下的石缝中，我俯瞰崖下，黑黝黝的深不见底，顿觉头晕目眩！

"不要再磨蹭了，赶紧下去吧！"王所长抬头看看天色，催促着。

我们攀着陡壁上的灌木、树藤小心翼翼地往下滑落，我心里清楚，攀爬这样的悬崖很危险，稍不留神，就会摔得粉身碎骨！但那个山民却像猴子一样敏捷，很快把我们拉得很远，幸亏我和王所长在山区工作多年，也锻炼了些攀爬悬崖的技能，又带了绳索等工具，才艰难地到达崖底。

山民指着不远处一片嶙峋突兀的岩石说："你们看，就在那里。"

我朝他指的地方望去，一副弯曲的人体骨架散落在岩缝中。

偏西的阳光透过茂密的树叶，投射在残骸上，阴影斑驳、若隐若现，令人发怵！

这时，王所长已走近残骸，对现场进行照相、勘查，仔细检测骸骨，不时用镊子夹起一些东西装进小塑料袋，我走过去掏出记录本子，按照他的勘查一一记录：骷髅呈仰卧状态散落在岩缝的乱石中，头骨朝西北向，脚骨呈东南向。后脑勺破损内凹，头骨下粘着几缕黑色长头发。头顶至下颌骨长 24 厘米，两颧骨宽距 13 厘米。左手尺骨和桡骨下有淡绿色碎玉渣、右手尺骨和桡骨前端有块锈痕斑斑的西铁城手表。胸骨下有一串土黄色金属链条和马形挂件，骨架下散落不少铅质颗粒……

由于风吹雨蚀，其他衣饰物件已自然风化得无影无踪。

现场勘查完毕，天色渐渐黯淡，暮霭弥漫、树影婆娑，一群乌鸦在"哇呜——哇呜——"啼叫，犹如悲伤的哭诉，阵阵山风嗖嗖作响，好似在低微呻吟！

二

从现场回来，王所长把带回的死者左手掌骨、腕骨包裹好派人送往专门医院检测骨龄，我把现场拍的照片迅速冲洗，王所长掏出现场提取物，摆放在宽大的办公桌上，小心翼翼地擦拭、洗刷，一件件地打量、琢磨。待我把冲洗好的照片摊在桌上，又一张张拿起揣摩。他一言不发，来回踱步，只听见咔嚓咔嚓的打火机点烟声接连不断，他时而停下脚步，拿起物件反复观察，时而仰头盯着天花板发呆，眉宇间"川"字越锁越紧。

"小刘，我们来讨论一下，你对这件事有什么看法？"王所长突然发问。

当时，我正针对现场勘查情况，思索分析这一事件的性质、特征，认为与早几天侦破的"枫林迷案"有很多相似之处，就不假思索地说："我认为这是典型的'他杀'！骷髅散落地不是第一现场，是抛尸现场。"

深山骷髅

"根据呢？"

"首先，骷髅散落地在崇山峻岭中，如果自杀，自杀者不可能费尽艰辛来选择这个连尸骨都难找到的地方，要自杀在什么地方都可以呀！其次，这里方圆百多里是原始森林，山路崎岖，行凶者很难把一个大活人拉到这里动手，只能把死人扛来抛尸灭迹。而且，死者后脑勺破损，应该是重击致死的确证。还有，从现场遗留物看，死者是女性，案件性质就不外乎情杀，或奸杀了！"

根据现场勘查情况，我缜密分析梳理，做出了这一判断。心想，这应该是无懈可击的结论。王所长一定会出乎意料地对我大为赞赏。

然而，他默默不语，对我的判断不置可否，只是"咔嚓"一声又点燃一支烟，深深地吸着，深邃的目光凝视窗外，现出若有所思的神色。

"你的看法虽然有道理，但不会那么简单吧？我总觉得有点蹊跷！"

"所长，现场情形明摆着是'他杀'！还存在什么蹊跷？"看他连"自杀"和"他杀"的定性，还那么犹豫。我心里嘀咕起来：你怎么变得这么迟钝了？但碍于他是领导，不好明说。

"小刘，不是我今天变蠢了，而是现场情况很复杂，让我无法定决！"王所长好像看穿了我对他的不满。不紧不慢地说。"你看，'自杀'的话，正如你说的，自杀者不可能来到这个渺无人烟的地方，但反常的事也有呀！'他杀'嘛，死者的遗留物又让人疑窦丛生：她金项链、手表，还有玉镯，都一一穿戴在身。而这些都是价值不菲的高档商品。特别是那只玉镯，从擦拭后的玉渣看出，是相当昂贵的翡翠玉！我想，行凶者能把死者搬这么远，应该不会是仓促行事，完全有时间把这些值钱的东西摘下来占为己有，他却没这么做！至于后脑勺破损是不是行凶者重击所致，现在也很难断定。因此，'自杀'或'他杀'的定性，是言之过早了！"

"您的看法似乎也有道理，但如果'自杀'还是'他杀'都不能确定，又是什么？把我弄糊涂了呀！"听他这么说，让我陷入迷惑之中，是啊，行凶者不会那么蠢吧！人都杀了，还会把这些贵重东西随同死者一起抛掉吗？何况但凡凶残者都是些嗜财如命之徒！

"别急！虽然现在还是一片渺茫，但只要弄清死者是谁，一切就会水落石出，当务之急就是迅速找到死者尸源。"

"寻找尸源，谈何容易！仅凭一堆白骨能找到吗？"

"能！世上无难事，只怕有心人。只要认真寻找，不怕找不到。"

"怎么找？一点线索都没有！"

"怎么没有？死者给我们留下了大量线索！如果把它充分利用，一切就会迎刃而解！"

"死者留下了线索？"一堆白骨，什么也没有，他却说得这么轻巧，简直把我听糊涂了！

"是的！首先，头骨下有长头发，戴金项链、女表、玉镯，表明死者是女性；这一点你也轻易地看出来了。其次，头骨长度24厘米，她身高应该是1.68米左右，因为按照人体结构比例，身高一般是7个头的长度；另外，从头骨长度，两颧骨宽距，下巴结构推测，她是典型的瓜子脸；还有，她能穿戴这么贵重时髦的饰品，说明她经济来源宽松，绝非一般村民。这些，就告诉了我们死者的身材、相貌等特征。"

深山骷髅

经王所长一一点拨，我茅塞顿开，是啊！这确是寻找死者的重要线索。一起勘查现场，我一点都没觉察，却让他如数家珍般囊括，我真佩服他那明察秋毫的观察和鞭辟入里的分析，也就无话可说了。

"小刘，给你一个任务，把死者的模拟像画出来，我们把寻人启事发出去，就有可能找到这个人。"

"好，有您的指点，保证完成任务。"

模拟画像是我的特长，当即在办公桌上铺开纸张，拿起碳素笔，按照现场勘查结果和王所长的分析、描述，尽力发挥我的想象力，认真勾勒起来。很快一个打扮时髦、丽姿可人的少女呼之欲出！在王所长的指点下，又几经修改，她那温文尔雅的形象更加栩栩如生了。一堆阴森森白骨，眨眼之间变为如花似玉的女郎！我真不敢相信自己的眼睛。

"所长，是不是画错了？哪有这么漂亮的人？"

"不用怀疑，我们是根据现场勘查的信息猜测出来的，当然不是百分之百准确，但确有其人也不奇怪！把它发出去再说。"

于是，我又迅速起草寻人启事，写着写着，碰到了难题。

"所长，死者年龄多大？"

"是啊！这很重要，唉！这该死的脑壳真不管用了，差点忽略了这一点。"王所长拍了拍脑门，走到办公桌前又琢磨起那些遗留物来。

沉默片刻，王所长很有把握地说："哦！有了，这样写吧：此人，1954 年出生，现年 36 岁。身高 1.68 米。"

"所长，真把我弄迷糊了！怎么您一下就弄清了她的出生年份？"我不解地问。

见我一脸茫然，王所长笑了笑说："这个嘛！其实很简单，你看，她的项链心坠是一只小马驹，说明她属马，把生肖作为吉祥物佩件，是人们的通常做法啊。而且从现场白骨化程度判断，她死了至少10年，从骨骼生理结构及佩戴饰品分析，她死时应该只20多岁，当然准确年龄要等骨龄检测结果。暂且就按我的判断推测：她马年出生，今年是1990年，是她的本命年。按生肖12年轮值，1990年加减12或12的倍数都是马年。就是说今年以前的1954年、1966年、1978年都是马年，她死时有20多岁，又死了有10年的话，那么只有1954年符合她的出生年份。照此推算，她今年36岁，死亡时间就应该是1980年，当时是26岁，但寻人启事只能按现年写，主要是引起熟悉她的人提供线索，协助我们破案。"

　　听他这么说，我还是满腹狐疑：推测年龄不会这么简单吧？但不好和他争论，只能等骨龄鉴定再说。

　　翌日，在派出所召开了镇属各村及企、事业单位负责人会议，王所长详尽地介绍了案情，要求各单位组织力量，分片包干负责进行调查走访，把打印、复制好的寻人启事和死者模拟画像发放、张贴到所在辖区，号召全民提供线索。

　　于是，一场捕捉死者蛛丝马迹，揭开深山骷髅之谜的行动，在全镇范围内迅速开展起来。我和王所长则在办公室日夜值班，静候信息反馈，期待各地富有价值的报告。

　　然而，3天过去，如泥牛入海，杳无音信！

　　王所长坐立不安了，他一支支地抽烟，一个劲地踱步，一会儿拿起现场检材、物件琢磨，一会儿把他的日记本翻来翻去。活似热锅上的蚂蚁！他喃喃自语："怎么一点信息都没有？这种做法是不是错了？差错出在哪里？"

深山骷髅

"肯定是年龄不对。"当时对他推测出来的年龄我就表示怀疑，故提醒他。

"不，年龄一点没错。接到的医学鉴定结论是：白骨化程度不小于 10 年，骨龄 25 岁。按正负 1 岁属正常范围，与我推测她死亡年龄 26 岁，现年 36 岁，完全对上了号。"王所长肯定地说。

"那又错在哪里呢？"我们好多推测，都是基于年龄这一关键点做出的，现在年龄与科学鉴定相符，我实在不解！

"别急！让我好好想想。"王所长边说边拍着脑门，抓耳挠腮地在办公室里转悠起来。突然，他停下脚步，恍然大悟地说，"啊！有了，这几年镇范围内没有失踪人员的报告，说明我们辖区内根本没有这样一个人！小刘，看来我们的方法不对头，搜索面太窄狭了。还有，寻人启事太简单，要写具体点，干脆这样写吧：寻找对象，女性，现年 36 岁，身高 1.68 米，于 1980 年 2 月 14 日下午 1 点失踪。对提供此人信息者，定当重谢！联系电话：073167741110。"

死者失踪的时间我们还一无所知，却要写得这么具体，简直在胡扯！我不得不提出反对意见："这样写不行吧？我们不能毫无根据地去瞎蒙呀！"

王所长却笑眯眯地说："不是瞎蒙，而是有据可依。"

"有依据？"听他如此肯定的口气，我愣住了！

"是的，我刚才仔细地察看了她摔坏的手表，时针指的是 1 点，由于破损的表面玻璃片紧扣在日历上，日历还依稀可辨是 14，说明她是 14 日的 1 点失踪。"

"但又怎么肯定就是 2 月 14 日？"因为日历表上没有月份！我还是怀疑他的判断。

"当然，月份是通过假设推理出来的。你看，时点、日子很明显，只是月份无法确定。我们就假设这堆骷髅是自杀或者他杀形成的，根据这几天的调查又确定死者不是附近的人。那么，来到这么远的地方，上述两者都要有一个必不可少的条件：就是合适的天气。试想，在一个狂风暴雨，或者冰天雪地的日子里，他们会这样艰难跋涉来到这里吗？我们已有合乎科学的推测：她死于1980年某个时间。根据这一判断，我查阅了我的日记记载，1980年12个月的'14'日，只有2月14日是个风和日丽的白天，其他月份的14日不是刮风下雨就是大雪冰冻，完全不适合上述二者行事。因此，我判断出1980年2月14日下午1点就是死者出事的时间。"王所长见我总是表示怀疑，就又详细地阐述了他对死者失踪月份的推理过程。

"好，寻人启事就这样写，发布范围呢？"听了他无可挑剔的分析、推理，我心悦诚服了。

"干脆登到市晚报上，这样，就做到了家喻户晓，不信碰不到知情人。"

"2月14日，是情人节呀！"当写到死者失踪日期，我突然想起来。

"是啊！这是你们年轻人的节日，差点让我忽略了呀，看来这个案子有点意思了，这个日子给它增加了神秘色彩！"

"神秘色彩？"

"是啊！你想，在一个阳光明媚的情人节，与自己深爱的人，携手游玩，该是多么浪漫！你应该有亲身体验吧！"王所长眼睛放出光亮，微笑着说。

"嘿嘿！看来您也是情场老手了，讲到情人，眼睛就光芒四射！"我嬉皮笑脸地冲他说。

见我一脸嬉笑，王所长神情严肃地说："开什么玩笑！年过半百的人了，哪有那根神经？只是这个案子与情人节搅在一起，让我突发奇想！""奇想？难道您认为这个案子与情人节有关联？"怎么？他又把情人节的浪漫与复杂的案情扯到了一块，简直是风马牛不相及！

"没什么，就算偶然的遐想吧！"王所长忽闪着异样的目光，若有所思地说。

四

寻人启事登上市晚报2天了，仍没一点反应，让我焦躁起来，心想：只怕是与第一次一样，在白费工夫！就一个劲地问王所长，怎么没有一点消息呀？是不是我们的方法又错了？

他却神情悠然，总是安慰着我："别急嘛！只要耐心地等待，好消息应该很快就会来的。"

回想从勘查现场至现在，快一个星期了，我们没有主动侦查，只是傻乎乎地在办公室等待，王所长平时总是说：侦查破案，兵贵神速！情况瞬息万变，线索稍纵即逝，绝不能给案犯有喘息机会。以前，他面对错综复杂的案情，才思敏捷、行动迅速，而这次却判若两人，总是优柔寡断、慢条斯理，每次问他，却又总是那么自信。让我郁闷至极，就很不耐烦地说："有什么好消息？等，等，等了这么久仍一事无成。不能这样守株待兔呀！"

"呵呵！小刘，看来怨气还不少。嫌我办事拖沓了吧？其实是在冤枉我呀！我之所以这样做，正是针对案情的特殊性而采取的相应对策。办案虽然要求雷厉风行，但也不是千篇一律！要讲究灵活机动、对症下药。根据我的分析，这个事件只能采取慢火攻心的方法，我们把信息发出去，让条件日臻成熟，就会水到渠成，说不定你正在树下酣睡，一只肥兔就撞上来了，还是好好地等着吧！"见我对他的做法表示不满，王所长笑微微地解释。

听了王所长半开玩笑半当真的话，我不想和他争论了。心想：皇帝的日子，老板的工！你是老板，你不怕等，难道我怕？

第3天晚上11点多，正当我在电话机前等得心灰意冷：看来今天又是泡汤了！

突然电话丁零零——丁零零——响起来，我一把抓起话筒，放在桌上，因为王所长已大踏步来到跟前，好让他也能听到，话筒里传来一个浑厚的男中音："喂，是山峰镇派出所吗？"

"是的，有什么事？"

"我想打听一下，你们登的寻人启事是怎么回事？"

"这……"听对方这么问，我不知怎么回答。

王所长见我语塞，忙对着话筒说："我们在一处悬崖下发现了一堆人骨，经分析判断，认为是这样一个人的残骸。"

"哦！那……那……"对方欲言又止，话筒里只有粗重的喘气声。

"喂，喂！怎么不说话呀？你一定有重要信息吧？不要有什么顾虑。向你保证，我们对信息提供者绝对保密，而且会尽力保护他的合法权益。"王所长有点急了，抓起话筒大声说。

"那……那好吧，下次再联系。"对方挂断了电话。我很失望，好不容易盼来了电话，但一无所获！

王所长却兴奋不已："小刘，这个人就是那只'肥兔'，是我们要找的人。他掌握着重要线索，看来，骷髅之谜指日可揭了！"

"所长，不是泼冷水，对这个人期望值不要太高，你看他断断续续几句话就挂了电话，别指望他能提供什么重要线索。"

"不，听他的口气好像有难言之隐。今天来电话是试探，我做了承诺，他肯定会再来电话。而且据我推测，可能仍然会在明天这个时候打来！"

"那就等他的电话吧！"既然他这么有把握，我不好扫他的兴，只能拭目以待，看看他的推测到底准不准？

不出王所长所料。次日晚上11点多，电话又丁零零——丁零零——地响起来。我抓起话筒故意问："你是谁？有什么事？"

"王所长在吗？我想找他请教点事情。"

"我就是，你说吧！"王所长忙抢过话筒。

"您好！久闻所长对各种疑难案件明察秋毫，我想请教您对发现的骷髅事件是怎么看的？"

"这个嘛！由于调查的情况还不全面，暂难做出决断，只是现场情况表明，有点怪怪的！"

"怪怪的？所长一贯料事如神，这次怎么会这样？"

"过奖了！其实我们侦查破案，全靠知情人提供线索，才能揭开迷离的案情，我想你一定有重要情况提供，协助我们破案吧？"

"协助，谈不上！只是知晓一些你们可能难以明了的实情，但一旦讲出来又怕无人相信。"

"是怕惹麻烦吧？其实你不必担心，你提供的情况能帮助我们破案，我们还要感谢你呢！"

"感谢？我没有那种奢望！现在办案人员根据案情的表面现象，仅凭自己的主观臆断，制造冤假错案的事例太多了，令人生畏！"

"你说的是极少数现象，大多数办案人员是遵循'以事实为依据，以法律为准绳'，坚持实事求是的办案作风呀！"

"我担心如果正碰上这少数不明事理的人，就遭殃了！"

"请放心！可以向你保证，不会出现那样的情况，在我的办案生涯中还没有'冤、假、错'字眼。"

"据我所知，您确实如此，既然讲到这个份上了，我就冒昧地问一句：您认为这个事件是什么性质？"

这个人东扯葫芦西扯叶，引起了我的怀疑：莫不是来探风声的？但王所长却不厌其烦地和他攀谈，还向他做出保证，我真有点弄不懂！你今天怎么了？对这个人那么有耐心？现在好了，他得寸进尺，竟然问起这一事件的定性来，这是侦查期间不能透露的机密呀，看你怎么回答？

"虽然还没最后确定，但从现场勘查的信息来看，'自杀'与'他杀'都不太可能。"王所长脱口而出。

原来和我讨论案情时，他还是模棱两可，现在却说得这么干脆，我真担心起王所长的智商来，没有绝对把握，不能这样信口开河地乱说呀！

"真是名不虚传，令人佩服！好，我会登门拜访。明天见！"

听那口气，王所长的答复，是对方期待已久的喜讯。只是把我越弄越糊涂了，待对方高高兴兴地挂了电话，我迫不及待地问："所长，我就不明白，你怎么在侦查期间透露这么重要的信息？而且事件的性质我们还无法确定。您就这么说，如果错了，怎么收场？"

见我对他的这种做法表示极大不满，王所长拿起现场照片指点着对我说："不用担心，我已认定这个案子的凶手不是自然人，死者后脑勺损伤，不是人为的，而是砸在岩石上所致，来，你看，头骨上的致命损痕与这块石尖完全吻合，这块顽石就是凶手！"

"这么说，重击致死的'他杀'就可排除了？"听他这么说，我忙走过去，把照片上的头骨伤痕与突兀的石头认真比对，确实如此：骨损内凹大小、深度与石尖形状完全一致。对王所长的判断深信不疑了。

"是的，现在就等那只'肥兔'给我们一个惊喜了！"王所长笑眯眯地说。

"他能给我们惊喜？"看到王所长满怀信心的神态，我却表示怀疑。

"不用怀疑！听了我的表态，他那轻松愉快的口气，你没听出来吗？我敢打赌，明天他会把骷髅谜底和盘托出。"虽然，对他的说法我还是不敢苟同，但他既然这么自信，我还能说什么？那就等待他说的什么"惊喜"吧！

次日上午8点，我和王所长刚走进派出所大门，一辆伏尔加小轿车尾随而来，嘎吱一声停在地坪中央，车上走出一个西装革履、派头十足、年近四十的精壮汉子，左边腋下夹着一个黑色公文包，满面春风地与我们一一握手。我们热情地把他迎进办公室，让他在沙发上落座，王所长笑吟吟地说："我想，你就是要向我们提供重要线索的客人吧？辛苦了！"

"我有什么辛苦？只是你们为了一方治安，日夜操劳，才真正辛苦！"来者见问，欠了欠身说。

我给他倒了杯茶，他忙起身双手来接，一副举止大方、彬彬有礼的样子，趁他接茶之际，我近距离瞄了他一眼，只见他五官端正，浓眉大眼，深邃的目光炯炯有神，显得精明干练。

"别那么说！我们是吃这碗饭的，虽然辛苦点，也是乐在其中啊！"

"所长为了工作，任劳任怨，其敬业精神实在可嘉！特别是料事如神的破案技能，无不让人称颂！"

"哪里？徒有虚名，我有多大能耐，自己清楚。"

"所长，别谦虚……"

"请把你掌握的重要线索告诉我们吧！"来人一个劲地夸奖王所长，让我反感：今天又不是要你来唱赞歌拍马屁的！就毫不客气地打断他的话。

"不是什么重要线索，只是一些实际情况，我已写了下来，你们看看吧。"见我催问，他瞬间收敛了笑容，脸色阴沉忧郁，手指微微颤抖地打开公文包，拿出几张写得密密麻麻的公文纸。

五

我接过来人递交的公文纸一看，是一份书写工整的蝇头小楷《我的陈述》：

12年前我应聘为 A 公司总经理助理，凭着我的聪明才智和吃苦精神，工作上得心应手，2 年时间就挪到了副总经理位置。

总经理由于年龄和身体原因，提出退休请辞，董事长要求他：培养好接班人再离职，总经理可能是看中了我的为人忠厚和工作能力，尽力培养、扶植我，公司上下都看得出：我就是未来的总经理。

当时，硕士毕业在公司任策划部部长的董事长千金，她天生丽质、聪明伶俐，不知怎么看上了我，频频向我示爱，为了登上让人垂涎的总经理宝座，我欣然应约赴会，频繁出入董事长家。因为我清楚：任命总经理，董事长的点头是关键！

其实，我已有相恋多年的未婚妻——萍萍，她的美貌和气质一点不亚于董事长千金，她 1954 年出生，属马，今年36 岁，她有 1.68 米的身材，拥有东方女性典型的瓜子脸，温文尔雅、淡雅端庄。我们大学毕业后，就一起在南方打拼，注册了一家会计师事务所，几年来，虽然事业风生水起，但我们嫌事务所平台太小，尽力寻找大的发展空间，刚好 A 公司招聘人才，我积极应聘，就如愿以偿找到了施展才华的舞台，来公司就职后，我们由一起厮守变为天各一方，但她从不后悔，没有半点怨言。得知我即将上升到总经理位置，更是欣喜不已！

由于我们没有正式登记结婚，应聘简历表"婚否"栏上，我写的是"未婚"，又因新来乍到没人知道我有女朋友，就碰上了董事长千金追我，我又不好回绝！虽然，我和萍萍已是情深义重，不可分离，但那把总经理交椅的诱惑，又让我不能拒绝董事长千金的爱意，只能迁就迎合。

1980年春节期间，萍萍来到了我的身边，我提心吊胆，生怕董事长千金觉察，不敢让她抛头露面。心想，过了春节把她打发走，等任命总经理后，再把她接来举办婚礼，至于董事长千金那边，就只能在事后再向她解释。

2月14日情人节那天，是正月十一日，公司按惯例要过了元宵节才正式上班，刚好，董事长携爱女探亲未归，我想趁这个机会，和萍萍痛痛快快地玩一天再送她走，我问她情人节怎么过？她提出去登山打猎，因为这是我们共同的爱好。

天刚蒙蒙亮，我们就搭上公交车来到了石峰山下。

石峰山是丛林密布、层峦叠嶂的山区。各种飞禽走兽应有尽有，是登山狩猎的理想之地。我们玩得兴味盎然，打了几只山鸡野味，快到下午1点才准备下山返程。这时，一只小松鼠在前面的草丛中蹦跳，萍萍就追了过去，我紧跟其后，突然，猛听她"哎呀"一声，身子一斜扑向悬崖，我急忙伸手去抓，也踩空一脚掉了下去，只听"扑通"一声，眼前一黑，失去了知觉……

不知过了多久，我渐渐苏醒过来，感觉脑袋剧烈疼痛，伸手一摸黏糊糊的，知道自己摔伤了，就尽力回想是怎么回事？倏地，眼前呈现掉落时的一幕，啊！不好，她掉下了悬崖!

我霍地爬起来!强忍疼痛,扯着嗓门喊她,没一点回音,大声呼救,也无反应,我清楚:这里杳无人迹,尽管喊破嗓子,也喊不到人。在乱石中,在丛林里,我艰难地攀爬搜索、寻找,但终不见她的踪影,意识到发生了可怕的事:她一定发生了不测。顿觉天崩地裂,悲痛欲绝!

这时,天色暗淡下来,我一看腕表快5点半了。来时听司机说,最后一趟返程车是6点半,从山里到上车点要1个多小时,如果这时不动身,就赶不回去。但回去嘛,又怎能忍心丢下她!

我不知如何是好?

想到事情发生已过去4个多小时,这么喊叫,这么寻找,不见她一点声息,她是必死无疑!

阵阵凉风袭来,我瑟瑟发抖,由于脑袋受伤流血过多,我神思恍惚、昏昏欲睡,一下意识到这是危险的信号!如果倒下,就会再也起不来,在这荒山野岭中,自己就将悄无声息地死去!不能,不能待在这里,必须赶回去!待在这里不仅于事无补,还会搭上自己的小命!

这时又想起了另一件事,年前总经理透露过:正月十二在公司开门红大会上,有重大事项宣布,我猜测是总经理的任命。我绝不能缺席这关键的时刻!

我支撑起疲惫、虚脱的身子,强打起精神,费尽艰辛攀爬到山顶,踉踉跄跄1个多小时,赶上了最后一班返城公交车。

回到家后,想起深爱的人瞬间消失在自己的眼皮下,一条活生生人命就这样毁灭!我追悔莫及,失声痛哭。不行,必须找到她!

我拿起电话,准备向公司汇报,组织人员去搜救,霍地,一个可怕的念头冒上心头:这事一旦公开,人们会怎么想?那个摔死的人是谁?

如果说是未婚妻,麻烦就来了!因为,你正角逐总经理宝座,正与董事长千金打得火热!原来你是窥伺总经理宝座,而骗取董事长千金的芳心!这样心术不正的人能担公司重任吗?这样一来,总经理宝座与我无缘,一切就前功尽弃。

如果说不是未婚妻,麻烦就更大:你作风败坏,在荒山野外与人鬼混,或许对她非礼,强奸了她,而杀人灭口把她推下了山。

还有:你一定是为当上董事长乘龙快婿,摄取总经理宝座扫除障碍,喜新厌旧、丧心病狂地把未婚妻推下了悬崖。

这样,热心人就会积极举报,公安局就会及时介入。现场明摆在那里,人死在那里。当时只有两人,一个尸首不见,一个活着回来。但发生的经过无人知晓,办案人员不会相信你的陈述,你跳进黄河洗不清!于是,屈打成招,绑赴刑场,荒郊野外又添冤魂!

想到这些,我不寒而栗、冷汗直流。不能,此事绝不能声张!

次日,公司大会上,董事长宣布了我的总经理任命,这一时刻的到来,本来是我们梦寐以求的期盼,而现在却变得毫无意义。

自此以后,我惶惶不可终日,害怕那些担心变为现实。虽然萍萍父母双亡,又是独生女,与其他亲友没有多大来往,对她的失踪没人觉察。但这些年来,我一直生活在噩梦中,承受悲伤的煎熬，任由悔恨的吞噬！她，是我永匿心底的疼痛……

为了寻找她的尸骨，我多少次攀爬悬崖峭壁，寻遍丛林石沟，却都空手而归。但我从来没有放弃，暗暗发誓：在有生之年一定要找到她！

……

看了他的陈述，我心情沉重，陷入沉思。是啊！这是一个心酸的故事，一幕咬心的悲剧！

"这就是你要说的那些情况？"看完他的陈述，王所长口气深沉地问。

"是的，这次你们帮我找到了萍萍的尸骨，能让她入土为安，不知怎么感谢你们啊！"来人声泪俱下。

王所长目光异样地盯着他说："不要这么讲，是你的行动让我们少费周折，揭开了骷髅之谜！但如果你不来，我们就会找上门来，那时，一切就会变得复杂了！"

"找上门来？难道您要找我？"来人猛吃一惊，睁大眼睛望着他。

"是的，现场上留下了你的信息，我们已掌握了你的情况，至于没来找你，是在等你，再不来，我们就要采取行动了，那时你就不会这么舒服了。"王所长直言不讳地说。

掌握了来人信息？还要采取行动？王所长突然这么说，把我弄糊涂了，从没听他说过呀！看来，他不是在恐吓就是在吹牛！

"我又有什么信息留在现场？不可能！"来人迷惑不解。

"你留下的线索很明显，我在现场发现了不少散落的铅质颗粒，经分析，是'工字牌'气枪子弹，死者身旁有如此多的气枪子弹，而她的遗骨中却没有，更没有被气枪击中的痕迹，因此绝不是中枪留下的，应该是她帮同伴拿着的子弹，那么执有'工字牌'气枪的人中就有她的同伴。气枪是管制器械，有登记备案制度。经查询，发现全市仅 10 人执有'工字牌'气枪，通过排查，最后确定你可能就是死者的同伴。请问，你有这样一支气枪吗?"

"有，已在当地派出所备了案，当时也确实是她帮我拿着那些子弹。这么说，您还是怀疑我?"来人恐慌起来。

"是的，她的死你有重大嫌疑，因为，现场情形错综复杂，一切皆有可能。如果你不主动来，麻烦就大了:看到寻人启事，你视而不见，说明你做贼心虚，凶手就是你! 今天来了，说明你心中无鬼，你的陈述又与现场情形和我的判断完全吻合，这样，你就为自己洗刷了嫌疑。"

"啊! 太神了! 一切都在您的掌握之中，有您这样的公安，何愁重案不破!"

来人激动不已，双手握住王所长的手，发自内心地赞叹!

"对这种人的行为，虽然有同情之处，但人命关天的大事，他却隐瞒不报，就算不是凶手，也应该受到惩罚呀!"看着来人轻松愉快地走了，我不免愤愤然!

"那是肯定的! 至于如何惩罚? 是其他部门的事了，我们管的是侦查破案，整理材料上报，交差。"

那就交差吧! 各司其职，未了的事让其他部门去做……

胖嫂之死

一

一天上午，我刚走进值班室，丁零零——丁零零——阵急促的电话铃声传来，我忙抓起话筒："喂！哪里？"

"刘所长吧？我是山坪村老肖呀！今天早上我村村民胖嫂被人打死了，我们保护了现场，要请你们赶快来。"电话里传来山坪村支部书记肖卫慌慌张张的声音。因去年我在那里搞了一年联系点，彼此熟悉。

听他这么说，我丢下话筒，旋即叫上在家的干警迅速赶赴山坪村。王所长去县局开会要好几天才能回来，我只得独自挑起这副重担。

山坪村是上峰镇的边远山村，峰峦叠嶂，山道崎岖。村民住宅都稀稀疏疏地坐落在悬崖陡坡之间，虽然鸡犬相闻，抬头可望，但串个门，却要翻山越岭辗转好一阵才能到达。在这里，什么单车、摩托等交通工具都派不上用场，出门走动全靠手脚攀爬。因此，虽然是同村、同组的村民也很少来往。

我和小丁等几个干警花了近3个小时，才赶到出事地点。

山坪村村委会等一班人都守护在现场。看到我们到来，肖书记如释重负地松了口气，上前和我们一一握手，寒暄几句，我们就进入现场勘查。只见山坡边的崖石上躺着死者，身上盖着一块灰白色床单，当我正要伸手去揭床单时，村妇女主任慌忙低声说："刘所长，别揭！她没穿衣服，我本来想帮她穿上，但肖书记说要保持现场原貌，要我别动。这样丢人现眼的，我只好从家里拿来床单给她盖上。"

虽然勘查现场是要把现场真实情况记录下来，不能顾忌太多，但也应尽量注意影响，我只得留下拍照的小丁，示意其他人一律走开。等其他人走到指定的距离外，我一下掀开床单，只见一具丰乳肥臀的女尸，赤条条地仰卧在草丛中的岩石上，脑袋下有一摊殷红的血迹。小丁熟练地操作照相机对现场上下左右一一拍照，我测量了死者高矮肥瘦等体征，初步测定她高有1.72米，年龄在40岁左右，肥胖体形，体重70多公斤。根据尸斑等体征变化判断，已死亡6个多小时，我看了一下腕表，时针正指上午11点，死亡时间就应该是凌晨5点前。

我又认真察看她的伤势，她仰卧朝山坡外侧的左腰腹部上，有两个并列、中间相距30厘米的锥形凹痕，凹痕周长约4厘米，深近2厘米，除两个凹痕皮开肉绽外，中间皮肤完好无损。后脑勺枕在岩石上，头骨破损，岩石上沾满脑浆和血液的混合物。很明显这是因后脑勺粉碎性骨折，脑浆迸裂致死。

死者躺卧的斜坡上面是一片茂密的草地，离坡边不到2

胖嫂之死

米的草地上茅草已大片倒伏，呈现出人体滚压过的痕迹，草地上脚迹纷乱，还有牛蹄的踩踏印。旁边堆叠着裤衩、胸罩等女人的衣服。

根据这些现场情形，结合所学刑侦知识和破案实践，我迅速做出判决：这是一件典型的强奸杀人案，作案者把胖嫂诱骗到这荒山野外之地，对其实施强奸后，先用尖利的器械对其重击，然后把她猛砸在岩石上，达到杀人灭口的目的！

我又认真地观察四周情况，这里是群山环抱下的一块斜坡山地，周围森林茂密，灌木丛生，正值初夏时节，阳光明媚，清风送爽，树荫下绿草如茵；盛开的山花，五颜六色，散发着沁人心脾的芬芳；一群群画眉、山雀在枝丛中穿梭打闹、婉转歌唱……多么令人陶醉的景致！然而，就在这怡人的景色中，却发生了这种恶性事件，不禁让人感叹：人类的邪恶无处不在！

强奸杀人就必须在死者尸体上找到凶手的精斑，这是定罪的确证，于是，我吩咐肖书记安排人员把胖嫂尸体抬下山去，迅速运送县人民医院太平间，等待法医验尸。还有，凶器也是定案不可缺少的证据，我们就对现场周围进行了地毯式搜索，但一无所获。因查找凶手刻不容缓，只得把寻找凶器的事暂时搁置。

二

通过摸排、走访，我们找到了第一个发现死者的人，她叫素花，一个40多岁的农妇。

"你是怎么发现胖嫂尸体的？"在素花家，我直截了当地询问她。

"今天早上，我去后山菜园弄菜，突然听到山坡上有依稀的人声，这么早就有人上山？感觉奇怪，就爬了上去，却看到胖嫂一丝不挂地死在那里，我大吃一惊，就一口气跑到肖书记家报告。"听到问她，素花显得很紧张，低垂着头，两手揪扯着衣襟，浑身不自在。

"当时你还看到了别的什么？"

"没有。"

"真的没有吗？如人、牛等。我们在草地上发现了牛的蹄印，你应该看到了牛和看牛的人吧？"

"没……没有……没看见。"见我追问，特别是提到牛和看牛的人，她紧张起来，目光躲躲闪闪，讲话支支吾吾。

"不可能！你应该知道，如果看到有关实情，隐瞒不报，是违法犯罪行为。"看到她这样紧张害怕的样子，我心里明白：她一定隐瞒了什么。就很严肃地说。

"看……还看到了腐子。"在我正言厉色的追问下，她全身哆嗦起来。

"腐子是谁？"

"哦，是他，山顶组的丁一，因为他小时候左脚摔断成了终身残废，人称腐子，他的真名知道的人却很少。"这时，在旁边的肖书记插话回答。

"这么重要的情况怎么不想说，是不是受到了丁一腐子的威胁？"她为什么要隐瞒？我感觉蹊跷，就紧追不舍。

"没……没有……他没有威胁……"见我一再追问，她越来越紧张，语无伦次了。

再问，她就一言不发，呆若木鸡。

没时间和她磨蹭了，必须迅速找到瘸子。

在肖书记的带领下，我们来到丁一瘸子的茅屋，只见这瘸子年纪30多岁，体态瘦小、身高1.5米左右，额头高高隆起、眼眶内凹、颧骨突显、下巴上翘，要不是两只小眼珠在不停溜转，活像一颗骷髅头。他正一跛一颠地在牛栏前收拾喂牛的青草。

见到我们一行人走来，可能意识到大祸临头，他浑身颤抖、冷汗直流。见他这样，我心里有数了：强奸杀人犯就是他！

于是，就在他的茅房里对他进行初步讯问。

"今天早上，是你强奸杀害了胖嫂吧？"根据已掌握的情况，不需再转弯抹角，我就开门见山地喝问。

"我没强奸她，也没杀害她。"

"她赤裸裸地死在现场，有人看到只有你在那里。不是你奸杀了她又是谁？还有，那件袭击胖嫂的凶器现在藏在哪里？"

"我没奸杀她，也没有你说的什么凶器。"

"简直一派胡言！她惨死的时候只有你在现场，那她是怎么死的？"看到他一再狡辩，我气不打一处来，要不是严禁刑讯逼供，我真想揍他一顿。

"反正我没强奸她，也没杀害她，我也不知道她是怎么死的。"他还是一再抵赖，不承认奸杀了胖嫂。

眼看天色已近黄昏，我们回所还要3个多小时。心想，只要在尸体上提取到他的精液，就不怕他不认罪，现在没必要和他白费时间，先把他押回去再说。于是，把他戴上手铐押回派出所。我又连夜向县刑侦队汇报了案情，请求派法医验尸和对嫌疑人做 DNA 鉴定。

次日清晨，我把丁一腐子押解到县人民医院，法医把从死者身体里提取的残留精液做了 DNA 鉴定，其结果与他完全吻合。根据这一鉴定，腐子强奸杀人已铁证如山。但几次审讯，他都一再否认强奸杀人的事实，口口声声说是冤枉，拒绝在讯问笔录上签字。又不能采取强硬措施让他就范。本来是证据确凿的案子，却让我束手无策，无法结案。

三

正当我一筹莫展、无计可施之际，王所长回到了所里。

我立即将案情向他做了汇报，并把现场勘查记录、照片、法医验尸结果、DNA 鉴定、审问记录等书证、物证一一呈上。气呼呼地说："我从没碰到过这样顽固的嫌疑人，在铁的事实面前就是不认罪。所长，你回来得好，把他交给你了。"

"呵哈！有这样的强硬派？把我们刘副所长都难住了。好，我来收拾他！"听我这么说，王所长笑眯眯地点燃一支烟，认真翻阅起资料来。

办公室里一片沉寂，只有他反复翻阅资料的沙沙声和打火机点烟的咔嗒声。

"小刘，你们搞错了，腐子没有强奸杀人！"突然，王所长站起来对我说。

"你说什么？腐子强奸杀人，证据确凿，事实清楚，尤其是从死者身上找到了他的精液，难道还有假？"他突然爆出这样的话，让我震惊不已！

王所长见我感到惊讶，忙补充说："当然，从整个现场情形，所有证据、资料来看，瘸子强奸杀人似乎无懈可击！但这只是表面现象，没有深查，不是真相。"

"我们侦查出来的真相，就是瘸子强奸杀人！"他对我们通过艰辛的侦查破案，并有科学鉴定支撑的结论，却说是表面现象，我不免愤愤然。

王所长见我听不进他的话，就语气柔和地说："小刘呀，不必气恼！我们办案只能用事实说话，来不得半点主观想象。"

"根本不存在什么主观臆想，一切都是明明白白的事实，你的说法站不住脚！"我完全不同意他的这种说法。

王所长仍是不急不躁地解释："应该不会错，我是对整个案情进行认真分析、判断，推测出来的确切结论。"

"确切结论？难道瘸子强奸杀人不确切？"我气咻咻地反问他。

王所长肯定地说："是的，存在诸多纰漏，换句话说，就是与事实不符，与情理不合。"

"有这么严重！说明我太愚昧无知了，那就请你一一点拨吧！"见他一再否认我们的侦查结果，我赌气地说。

王所长对我的不满情绪好像视若不见，仍笑眯眯地说："不是愚昧无知，而是对诸多疑点没有澄清，以至一时难以明了。现在我们就把这个案子存在的疑虑，来分析、探讨一下吧。"

"那就洗耳恭听了。"我闷着一肚子气。

"综观整个案情，瘸子强奸杀人明显缺乏证据。首先，死者虽然赤裸裸地死在岩石上，但她的衣服整齐地堆放在草地上，而且从现场照片可以看出，是有条不紊地摆放，先脱外衣外裤，再就是内衣内裤，最后放在上面的是胸罩。连那件薄如蝉翼的内衣纽扣，也是全部解开的，没有撕扯的痕迹，说明她没遭到什么袭击。试想，如果是被强奸，能这样从容不迫地宽衣解带吗？她的衣服又能这样完好无损吗？其次，死者是从高处砸在岩石上致死。似乎是腐子实施强奸，杀人灭口。但我们应该想到，一个身材矮小、腿脚不健的腐子，能把一个身高 1.72 米、体重 70 多公斤的胖女人掮起来吗？因此，胖嫂之死绝不是腐子所为。"

"你的这些分析、判断似乎有一定道理，说明我缺乏观察，可能忽略了一些事实。"听了王所长合乎情理的分析、判断，我深感自愧不如，怨气也就渐渐消散了。

王所长见我终于接受了他的看法，就笑吟吟地说："你不必自责，这个案子本来就错综复杂。侦查破案不是一蹴而就的事，出现一点偏差在所难免。当然，能认识到自己的不足，总结经验教训，以后就老练了！"

"这是你对我的安慰！我心领了。只是腐子不是强奸胖嫂的凶犯，但胖嫂身上怎么留有他的精液？"对王所长认定丁一腐子不是奸杀胖嫂的凶手，我虽然提不出反驳意见，只是对现场上的这些现象实在弄不明白。

听到我提出的疑问，王所长沉思片刻，慢悠悠地说："这一点我也想过多次，腐子的精液残留在死者身上，说明他们确实发生了性关系，但不能认定这就是腐子强奸了胖嫂，因为这一现象有多种可能，既可以是男方强暴了女方，又可以是女方强奸了男方，还可以是你情我愿的苟合。只是打死我也不相信，凭腐子这副骨瘦如柴的身架能强奸得了胖嫂。"

听他说出这种奇谈怪论，我忍不住笑出声："呵呵，你的意思是说他们不是双方情愿，就是胖嫂强暴了瘸子？想法真稀奇！"

王所长见我对他的说法表示好笑，就很认真地解说："不要哂笑呀！这是根据事实得出的判断，我根据瘸子不能对胖嫂实施强奸，把男方强暴女方的可能性予以排除，当然就剩下后面两种可能了。而且事实是：瘸子去山上放牛是他的日常劳务，但胖嫂为什么也跟了上去？又发生了那样的事？只有两种解释，一是他们事先相约，二是胖嫂别有心思。"

我还是无法认同王所长的说法："但明摆着的事实是胖嫂赤条条的身负重伤，被砸致死，现场只有瘸子，凶犯不是他，又是谁？"

"当然，这还是我的初步猜测，因整个案情迷雾重重，疑窦丛生，如死者腰部伤痕就太奇怪了：虽然呈锥状形，但不是直线戳入，有向背部上挑的迹象，而且两个伤口大小、深度一致，显然是同一器械用力均匀、同时所击形成的。你们一直没找到凶器，瘸子又否认有凶器，这种凶器形成的伤痕在我的从警生涯中从未见过，到底是什么凶器？让我百思不得其解。还有，素花的谈吐破绽百出：胖嫂死亡时间不到凌晨5点，她说早上去菜园弄菜听到后山上有人声就上去看，明显是假话，这时山上还是晨雾迷漫，一片朦胧，去弄菜根本不会那么早，而且，在答话时总是吞吞吐吐，不想说实话，有护着瘸子的意思，她有什么顾虑？为什么要护着瘸子？我们还一无所知。只有弄清这些疑点，才能真相大白。"由于我对丁一瘸子不是凶犯的判断总是不理解，王所长又边想边说，讲述了现场存在的诸多疑点。

王所长讲到的这些，一开始我也迷惑不解，就附和他说："这些现象本来就一直困扰着我。是在通过 DNA 鉴定确定腐子强奸杀人后，认为没有必要再去追查才放弃了。如果要推翻腐子强奸杀人的结论，就必须重来，把这些疑点一一弄清才行！"

王所长笑眯眯地瞅着我说："是的，看来我们想到一块了！只有解开这些谜团，才会水落石出。"

我忙问："那你打算怎么揭开这些谜团？"

王所长笑容满面，好像胸有成竹地说："这样吧，你们也够辛苦了，就在所里休息，我再去一趟山坪村调查了解一下，做点扫尾工作，说不定就会找到凶手，揭开谜底呢！"

"凭你的聪明才智和丰富经验，完全有可能呀，我们静候你的佳音！"听他说得这么轻巧，心想：哪有这样的好事？只怕是算盘子挂到了天上！但既然他这样有把握，我也乐得清闲，就违心地奉承他几句。

四

王所长去山坪村调查大半天了，但一点音信都没有，这本来就在我的意料之中：肯定是枉费心机，竹篮打水一场空！腐子强奸杀人是不争的事实，他却硬要钻牛角尖去找什么"凶手"，不徒劳而返才怪呢？

等到傍晚 6 点多我正准备收拾下班，只见王所长气喘吁吁地走进办公室，乐不可支地冲我说："小刘，不出所料，我找到了凶器，找到了凶手，真是不虚此行！"

胖嫂之死

"什么？找到了凶器，找到了凶手，那瘫子真的不是凶犯？"我简直不敢相信自己的耳朵，他是不是在开玩笑？

"是的，刚才我去县公安看守所询问几句就把他放了，你们差一点儿办了个冤案。"王所长很肯定地说。

我还是不相信他的话，言之凿凿地说："我就不信！这样人证、物证齐全，事实清清楚楚的案子，怎么能说是冤案？"

"不相信不行啊！我们办案，只能凭事实说话。"

"事实？难道我们原来掌握的不是事实？"

"是的，是迷雾掩盖下的虚假事实，不是定案的依据。"

"那么你又掌握了什么能做定案依据的事实？"

"好吧，为了打消你的疑虑，现在就把我调查了解到的能做定案依据的事实告诉你吧。"王所长见我总是质疑他的话，就详尽讲述了他在山坪村调查走访的经过：

他一到山坪村就在肖书记的带路下，仔细察看了案发现场，又在胖嫂居住地的村民中走访。通过调查了解，从而使他掌握一些重要情况，原来，这个村由于贫穷，近几年男劳动力都外出打工了，只留下女人、小孩和老弱病残者在家留守，基本上看不到精壮男人的身影。瘫子因残废不能外出打工，就成了附近村组唯一的成熟男人，物以稀为贵，留守的妇女都想和他接近。因为她们外出打工的男人一般要一年甚至更长的时间才能回家一次，她们难耐空房寂寞。特别是年龄在三四十岁的青壮妇女，更是孤独难熬，三十如狼四十如虎嘛！素花、胖嫂就是这类人。尤其是胖嫂，长得身高体胖，风姿绰约，是当地出了名的美人，加上性格开朗，思想前卫，总想找瘫子亲近，但素花居住地与瘫子距离近，占据了近水楼台先得月的优势。但他们的苟合却被胖嫂无意中撞见了。

那是一个夕阳捱山的黄昏，西边天空一片火红，群山被绚丽的晚霞映得金灿灿！胖嫂从自家的山地劳作回家，她拖着疲惫的身子走下山坡时，突然，一头老黄牛从路边树荫里钻出来，挡住了她的去路。胖嫂认得，这是丁一腐子喂养的老牛。据说它通人性，对主人很有感情，腐子更视它为"家人"。

　　老牛昂着头，睁着圆溜溜的大眼，一对尖利的犄角高高竖起，鼻孔"扑哧一扑哧"地喷着粗气，胖嫂害怕了，大声喊叫："哎哟！腐子，腐子，快，快把牛赶开呀！"但没人答应，她只得绕道回家。突然觉得林中有响动，她侧耳细听，目光四处搜索，霍地，眼前的一幕让她目瞪口呆：左前方的树荫下，绿草如茵，一对赤条条的男女叠抱在一起，在不停地拱动，发出"哼呵，哼呵"的呻吟声，她浑身燥热，方寸大乱……

　　她知道男的是腐子，女的是素花。不禁妒火中烧：素花比自己还大5岁，已是半老徐娘，却勾搭上了年纪轻轻的腐子，让这骚货尽占了便宜！她愤愤不平。但又不敢上前捉奸，只好偷偷地绕道回家。自此以后，每逢想起这事就浑身火燎、魂不守舍，一个念头冒出来：既然素花能这样，我又怎么不能呢？我比她年轻、漂亮，腐子肯定会喜欢！

　　她知道腐子是利用在荒郊野外放牛之际与素花干那"好事"，就时刻注意腐子的动向，捕捉机会。昨天凌晨，她发觉腐子早早就赶着老黄牛走向素花居住的后山，知道一定又去与素花苟合，就偷偷跟踪其后。当爬到一处长着茂密茅草的山坡时，腐子停下来让牛在旁边吃草，自己却脱得精光仰躺在草地上闭目养神，她心里清楚：腐子是在等素花。

　　于是她径直走上去说："腐子，是在等素花吧？"

胖嫂之死

瘸子猛吓一跳！睁开眼睛一看，见胖嫂笑媚媚地站在面前，他大惊失色，慌忙爬起来："啊，是你，胖嫂！"

胖嫂笑眯眯地说："不用惊慌，其实你与素花干的'好事'我已碰见过多次，你好大的胆啊！要是她男人晓得了，你那条好腿恐怕也会变瘸的！"

瘸子连声央求："好姐姐，你一定要给我保密。其实我是不愿干这事，只是经不起她的一再恳求，我是可怜她！"

胖嫂略带哀求的语气说："要我保密可以，但你能可怜她，也可怜可怜我呀！"

王所长虽然讲得津津乐道，却让我难以置信，更不相信胖嫂竟然会低声下气地去求这个丑八怪，就不解地问："胖嫂居然会哀求瘸子？"

"是的，她男人 2 年没回家了，见了脱得精光的瘸子，不禁欲火焚身，性饥渴让她失去了羞耻感呀！"

"那瘸子答应了吗？"

"当然答应了，本来瘸子对胖嫂的风姿垂涎已久，只是自惭形秽不敢造次，今天她自愿送上门来，当然喜不自胜。就说：'好姐姐，其实我很喜欢你，今天你能看得起我，是我的造化呀，快来吧！'胖嫂一听，欣喜若狂，赶紧脱掉衣服扑了上去。"

听他这么说，让我不敢相信："他们这种做法，简直不可思议！"

见我现出惊讶的神色，王所长笑眯眯地说："是呀！但精彩的还在后头呢！"

王所长点燃一支烟，深深地吸了几口，又继续讲述起他调查到的情况：这个已两年没接触过男人肌肤的胖嫂，任意放荡起来，一发不可收拾。先是在腐子身上狂抓乱吻，进而一番云雨交欢，发出阵阵激情的叫声，腐子则使出浑身解数积极配合，两人气喘吁吁，热汗淋漓，哼哼唧唧的呻吟声接连不断。正当腐子进入高潮享受美妙快感之际，突然感觉胖嫂一跃而起脱离了他的身体，以为胖嫂又要换什么新花样，此时他已精疲力竭，全身瘫软，正在闭目敛神恢复体力。但几分钟没见动静，睁眼一看，却不见胖嫂踪影，感觉奇怪，赶忙爬起来寻找，却发现胖嫂仰躺在山坡下的岩石上，脑袋下流淌着殷红的鲜血，他忙走过去伸手探了探她的鼻息，已经没有呼吸了！她怎么就死了？腐子吓得魂不附体，想到如果声张，就会让人抓个现场，强奸杀人罪就会跳进黄河洗不清！他惊慌失措，胡乱地穿上衣服，牵着牛匆匆溜回了家。

五

王所长绘声绘色的讲述，听得我瞠目结舌，真是闻所未闻！但他讲了半天还没着边际，我最关心的是胖嫂死亡的真相。就急切地问："那胖嫂到底是怎么死的？"

"别急嘛！饭只能一口一口地吃，只有把相关的事发经过了解清楚，才能一步步逼近真相。胖嫂死亡的真相是那个素花告诉我的。"

"素花知道胖嫂的死因？当时我问她却是哑口无言，你又怎么撬开了她的嘴？"我感到很奇怪。

王所长笑眯眯地说："这个嘛，要讲究方法呀！"

"你是用什么方法让她开了口？"我赶紧问。

"祖传秘方!"王所长现出诡秘的神情。

他嬉皮笑脸的样子让我实在反感:"所长,这个时候还开什么玩笑呀?"

王所长见我表示不满,收敛笑容一本正经地说:"不是开玩笑,确确实实是我们老祖宗留下的克敌制胜法宝。"

"老祖宗?"

"是啊!两千多年前的孙膑。"

"哦!你说的是《孙子兵法》?"

"一点不错,我是借用他'兵不厌诈'的方法,虽然有点张冠李戴,但这一招很灵,让素花讲出了守口如瓶的秘密。我在山坪村调查、走访后,认为整个案情只有那个素花最清楚,因为她是报案者,又是她看见瘸子在现场。但可能有什么隐情让她顾虑重重,不愿讲实话。怎样才能让她开口呢?我左思右想,突然《孙子兵法》里的'兵不厌诈'启发了我:要是对她诈唬一下,或许能讲出点实情来。于是,我找到她很严厉地说,'素花,你怎么把这么重大的情况都隐瞒不报?你看,瘸子都讲得清清楚楚了,你这样做是要负法律责任的呀!'我边说边打开记录本,假装在看瘸子的交代。听我这么说,她紧张起来,冷汗涔涔,犹豫片刻,就竹筒倒豆子般讲出了整个案情真相。"

"整个案情真相?"听他这么说,我有点迷糊了,这个女人知道案子的真相?

"是的,听了她的讲述,让我知道了击伤胖嫂的凶器是什么?杀害胖嫂的凶手是谁?从而揭开了胖嫂惨死之谜。"

"不会这么简单吧!就按你的说法,素花讲的话这么重要,但还只是她的一面之词,又怎么能揭开全部谜底呢?"

我还是不相信。

"当然，我们办案是不能轻信一个人的话，但她提供的证词，能与客观事实相符，又得到了另一知悉案情人的印证，就可作为定案依据了。"

"得到了另一个人的印证？"

"是的。"

"他是谁？"

"是丁一腐子。当时对素花的话，我也不太相信，就赶到看守所提审了腐子，又用同样方法试了一下：'丁一腐子，你也真够沉得住气！你看素花都讲得明明白白了，你还有隐瞒的必要吗？'这一招很奏效！刹那之间，他脸色煞白、瑟瑟发抖，就一点不漏地陈述了事发经过，全部印证了素花的说法。为我拨开重重迷雾，让凶手浮出了水面。"

"那凶手是谁？"

"你猜猜吧！"王所长现出高深莫测的神情。

"你先告诉我，现场除了腐子、素花，还有其他人吗？凶手是一个人，还是合谋？"

王所长笑微微盯着我说："没有其他人，凶手只一个。你真够狡诈！这样全告诉了你，还用猜吗？但我可肯定，即使这样，你也猜不出。"

"不是腐子，就是素花。你已把腐子放了，那凶手就是素花了！"现场只有3人，一个死了，凶手就是两个活人之一，这是很简单的道理。

"你这是在瞎蒙呀！但我告诉你，他们两个都不是。"听他这么说，我实在解不透："那就怪了！现场没有其他人，难道胖嫂是自己摔死的？"

胖嫂之死

"不是，现场情形你们勘查了，草地离岩石很近，又不是陡坡，地势较平坦，就是她自己失脚摔倒或者被人推下去，都不可能致死。"

"是啊！那凶手到底是谁呀？"

"呵呵！我就知道你猜不出。服不服输？服输就来一包芙蓉王！"王所长呵呵大笑，又耍起滑头来。

"服输，服输，烟少不了你的呀！快告诉我吧，到底是谁？"我有点急不可待，只得认输。

"服输就好，我告诉你吧，凶手就是那头老黄牛！凶器就是它那对犄角！"

"什么？老黄牛！"老黄牛是胖嫂惨死的凶手，我惊讶得要窒息了！

"是的，就是这头该死的老黄牛，制造了这起骇人听闻的惨案！"

"简直匪夷所思！那它是怎么致胖嫂于死地的？"

王所长见我一脸茫然，笑了笑说："既然你输了烟，我就全部告诉你吧：昨天凌晨，本来是瘸子与素花相约去山坡苟合，但素花迟到一步，让胖嫂捷足先登。当素花来到草坪时看到胖嫂正压在瘸子身上尽情寻欢，她只得屏息躲在树林里眼睁睁地窥视。正当他们进入高潮，发出哼呵哼呵的呻吟时，突然看到在旁边吃草的老黄牛走上去，低头用那对犄角掀起胖嫂抛向山坡，牛的力气可想而知，虽然可能是轻轻一挑，但胖嫂已重重地摔在岩石上，当然就脑浆迸流，当场毙命！"

"实在太玄乎了！老黄牛怎么会去挑胖嫂？不合常理呀！"听他这么说，犹如天方夜谭，让我无法相信。

"确实，听起来是有点神乎其神，但仔细一想又符合情理。腐子父母双亡，孤零零一人，只有这头老牛与他朝夕相处，彼此视为'家人'，而牛又最通人性，对腐子有了深厚的感情，以前腐子与素花干'好事'是老一套：男上女下。老牛认为自己的主人占了上风，就放心地在旁边吃草，这次突然看到主人被陌生女人压在下面，做着激烈的动作，以为在欺负、折磨它的主人。它护主心切，兽性突发，就走上去挑开胖嫂，从而制造了这场悲剧！"

"就算是这样，但我还是弄不明白，难道丁一腐子不知道胖嫂是老黄牛挑死的吗？他为什么不把情况陈述清楚为自己开脱呢？"

"你提到的这一点，也确实困惑过我，但仔细一琢磨，又完全明白了：当时胖嫂与他尽情寻欢，他是竭尽全力配合，本来就虚弱的身子，怎经得起这番超常的折腾？已是元气大伤，几近虚脱，正处于昏昏欲睡之中，当然就觉察不到老黄牛的举动，因此，对胖嫂的死他也茫然不知。还有，他意识到如果把与胖嫂发生性关系的事讲出来，就会拔出萝卜带出泥，抖出他与两个留守女人通奸的丑事，她们的男人就绝不会放过他，让他小命难保！当然就缄口不言了。"

王所长有理有据的分析、推理，让我茅塞顿开：是啊！胖嫂之死的前因后果，虽然扑朔迷离，但都寓于情理之中。

大千世界，真是无奇不有！

胖嫂之死

盲女劫

一

　　王所长被省厅调去参加"4·12"重大谋杀案侦破工作已十多天了，什么时候回来还是未知数。所里工作就由我这个刚上任的副所长全权代理，山中无老虎，猴子称大王，我一下成了所里老大！以前，由于所长在时，所里有事我总是屁颠屁颠跟在他后面转，根本不需操什么心，当然也就无法发挥自己的作用，现在好了，可以利用自己的聪明才智，大干一场！

　　我们所是县里最大的派出所，有10多名干警，由于辖区地广人多，治安情况复杂，各类案件时有发生，但我充分发挥灵活机动的领导艺术，对各项事务安排得井井有条，人员也调配得合理恰当，办事得心应手。别人都夸我是块当一把手的料，我也沾沾自喜。

　　10多天来，辖区内治安问题此起彼落，虽然都是些偷鸡摸狗、邻里斗殴的琐碎事，但还是弄得我晕头转向、疲于应付。心里暗想，千万别发生大的案子呀，到时就麻烦了！

正在这时，搞外勤的小丁慌慌张张走进来报告："岭南村发生了凶杀案，一个盲人杀死了自己的丈夫。"

真是怕什么就来什么！

没办法，我立即调派人马，整装出发，匆匆赶赴案发现场。因我是第一次单独去侦破凶杀案，感到责任重大，心里有点不踏实，临走时，就又拨通了县公安局刑侦队电话，请求派员支援。

岭南村位于崇山峻岭之中，村民住房都稀稀朗朗地散落在林荫掩蔽的半山坡上，凶杀案就发生在一栋一正两横的木架茅屋里。当地村支书、主任发现案情后，就一直守在那里，我们赶到后，他们就直接把我们带入凶杀现场。

从茅房堂屋右侧门进去是一间10多平方米的睡房，只见房内依墙两面一横一竖紧挨着摆了两张破旧木床，进门对面紧靠右侧墙面的木床上躺着死者，床头被褥被鲜血染得殷红，紧挨床头的墙壁上溅满斑驳的血迹，床下地面流有一摊血渍，一把农家常见的劈柴斧头竖立在床头，斧头木柄紧靠墙面，刀刃正对着床头，死者面部稍向内侧躺着，右侧脖子紧贴斧头刀刃，现场血腥弥漫、阴森恐怖。我忙叫来小丁，对现场一一拍照，并做了详细的现场勘查记录。

这时县公安局刑侦队胡队带领法医等一班人也赶到了，按照他们的专业操作又进行了认真勘查。又仔细寻找可能的物证和生物检材，但没找到诸如血衣等能作为证据的物件。经法医尸检最后认定：死者是被斧头刀刃割断右侧颈动脉致死。根据尸体体征变化等情况判断，死者已死亡4个小时左右，我瞅了一下腕表，时针正指上午10点，照此推算，死亡

盲
女
劫

时间应该是清晨 6 点左右。

勘查完毕，我戴上手套小心翼翼地拿下斧头包裹好，因斧头木柄上肯定留下了凶手的指纹，是定案的重要证据。

凶手已被关在另一房间，我们走进去，只见她纹丝不动地坐在一张竹椅上，年龄在 30 岁左右，蓄着齐耳的短发，典型的瓜子脸庞，双眼内陷，眼眶高高凸起，一张樱桃小嘴两角紧抿，要不是双目失明，确是一副俏丽的容貌。她对丈夫的死没有一点悲伤表情，神态木然。

我走过去提取了她的指纹，与从斧头木柄上提取的指纹通过指纹识别系统识别核对，一点不假，斧头上留下了她紧握木柄的指纹。这就证实：是她双手紧握斧头砍死了自己的丈夫。

二

我们把凶犯带回派出所进行初步审问。胡队长厉声地喝问："是你用斧头砍死了丈夫吗？"

"是的。"她回答得很干脆。

"为什么要杀死他？"

"我是被逼的，我不杀死他，他就会杀死我！"

"不要狡辩，把你的杀人动机、经过，讲清楚！"

"我知道杀人要抵命，横竖是一死。"

"不要啰唆，如实交代！"

"好吧，虽然你们不会相信我这个瞎眼婆讲的话，但讲出来自己心里头要好受一点，唉……"只见她长长地叹了一口气，瞬间，内凹的眼眶里冒出连串的泪珠挂满了消瘦的脸颊，讲述起了她悲惨的人生遭遇……

她叫方英，30 岁，一个历经劫难，备受侮辱和伤害的农家女。

她出生在杉山村南山山坡边一栋土坯木架结构的茅房里。

屋前高低不平的泥土山路上，总是散发着牛羊粪便的臭味，天气放晴时，这条泥土小路会有厚厚的一层恼人的尘土。虽然很少有人经过这里，但为了避开飞扬的灰尘，她们必须整天紧闭门窗。

这里以盛产茶叶出名。

从她家右拐，顺着环山泥土路走两公里，就到达了村里的茶场。一路上，能看到稀稀落落建在半山上的人家。一群群面黄肌瘦、穿着破旧的当地人，傻愣愣地盯着每一个进出这里的西装革履的茶商，无不露出羡慕和嫉妒的神情。

命运是折磨人的！劫难又是那样让人躲闪不及！

10 年前，她的未婚夫李平用双手抠掉了她的眼睛。10 年后，方英举起斧头，砍死了丈夫于德。

10 年前的一天傍晚，她采茶回到家，未婚夫李平已在她家等候多时。她给李平倒一杯水递过去，李平没接，一甩手把水杯弄到地上。她也不服软，抓起水瓶，往地上一扔，摔个粉碎。两个倔强的人，谁也没理谁，分头睡了。

次日，被叽叽喳喳的鸟叫声吵醒。她约莫记得，时间不到凌晨 5 点，启明星已经升出东方，一抹鱼肚白泛露在天际。她顺着家里右侧小道往山谷走，经过满地开着各种野花的山路，跨过一条流水潺潺的小溪，再往山上走 10 分钟，便到了采茶地。

　　4月的茶山，苍翠浓郁。晴朗的清晨，还未散开的云雾在大山间环绕。这样的天气很适合采茶。茶山上人影若隐若现，仿如仙境，一排排齐腰的茶树，生机勃勃，露水伏在新嫩的叶子上，在晨光的映照下，闪耀着晶莹的色泽。满山散发着沁人心脾的清香。

　　茶山上人声鼎沸，采茶人在欢声笑语中采摘鲜嫩的茶叶。村子里，她是采茶能手。到村茶场采茶是按采的鲜茶重量给付工钱，那时候工资很低，才1块钱1斤，别人一天只能采3块，她却能采到5块多。

　　李平起床直奔她的房间，得知她上山采茶了，就追了过去。时间已是上午9点左右，太阳晃得人眼昏花。他见到方英，第一句话就说："我来帮你采茶叶。"

　　采了一点点后，发现李平根本不是采茶的料。她让他回去。

　　"家里好大一堆衣服，你回去给洗了。"李平想要方英跟他一块回家。

　　"我又不是你们家的佣人，家里的衣服我都不想洗。"

　　"你是我的未婚妻。"

　　"是你未婚妻又怎么着？又还没嫁给你。"

　　一番激烈的争吵，针尖对麦芒，互不相让。

　　这时太阳很大，晒得她懒洋洋的浑身没劲。她就找了个阴凉处蹲着避阳，李平跟过去，在她身后一两米远的地方蹲下。

　　突然，她感觉李平扑过来掐住了她的脖子，她摔倒在斜坡上，怎么也喊不出声。使劲去扳李平的手，无法扳动，身体慢慢软了下去。那时候她想反抗，反抗不了，那一瞬间她觉得他要把她弄死。

李平骑着方英，双脚踩在她身上，腾出掐她脖子的手，使劲抠她的眼睛。尽管在几十米开外，就能见到采茶人，但她声嘶力竭的喊叫声最终被巨大的苍穹吞没！

眼眶不停往外涌血，脸和头皮全麻木了。她伸手摸脸，从眼眶里拉出来的筋全搭在脸上，痛得她猛把手缩回去。

李平用随身带的钥匙割断眼球上的连筋，将眼球放进口袋。他起身狠狠踢了她一脚，顺着一片树林下山。走到山脚下，他冲着方家喊："方英可能下不来了。"

她母亲闻声后疯了似的往山上跑，她以为女儿摔了个很重的跤。见她身上全是血水，脸肿得跟球一样。母亲吓傻了，伤心地哭起来，听到母亲声音后，她尝试着睁开眼睛，却什么也看不见。

她趴在母亲背上，感觉母亲的身体在发抖。她母亲那时才40多岁，平时力气很大，那天却背不动她，但害怕不赶快送去医院她就会死，背着她跟跟跄跄地往前跑，摔了好多次跤。

李平走出山冲经过一条小河，把眼球在河里洗干净，去当地派出所自首。所长以为他在唬人，没理他。李平急了，把两个圆溜溜的眼球往桌上一扔，所长吓得身子往后一缩，一屁股跌坐在地上。另一个民警赶紧过去把他铐上。李平说："我把我女朋友眼睛给挖了，你们赶快去看看，她是不是死了。"

在镇上卫生所，医生给她做消毒处理时，她才开始感觉疼了，特别痛，痛得要命！几个人把她按在病床上才把眼睛包扎好。派出所的人让她放心，"你的眼球给保养着了，今天晚上赶到医院接上还能有救。"

第二天，她才转院去县城。医生用剪刀把搭在脸上的筋给剪了，告诉她，如果那个眼球没用凉水洗过，没超过 24 小时还能用。但现在，一切都晚了！

当年，李平被判死刑，她却失去眼睛。

三

"生儿生女都一样"的宣传标语并没有对这个村庄的人产生实质性的作用。传宗接代、重男轻女思想，在穷乡僻壤的村民中根深蒂固。母亲知道产下女婴，强烈要求送人，倒是父亲不舍，她才免遭遗弃。她家此前已产下一个女婴和一个男婴，分别大她 6 岁和 4 岁。

她总觉得自己的命是捡来的。有好几次，她都与死神擦肩而过。10 岁出头，她上山砍柴，从树上掉下，一屁股坐地上。离她不到 5 寸远，有一根竖立着的竹尖。

她想上学，母亲就打她，打到她不再提念书为止。姐姐哥哥放学，她就去他们的书包翻书看，不认得字，看图也觉得好玩。她埋怨母亲，"不如把我扔了，不让我上学干嘛生我？没文化心里很痛苦。"母亲说，要想上学，就把家里的粮食全卖掉，不要吃饭了！

贫穷让她感到自卑。她穿着补丁衣服，总觉得别人嫌她脏，家里来了客人，她就躲在房间里，不好意思出来。她跟小伙伴们保持一种疏离来维护自己的尊严，从不主动去跟他们玩耍。

村里老人至今还记得她的眼睛"大大的，水灵水灵的"。

16 岁以后，当身边的人不断夸奖她漂亮的时候，她才意识到美貌可能是"一种改变命运的本钱"。但她又不太善于抓住机会。她在县城一家机械修理厂做杂工时，老板让她留下做他的儿媳，但她却听从了家里的安排，匆匆回家定亲。

小时候，每年春节，父母会给 1 元压岁钱，她就拿去买糖果吃，"1 元钱可以买好多个糖果。"小的时候她就知道，"有钱什么事情都能办。"她梦想的世界是"赚好多的钱，去买好吃的、好看的"。

然而现实世界只有干不完的农活，还有一睁眼就看到的一座接一座的大山。但家徒四壁阻挡不了她享受精神自由的欲望，以及对爱情的丰满想象。

现实永远比想象残酷。转到县医院当天，她哥哥劝母亲，家里没钱，干脆把她扔在医院别管了。母亲没有答应。后来，当地电视台来采访，社会给她捐了 300 块钱的生活费。哥哥瞒着母亲，跑到医院把钱卷走，赌博输了个精光。

哥哥从来就没有在乎过她这个妹妹。方英 17 岁时，他就急着要把妹妹嫁出去，用她换彩礼钱给自己娶老婆。

当时她就觉得媒人介绍的这个李平"长得真丑"。媒人却说，李家的条件不错，他父亲还是村支书。村里的人也过来做工作打圆场，"你嫁到他家很好啊，他爸怎么说也是个书记，是村里的一把手。"

她不知道书记是个什么官，但她知道"可能有什么事情要好办一点，村里的人都要听他的"。她和哥哥、母亲，跟着媒人去了一趟李家。回来后，她没有说不同意，也没有说同意，在半推半就中，她服从了家里的安排。

李平拿着 8000 块钱到方家，算是聘礼。哥哥用这笔钱，如愿以偿娶回了个老婆。

她去过几次李家，就不愿再去了。她不能忍受李家把她当傻瓜。李父让她去采茶，说给她零花钱花，她却一分钱也没有见到。李母则不停地训斥她没有做到儿媳妇的本分——只顾娘家，不顾婆家，不会家务。李母要她学做饭，纳千层底鞋。她是个急性子，纳鞋底时手上扎了两个针眼，就不学了。她觉得时代不一样了，年轻人谁不是花钱买鞋穿。

此时，外面的世界对她来讲不仅仅是想象。村里外出打工归来的女孩，把她跟外面真实的世界连接起来。她羡慕那些穿着花花绿绿的衣服在村里招摇过市的女孩，在一次偶然的聊天中，得知这些女孩多数在外面的酒店做"收银"。她也想跟她们一样，出去见见世面。

在未婚夫和母亲的一片反对声中，她毅然揣着向姐姐借的300块钱去了广州。去的路上，她想，这回去广州一定得找到工作，就算一月几百块钱也要干。到广州她才明白那些衣着光鲜自称"收银"的同村姑娘其实是在做"小姐"。当然，只要她愿意，也会和她们一样挣到轻松的钱，而且凭着她姣好的容貌和身材比她们还要挣得多，于是，她兴致勃勃去应试，但得知做"小姐"要做的事，让她凉了半截，连连摇头：我才不去呢！

她进了一家鞋厂打工。领到第一个月的工资，她把300块钱全买了衣服。她觉得城市里真好，有钱什么都能买到，什么都新鲜。

工厂的生活总是单调乏味，不加班时，她总是叫上同伴们一起滑冰，游玩，耍得很开心。事情传到村里，流言的最终版本是"她在外面谈了新的男朋友，不回来结婚了"。

这种消息是李家断然不能接受的。给她家的彩礼钱，是李家多年才攒下来的。谣言正好击中李平这个年轻人的担忧。当初反对她外出打工，就是怕她见识了外面的花花世界后，不愿再安心跟他待在小村里。

母亲听到的传言版本更不堪入耳——"嫁这个又嫁那个，一根骨头要打几只狗。"这个一字不识的农家妇女，从小就教育女儿守妇德。她当初就反对女儿外出："一个女孩子家，不要出远门，留在家里给丈夫生儿育女。"

于是，李家的，娘家的，一封封催她回家的电报，接二连三，十万火急！

她只得委屈地回家了。尽管她想逃离村庄，但传统儒家妇道的束缚，让她没有选择的余地！

她想，如果不回村，在广州随便找一个都比李平强。可她最终还是无奈地选择"嫁鸡随鸡，嫁狗随狗"的命运。

事后村里人都说她真傻，如果不回来，就可逃过这一劫。

两家坐下来商量婚事。李家想着婚事拖着夜长梦多，结婚越快越好。母亲心疼女儿，她不满20岁不到结婚年龄，让李家再等一年。没两天，李家回话说，他们可以打通关系把结婚证办下来。

她不答应这么快就结婚，想再出去打一年工，挣钱弄点像样的嫁妆，风风光光把自己嫁过去，也算是给父母挣面子。"静悄悄地嫁过去，谁都瞧不起你。"

李家认为她拖延时间只是想悔婚。

挖眼事发一个月前，李母来串门，当着她和儿子的面讲了个故事：跟李家同一个村庄的一对男女订婚3年没结婚，最后男孩把女孩的鼻子咬掉，五官毁后，女孩再也嫁不出

盲女劫

去了。

她想，这种事情不可能发生在自己身上，"我又没说过不愿意嫁他。"李家再次来催婚，被拒。

两天后，事发。

没有了眼睛，整天黑乎乎的，平时走路分不清东南西北，凭感觉走，把自己撞得鼻青脸肿，基本上是一走路就碰撞，心一烦，就坐在或躺在地上抓脸扯头发，号啕大哭。她害怕摔跤，每走一步，心脏都怦怦直跳。她躺在床上，觉得这样活在世上没意思，就想着杀死自己的各种方法。最后决定喝一瓶农药了结生命。她想着，死了，既可解脱自己，又能给家里减轻负担。

母亲觉察到她不对劲，下意识盯紧她。一天，听着电视里的一则故事突然让她醒悟：我死了，他们会更痛苦。她就天天听歌、听故事，让自己坚强。

四

自从失去眼睛，她是以泪计算着漫长的日子。这样，在家里浑浑噩噩地度过了 5 年。一天，隔壁岭南村的于德来邻居家走亲戚，听说了她的事，上门提亲。她问母亲，于德长得俊不俊？母亲说不怎样，就一口拒绝了。但于德死皮赖脸地依然天天去，站在窗口对着里屋的她小声喊："我会爱你一辈子，对你好一辈子的。"

此时，哥哥已经讨了第二任老婆。她在房里，经常听见他们碎言碎语，说她白吃白喝，不该留在家里。母亲反对，哥哥跑到厨房，拿着菜刀，嚷着要砍死她。

她一气之下答应了于德。嫁给于德第二年，哥哥骑摩托车掉进山沟摔死了。

于德家与她家隔着一座大山。如果走得快，要4个小时才能翻过大山。大山这边的半山腰上，几间被林荫遮蔽的土坯木架屋就是于德的家，人称"山上"。这里只有无穷无尽的鸟鸣和偶尔的狗叫，尽管也住着些人家，但都相距很远，最近的两户与她家的距离也至少有100多米。

那年冬天，跟随于德来到了山上。她本不想去，但兄嫂的嫌弃又让她无法留在家里。刚到这里时，她觉得于德是她未来的依靠。"年纪大的人，知道心疼人"，她心里这样想。

后来才知道，于德是当地出了名的无赖，父母在世时他好吃懒做，父母双亡后，他游手好闲，靠偷鸡摸狗为生，因此，40多岁了仍是个贫穷潦倒的光棍，跟她结婚纯粹是为了泄性欲、生孩子。

于德对她仅仅好了几个月就开骂了。他越来越讨厌这个瞎眼婆。

她怀大儿子5个月时，她端着潲食喂猪，于德不声不响地故意把一条凳子横在门中间，她一个跟跄摔倒在地，猪食溅到了于德身上。

"你瞎了眼吗？"于德恶狠狠地吼叫。

"我眼睛本来就是瞎的！"她忍不了顶了一句。

"啪"！话刚落音，于德一巴掌甩到她嘴上，接着往她肚子上又是一拳。她爬起来后退几步，一屁股坐到石头上，肚子坠痛难忍。于德拿着劈柴斧头过去，在她的小腿上拍得"噼噼啪啪"直响："你要是今天把孩子小产了，我就把你的

盲女劫

头剁下来。"

万幸母子平安。但于德像吸毒一样，打人上了瘾。大山的闭塞，农活的劳累，生活的贫穷，这些叠加效应，让他绝望和压抑。性和暴力成了他发泄的渠道。

于德连孩子也不放过。大儿子刚牙牙学语，稍不顺心，就一巴掌甩到孩子脸上。她心疼，过去劝他，刚一开口，巴掌就过来了，母子一起揍！

小儿子出生后，于德变本加厉，连过来探望的岳母都打。母亲去山上探望她，家里亲戚拿点东西让她带过去。于德爱面子，觉得这是亲戚嫌他家里穷，受到了侮辱，当着岳母的脸一顿臭骂，岳母解释，于德一甩手把她按在地上打。路过的邻居装作没看见，不声不响地走了。因为，怕招惹了他，他是山里出了名的蛮牛。

她劝母亲以后别来了。她还安慰母亲，说于德虽然脾气大一点，但心是好的，从来没有打过她。

于德渐渐觉得方英是累赘："和你在一起就是想要孩子，现在孩子有了，我不需要你。"他说，"你一死，我就好了，可以带着孩子想去哪就去哪。"

每天早上醒来，她想到的第一件事就是今天会不会挨打。她觉得自己如果不自杀，就会被于德打死。有一次，她提出离婚，孩子归于德。于德说："你想得真美，你生是我的人，死是我的鬼。"

半夜，于德拿着刀跟她说："现在就离。"方英知道他的意思是要把她杀了。她苦苦央求于德，说是开玩笑，永远不会和他离婚，他才作罢。

活下去的希望渺茫，她没有选择求救，而是忍受。她消解于德拳头的方式是让自己变得顺从和软弱。第一次顶嘴就让她明白，反抗只会招来更加凶狠的暴力。她想报警，但又想丈夫顶多关几个月就会放回来，还得忍受更加残暴的折磨。

有一次，实在忍不住，跟来家里走访的村干部说了。村干部不知道怎么办，问她："要不要我们把他揍一顿？"她无奈地摇头：算了。

方英逆来顺受的忍受，让于德更加肆无忌惮。一日一小打，三日一大打，已成家常便饭！

五

虽然备受折磨，但日子还得继续熬下去。昨天，由于连续几天的大雨，山上的天气有些凉。方英的脚气犯了，她听说旱烟可治，就向村里一位老人借一点。说来也巧，老人和于德打牌结束，让他给方英把旱烟带回去。于德觉得她跟人借东西丢人，回家抓着她的头发就往地上摔。方英一声不吭地爬起来，给孩子洗脚，带着小儿子睡了。她估摸着时间大约是晚上7点。

没一会儿，她听到屋外传来磨斧头的"沙沙"声。她想，于德可能是明天要去山上砍柴。但她心里总是闷得慌，一直睡不着，想着于德这些年对她的折磨行径，让她不寒而栗！她的命迟早会死在他的手里。

磨完斧头，于德进房睡了。一个十多平方米的房间，一横一竖紧挨着摆了两张床，于德带着大儿子睡。

睡不多久，于德猛然爬起来，说他梦到跟村里刚死的一

盲女劫

133

个老头睡在一起，觉得有人想要害他，就厉声问方英："是不是你想害我？"他一把拽住她的头发，把她狠狠摔到床下，转身走了。

方英暗自庆幸对她的折磨结束了，她默默地站起来往床上爬。却没想到，于德弄了一勺凉水，逼着她喝。把斧头放在她的肩膀上，吼叫着："不喝就把你头剁下来。"她怕吵醒孩子，孩子一哭也得挨打，她什么也没说，一口气喝了。水到嘴里，她觉得很凉，就像冰水一样。

她心想应该没事了。但还没等睡下，于德却喝得醉醺醺的又走了过来，往她的床头放了两样东西，恶狠狠地说："给你两条路，如果明天早上你没死，我就把你杀了，把孩子杀了，把你爸妈、侄子都干掉。"

听到于德上了床，她伸手摸床头，才知道是一把斧头和一根绳子。她瑟瑟发抖，牙齿邦邦作响，她坐起来，心想这次肯定得死。不一会儿，于德响起了阵阵鼾声。

她无法入睡，挨打的画面在脑中一幕幕回放。鸡的第一遍打鸣，她浑身颤抖起来，如果于德醒过来发现她还没死的话，就肯定要被他杀死。她心惊肉跳，她想了很久，如果她不自杀，她、她娘家的人和孩子都会没命，她知道于德是说得到就会做得到的，特别是喝了酒会更加凶残！霎时，无比的恐惧充斥全身，让她血流上涌，脑袋发昏，一个念头随即冒出来：只有杀死于德，家人和孩子才能活命！于是她拿起斧头，循着呼噜声摸过去。她怕伤着孩子，摸索着把孩子抱到另一头。然后，双手举起斧头往下砍，但浑身发抖、手脚瘫软，她犹豫起来：杀死了于德，孩子谁来抚养？举着的斧头落不下去，就在这时却踩上了床边于德脱下的胶鞋，双脚一滑，重重地摔了一跤，一下扑在床边，斧头脱手而出，只听"叮当"一声撞上了木床内侧的墙壁，她一下慌了神，冷汗直冒，担心于德没被砍死，就会起来把她杀死，她慌慌张张地摸回自己的床躺下，心里怦怦直跳。

但于德没一点动静，仍发出均匀的呼噜声，她想，是不是斧头落下去没砍中他，要让他死就只能趁他在熟睡中再去补一刀！但又想：这又何必呢？本来就没有想过要杀死他，只是一时气恼，为了孩子和家人活命而产生的念头，她后悔刚才的举动，现在好了，既然他没被砍死，就随他去，如果于德起来要杀她也只能听天由命了，本来她已是他砧板上的肉、串子上的鱼，要杀要剐只能由得他。因此，她忐忑不安地躺在床上，听着鸡的第二遍打鸣，于德还是没动弹，心想，是不是还是被她砍死了，让她后悔莫及，万不该这样呀！但仔细一听仍传来于德微弱的鼾声，她放心了，他没有死！

由于双目失明，她平时是听着鸡的打鸣声来判断时间。她心惊胆战地熬到鸡的第三次打鸣，心神稍稍安宁下来，因为，鸡的第三次打鸣是卯时，是天亮的时辰，进山的人多起来，于德不会在白天动手杀她的，她暗自庆幸自己又熬过了这一劫！

"啊——"就在这时，突然传来于德一声凄厉的尖叫，接着是踢打床板的抖动声，她忙爬起来喊："于德，于德，你怎么了？"但没有回应，只有"扑哧，扑哧"的喘气声，几分钟后就一点声息也没有了。她大吃一惊：于德还是死了！

这时大儿子被惊醒，爬起来问："妈妈，爸爸床头都是血，爸爸是不是死了？"

"是的，爸爸死了。"

盲女劫

"还会打我们吗？"

"爸爸再也不能打我们了。"

"好呀！我们不会挨打了，晚上可以和妈妈睡觉了。"她木然地站在原地，听着孩子"嘿嘿嘿"的笑声。

她想着，等警察来了，就自杀。这时邻居闻声赶来，看到狗正在舔食地上的血水，都惊慌得不知所措，就把她拽住控制起来，报告了村上。

六

听了她的讲述，审讯室内一片沉寂，显然，她的悲惨遭遇引发了在场人的震惊和同情，是啊，她杀死丈夫，事出有因，是被逼迫出来的！但不管什么原因，非法剥夺他人生命的行为，是死罪，国法不容！

她行凶杀人，动机明确、证据确凿、事实清楚、自己供认不讳。虽然对她深表同情与怜悯，但执法不能有恻隐之心，于是，县刑侦队胡队长交代我："迅速整理材料上报，抓紧结案。"

然后，给她戴上手铐，由胡队长他们把她押走，送往县看守所羁押。

我立即组织人员，分工负责，整理方英杀死丈夫于德的犯罪材料，由于事实清楚，证据充分，当天下午我就把呈报材料编写整理完毕，递送了县公安局。

紧紧张张地忙了一天，终于把这个案件了结，我伸展四肢长长地舒了口气，浑身感觉到说不出的轻松、惬意：我终于独当一面侦破了一件凶杀案！看来，重大案件的侦破也不是那么高不可攀！

　　由于正值对违法犯罪案件从重从快处理时期，方英杀夫一案经过政法部门紧锣密鼓的侦查审理，不到两个月已由最高人民法院核准执行死刑，剥夺政治权利终身。

　　为了强化治安，震慑犯罪，当时枪决死刑犯都在死囚户口所在地执行。3天前我就接到了通知，今天上午 10 点在我所辖区内对方英执行枪决。几天来，我为勘查选定刑场、布置刑场警戒，上下联系，东奔西走，累得疲惫不堪。上午 8 点，我正要去刑场迎接来现场执法的县公、检、法领导，刚走出派出所大门时，却见王所长突然出现在面前，笑吟吟地说："刘所长，辛苦了呀！听说你破了件大案，恭喜恭喜！现在又要去哪？"他扫视了一下四周，没看到一个干警，又不解地问，"怎么这样清静，人都去哪里了？"

　　"啊！所长大人，您终于回来了。那个案子其实很简单，不值一提！今天是对囚犯执行死刑，派出所干警们都去刑场执行警戒了，我也正要赶去那里。"

　　"哦！是这样。这么快就执行死刑，真是'从重从快'！本来那个'4·12'谋杀案早就侦结了，只是省厅硬要把我留下，帮他们办了几件疑难案子才放我回来，一去这么久，所里的担子就全压在你身上，真不好意思呀！真的，你说那个案子很简单，到底是怎么一回事？"

　　"讲哪里话？你出长差是工作需要嘛！所里这点事我还是吃得消的呀！至于那件杀人案您想听的话，我向您简单汇报一下。"听他这么说，我喜形于色地回答，无不流露出一种沾沾自喜的情绪。我知道王所长的脾气，想要了解的事是不会放手的，一看时间还早，就回到办公室给他泡了杯茶，干脆坐下来，向他详细介绍了我和胡队长对方英杀害丈夫于德的现场勘查、法医尸体检验的结论等情况。

他开始是很平静地听着我的汇报，但听着听着神色越来越凝重，焦躁不安起来，不断地向我提问，只见他吞云吐雾地抽着烟，时而抬头瞅着冉冉升起的烟圈发呆，时而在室内来回踱步。突然他停住脚步，盯着我问："有现场照片吗？"

"有，现场勘查记录、照片和上报材料所里留有备份。"

"快，快拿给我看看。"王所长迫不及待地催我。

于是，我快步走进档案室拿出方英杀夫的所有材料交给王所长。他接过去认真翻阅起来。我看了一下表快9点多了，心里有点着急，因10点前必须赶到刑场，派出所到刑场骑摩托也要半个多小时。再不动身，就赶不到了。就焦急地提醒他："所长，我们10点前必须赶到刑场，这些材料下次再看也不迟呀！"

"胡闹，胡闹，简直是胡闹。方英不是凶手！"只见王所长霍地站起来，连声说。

"您在开玩笑吧！方英杀夫，事实清楚、证据确凿，本人供认不讳，经过逐级公、检、法反复核查审理，由最高人民法院核准执行死刑，又怎么说她不是凶手？"听他这么说，我也有点气恼了。

"这事能开玩笑吗？你们简直是在把人命当儿戏！快，快，我们必须立即赶赴刑场，制止这场冤案！至于为什么，现在没时间说了，迟一分钟，方英就会成冤魂！"见我不满，他火气更大。

没办法！我忍着一肚子怨气，启动边三轮，王所长跳入车斗后连声催我："快一点，快一点！"我把油门加到最大，

车速达到了极限，风驰电掣般向刑场驰奔

七

不到 20 分钟，我们就赶到了刑场外围，平时要半个多小时呀！我不禁为自己的车速惊出一身冷汗！

这时刑场周围的山坡上、田塍边到处是人山人海，黑压压的一片，也难怪，这样穷乡僻壤的山冲死角，作为枪毙囚犯的刑场，恐怕是亘古以来第一次，加上为了营造舆论声势，增加震慑力度，县、乡广播部门提前几天就发布了广播信息，因此，附近十乡八里的人都是成群结队地赶来看热闹。幸亏县公安局提前估计到可能出现的情况，调集了充足的警力，警戒部署得很严密，对刑场里里外外安排了几层岗哨，维持着刑场的秩序。

我把摩托径直开进刑场，王所长跳下车，几步疾跑找到监督执行死刑的县公检法领导，诉说了自己的来意，要求停止对方英执行死刑。让在场人员听得目瞪口呆，要不是来的领导大部分都熟悉王所长，有的曾经还是他的同学、同事，恐怕都会认为他是在发神经病！

"王所长，开什么玩笑？离执行时间只 8 分钟了，你的要求做不到呀！"只见负责监督执行死刑的政法委陈副书记伸手看了一下腕表，很严肃地说。

听陈副书记这么说，我观察了一下执行死刑的刑场，只见方英被五花大绑捆了个结实，背上竖着"杀人犯"字样的插标，颤颤巍巍跪在地上，县检察院等司法人员正在对她拍

妓女劫

照、询问、验明正身等执行死刑的最后程序，几名武警战士拿着装有刺刀的步枪，对准她的背部瞄准、比试，做着开枪射击的姿势。看来一切准备就绪，只等执行指令一下，随着"呼"的一声枪响，方英就将命赴黄泉！

这时王所长正脸红耳赤与陈副书记等人争执不休，但总是说服不了那些监督执行死刑的领导。

我心里嘀咕：王所长也真是无事找事，方英杀死丈夫于德，是铁板钉钉的事实，你却说她不是凶手，谁又会信？死刑执行只剩几分钟了，争执还有什么用？而且你说的如果是事实，那么包括我在内的各级办案人员就全都错了，就要被追责。我正想上去劝他几句，但见他额角上的青筋随着粗重的呼吸一鼓一张，声嘶力竭地与陈书记他们据理力争，突然，他提高嗓门吼叫起来："你们在草菅人命，误杀了方英谁负责？我有新证据，请求推迟10分钟，10分钟，只要10分钟！让我把方英不是凶手的事实陈述完毕，你们再做决断！"

"好吧！既然老王这么有把握说方英不是凶手，暂且就按他的要求把执行时间推迟10分钟，大家就听听他说的新证据，我们谁也担当不了'误杀'的责任呀！"显然，对王所长的固执陈书记极其反感，但又不好断然拒绝，因为法律有"判决可能有其他错误的可以停止执行死刑"的规定。

王所长没有理会陈副书记的不满口气，点燃一支烟，清了清嗓子，就有条不紊地阐述起他认定方英不是凶手的理由："从整个现场情形分析，方英绝不是杀害于德的凶手。

"其一，死者致命伤的位置不对。法医鉴定死者是被斧头割断右侧颈动脉致死，但现场情形表明，死者右侧紧靠墙壁，而方英又只能从死者左侧去行凶，她不可能爬上床到死者紧靠墙壁的右侧去砍断他的颈动脉。这就告诉我们：死者的致命伤不是方英所为。

　　"其二，死者鲜血喷溅的范围不对。现场拍摄的照片表明，血迹分布在死者头部右侧墙壁、床头、床板和被褥上，而死者睡床左侧的床头、床板和被褥上没有血迹，因于德右侧是紧挨墙壁，方英只能从死者睡床的左边去行凶，她又双目失明，无法选择准确的行凶位置，只能举起斧头一番乱砍，死者鲜血就应该是四处飞溅，而现场上只有死者右侧范围内喷射了血迹，其他地方却没有。这就说明：现场死者血迹不是方英行凶留下的。

　　"其三，死者死亡时间与方英行凶时间不对。法医上午10点验尸时，确定死者已死亡4小时，照此推断死亡时间应该是清晨6点，而审讯记录表明，方英是在'鸡的第一次打鸣'行的凶。按照雄鸡生物钟反应，晚上第一次打鸣是丑时，就是说是凌晨1—3点之间。死者如果当时被方英砍死了，就应该死亡了7个多小时。而且在'鸡的第二次打鸣'时，即凌晨4点左右，方英还听到了于德的鼾声，因此，于德绝不是在方英行凶时间内致死。"

　　"老王呀！你的分析推理，乍一听好像很有道理，但只要仔细一想，就完全站不住脚。如你说方英只能从左边去行凶，砍不到死者右侧的颈动脉，但你想过没有？如果死者面向房门侧卧，他的右侧颈动脉不就刚好暴露在方英刀口下？你的所谓'死者致命伤位置不对'不就不攻自破了吗？"县刑侦队胡队对王所长擅闯刑场，数陈方英不是凶手，要求停止执行死刑的举动极其愤懑，因为，这个案子是他一手侦查办理，如果方英不是凶手，就是全盘否定他的侦查结论，他本来就

盲女劫

窝了满肚子的气。于是带着嘲讽的口气反驳。

"胡队长，侦查破案你是权威，我甘拜下风！但我们只能按事实说话，你说的这种'如果'当然不排除，但你想过没有？如果死者左卧，方英一斧头砍中了他的右侧颈动脉，当时应该是鲜血飞溅，木床左侧就会喷满血迹，方英更会是浑身染血，但在勘查现场时，你看到木床左侧有血痕吗？找到了方英行凶的血衣等物证吗？"王所长反唇相讥。

"那你说的'时间不对'，又有什么根据？侦查破案，不能这样凭空臆造呀！"胡队长不甘示弱，提出新的质问。

"这是根据当时的情景和方英心理活动分析、判断出来的。当晚于德喝醉了酒，把斧头和绳子丢给方英要她自杀，并说他醒来时看到她还没死就要杀了她全家和孩子。她惊恐万状，为了保住家人和孩子的命，就产生了杀死于德的念头，而于德随时会醒来杀死她，她只能趁早行动。她的行凶时间就应该是正如自己供认的在'鸡的第一次打鸣'即凌晨2点左右，而在清晨6点是不可能的，因为，这个时候是大天亮了，过往行人多，于德醒来不会杀她了，她也不会拖到这个时候去动手杀于德。因此，于德死于清晨6点与方英行凶时间不符，完全合乎情理。"

"这只不过是你的一种猜测，但事实却是：方英满口承认杀死了于德，请问，你又怎么解释？"胡队长对王所长的解说，不以为然，继续发难。

"这个嘛！只要我们根据现场情形稍微动动脑筋想一想，一切就会真相大白：一是方英承认杀死了于德，是因为她有行凶动机，并实施了行动，虽然在举起斧头时手软，改变了行凶念头没有砍下去，但由于摔了一跤斧头脱手飞出，于德还是死了，当然就误认为是她砍死的。二是于德的死其实是自己无意中撞上斧头刀刃致命的。我们可以想象：当方英摔跤飞出的斧头刚好掉落在紧靠墙壁的木床边，刀刃正对着于德睡的床头，紧挨于德脖子，但他当时正仰卧在床，处于昏醉沉睡之中而没有发觉。当方英后悔自己的鲁莽举动时，还听到于德一直在打呼噜，才放了心，因'于德死了小孩由谁抚养?'的想法，让她完全放弃了杀死于德的念头，并做了听天由命被于德杀死的思想准备。

"清晨6点，当于德一觉醒来，身子扭动，头一摆，脖子刚好撞到了锋利的刀刃上，右侧颈动脉当即被割断，鲜血飞溅，故右侧墙壁留下了血液喷射的痕迹。颈动脉是保障大脑供氧的血管，被割断后，大脑动脉血压立即降为0，不能向大脑供氧了，脑细胞在缺氧情况下最多6分钟后就会死亡，于德当然必死无疑。因此，于德绝不是方英所杀，而是阴错阳差自己撞到了他本来是用来杀方英的斧头刀口上。"

听完王所长一番有理有据的分析、判断，胡队长无言以对，在场人员更是面面相觑！

"既然是这样，对方英的死刑暂缓执行，押回重审。"沉默片刻，陈副书记无奈地宣布。

通过公、检、法反复侦查、核实、审理，其结果与王所长的分析、判断完全吻合，加上方英所在村组联名上书求保，方英被无罪释放。

就这样，王所长从枪口下捡回了方英的一条命。

育女劫

涟水悬案

一

王所长调去涟水镇派出所快 1 个月了，山峰镇派出所就由我这个副所长抓全面，所里干警都笑嘻嘻地对我说："恭喜你就要当一把手了啊！"

我也在想，县局迟迟不派所长来，是不是也在考虑我的转正？正当我暗自窃喜之际，突然一纸调令，要我去涟水镇派出所任副所长，这不是又要我去当王所长的搭档？

与王所长共事我很乐意，只是弄不明白的是，虽然王所长和我在山峰镇派出所工作的这几年，多年的积案都侦查处理完结，由于防范工作做到了位，社会治安形势一直很好，多次被评为县、市公安系统的先进单位。但现在把王所长和我都调走，让正副所长岗位留下空当，县局的这种安排实在欠妥呀！但服从调配是公安干警的天职，我二话没说，收拾好行装，按照调令要求，迅速赶到了涟水镇派出所报到。

王所长在办公室热情地接待了我，笑容满面地说："呵呵，我终于把你请来了！"

"你把我请来了？不对，是县局调我来的呀！"我忙纠正。

"你可能还不知道，本来局里正要任命你为山峰镇派出所所长，但我坚决要求把你调来涟水镇，并提出，如果你不来，我就辞职。县局领导拗不过我，就把你调来了。因此，可以说是我把你请来的呀！"王所长见我不解，笑嘻嘻地解释。

"不会是这样吧？与你共事我很高兴，但你来涟水镇派出所任所长，不至于硬要把我这个没什么能耐的人调来呀！"我还是不明白他的话。也不免为自己没当上山峰镇派出所所长而郁闷。

"我来到这里才清楚，涟水镇原来是个全县治安问题的重灾区，要我来当所长，拿局领导的话说，是临危受命，但没有一个配合默契的助手，我是寸步难行！故硬把你扯了过来，只是要委屈你了！"

"重灾区？没这么严重吧？"

"一点不假，5年多时间内，连续发生了两起命案，死了三人！每次都惊动了省、市、县公安部门，忙忙碌碌地折腾一阵，但一起没破，都成了悬案。因此，当地民众对公安系统的人印象很不好。你知道他们是怎么称呼公安部门的吗？"

"他们是怎么说的？"我不解地问。

"说公安局是粮食局，公安人员是收粮的，听起来就气人，但转念一想，两起命案一起都破不了，也难怪他们说公安局的人是吃干饭的呀！"

"哦！看来情况确实复杂，难怪局领导把你调来，凭你的破案经验和能力，侦破这两件悬案应该是小菜一碟吧！又要我来干什么？"我还是表露出不满情绪。

"怎么你也说起风凉话来？以前侦破的几件案子不都是在你的协助之下吗？没有人帮忙，一个人即使有天大本事，也会一事无成。因此，在局领导交代我一定要把这几件悬案解决时，我就夸了海口，只要满足我一个要求，就保证在3个月内完成任务。"

"这么有把握，那你提的是什么要求？"

"我的要求很简单，就是把你调来。"

"呵，你实在太高估我了，你又不是不清楚，以前办案我总是给你出难题，与你对着干，这次这么大的任务，就别指望我能帮得上什么忙，肯定会让你失望的呀！"他竟然对我的期望值这么高，让我感到惊讶，忙给他泼了瓢冷水。

"我需要的正是你这种总喜欢在鸡蛋里挑骨头的人，在分析、判断案情时，有人提出不同看法甚至反对意见，是极大的好事，能让人拓宽思路，少走弯路。你应该记得，以前侦破案子时，就是你充当了'反对派'角色，我们才取得了一个个胜利！"

"啊，原来你是这么想的，只怕会事与愿违！当然，我既然来了，一切会听从你的安排，有什么要求，就尽量吩咐吧。"见他一再肯定我的作用，我也只得调整了心态。

"对你没什么新的要求，就是像以前一样，多和我唱点对台戏就行。还要请你放心的是，山峰镇派出所的所长位子仍会给你留在那里，少则1个月多则3个月，你就可去走马上任了！"王所长笑呵呵地说。

"那就请你安排吧，我们怎么侦破这两件悬案？"他讲得如此轻松，却让我产生了怀疑：他之所以这么说，无非是对我的一种安慰！但既然来了，还在乎时间多久吗？至于那个所长的位置也正是我一直为之努力的方向，不想当将军的兵，不是好兵嘛！但不敢喜形于色，先完成好任务再说吧。因此，不想再和他这样不着边际地闲扯下去。

"好，言归正传，我们来研究一下侦破工作吧！按一般方法，侦破积案，应该是先易后难、由近及远，但两起案子，哪件难哪件易，现在还一无所知。我还是打算先从第一件命案查起。因为，从诸多办案实践来看，一个地方连续发生的案件之间，有的可能存在一些内在联系。我想，如果涟水镇这两起积案之间有某种联系的话，就可以由此及彼，两件案子一起侦破。当然这还是我的一厢情愿。我来了快1个多月，对这两件案子进行了一番调查、研究，翻阅了他们的侦查记录，查看了现场检材和照片，对案情有了初步印象。现在就把第一个案子的情况和我的一些看法和你谈谈吧！"

于是，王所长点燃一支烟，在弥漫的烟雾中，讲述起这件命案发生的情况。

二

5年前的一个隆冬腊月，一场罕见的暴风雪袭来，连续几天，北风呼号，大雪纷飞，广袤的原野上白茫茫的一片，由于天寒地冻，人们都待在家里不敢出门，野外一片寂静，"千山鸟飞绝，万径人踪灭"，柳宗元那句脍炙人口诗的诗意，在这里尽显无遗。

直到一个星期过去，久违的阳光才从灰蒙蒙的云翳中照射出来，气温逐渐回升，冰雪开始融化，乡村原野恢复了平常的生气。

就在这时，传来了涟水村左一平不明不白地死在家里的消息，刚从冰冷气候中缓过神来的人们，又陷入了惊恐之中！

这个左一平，现年 25 岁，是个五大三粗的年轻人，父亲在县城一行政单位工作，拿国家工资，他和母亲在家务农，按当时的说法是四属户。由于左一平的父亲是国家工作人员，有固定收入，家庭人口又不多，生活无忧无虑，是当地人们羡慕的小康之家。只是这个左一平由于父母娇生惯养，从小好吃懒做，智力又迟钝，读书如上皂角树，灌都灌不进，因此，小学没毕业就停学在家。

左一平书不会读，又不会做人，附近群众对他没一点好感，但与一些好逸恶劳的混混们却打得火热，经常三五成群地寻事生非。扰得邻里不安宁，怨声载道。他把父母对他的教育、劝导当作耳边风，惹急了他，还会对父母蛮横顶撞、咒骂。有一次他还推推搡搡地把母亲的腿摔伤了。

本来这样放荡不羁的人，找对象很难，但由于家庭条件好，却找了一个如花似玉的老婆。于去年结婚后，那些狐朋狗友看到他找了这样一个娇艳欲滴的女人，谁都眼馋，总想来揩点油、占占便宜，来往就更勤密了，稍有机会就对他老婆动手动脚，挑逗拨弄，加上他老婆可能也不是个正经货色，每次喝酒吵闹之间，也总是和他们嘻嘻哈哈、打情骂俏。别看左一平平时大大咧咧、傻乎乎的样子，但对这些现象是看在眼里气在心里，又因碍于面子，怕朋友们讲他心胸狭窄、小气，而不敢当场发作。但等朋友一散，就拿老婆出气，对她一顿拳打脚踢，打得她狼嚎鬼哭。因此，夫妻关系越来越淡薄，每逢一点小事就大吵大闹，弄得家里鸡犬不宁，父母虽然多次劝慰，但无济于事。没办法，就强令他们搬出去住，眼不见，心不烦！

刚好，离他家约4里路远的一户村民，因图生计，全家都在江西山区伐树垦荒，多年没回来，一栋横三直二的土砖茅房一直空在那里，左一平一赌气，就搬了过去。由于与父母关系搞僵了，他们搬出去后，就没回过家。

左一平借住的这栋茅房是单家独院，周围三四里没有其他村民的住房。加上他与左邻右舍合不来，因此，自从他搬来这里居住以后，除了与那些不务正业的混混们继续来往外，他与村民组其他人没有什么交往。家里发生什么事情，很少有人知道。

就在这冰冻结束的第一天，正逢他母亲50大寿，家里来了不少亲朋好友，唯独不见儿子、儿媳，他父亲气不打一处来，哪有这样的不孝之子？母亲50大寿都不来，就气冲冲地跑去兴师问罪。

当走到茅屋地坪前大声喊叫时，儿子、儿媳都没出来答话，他父亲火气更大了，就走上去猛踢大门，但大门紧闭，没有一点反应，同来的几个亲戚就上前捅破窗户糊着的皮纸往里张望，仍没看见人影，感觉奇怪，就一齐动手去推侧边厨房的小门，但小门虚掩着，一推就开了，他们鱼贯而入，走进去边喊边找人，但房间里没有一点声息，只散发出一种刺鼻的酒酸味，他们循着气味走到一间吃饭的侧房，只见一个杯盘狼藉的场面呈现眼前：一张小方桌上，摆着3个剩下残羹残菜的盘子，从剩下的汤菜看得出，一个是炒肉片，一个是涟水小河鱼，一个是水煮青菜。3个酒杯子已砸成一摊碎玻璃，2个"德山大曲"玻璃酒瓶横倒在地上，其中一个下面一节还沾着血迹，3条木凳也在地上横躺着。看到这个情况，他们大惊失色，这是吃饭、喝酒时发生了打架斗殴的场面呀！于是，他们逐个房间寻起来，最后在东侧堆放杂物的房间里找到了左一平，但他蜷缩在墙角里，上面罩着一些杂物，不是刻意寻找是看不出来的。几个人上前七手八脚地把左一平拖出来，但他已经全身僵硬，头顶皮开肉绽，满面血迹斑斑，左一平父亲一见，吓得魂飞魄散！赶紧向镇派出所报了案。

派出所接到报案，立即报告了县公安局，全所干警就一齐出动奔赴命案发生的涟水村，刚好县局和省厅刑侦人员也赶到了现场。于是，3班人马20多人组成联合专案组，紧锣密鼓地开展了现场勘验和案件侦查。

经法医鉴定，左一平已死亡6天左右，根据推算，死亡时间正是暴风雪突发的那天晚上。伤痕是明显的打击伤，即死者脑顶遭受一钝器两次猛烈撞击，导致颅顶骨骨折内压，脑组织受损和颅内大出血。现场除了左一平父亲他们已看到的情况外，勘查人员还捡到了一些散落地上的"红桔"牌和"长沙"牌烟蒂。左一平身上除一包只剩下几支的红桔牌香烟外，没找到其他东西，由于酒杯都已砸碎没有提取到完整的指纹，仅从那个沾有血迹的酒瓶上找到了一个好似左手紧握瓶颈的残缺、模糊的掌指纹，屋里其他地方没有翻动过，也没丢失什么东西。

他们还发现死者两手紧抓着一把木刨花。因这间杂物房间里，堆放了不少做柴火的木屑刨花，办案人员都认为这是死者临死时痛苦挣扎，两手猛抓所致。

由于当时残雪刚融化，左一平父亲一帮人进房时到处走动，地上踩踏的泥泞脚印，一片模糊、杂乱，无法提取到嫌疑人的脚印。

根据现场情形，结合法医伤痕鉴定，经分析、判断，死者是在和两个熟人喝酒时，由于连喝了两瓶白酒，可能都喝醉了，就失去了自控力，因什么事情发生了争执，其中一人情急之下，顺手抓起酒瓶在左一平脑袋上猛砸两下，使其颅顶骨粉碎性骨折，脑浆迸裂而死。是典型的激情杀人！而且根据酒瓶上留下的指掌纹判定，这个凶犯应该是左撇子。

从现场情形分析，左一平用如此丰盛的菜肴招待客人，与来人肯定不是一般关系，应该是至亲至交。又因案发时是天寒地冻，办案人员就认定凶犯应该是居住在附近的人。于是，办案人员根据现场发现的烟蒂和指掌纹，对附近与左一平交往密切，具有嫌疑人特征的那些混混及亲戚朋友，进行一一排查，并对有作案能力的社员近100多人都做了指掌纹比对、生物样本鉴定，但都对不上号。

办案人员发现左一平命案发生后，他老婆一直没露面，认为她嫌疑很大，就对她进行了全面的侦查。

在相距近30里外的娘家找到她时，她因患重感冒正在医院住院打点滴，左一平死亡之事她还一概不知。她讲述了她回娘家的情况，原来，暴风雪来临的那天傍晚，因为一点小事，左一平对她大打出手，为了逃避暴打，她挣脱了左一平抓着她胳膊的手跑了出来，刚好一辆从县城至她娘家的客车在公路边停靠上下旅客，她就爬了上去。由于走得仓促，身上没带钱，但平时回娘家都是坐这趟车，司机和售票员都认识她，故车费都没收她的。

回到家里时，母亲等人看到她被左一平打得鼻青眼肿，左手胳膊扭成了茄子色，且动弹不得，都气愤不已，母亲还抱着她伤心地哭了起来，她一个堂叔更是咬牙切齿地大骂左一平，并迅速给她买来了治伤药。回家不久，一场暴风雪袭来，气温骤降，接着是天封地冻，由于回家时没带足衣服，加上挨打受气，她就生起病来，在医院一住就是一个星期，本来打算这几天出了院就赶回去，因为她想到，虽然左一平经常打骂她，但他们毕竟是夫妻，长时间住在娘家也不是办法。现在听到左一平被人打死了，她惊恐万状，号啕大哭起来，从病床上爬起来就要赶回去。

办案人员听完她的讲述和伤心的哭啼，大大减轻了对她的怀疑，又通过对客车司机和当时车上旅客的询问，都证实风雪来临前的那天傍晚，她确实慌慌张张地上车回了娘家，医生又证明暴风雪来临的次日，她就住进了医院。还看到了她脸上和胳膊上留下的尚未褪尽的瘀紫伤痕，证实她没有讲假话。这样，也就消除对她的怀疑。

由于找不到嫌疑人，办案人员虽然多方位、多渠道地开展调查、走访，费尽千辛万苦，但没有一点进展，侦查工作走进了死胡同。

尽管派出所、县市公安部门一直在追查凶犯，但5年多过去，仍没捕捉到凶犯的蛛丝马迹，这样，左一平命案就成为涟水镇第一起悬案。

三

听完王所长的讲述，我感觉到了侦破这起悬案的难度，脑子里一片模糊、混乱，担心王所长突然提问，我无言以对，就先发制人："你对这件案子有什么看法？一定确定了重新侦查的思路吧？"

"你真鬼！我正要问你，你却先问起我来了，好吧，我就先谈一点肤浅看法，我们共同来分析、探讨一下。这起案子之所以成为悬案，有客观和主观方面的因素。客观方面，一是案发时是冰天雪地的晚上，行人稀少，加上案发现场是单家独户，没有目击证人；二是案发后是严寒冰冻，一个星期后才发现被害者，为寻找凶犯的踪迹增加了难度；三是由于残雪刚刚消融，道路一片泥泞，加上死者父亲和一帮亲戚在现场慌乱奔走，破坏了现场原貌。"王所长露出不无遗憾的神情。

"这些客观因素确实为侦破工作带来很大难度，但应该不是这起命案成为悬案的主要原因呀！"听王所长这么说，我稍有启发，心想，虽然上述那些客观因素为侦破工作增加了难度，但现场上还是发现了凶杀案的一些有效证据，如烟蒂、掌指纹等，这些都是追查凶犯的重要线索。

"我也是这样想的，客观因素不是案子难破的理由，悬案的形成，往往是因办案人员主观上的错误判断所致。就此案而言，办案人员犯了几个明显的主观错误，一是仅凭喝酒和没有丢失财物的现场就把案件定性为激情杀人。二是根据

涟水悬案

道路冰天雪地行走不便的天气，认定凶犯就是附近熟人作案。三是认为与死者交往甚密的人是一帮混混，就把凶犯定位在这帮人中。由于这些主观因素作祟，破案思路窄狭，虽然辛辛苦苦地搞了几个月，把死者居住附近的亲朋好友翻了个遍，但仍徒劳无功，时间一拖，当然就失去了破案良机，这样一来，又哪有不成悬案的道理？"

"你的分析确实有道理，我想，没有丢失一点东西，谋财害命、抢劫杀人当然可以排除，你又认为不是激情杀人，那就只剩下'仇杀'或'情杀'了呀！"我对他的说法表示赞成。

"我虽然有这种想法，但还没有一点证据来支撑，因为通过原来办案人员的调查和我这次的补充调查情况，左一平虽然与附近社员合不来，但也没有发现与什么人结下了深仇大恨，不可能惹出杀身之祸。情杀嘛？通过调查在卷材料，反映出他老婆虽然平时有点放荡，常与他那帮狐群狗党拈拈掐掐、打情骂俏，但也没有发现有什么奸情，案发时他老婆没在现场，是因为逃避他的暴打而回的家，又因气候突变和生病，在娘家一住就是一个星期，不是故意回避，因此，也排除了对她的怀疑。左一平虽然一贯横不打直，但也没发现他有拈花惹草的苗头，这样，'情杀'的可能性也就小了。"王所长又详尽地讲述了这起案子的一些补侦情况。

"这么说，连案件性质都无法确定，要侦破这个案子实在难呀！那现在你打算怎么办？"王所长的讲述，使我对侦破这件悬案越来越感到迷茫。

"整个案情已告诉了你，我想听听你的看法，再一起来分析、研究一下，理出个头绪来，才能确定行动方案。"王所长笑眯眯地盯着我，期待我的意见。

"我也没有什么好的看法，只是，我想，要侦破这个案子，先要找到突破口，我认为，现场虽然没有留下嫌疑人的脚印，但那些烟蒂和酒瓶上的指掌纹应该是很重要的线索，只要利用好这些东西，就有可能找到嫌犯。"见王所长提问，我就试探性地谈出了自己的想法。

"好，好！你的这个想法很重要，说明动了一番脑筋，继续说下去。"王所长赞许地连连点头。

"根据原来现场勘查情况来看，现场留下的烟蒂有红桔牌和长沙牌两种，通过调查，左一平抽的是红桔牌，而他的经济状况，也只能抽这种烟。那么长沙牌烟蒂肯定是嫌犯留下的，而这种香烟价格比较贵，一般的村民是抽不起，因此，说明这个嫌犯家庭条件比较好。通过烟蒂做生物样本鉴定就可找到嫌犯。还有，嫌犯行凶时在酒瓶上留下的是左手指掌纹，说明他是左撇子，这就可以大大缩小侦查范围。当然这只是我的一些初步想法，不知对不对？在你面前班门弄斧了呀！"听了王所长的鼓励，我把一些想法和盘托出。

"是呀！你的有些看法和我想到了一块。是的，通过烟蒂做 DNA 鉴定，是找到嫌犯的有效途径，当时的办案人员就已对附近 100 多个有作案能力的人做了生物抽样鉴定，但都不与烟蒂样本相匹配。如果，这个漏网的嫌犯已意识到破案人员会通过烟蒂做 DNA 鉴定找到他，就小心谨慎不再犯案了，办案人员还是找不到他呀。还有，根据酒瓶上的指掌纹判断嫌犯是左撇子，确实有一定道理，但也不是绝对的，以前的办案人员正是基于这一情况进行侦查，但一直没有找到具有左撇子这个特征的嫌疑人，因此，凶犯是不是左撇子，不能仅凭凶器上留下的痕迹来断定。侦查破案应该全面考虑各种可能的因素。"王所长这番话，很明显，既赞成我对案情的看法，又提出了一些反对意见。

"按照你的意思，就是说，我们不能守株待兔，必须主动出击，没有 DNA 鉴定比对物就去找，再就是不要被现场发现的迹象所局限和迷惑，要拓宽思路，多方面调查，寻找新的线索。"

"对，对！你刚才讲到的其实就是我们要开始重新侦查的行动方案。"王所长对我翘起大拇指，笑逐颜开地说。

"别这样夸奖呀，我能有点长进，不都在你的教导下取得的吗？那我们怎么行动，你安排吧！"听到王所长几次赞赏，我有点不好意思了。

"别急！我还没有把第二起凶杀案的情况告诉你呢！我把以前办案人员对这起凶杀案的勘查记录、现场检材和侦查分析材料也进行了仔细阅读和研究，隐隐约约觉得这起案子与上一案件似乎有某种微妙的联系，虽然不太明显，但我一直相信自己的感觉，要是能把这两起悬案一次解决，那就一箭双雕了呀！"王所长若有所思地说。

"哪有这样的好事？你怕是在白日做梦吧？"我有点不相信会这么幸运。

"不要先做结论，让我把这起案子的情况告诉你，我们一起来分析分析，说不定梦想会成真呢！"

"好，那就快说吧！"我急不可待地催促。

于是，王所长又语气深沉地讲述了第二起悬案。

四

去年仲夏，一个酷热的中午时分，火辣辣的太阳烤得大地冒烟，炽烈的热浪熏得人们张着嘴巴也喘不过气来。

突然，雷声炸响，一场暴雨哗啦啦地铺天盖地而来，连续下了几个小时。雨过天晴，人们又沉浸在闷热之中。

傍晚时分，突然传来清潭村村民贺永华和母亲被人打死在家里的消息，青天白日竟然连杀两人，让人震惊不已！

涟水镇派出所陈为所长接到报案，立即报告了县局，然后带领在家的干警迅速赶赴清潭村，与县公安局刑侦队汇合后，进入了紧张的现场勘察。

凶杀案发生在一栋破烂不堪的四间土砖茅屋里，只见在茅屋中间的厅房中，一张靠墙摆放的小方桌旁边，一个年近30岁的死者，仰卧在血泊中、颅顶破裂、血肉模糊，眼睛圆瞪，满脸惊吓，桌上摆着一碟没吃完的花生米，桌下有两个已砸烂的啤酒瓶和一摊碎玻璃，桌前两条小木凳横倒在地上。在紧挨厅房东侧的卧室门口，年近70的死者母亲，脑门破损仰躺在地，头顶红白相间、血肉相连。

经法医验尸鉴定，两人都是被啤酒瓶猛击脑顶，导致颅骨粉碎性骨折脑浆迸裂致死。根据尸体变化状态判定，均已死亡5个多小时，验尸时间是下午6点半，照此推算，死亡时间就是下午1点左右，正是倾盆大雨之际。

通过侦查走访，综合现场勘察情形分析，办案人员推测出凶杀发生的经过：贺永华在和一个亲朋好友喝酒时，可能发生了激烈争执，那人一时性起，顺手抓起啤酒瓶砸向死者，把死者颅骨砸碎而当场毙命。因为是关系好的朋友或亲人，死者没有一点戒备，突然看到来人对他痛下毒手，感到惊讶，故留下了满脸惊吓的死相。凶手在对贺永华行凶时，惊动了在房间卧床不起的死者母亲，就挣扎着出来喊叫，凶手就一不做二不休，又用啤酒瓶将其砸死。从用酒瓶一下砸碎死者颅骨来看，行凶者应该是一个身强力壮、心狠手辣的青壮年。

由于玻璃酒杯已全部砸碎，没找到完整的指纹，仅从一个被砸烂的酒瓶瓶颈上提取到一只残缺不全的右手紧握瓶颈的掌指痕迹，又在死者房屋地坪的泥土上找到了几枚模糊的脚印。还从桌面上扫集了不少烟灰，但没发现丢弃的烟蒂。当时还发现了一个奇怪的现象，本来是喝了两瓶啤酒，但在现场上只找到了一个啤酒瓶的铁皮瓶盖，另一个不知去向，办案人员就到处寻找，最后却在死者紧握的右手里找到了。

侦查人员通过调查、了解，得知死者贺永华父亲英年早逝，母亲又身患重疾，经常卧病在床，他和母亲相依为命，生活极其贫穷。由于家境不好，快30了还是单身一人，他母亲老实本分，从不与人争长论短，贺永华更是为人忠厚，尊老爱幼，不惹是生非，除平时在家种田务农外，还跟随一个堂叔学木工。附近团方邻舍大凡有小事他总是主动帮忙，随喊随到，没与人结怨生仇。因此，大家对他母子印象很好，不存在仇杀与情杀，家里又穷得叮当响，没有丢失什么东西，谋财害命也不可能。是什么原因让他们母子双双招致杀身之祸呢？办案人员冥思苦想，找不出答案。

由于案发时正是暴雨滂沱之际，根本无人出门，加上死者家是独门独户，没有人能觉察到他家发生的事情。为办案人员侦查破案增加了难度，他们通过多方调查、走访，找到了负责水田灌溉的看水员，据他反映，在刚下雨的时候，他因担心雨水流失而冒雨去赶水进塘，在蒙蒙雨幕中，好像看到一个披着灰色长雨衣、身材高大的人，向死者住房方向奔跑。由于正是倾盆大雨之际，故没有过多的留意，也讲不出个所以然。但这个情况与现场情形吻合，因办案人员发现死者毙命的房间，在一处墙壁的下面，有明显的水滴浸淋过的痕迹，说明当时这个穿雨衣的人冒雨来到了死者家，脱下湿淋淋的雨衣放在那里。这样，办案人员就判定：凶犯是一个身强力壮、有着灰色长雨衣、抽烟嗜酒的青壮男人。又根据对留下的脚印制模测定是40.5码，认定凶犯是穿40.5码胶鞋的人。

根据嫌疑人的这些特征，办案人员围绕与死者有关联的亲戚朋友、邻居，进行了地毯式排查，县公安局还牵来了一只威猛的警犬寻找嫌犯，但因当时连续几个小时的暴雨，道路上冲刷得干干净净，难以嗅闻到嫌疑人的气息，导致警犬追踪失败。也没有找到平时有灰色雨衣和穿40.5码胶鞋的人。省公安厅又派出了侦查技术专家协助破案。但是，虽然通过多方努力，仍一无所获，没有找到嫌疑人的踪迹！

光阴荏苒，1年多时间眨眼过去，案子始终没有进展，这样，贺永华母子被害又成为涟水镇第二件悬案。

王所长讲述完第二起悬案的情况，端起茶杯咕噜一口，又说："由于两起命案未破，民众对政府部门意见很大，更是看不起公安人员，涟水镇派出所干警讲不起话、抬不起头，社会治安越来越不好，陈为所长压力很大，就向县局提出了辞呈。县局就把我推到了这里。没办法，我也只好把你搬来垫背了啊！"说完，他瞅着我哈哈大笑起来。

"难得你对我的信任，我会努力工作，为你侦破悬案尽微薄之力，只是听了你的介绍，要侦破这两起命案，绝不是轻而易举的事呀。"听完王所长的讲述，让我感觉到这两起命案，经过了省、县公安部门这么长时间的侦查，仍没一点眉目，时过境迁，现在要来侦破，绝不是一般的难度。

"你说的一点不错，但容易的事，那些县老爷会分派给我们吗？因此，我们只能硬着头皮干，尽快把悬案侦破，我们就轻松了！"王所长好像没有一点为难的情绪，仍笑嘻嘻地说。

"听你的口气，好像胸有成竹，一定找到侦查的突破口了吧？"

"现在还很难说，当然，如果我的判断没错的话，我们会很快完成任务。"

"会很快完成任务？不会这么简单呀！"我心里叽咕：案情还是一片渺茫，复查工作还没开始，他就说得这么轻巧，真是吹牛不怕嘴巴痛！

"你可能在想，我又在讲大话了吧？不，绝不是吹牛，上述话语，是我对这两起悬案进行了反复分析、推理后，做出的判断。"

"那你的判断又是什么？"听他说得这么肯定，我赶紧追问。

"两起命案，其实是一人所为。"

"两案一凶？"两起案子，发生地点相距30余里，时间相隔3年多，案情错综复杂，又经省、县公安部门进行了长时间的侦查，一直没有发现凶犯的蛛丝马迹，他接手案子不到一个月，仅仅翻阅了案卷，就做出这样的结论，我简直不敢相信自己的耳朵！

"你认为我在胡扯吧？因为两起命案，扑朔迷离，没有任何联系，说是一个凶手作案，确实让人难以置信。但等我把理由说出来，你就不得不信了。"王所长看到我表露出不相信的神情，又笑眯眯地补充。

"那就快把你认为是'两案一凶'的根据说出来吧！"我有点急不可耐了。

"好。"王所长见我催促，深深地吸了一口烟，吞云吐雾地讲述起他认为两起命案是一个凶手所为的推理、判断。

五

王所长侃侃而谈，阐述了他认定是"两案一凶"的理由："一般来说，受个人喜好、阅历、习性等方面的影响，一个人在做某件事情、实施某种行动时会不知不觉地表现出自己的个性，同样，违法犯罪人员作案当然也会在现场留下与众不同的痕迹。我通过对上述命案的现场勘查和案情剖析，找到了两件命案凶犯的共同点：一是选择特殊的天气。第一起命案是冰天雪地，第二起命案是倾盆大雨。反映出凶犯特别注重作案环境，对气候很敏感，认为这样的天气，行人稀少不易被人觉察，适合他作案。二是抽烟嗜酒。第一起命案现场有很多长沙牌烟蒂，第二起命案虽然没捡到烟蒂，但留下了大量烟灰，说明凶犯烟瘾很大，且两起命案都有喝空的酒瓶，表明他惯于酗酒作恶。三是不带凶器。两起命案都是就地取

涟水悬案

材，顺手拿起酒瓶行凶。四是行凶袭击点准确、相同，两起命案都是选择死者颅顶骨的致命点。五是心狠手毒，身强力壮，让死者一招致命。这就是两起命案行凶者表现出来的共同特性，如果是两个不同凶犯，这些现象绝不会那么雷同。因此，让我判断出两起命案应该是一人所为。"

"你的分析、判断虽然有一定道理，但从发案的时间、地点等方面，看不出这两起命案有任何联系的地方，这些共同点是一种巧合也有可能呀！"虽然王所长认定两起案子是一个凶犯的理由似乎充分，但我总觉得有点牵强附会。

"当然，生活中的事情确实存在一些偶然相似的现象，但绝不会有这样如出一辙的巧合呀！因此，我还是坚信：两起命案是一个人所作。"王所长肯定地说。

"但你似乎忽略了重要的一点，就是第一起命案行凶的酒瓶上是左手手掌纹，证明凶犯应该是左撇子，而第二起命案行凶的酒瓶上却是右手手掌纹，又怎么能说凶犯就是一个人呢？"我还是提出异议。

"记得我已和你说过，凶犯是不是左撇子，不能仅凭一时的现象就能判定得出。我想，如果我的上述判断能确立的话，那就是案犯可能在第一次行凶时，右手因什么原因使不上劲，当然就只能用左手了！"见我总是不相信他的话，王所长又提出了维护他做出判断的理由。

"虽然你的这些说法似乎有理由，但我总认为'两案一凶'不太可能，如果真是这样，那凶手的作案动机又是什么呢？"

"凶犯为什么要行凶杀人？为什么在不到4年时间制造了两起命案？其动机、目的又是什么？我们确实还一概不知，但只要把凶犯很快抓获，一切就会水落石出。"

"但两起命案，毫无头绪，还没掌握一点线索，要很快找到凶犯很难呀！"两个案子经过上级公安机关长时间的侦查破案，都没有任何进展，说明凶犯异常狡诈，隐藏得很深，要找到他难度很大，但王所长讲起来却像喝面汤一样，我只得给他泼泼冷水，让他清醒清醒头脑。

"你是说凶犯很狡猾，省、县公安局机关侦查这么久了都没发现他的踪迹，我们去找他可能也是枉费心思吧？但我想，只要方法对头，判断准确，是会很快找到的。再狡猾的狐狸也斗不过好猎手嘛！"王所长对我的为难情绪不以为然，满怀信心地说。

"既然你这么有把握，那就抓紧行动，去查找凶犯吧！"看他把握十足的样子，我不好再提异议。

他说道："好，那就这样吧，我们兵分两路，我去涟水村调查走访，负责左一平命案的复查。你就去清潭村调查贺永华母子被害的案情，着重找一个家境较宽裕，年龄在40岁上下，身高1.8米左右，身强力壮，穿41码胶鞋，家庭条件比较好，平时喜欢抽烟喝酒，且抽烟不把烟蒂乱丢而随身带走的人，而且在5年前的隆冬时期可能有受过伤、进过医院的情况。"王所长一口气讲出了这个人的特征，想了想又补充说："哦！还有，如果我的推测没错的话，这个人从事的行业或者姓名、绰号还可能与'木'和'铁'字方面挂得上钩，如果你运气好，找到了这个上述特征具备的人，我们就大功告成了啊！"

"大功告成？你是说这个人就是嫌犯？"听他这么说，我真怀疑自己耳背了！

"一点不假，他就是我们要找的人。"

"你就这么有把握，根据呢？"听他说得这么肯定，我却更加迷糊了。

"天机不可泄漏，到时候你就会灵光一闪，豁然开朗呀！"王所长现出高深莫测的样子，笑眯眯地说。

看他那故态复萌的神态，我不想再问了，只是满腹狐疑地奔赴清潭村。

六

清潭村位于涟水北岸，辖12个村民组，有300多户，1200多人，分散居住在涟水河畔近5平方公里的丘陵、田野之间。

当我找到村支部书记和村主任说明来意时，他们都大眼瞪小眼地望着我，认为贺永华母子命案，发案以来快1年多了，由公安部门几经破案都没找到一点眉目，现在你们却要冷水里头发热，开展什么重新侦查，肯定会竹篮打水一场空。

我没理会他们的泼冷水，而是按照王所长的吩咐向他们了解情况。

据他们反映，全村家庭比较富裕、年龄在40岁左右的男性有200多人，绝大部分都抽烟喝酒。

"他们当中有抽长沙牌的吗？"抽烟喝酒是男人的共性，要这样一个个去排查，范围实在太大，我想到第一起命案现场留有长沙牌烟蒂，如果王所长的判断准确，那个凶犯抽的应该就是长沙牌烟，这样就会大大缩小侦查范围。

"大部分人抽的是经济、红桔牌，还有一些人抽的是像我这样自卷的烤烟。至于抽长沙牌的好像很少见，毕竟价格太贵了呀！"陈书记掏出自制的烤烟烟卷点燃，边抽边说。

"请你们好好想想吧，应该总有人是抽长沙牌烟的呀！"我想，如果这个村上没有抽长沙烟的，在这里的调查就会失去意义。

"好像贺四木匠以前是抽这种烟。"村主任想了想说。

"以前？是什么时候呀？"我忙问。

"因为他是做木匠手艺的，手头比较宽绰，抽的烟比别人的档次自然要高一点，而且烟瘾又大，前几年就一直抽这种烟。"

"现在呢？"

"现在烟瘾反而小，很少看到他抽烟了。"村主任见我一再追问，边回忆边说。

我说："一般来说，抽烟的人烟瘾是越抽越大，这种越抽烟瘾越小的现象少见啊！"

"是的，我也感到奇怪。"

"是不是因经济来源少了，从节约起见，或者准备戒烟？"我不解地问。

"应该不是，他的手艺越做越阔，收入也越来越多，而且听他的徒弟讲，他师父一个人待着时，总是在一根接一根地猛抽呢！"

"你是说，他在公众场合时抽得少了，但单独的时候烟瘾还是很大的。这种情况具体是从什么时候开始？"听村主任这么说，我一下警觉起来：这个人是做木工的，与王所长讲的与"木"字挂上了钩，而且在抽烟上表现出这些奇怪现象，就赶紧追问。

"大概……大概是 5 年前的春节前后吧。"村主任摸着脑壳回忆了一阵说。

"哦,你刚才说他带有徒弟,那这个贺四木匠的年龄应该比较大了吧?他平时的为人又怎样?"听村主任这么说,我心里咯噔一跳! 5 年前的春节前后,不正是左一平被害案发生的时候吗?于是赶紧追问他。

"不算太大,刚到 40 出头,比他徒弟也大不了多少,村民还都说他们师徒是正反的一对呢!"

"怎么有这种说法?"我不解地问。

"由于贺四木匠仗着自己手艺好,人们都要请他做木工活,有点自高自大,又是个火暴脾气,与人交往三句话不对劲,就会暴跳如雷,要是喝了点酒发起酒疯来,更是惹不得他!而他徒弟却是个谦虚谨慎、待人忠厚的老实人,只是好人命不长啊!"

"怎么?他徒弟死了?"听了村主任这么说,我对这个贺四木匠越来越感兴趣了。

"是的,就是你们要来重新侦查那件案子的被害者贺永华,去年夏季的一天,不知什么原因,他们母子被人双双打死在家里!"村主任痛惜地说。

"这个贺永华老实本分,从没得罪过人,却招来了杀身之祸,全村都感到痛心,希望公安局迅速破案,把凶手绳之以法。但几级公安部门浩浩荡荡地来了几十号人马,还牵来了什么警犬,忙忙碌碌地折腾了大半年,连凶犯的影子都没见到。讲句不当听的话,他们的破案能力也实在太差劲了!因此,群众对公安部门的印象就大打折扣,你也一定听到了吧?他们说公安局是收粮的咧!"陈书记接着村主任的话题,又诉说了一遍，数落着公安部门。

"贺永华母子被害，让人们感到悲痛，责怪公安部门没有及时破案，我们可以理解，但侦查破案绝不是一蹴而就的事，要取决于天时、地利、人和等全方位的条件，如果哪个环节出了问题，当然就达不到理想的目的。但公安部门对这些未破的案子从来没有放弃过，一直在努力寻找线索，积极追查案犯呢！"面对他们的埋怨，我只能做出一些解释。

"你说的这些，我们村干部还是能够理解的，公安干警也是人不是神，不是每件案子都破得了，但群众就不同了，他们要这样讲，你不可能去封住他们的嘴巴呀。现在好了，公安局又调兵遣将地把你和王所长这两位大侦探搬来了，看来贺永华母子被害案就指日可破了！"陈书记抽着自卷烟，朗朗大笑起来。其话语是怀疑？是信任？还是挖苦？让人捉摸不透。

"我们既然来了，当然就会尽力而为，至于能不能破案，任何人也打不了包票呀！"我佯装糊涂，没有去理会他的话意，留有余地地说。

"我们早有耳闻，你们的能耐非同一般，你们来了肯定会不一样了呀！"

"我们的侦查工作能有进展，全靠人们提供信息，给予大力支持。譬如，你们刚才反映的情况就很有价值，当然能不能有助于破案还不能肯定，因此，还要请你们保密，不要把我来查案的情况透露出去。"

"这个，我们清楚，要请你放心，有关侦查破案的事我们会守口如瓶。"陈书记和村主任都神情严肃地回答。

"好，今天我们就扯到这里，以后要请你们帮忙，要打扰

涟水悬案

你们的时候还会很多呢!"

"说什么打扰呀!只要你信得过我们,你们的事就是我们的工作,我们会尽力配合。"陈书记和村主任都表示出关心和激动的神情。

原来打算在清潭村多花点时间,进行一番详细的调查了解,但听了陈书记和村主任介绍的情况,让我一时改变主意,因为这些情况太重要了,他们讲的那个贺四木匠与王所长描述的嫌疑人太像了!让我陷入沉思之中:如果他就是我们要找的人,下步又该怎么行动?没有十足把握,绝不能贸然行动,不然,就会打草惊蛇。如果他不是我们要找的人,盲目去找他就会弄巧成拙,增加人们对公安部门的误解,对开展侦查工作就更会不利。因此,必须把这些情况反馈给王所长,和他认真分析、研究,然后拿出切实可行的办法才行。

于是,我与陈书记和村主任告别,急匆匆地赶回涟水镇派出所。

七

当我刚踏进派出所办公室,王所长也气喘吁吁地赶了回来。待他坐下,我就迫不及待地汇报了在清潭村调查、了解到的情况。

"看来,我们今天的收获真不少。你了解的情况非常重要,那个贺四木匠的情况实在可疑,又和'木'字挂上了号,莫非此木就是柴?"听完我的讲述,他站起身来,点燃一支烟,拍打着脑门在房间转悠。

"对照你对嫌犯的描述，他太像那个人了！下步该怎么行动？我实在拿不定主意，就提前赶了回来。"

"你做得对，说明老练了啊！在关键时候我们必须小心谨慎，以免打草惊蛇，如果我的判断没错，贺四木匠就是我们要找的人。"王所长深深地吸着烟，深邃的眼神里忽闪着睿智的光芒，充满信心地说。

"我也是这么想，只是贺四木匠是不是那个嫌犯，现在还没找到有力的证据呀！"对王所长的赞赏我没去理会，只是思虑着确定嫌犯的证据。

"虽然现在还没有确证，但你不必担心，我们会很快找到的。"王所长蛮有信心地说。

"会很快找到？是不是你今天也掌握了重要情况？"心想，他说得这么有把握，一定又有什么重大发现吧。

他笑了笑说："嘿嘿！我今天的收获一点不比你差，通过调查走访，我发现了一些重要情况，原来左一平的妻子叫贺兰，她娘家就是清潭村的，而且她与贺永华是堂兄妹。"

"你说的重要情况就是这些？对我们侦查破案又有什么作用？"他说的重要情况竟然是这些无关紧要的贺家家谱，让我大失所望。

"请不要小看这些事，它可能正是连接这两起命案的链条呢！"王所长见我瞧不起他的发现，笑眯眯地说。

"有这么重要？"

"是的！你想过没有？如果我们把两起悬案定位在'两案一凶'上，首先就要找到两案的联结点，而上述情况表明，第一个死者的妻子贺兰是第二个死者的堂妹，堂妹夫死亡不到3年，死者妻子的堂兄又不明不白地死了，为什么这些不幸总是发生在他们郎舅身上？让我无形中产生了疑惑，他们的离奇死亡莫非存在着某种联系？如果真是这样，我们就找到了两案的联结点。"

"没这么简单吧，'两案一凶'还是你的一种猜测，而上述这些现象是一种巧合也有可能，怎么就能判定是两案的联结点呢？"我不以为然地说。

"当然，把上述现象单独地去看，你的这种想法是有一定道理。但联系你在清潭村了解到的情况，进行综合分析，一切就一目了然。你看：贺兰是左一平的妻子，左一平是贺永华的堂妹夫，贺永华是贺四木匠的堂侄兼徒弟，而贺四木匠又是贺兰和贺永华的堂叔。这根链条把他们4人紧紧联结在一起，4人中，左一平和贺永华不明不白地死了，贺四木匠的表现又奇怪、可疑，贺兰有没有可疑之处，尚待深入侦查。因此，只要我们沿着这一链条查下去，一切就会真相大白！"王所长见我对他的推断仍持怀疑态度，又不厌其烦地阐述了他的推理。

"那就抓紧行动，下一步该怎么深查？你安排吧！"他既然说得这样头头是道，我不好再表示反对。

"这样吧，我们仍然兵分两路，我去调查一下贺兰的一些相关事情，你嘛！继续在贺四木匠身上下功夫，摸清他在左一平和贺永华死亡前后的行踪、表现，特别是要弄到能对他做生物鉴定的比对物。在与他接触中要尽量注意方法，不要让他产生怀疑，以免打草惊蛇。你应该坚信，他就是打开侦破两起命案的钥匙，能尽快攻破他，两起悬案就迎刃而解了！"王所长盯着袅袅飘绕的烟雾，满怀信心地交代我。

按照王所长的吩咐，我又马不停蹄地赶往清潭大队。一路上，我反复思忖着怎样去打开贺四木匠这个缺口。这个贺四木匠到底是个什么样的角色？我还是一片模糊，有关他的情况，还是从陈书记和村主任口中听到的，原来自己只是对这些情况感觉有点奇怪，而王所长却如获至宝，让他坚定了对"两案一凶"的判断。如果王所长的判断准确，那贺四木匠就是两起命案的凶犯。现在要去和这样一个身负3条人命的凶犯打交道，找到他行凶杀人的证据，并非易事！要时刻提高警觉，小心谨慎行事。但要找到他行凶杀人的确证，将他绳之以法，又必须大胆果断，迅速行动。不入虎穴焉得虎子！必须对他实施近距离侦查，揭开他的庐山真面目！我根据已掌握的有关情况，经过一番深思熟虑，脑海里很快形成了对他进行侦查的方案。我加快脚步，径直走到陈书记家。

"怎么这么快又回来了呀？"陈书记见我又匆匆忙忙地返回来，不解地问。

"你们提供的情况很有价值，经和王所长研究后，我们决定对贺四木匠做进一步调查。特来请你帮忙。"

"不要说客气话，要我做什么事尽管吩咐吧。"陈书记爽快地回答。

"我想见见这个贺四木匠，和他谈谈，要请你带个路呢！"

"带路好说，只是如果他真有问题的话，你一个陌生人这样冒冒失失地去找他，就会引起他的怀疑，总要一个讲得过去的理由呀！"

"这个请你放心，理由我早就想好了，就说我是你的远房亲戚，闻听他的木工手艺好，要请他去做套结婚家具，你看怎样？"我用探询的口气问。

"行，亏得你想出了这么个鬼主意，他一定会热情接待

沭水悬案

你，生意送上了门嘛！"陈书记笑嘻嘻地说。

于是，在陈书记的带路下，我们匆匆奔向贺四木匠家。

我们辗转了五六里的乡间小路，来到一栋绿荫掩映的瓦屋前，陈书记说这就是贺四木匠的家。

只见一个身高体胖，穿着得体的青壮年在屋坪前溜达，看见我和陈书记走过去，就热情地迎上来："今天是发的什么风？把我们陈大书记吹来了呀，欢迎！欢迎！"他满面春风地把我们迎进厅屋里。

"四木匠，怎么一个人在家悠闲？你堂客呢？"陈书记笑吟吟地问。

"快莫提她了，她那个蠢脾气您又不是不晓得，昨天和她撑了几句嘴巴皮，她就带着孩子回娘家了！"讲到他老婆，那个贺四木匠满脸怒容，气呼呼地说。

"烦恼的事就别去想了。无事不登三宝殿，我这个侄儿久闻你的大名，今天特来拜访，要请你帮忙打一套结婚家具。"陈书记刚一落座，就开门见山地说明来意。

"说什么帮忙？是您看得起我，给我送财神来了呀！"只见这个贺四木匠年龄约40岁，身高在1.8米左右，五大三粗、血气方刚，浑身散发出一股蛮劲。听说我要做家具，生意送上了门，他满面堆笑，两眼眯成了一条线。

"要请师傅帮忙呀！"我忙掏出携带的三门峡烟抽出一支，递了过去。

"别客气呀！我人生蠢了不会抽。"贺四木匠见我敬烟，忙很礼貌地摆摆手。

"四木匠，见外了呀！你平时是根'烟枪'，怎么我侄儿的烟就不接了？"陈书记很不高兴地说。

"陈书记，不是不接，我是已经戒了，真的不好意思呀！"贺四木匠见陈书记这么说，我又在旁边拿着烟装作很尴尬的样子，连忙解释。

"戒？戒什么烟呀？一个做手艺的人又不是抽不起！来，这三门峡是难得的好烟呀，一定要抽一支。"陈书记装作生气的样子，抢过我手里的烟递过去。

"好，好，我抽，我抽！"见陈书记认起真来，贺四木匠忙双手接过了烟。

原来我是想让贺四木匠抽烟，就有机会弄到能做 DNA 鉴定的烟蒂，当看到他不接时，我有点失望了，但陈书记的几句话为我解了围，我旋即掏出打火机上前给他点上火。我和陈书记又各点燃一支。于是，三人吞云吐雾地闲聊起来。无非是些嘘寒问暖及家具的式样、规格等话题，气氛非常亲和融洽。

看到贺四木匠那个抽烟劲头，根本不是戒烟了，而是烟瘾很大。一支抽完，我随即又递过去一支，他这次没推托了，而是伸手接过去就接火抽起来，这就完全说明他原先不接烟，是故意做作。这样一来，更加引起了我的怀疑，一心留意他的烟蒂。但他抽完一支却没有丢弃烟蒂，而是掐灭后顺手插进了裤兜，其动作流畅自然，纯属一种下意识的举动。

乡里人抽烟乱丢烟蒂是很正常的事，而他却有这种讲究，实在奇怪，他为什么要这样做？为什么有这种不寻常的

涟水悬案

举动？让我琢磨不透！突然，王所长的话语在我耳边响起："……且抽烟不把烟蒂乱丢而随身带走的人……"啊！我恍然大悟，原来王所长已经推测到了这样一个人：因他第一次作案时把烟蒂留在现场，后来听说公安部门可以通过烟蒂做鉴定找到他，如果他再丢下烟蒂让办案人员发现，那就是主动暴露，自寻死路！他做贼心虚，就处处留心，不再乱丢烟蒂了，因此，就养成了这种"良好"的习惯。而这个贺四木匠正是这样做的。看来，此木真是柴了！难怪王所长这么有把握。我一阵狂喜：制造两起命案的凶手，就在眼前！

欣喜之余，我又发起愁来，他这样小心翼翼地总是不丢烟蒂，就难找到做 DNA 鉴定的比对物呀！虽然他的毛发、皮屑、血液等都可以作为鉴定样本，但现在要从他身上取到这些东西会更难。还得在烟蒂上打主意。眼看他第二支烟快抽到一半了，怎样才能拿到这枚烟蒂？我绞尽脑汁，尽力思索，当看到饭桌上有一个热水瓶，霍地，计上心头，我随即起身来，装作口渴的样子去找茶杯。

"呵，真的对不起，刚顾闲扯，连茶都忘记泡了。"贺四木匠见我找茶杯，表示不好意思，忙把没抽完的半截香烟放在烟灰缸上，去拿茶叶、茶杯为我们泡茶。在他转过身去拿热水瓶的一瞬间，我立即把自己正在抽的半截烟与烟灰缸上的烟调换过来，迅速捏灭插进了口袋，然后假装咳嗽去屋外吐痰，又点燃一支烟猛吸几口走了进来。这一动作干脆利落、一气呵成，让贺四木匠没有丝毫觉察，我暗自庆幸自己动作的完美无缺，真可谓急中生智啊！

趁他与陈书记扯家常时，我装作插不上话，端着茶杯起身走出厅屋，在地坪上溜达起来，目光四处搜索，因为此行还有一个任务：必须证实他是穿多大的鞋子，刚好地坪左侧的石块上晒着几双鞋子，其中有两双码子大的解放牌胶鞋，我忙走过去拿起来仔细观察，发现正好是 41 码。

至此，王所长描述的嫌疑人特征：年龄在 40 岁上下、身高 1.8 米左右、身强力壮、家庭比较富裕、抽烟嗜酒，且不乱丢烟蒂、穿 41 码胶鞋、从事的行业及绰号与"木"字有关联，这个贺四木匠都基本对上了号，只有在大前年的隆冬他是否受过伤、进过医院的情况尚不清楚。必须抓紧调查，不必再在这里磨蹭了。

于是，我走进厅房对贺四木匠说："贺师傅，这样吧，我回去准备好木材再来请你帮忙，暂时就告辞了，叔叔我们先回去吧。"

"好的，到时我一定会尽自己的手艺做好，包你满意。"贺四木匠边走边说地把我们送出了大门。

在返回的路上，陈书记对我竖起大拇指，一再夸奖我："真看不出你这个鬼精灵，想出这么个歪主意，神不知鬼不觉地偷换了他的烟蒂，让我看了一场精彩的魔术表演，太聪明了！"

"什么聪明？这是被逼出来的呀！要知道，我们面对的违法犯罪分子，既有穷凶极恶之辈，也有智商高超之人，他们的反侦查意识都很强。因此，我们必须时刻绷紧神经，保持头脑清醒，对犯罪分子的一举一动细微观察，从中找出破绽，抓住稍纵即逝的有利时机，采取相应措施，才能克敌战胜呀！"

"当然，我们很清楚，你们干的这一行是既辛苦又危险的差事。有时还要受到不公正的指责，要有任劳任怨的心态。

只是你对贺四木匠这样郑重其事地调查，难道他真的就是你们要找的人？"

"对一个人的查证，就是排除对他的怀疑，如果对他的嫌疑无法排除，当然就另当别论了！"

"当时贺永华母子被害，因为死者是他的徒弟，他们待在一起的时间多，加上他脾气暴躁，办案人员也怀疑过他，但听说他的脚印比在现场发现的脚印大得多，他又从来没有一件什么灰色的雨衣，而且还有不在现场的证据，因此消除了对他的怀疑。现在，你们又要在他身上下功夫，恐怕会作用不大呀！"

"我刚才已经说过，我们对他进行侦查的目的，不是硬要确定他是凶犯，而是想通过一番调查了解，消除对他的怀疑，我们也希望他不是凶犯，只是在他身上所表现出的一些现象，实在可疑。真的，你们当地有没有医疗卫生点？"讲到这里，我想起了去医院调查的事，就顺便提出来。

"我们大队就有一个卫生所，怎么？哪里不舒服？快，我带你去。"陈书记听我突然问到医院，现出紧张的神情，很关切地问。

"你弄错了，不是我不舒服，我是想去调查了解一下，在5年前的隆冬腊月是否有人受伤看过医生或治疗过伤痛。"

"哦！真把我吓了一跳，还以为你突然生什么病了呢！那我们去卫生所问问吧，只是过去了几年的事，怕他们也记不起来了。"

"卫生所应该有就诊记载，我们去翻翻记录就会清楚的。"

"这里到卫生所有6里多路，看你那股工作劲头，我又只得陪同你去走一遭了。"陈书记笑了笑说。

"那就又要辛苦你了啊！事不宜迟，我们抓紧去卫生所吧。"

我们又马不停蹄地赶往清潭村卫生所。

来到清潭村卫生所一打听，由于时间这么久了，加上人员变动，问了几个医疗人员，他们对我提出的问题都摇头答不上来，我就要他们把近几年的患者就诊记录本找出来，幸好记录本还比较齐全，我挑出5年前冬季的就诊记录一页一页地翻阅，当翻到5年前公历1月5日上午的就诊登记表时，上面有：患者贺铁祥，男，现年36岁，病情：右手前臂挫伤等字样。我急忙问陈书记："这个叫贺铁祥的是谁？"

"就是贺四木匠呀！你又怎么猜测出他那个时候受过伤？"陈书记不解地问。

"其实我也不知道，只是按照王所长的吩咐来查证。"口里这么说，心里却喜不自胜：功夫不负有心人，通过这番艰辛调查、走访，终于找到了这个嫌犯特征全部具备的人，而且这么凑巧，他的名字又与"铁"字挂上了钩。看来王所长交办的任务，我已圆满完成。

"看得出，你的侦查工作已经结束了吧？可以轻松轻松了，走，到我家去喝杯烧酒！"可能是看到我喜形于色的样子，陈书记也开心地笑了。

"没这么简单呀，不把凶犯绳之以法，我们的侦查工作就不会轻松，我必须迅速赶回去和王所长研究下一步行动，酒就先寄存下来，等抓住了凶手，我们再大喝一场！另外，仍要请你继续保密，不能把我们调查了解的情况有丝毫透露。"

"请你放心，保密原则我懂。你既然这么忙，酒就给你留着，等把案子破了，我们再来喝庆功酒吧！"

"好，一言为定。"

九

和陈书记告别后，我三步并作两步往回赶，只想尽快把调查、了解到的情况告诉王所长，给他一个惊喜。当我气喘吁吁地推开派出所办公室的门，却不见王所长的踪影，向值班干警一打听，得知他到清潭村办案去了。一听，让我愤愤不平：是他说分工负责，安排我在清潭村搞调查，现在在我毫不知晓的情况之下，他却亲自去了清潭村，这是对我的不信任、不放心呀！于是，就呆坐在办公室抽起闷烟来，由于一天的奔波劳顿，让我疲惫不堪，很快就打起了瞌睡。

不知过了多久，我从昏睡中惊醒，只见王所长一手夹着烟，一手拍着脑门，在房间来回转悠，看到我一觉醒来也没停下来，只是微笑着说："睡醒了吧！听在家干警说，你回所后一直在找我，是不是又有了收获？"

"是的，不是一般的收获，而是重大的发现咧！"我揉了揉惺忪的睡眼，虽然有怨气，但还是喜滋滋地说。

"那就是贺四木匠抽烟不丢烟蒂而是顺手放进了裤袋，你又想办法弄到了他的烟蒂，还有他在 5 年前隆冬时右手受过伤，再就是他身高在 1.8 米左右，穿的胶鞋又正好是 41 码。而且他的名字又与'铁'字挂上了钩，叫贺铁祥，是不是这些重大发现？"王所长对我说有重大发现，没有感到一点惊喜，而是笑眯眯地一口气说出了我要说的话。

"是的，你又是怎么知道的？"我通过辛辛苦苦侦查出来的结果，他却了如指掌，而且那个贺四木匠叫贺铁祥还是陈书记告诉我的，他也知道了，实在太古怪了！让我琢磨不透。

"嘿嘿，掐指一算嘛！"他伸出右手，大拇指与中指、食指并拢摩挲着，做出滑稽的样子，嬉皮笑脸地说。

"所长，别逗乐了，你没去实地调查，又怎么知道得这样详细？"我心里却在说：什么时候了，还在开这样的玩笑，真是狗改不了吃屎！

"好，严肃点！告诉你吧，我不但知道了你所调查、了解的结果，还正式锁定了两起命案的凶手——"

"凶手是谁？"未等他说完，我迫不及待地问。

"就是那个贺四木匠。"王所长肯定地回答。

"案子还在侦查阶段，诸多疑点还未澄清，虽然他的嫌疑很大，但我们还没有掌握他就是凶手的确证。你的结论是不是有点言之过早？"他这么快就做出了如此肯定的结论，我心里还是有点不踏实。

"不要质疑我的判断，已有足够的证据表明，他就是制造两起命案的凶犯。"王所长话语铮铮，不容置疑。

"但对你做出的这个结论，我总认为有点草率，起码没有对烟蒂做生物鉴定，还不能认定他就是第一起命案的嫌犯。"

"DNA鉴定当然要做，这是以后定案的重要证据，但不急于在现在这个时候，因为，他在第一起命案现场丢弃了烟蒂后，为了逃避公安部门利用他吸过的烟蒂做鉴定，就处处小心不再乱丢烟蒂的事实，就充分说明他做贼心虚，其鉴定结果当然就不言而喻了！"

"就按你的说法，因第一起命案现场的烟蒂是他丢的，认定他就是杀死左一平的凶犯。但第二起命案现场嫌疑人的脚印是40.5码，而贺四木匠的是41码，当时办案人员对他进行查证时，正是认为他的脚印与现场脚印不能吻合，而消除了对他的怀疑。现在又怎么能认定他就是第二起命案的凶犯呢？"当时要我去查找穿41码胶鞋的人，我就疑虑重重：现场上嫌疑人的脚印明明是40.5码，又怎么要我去找穿41码胶鞋的人呢？这个疑团一直纠结在我心上。

"这是当时办案人员犯的疏忽上的错误，因为，发案的那天连续下了几个小时的暴雨，地上一片泥泞，嫌疑人在湿漉漉的泥土上留下了深深的脚印。但雨过天晴，炽烈的阳光又很快把泥土烤干，在泥地上留下的脚印也就相应地收缩变小，本来是41码的脚印当然只有40.5码了，虽然这是一个简单得不能再简单的物理变化常识，却被我们粗心大意的同行忽略了。当然，这也难怪他们，现在就连我们聪明过人的刘副所长也没想到这一点呀！"王所长冲着我朗朗大笑起来。

"哦，原来是这样！我确实没想到这一点，如果没有你的提醒，肯定会和他们一样犯同样的错误。说明我的知识太浅薄了呀！"听王所长这么一说，我恍然大悟，是呀！物体干固变小，这是物质变化的一般特性，却让我和当时的办案人员忽略了。不得不承认自己的粗心和知识贫乏。

"不必自责！以后办事多加留意就行。本来干侦查破案这一行，要涉及的知识就是全方位的，但一个人的能力毕竟有限，不可能面面俱到。因此，我们只有依靠集体智慧，坚持团队精神，扬长避短、相得益彰，才能在打击违法犯罪、维护社会治安的工作中立于不败之地。事实上，我们以前正是这样做的呀！"王所长见我表现出自愧的神情，忙口吻柔和地说。

"这是你对我的安慰，我心领了，今后遇事我一定会开动脑筋多加思索，尽量少出差错。"听了王所长语重心长的话语，让我深受感动。

"呵呵！这就对了，吃一堑长一智嘛！好了，脚印的事你已弄清了，肯定还有其他不明白的问题，继续提问吧！我准备召开记者招待会一一解答呢！"王所长笑眯眯地盯着我说。

"是的，我确实还有很多弄不懂的地方要向你请教，第一个问题：你怎么一开始就认为这个嫌疑人是两起命案的凶犯，而且还知道他的身高？"

"这个问题的结论，是我通过对第二起命案现场只有烟灰而没有烟蒂的反常现象判断出来的。因为，抽烟的人顺手丢烟蒂或放在烟灰缸里是通常的习惯，而这个人抽烟却刻意把烟蒂带走了，只能说明他对丢弃烟蒂有一种致命的恐惧。联系办案人员把在第一起命案现场捡到的烟蒂做生物样本鉴定的比对物查找凶犯的事实，就不难判定：这个在第二起命案现场刻意不丢烟蒂的人，其实就是在第一起命案现场丢了烟蒂的人，两起命案的凶犯当然就非他莫属了，至于身高，是根据脚印大小推测出来的，一般来说人体的比例结构是身高等于脚的 7 倍，他穿 41 码鞋子，脚长就是 25.5 厘米，乘以 7 就是 178.5 厘米呀！"因此，我就认为他身高在 1.8 米左右。

"哦！原来是这样！那你又怎么认定嫌犯与'木'或'铁'字有关联？"

"我认定嫌疑人与'木'和'铁'方面有着分不开的联系，是针对两起命案被害者临死时紧紧抓住的物品推测出来的，因为，一个人遭到突然袭击而即将死去，他最大的愿望就是想要告诉人们：杀死他的凶手是谁。但又因死亡来临只在一瞬之间，根本来不及思考，只能凭着自己微弱的意识关注能反映出凶手特征的某一个方面，希望给办案人员留下一点线索。我发现第一起命案死者双手紧抓着木刨花，虽然不排除是因临死时两手痉挛所致，但也可能是死者要告诉人们，杀死他的人与'木'方面有关。而第二起命案死者手里紧握着的是啤酒瓶的铁皮瓶盖，他为什么要抓住这个铁皮盖？又让我联想到，这个死者可能在暗示出凶犯的特征与'铁'字方面有关联。虽然，当时这些还是我的猜测，但我们侦查破案绝不能放过任何蛛丝马迹，宁可信其有，不可信其无，我就大胆地做出了这个凶犯可能与'木'和'铁'方面有关的判断。这不，通过我们侦查找到的嫌疑人贺四木匠，既是从事木匠行业，名字又叫贺铁祥，与'木'和'铁'都挂上了钩。完全印证了我的判断！"王所长喜形于色地说。

"你又怎么知道他在 5 年前隆冬时右手受过伤？"看他那种乐滋滋的样子，我也奈何不了他，只是又提出压在我心头的第三个疑团。

"看来问题还真不少！幸亏我有了充分准备，否则，就会被你难住，只能说声'无可奉告'了呀！对这个问题的判断，我是综合两起命案现场勘查的情况分析推理出来的：在确定两件命案是一个凶犯作案的基础上，我发现这个凶犯是个心狠手毒、年轻力壮的人。第二起命案中，他表现出力气很大，用啤酒瓶连砸两人，都是一招致命，把死者的颅顶骨砸成粉碎性骨折，留下的是右手作案的痕迹，而第一起命案留下的是左手作案的痕迹，让破案人员认为是左撇子作案，且行凶的力气不是那么大，死者颅顶遭到了两次酒瓶的猛砸，也只使颅顶骨受损内压。既然凶手是同一个人，怎么第一次作案是左手行凶，而第二次作案用的是右手，两次行凶的气力又有如此悬殊？为什么会有这些不同的现象呢？只有一个解释：凶犯第一次作案时右手有伤不能使劲，就只能用左手作案了，左手比起右手的劲力，当然就相对的小了！而正是上述现象误导了当时的办案人员，一直认为第一起命案的凶犯是左撇子。"

"你又怎么知道这个贺四木匠叫贺铁祥？"

"这个问题的答案很简单，我是在涟水村侦查左一平命案时，发现一些可疑线索，就顺藤摸瓜追查到了清潭村，与你一样发现了这个贺四木匠的可疑，而通过调查走访得知了他的真实姓名和有关情况。"

"还有，第二起命案的目击者，看到嫌疑人穿着灰色雨衣，而且凶杀现场有放过雨衣的痕迹，这是查找凶犯的重要证据，对此，你却只字不提？"我又提出纠结心头的最后一个疑问来。

"至于灰色雨衣的事，其实是不存在的，你应该想得到，在大雨滂沱之中，四周一片朦胧，不是颜色鲜艳的东西，看上去都是灰蒙蒙的呀！加上那个看水员只是无意中瞅了一眼，又怎么能认定凶犯就是穿着灰色雨衣呢？我就认为没有必要去纠缠这件事，故把它忽略了。事实上，通过办案人员对附近有做案能力的人群进行了——排查，至今没有找到拥有灰色雨衣的人，说明我的判断是正确的。你一下子就提出了五大疑问，还有吗？请抓紧提问！"王所长又笑容满面地盯着我问。

"暂时没有了。"针对我提出的一个个疑问，王所长有理有据、对答如流。让我对他观察细微、判断准确的办案技能佩服不已，崇敬之心油然而生！

涟水悬案

"呵呵！没有问题了，那记者招待会到此结束！"王所长两手一摊，朗朗大笑起来。

"好了，按照你的上述说法，只要我们把这次弄到的烟蒂做 DNA 鉴定，就能证实第一起命案现场上的烟蒂是贺四木匠丢的。而且第二起命案现场上的嫌疑人脚印实际上就是贺四木匠留下的。还有，在第一次作案时，因他右手正受伤只能用左手行凶，故在现场留下了凶犯是左撇子的现象，而第二次作案时右手好了，是右手作案，正是这些假象让办案人员步入了歧途，致使两起命案成为悬案。这样，贺四木匠在 5 年前隆冬时杀死了左一平，相隔 3 年多又杀害了贺永华母子，是不是这样？"根据王所长的推理、判断，我一口气概括出至目前为止我们的侦查结果。

"对，对，两件命案的凶犯就是贺四木匠！"王所长连连点头，肯定地说。

"虽然这个结论似乎无懈可击，但我心里还是有点不踏实，这个贺四木匠为什么在不到 5 年时间内要连续作案，杀害 3 人？"对王所长的推理、判断，虽然提不出反对意见，但贺四木匠这样一个木工手艺远近闻名、家庭条件比较富有的人，却是连杀 3 人的凶犯，让人难以置信。

"你是在说，他没有作案动机吧？告诉你吧，我通过这几天的侦查了解、走访证人，结合你调查了解到的情况，我不仅已掌握了他的杀人动机，还揣摩出了他的整个作案过程。"

"你已掌握了他的作案动机和行凶过程？"他说得这么肯定，我却惊呆不已！

"是的，说出来有点不可思议，但一切又是那样的顺理成章！"

"那他的作案动机是什么？"

"第一次是泄愤杀人，第二次是杀人灭口！"王所长不假思索地说。

"呵！怎么是这样？"听他这么说，我如坠云雾中。

"乍一听，会让你感到吃惊，但等把整个事情弄明白了，你就会见怪不怪了！这两起命案之所以发生，其实是一场乱伦之恋惹的祸！"

"乱伦之恋？"我更是一头雾水。

"是的，一场有悖伦理的恋情，葬送了3条活生生的人命！"

"按你这么说，贺铁祥打死左一平后，继而又打死贺永华母子，都是因一场乱伦之恋引发的？"我简直不敢相信自己的耳朵。

"是的，乍一听，似乎难以置信，但只要弄清整个事情的来龙去脉，一切就不难理解了。"

"那就请你讲一讲这件事的来龙去脉吧。"

"你总是这样寻根究底地打破砂罐问到底，从不怜惜我的口水，这些问题现在就让贺铁祥来亲口告诉你吧！"王所长见我一再追问，端起茶杯咕噜噜地喝了几口，伸手抹了抹嘴巴，神秘地说。

"由他来告诉我？现在他还在清潭村家里呀！"对贺铁祥的侦查只是做了一些外围调查工作，还没有直接惊动他，王所长却说要他来亲口告诉我，让我迷惑不解。

"不，他没在家里，我已把他请来了。"

"你把他请来了？"

"是的，当我在清潭村通过对贺兰母女、贺伟等证人的调查询问，已经摸清了两起悬案的有关案情，加上你的外围调查，基本锁定贺铁祥就是两起命案的始作俑者，为了以防万一让他有闻风逃逸的机会，我立即赶到陈书记家，想找你商量采取措施的事，但你是前脚走我就后脚到而没碰上头，我就只好自作主张了，还引起了你的不满。"王所长笑眯眯地说。

"这样就把他抓来有点不妥呀，因为我们对他还没询问过，也没有确凿的证据，他怎么会买你的账呢？"我对王所长这样贸然行动，表示质疑。

"不是抓，是请，我也是学你的样子撒了个美丽的谎言，说请他来派出所修理办公桌，他就高高兴兴地跟来了呀！"王所长嬉皮笑脸地说。

"哦！原来是这样，那我们怎么对他进行询问？才能让他如实供述？"我对王所长把贺铁祥弄来派出所的办法表示赞同，只是如何让他开口心里没有一点把握。

"这个就不用你操心，既然他送肉上了砧板，我们就要好好品尝一番，只要我提几个问题，看他的回答，就会原形毕露。你就等着看好戏，聆听他的如实供述吧！"王所长信心十足地朗朗大笑着。

于是，我们在派出所办公室对贺铁祥进行了初步审问，值班干警把正在修理办公桌椅的贺铁祥带了进来，让他在办公桌对面坐下，当他看到一群威风凛凛的公安干警端坐在面前，脸上掠过一阵恐慌的神色，但又很快镇定下来，笑着对王所长说："所长，这么多烂桌烂椅，只怕一天两天是修不好的呀！"

"不用着急，慢慢修就行，但现在我们不谈修桌椅的事，只想向你打听几个问题。"王所长笑了笑，语气柔和地说。

"所长有什么事，尽管问吧。"贺铁祥强装笑脸，诚惶诚恐地回答。

"那好，我问你，村民组上的牛酒好喝吗？"王所长仍是笑容满面地问。

"这……所长怎么问……问这个？"只见贺铁祥一阵紧张，语无伦次。

"不要紧张，我还问你，育秧的薄膜能遮得住暴雨吗？"王所长没让他有思索的余地，声色俱厉盯着他。

"这……"贺铁祥脸色惨白，浑身哆嗦起来。

"还有，你把烟蒂装在裤袋里，不怕烧烂裤子吗？"王所长还是不给他喘息的机会，紧紧追问。

"我……我没……没有……"贺铁祥越来越结巴起来。

"没有！你老婆说不知为什么你的右裤兜里总是有烟灰，还烧了很多小洞呢！刘副所长你过去看看，是不是真的？"

听王所长叫我，我忙走过去，翻出贺铁祥的右边裤兜，啊，好家伙！口袋像筛子一样小孔密布。

只见贺铁祥瑟瑟发抖，突然，"扑通"一声，瘫倒在地！

这样，在王所长有理有据的讯问下，贺铁祥如实交代了连续制造两起命案的犯罪事实。完全印证了王所长的判断，都是那场乱伦之恋，让他丧尽天良连杀3人！

十

滔滔涟水河畔，有一栋坐北朝南的土砖茅房，房主是远近闻名的木匠师傅贺金祥。20年前，他刚过不惑之年，与老婆陈氏育有一独生女贺兰，年方10岁。贺金祥还带了自己的堂弟贺铁祥做徒弟，平时出工务农之外，凭着精湛的手艺，做一些木工活，挣点小钱补贴家用，虽然说不上殷实，但也算得上小康，三口之家其乐融融。

然而，天有不测风云，人有旦夕祸福！就在这一年冬季的一天上午，贺金祥带着徒弟贺铁祥去县木材公司挑选木材给人做家具，当时贺铁祥不到20岁，因年少无经验，做事毛手毛脚，在翻选木料时扯动了一大堆木材，只见堆放的木头就"哗啦啦"地滚下来，眼看就要砸到贺铁祥身上，说时迟那时快！贺金祥一个箭步冲上去推开贺铁祥，但由于用劲太猛，自己却一个踉跄跌倒在地，垮塌下来的木头就全压在他身上，当在场人员七手八脚地搬开木头时，他的脑袋已被木头压扁，口吐鲜血，奄奄一息。人们立即把他送往县人民医院抢救，终因伤势过重而不治身亡。

这样，贺家失去了顶梁柱，本来是无忧无虑的家庭，陷入困苦之中，陈氏带着贺兰孤儿寡母，生活难以维系，当时正在读小学的贺兰也就面临辍学。幸好贺铁祥是个讲义气之人，想到这个堂兄兼帅父是为了救他而丧的命，感到愧疚莫及！就跪在帅父灵前，痛哭流涕地发誓："没有帅父舍身搭救，我已命归黄泉，请您放心，您的救命之恩我会报答在堂嫂和侄女身上，今后她们的事就是我的事。"

贺铁祥是个敢于担当的人，他是这样讲的，也是这样做的。他千方百计、东拼西凑，筹措资金让贺兰继续读书，对贺家的事事无巨细一肩承担，总是三天两头往贺金祥家里跑，对堂嫂陈氏嘘寒问暖，对侄女贺兰关怀备至，他的做法得到了左邻右舍的高度赞扬，加上他天资聪颖，勤奋好学，对从事的木工技术精益求精，木工手艺远近闻名，深得人们的爱戴，因他在当地贺姓家族"金银铜铁锡"五兄弟排名第四，人们就亲切地称呼他为"贺四木匠"。

贺铁祥为了报答贺金祥救命之恩，把全部心思都放在贺金祥妻女身上，全身心融入了这个家庭，陈氏母女也把他当作了唯一的依靠。尤其是这个年幼无知的侄女把他当成了大哥哥，要好吃的、要好穿的都向他开口，有时还少不了撒娇耍小脾气，贺铁祥对这个天真稚气的侄女更是满心喜欢，对她百依百顺，经常给她买糖果，买学习用品，还隔三差五地给她零花钱。这样一来，这个娇滴滴的侄女对他产生了须臾不离的依赖。

日月如梭，眨眼工夫，贺兰已初中毕业，因一分之差与高中失之交臂，别看这个贺兰，虽然有点娇气，但还算懂事，想到父亲英年早逝，母亲和她能无忧无虑地生活，自己能读到初中毕业，全是这个堂叔的辛勤劳动和无私付出，她现在不读书了，做一些力所能及的劳动，能够多多少少为贺铁祥减轻点负担，因此，就安安心心地在家帮助母亲搞家务，做一些力所能及的农活。有时贺铁祥接一些修修补补的木工活在家里做，她就主动上前做做帮手。而且她非常乐意看着贺铁祥做木工活，还在旁边哼一些轻快的歌曲，心情是那样的开心、惬意。贺铁祥更是喜欢这个侄女在旁边唠唠叨叨，哼哼唧唧，干起活来就劲头十足，不知疲倦。

随着时间的推移，贺兰逐渐迈入花季年华，少女的特征日臻成熟，已脱落成亭亭玉立的大美人，高挑的身材配着一张妩媚的瓜子脸；飘逸过肩的乌发油光发亮；弯弯的柳叶眉下嵌着一对水汪汪的大眼睛；一张樱桃小嘴，两角微翘，总是抿着一丝甜美的笑意；白里透红的脸庞上，一对浅浅的酒窝儿，娇艳欲滴；圆润挺拔的胸脯高耸撩人……她的一笑一颦，一举一动，总给人一种无法抗拒的魅力。凡见过她的小伙们，无不被她的美貌所倾倒。本来，在这个谈婚论嫁的黄金时期，凭着她美妙身材和楚人神韵，完全能找到一个称心如意的对象和条件优越的婆家，以摆脱贫困的家境。但奇怪的是，贺兰好像缺少这根神经，对那些慕名而来的小伙们总是冷眉以对、尽量回避。特别是对那些热心的媒婆更是极其厌烦、反感，一一拒之门外。这样，本来是魅力四射的妙龄少女，却成了远近闻名的"冷姑娘"！

贺兰对待别人是那样的冷若冰霜，但对她的堂叔贺铁祥却是热烈奔放、温情甜蜜，只要他一来，她就像变了一个人，总是欢声笑语，笑逐颜开，又是递烟又是泡茶又是倒酒，问长问短，一副心花怒放、小鸟依人的神态。明眼人一眼就可看出：这个侄女喜欢上了她的堂叔！

也难怪，这个贺铁祥，身高 1.78 米，五官端正，浓眉大眼，身强力壮，加上一手精巧的木工活，已成为四乡女性倾慕、追逐的对象。而这个春心荡漾、情窦初开的少女，对他又怎么不心动？

本来，贺铁祥早就应该娶妻生子了，但为了专心致志照顾贺兰母女，尽管说媒搭线的人踏破门槛，他总是摇头拒绝。直至而立之年仍是孑然一身。当看到贺兰这个昔日娇气十足的侄女，如今长成了婀娜多姿的大美人，感到由衷的欣慰，这是自己艰辛劳累的结果，也是对堂兄兼帅父救命之恩的报答。

在与贺兰的接触中，时常看到她投来含情脉脉的眼神，在他面前表现出矫揉造作的神态，已隐隐约约地感觉到这个娇滴滴的侄女对他产生了一种不一样的情愫。让他浑身躁动、神思恍惚！对这个看着长大，自己付出心血培养出来的侄女，他是从心底里喜欢，喜欢得无法用词语来形容，心里也暗暗思忖过：自己要是能娶上像她这样美若天仙的妻子该多好！现在，这个美人就在身边，而且正迷恋着他，只要他伸手，就会投入他的怀抱！但现实是残酷的，他深深地意识到这是完全不可能的！虽然年龄他比她大将近10岁，但不是问题，而问题是辈分，辈分是不可逾越的鸿沟，他是她没出服的堂叔，叔侄相恋是一种乱伦行为，家族上绝不允许，更会遭到社会的谴责，他们这种恋情是不可触碰的禁忌之恋，绝不可能有结果！因此，他强压下萌发出来的念头，对贺兰尽量采取回避态度。但是，只要见到贺兰，她那勾魂摄魄的眼神，那妩媚动人的身姿，那美轮美奂的气质，就让他心慌意乱。那种辈分的禁忌，那种乱伦的羞耻，就烟消云散！因此，他对贺兰的撒娇卖萌，不再是回避、顾忌，而是极力迎合、迁就。两人一旦待在一起，总是嘻嘻哈哈、打打闹闹、互取愉悦。

这些极不正常的现象，贺兰母亲陈氏看在眼里，急在心里。又碍于贺铁祥对她家照顾的恩德而不好当面斥责，加上贺兰从小就对她有叛逆心理，把她的话总是当作耳边风，担心讲多了会遭到女儿当面顶撞，引发冲突。因此，对女儿与贺铁祥的调情嬉戏，总希望是一种叔侄亲密无间的表现，但心里却是忐忑不安，担心发生什么事！

然而，生活就是这样捉弄人，越担心害怕的事，越是会

涟水悬案

发生。

　　一个炎热的下午，陈氏去一个亲戚家办事，贺兰独自在家闲得无聊，由于天气热得喘不过气来，她就干脆脱得只留下胸罩和裤衩，光溜溜坐在房间的竹床上吹风扇，随着咝咝作响的风扇转动，她陷入遐思之中，她憧憬美好的未来，臆想心中的白马王子，霍地，贺铁祥英俊潇洒的影子定格在她眼前，啊！是他，给了她温暖如春的情，是他，给了她刻骨铭心的爱，他，就是她朝思暮想梦中情人！她不禁激情荡漾，一阵战栗！她不得不承认自己已经爱上这个堂叔，爱得让她无法释怀，爱得让她彻骨疼痛。只要和他在一起，一切是那样的美好，一切是那样的愉悦！然而，兴奋之余，又感到一种莫名的惆怅，虽然贺铁祥总是对她投以无比怜爱和欣赏的眼神，说明他也迷恋着她，但有时又看到他表露出一种顾虑重重、忧心忡忡的神色，让她捉摸不透。加上母亲对她与这个堂叔的亲密接触，总是冷眼相对，旁敲侧击地提醒她：这么大的姑娘了，要懂得矜持、收敛，与男人接触要保持距离，不能总是那样疯疯癫癫，让人指背皮。实际上是极力反对她与贺铁祥的交往。让她意识到，她对贺铁祥的迷恋，可能是一种没有结果的爱。让她陷入无比忧郁之中……

　　就在这时，"笃笃！笃笃……"一阵急促的敲门声响起，接着，她最熟悉、最动听的男中音传来："兰子，兰子！在家吗？"语气是那样的亲切、悦耳！

　　她精神为之一振，忙起身去开门。当贺铁祥踏进门槛，贺兰半裸露的躯体犹如一尊精巧的玉雕展示在眼前：那雪白的肌肤，那圆润的酥胸，那半裸的乳球，那颀长的美腿……让他一览无余，顿觉头晕目眩，热血上涌！痴呆呆地站立不动，他呆若木鸡的神态让贺兰意识到，因自己听到贺铁祥的到来，一时兴奋而忘记穿好衣服就去开门，虽然她也感到有点不好意思，但很快笑眯眯地说："怎么？有点惊讶吧？没有必要呀，人家是把你当成家人嘛！"

"对，对，家人，一家人！"贺铁祥见贺兰不为自己的失态感到尴尬，而是神态自若地盯着他讥笑，一下缓过神来，急忙连连点头。

"这就对了，天气太热了，你们男人能在大庭广众之下打赤膊穿短裤，而我们女人就只能在家里少穿点凉快凉快，不值得这样大惊小怪呀！快进去吹吹风吧，我去给你倒杯凉茶。"见贺铁祥顺从地跟随她走了进来，贺兰满心欢喜地示意他去房间坐。

"我不口渴，你还是穿好衣服，我们到厅堂说说话吧！你母亲呢？"贺铁祥想到贺兰穿着这样袒露，两人孤男寡女的待在房间里，若让人撞见会说不清道不明，就站在房门口止步不前。

"怕什么呀？进去坐吧！我已把大门关上了，我母亲走亲戚去了，这么热，一时半刻也回不来！"贺兰边说边操地把他推进了房间，笑媚媚地斜瞅着他。

"呵呵！其实我也没有什么可怕的，我们叔侄在一起拉拉家常，也没有什么让别人说的。"见贺兰一再暗示他不用担心，贺铁祥也就顺水推舟，笑着放心地跟了进去。

本来，贺铁祥见到贺兰如此暴露的身躯已是销魂迷离，加上她这番情意浓烈的话语，更让他方寸大乱，瞬间，一切的担心、顾虑，通通抛向了九霄云外！就顺从地坐到竹床上，两眼直勾勾盯着贺兰发呆。当贺兰走到跟前，一股撩人的少

涟水悬案

女体香迎面袭来，让他欲火中烧，一阵晕眩，就情不自禁地伸手去拉她，贺兰也就顺势坐到了他的大腿上，于是，他两手忙不迭地在她鼓胀胀的胸脯上抚摸，贺兰没有表示出一点反抗，而是扭动屁股在他身上摩挲，更使他无法把持，两手就在贺兰身上狂抓乱捏起来，经他这番折腾，贺兰发出嘤嘤的呢喃声，旋即又转过身来，头靠在他肩膀上，两手也在他身上胡乱地摸扯着，哼哼唧唧地呻吟……

突然，"吱呀——"一声，大门一敞而开，随着"你这个死妹子，怎么大白天还关着门？不怕热吗？"的呵斥声传来，陈氏咚咚咚地走了进来。

陈氏的突然出现，把正紧紧搂抱在一起的贺铁祥和贺兰吓得魂飞魄散，两人倏地闪开，贺兰急忙去拿衣服，但迟了！陈氏已站在面前，刚才的一幕让她气得说不出话来："你……你们在干……干什么？这样做还要不要脸？"

"嫂子，我们没做什么，我是有事来找你商量，刚进屋的。"贺铁祥慌慌张张地解释。

"这个样子，还说没做什么，你是不是在欺负兰子？你就是这样报你堂兄的救命之恩吗？"陈氏气呼呼地大声喝问。

"妈妈，我们真的没做什么，堂叔也没欺负我。"这时贺兰已穿好了衣服，走上前来连连解释。这个平时放任惯了，从不把母亲的话当回事的贺兰，今天由于心虚，话语也变得细声细气了。

"没干什么？我是瞎子吗？"陈氏听不进他们的解释，火气一点不减。

"我们真的没做什么越轨的事，只是互相喜欢而已。"贺兰还是一个劲地辩解。

"喜欢？亏你说得出口！你们什么关系？是叔侄呀，这是伤风败俗、有悖伦理道德的事！你懂吗？"本来就一肚子气的陈氏，听到贺兰说出"喜欢"两字，更加怒不可遏。

　　"嫂子，请息怒，请不要责怪兰子，这事全是我的错，是我一时鬼迷心窍做出这样的蠢事，但请放心，我们真的没做出越轨的事，只是你看见的那个样子，事已至此，你骂我打我都行。"贺铁祥见陈氏火气越来越大，认识到让她看到这样的场面，也莫怪她生气，忙上前跪下，捶打着自己，痛心疾首地说。

　　"你们这么做，想过后果没有？如果被人撞见，还有脸见人吗？要是这样，今后怎么办呀！"见贺铁祥苦苦求情，陈氏火气变小了，毕竟这么多年来，贺铁祥为了照顾她们母女生活，付出的艰辛实在太大，他们之间也确实建立了难分彼此的关系。既然他承认了错误，又看到贺兰经她一顿数落，也在旁边懊悔地哭啼，心就软了下来，语气柔缓地说。

　　"我们为了一时的开心，没考虑到后果，经嫂子提醒，这确实是见不得人的丑事，只要嫂子能原谅我，你要我怎么做我都照办。"

　　"其实，在你们的接触中我也看出了你们都有那种意思，但这是绝对不允许的。既然今天你们都认识了自己的错误，我也不再追究了，毕竟讲出去是有损名声的事。但为了保证以后不再发生这样的事，我们来个约法三章：自此以后，你们必须死了这个念头，你们不要再接触，特别是不允许单独在一起，贺铁祥要迅速找对象结婚，贺兰的婚事我也会抓紧筹划，只要你们各自结了婚。我就放心了。"陈氏是个聪明人，想到把这事张扬出去，就会两败俱伤，女儿还要嫁人，贺铁祥还要找堂客。而且丈夫惨死后的10多年来，贺铁祥对她母女是无微不至地照顾，欠了他的情，如果追究这件事，就会伤感情，何况这件事情的发生，主要责任还在自己这个不懂世事的女儿身上。现在既然两人都认错了，也就没有必要再纠缠下去，只要以后不再出事就万事大吉，因此顺坡下驴，向他们提出严厉要求。

"嫂子宽宏大度，能够原谅我，让我感激不尽，请你放心，这些要求我保证做到。"当他和贺兰搅在一起，被陈氏逮个正着的时候，让他惶恐不安，担心陈氏纠缠这件事，就会让他名声扫地，无脸见人，一辈子抬不起头。现在，陈氏表示不再追究，确让他感激涕零，连连点头承诺。

"既然你做出了保证，这事就当没发生一样，你回去吧。"陈氏看到贺铁祥作了承诺，但在旁边的贺兰还在一个劲地啼哭，知道贺兰对她提出的要求一时无法接受，还须做番工作，也就让贺铁祥先回去。

"那我就回去了，请你不要对兰子过多地责怪，这事全是我的错。"听说要他回去，贺铁祥如释重负地站起来。但当看到贺兰两眼泪汪汪地望着他，心里一阵疼痛，又不放心地对陈氏说。

"这事不用你管，只要你讲的话能算数就行了。"见贺铁祥对贺兰还表示出爱怜的神情，就板着脸孔冷冰冰地说。

"好，好！我绝不食言。"贺铁祥看到陈氏现出生气的样子，担心她变卦，就急匆匆地走了。

待贺铁祥走后，陈氏对贺兰苦口婆心地劝导，指明她对贺铁祥的迷恋，是损坏名声，葬送自己一生的危险行为，必须迷途知返，死了这条心。贺兰听了母亲的责备、劝慰，似乎有所触动，虽然没有做出保证，但还是抽泣着微微点头，陈氏知道她陷得太深，要一时全部决裂很困难，只能给她点时间，慢慢来，也就没有逼着她当场表态。这事也就这样不了了之。

<h1 style="text-align:center">十一</h1>

贺铁祥与贺兰这种乱伦之恋，幸亏陈氏发现及时而未酿成无法收拾的局面。经陈氏的劝导，又让他们认识到了这种乱伦之恋的危害，并做出了约法三章，他们都有所收敛，本来应该平安无事了。但因左一平的家暴，又让这件事情发起酵来，导致了凶杀案的连续发生。

难得贺铁祥是个讲话算数的人，自从在陈氏面前做出保证后，就再没有去打扰她们母女的生活。又经媒人说合，很快找了个老婆。但对贺兰的眷恋之情还是无法割舍，一天不见就如丢魂落魄闷得慌，在思念之心难以控制的时候，就借酒消愁猛喝烧酒。这样，久而久之，就养成好酒贪杯的习惯，脾气也越来越暴躁起来，经常为一点小事就要与老婆大吵大闹一场，夫妻感情也就日趋淡薄。

贺兰也是如此，一时割断不了对贺铁祥刻骨铭心的思恋，总是念念不忘她的堂叔，但在母亲的严厉管束下，随着时间的流逝，也就渐渐淡漠。陈氏是过来人，知道感情的事很复杂，一旦有机会接触，他们就会藕断丝连、死灰复燃，自己的努力就将付诸东流，为了不给他们机会，贺兰必须远嫁他乡。因此，陈氏托亲求友，积极为她在远处物色婆家，经一

涟水悬案

个远方亲戚的牵线搭桥，被逼无奈的贺兰认识了居住在 30 里外的左一平，两人很快结了婚。

这样，贺铁祥、贺兰都有了各自的家庭，而且相距很远，见面的机会几乎没有，一切归于平静，陈氏一直悬着的心总算放了下来。

然而，在 5 年前隆冬的一天傍晚，贺铁祥正在帮陈氏修理家具，贺兰突然跌跌撞撞地跑回了家，哭哭啼啼地倾诉她遭受左一平暴打的经过，又看到她鼻青脸肿的熊猫脸，这个曾经让他倾心迷恋，美若天仙的女神，竟然被丈夫折磨得不成人样，让他痛心至极，刹那之间，怒火中烧！对左一平经常打骂贺兰的情况，他也早有耳闻，本来就愤愤不平，今天一见更是忍无可忍！他为贺兰弄来治伤药后，就叫上徒弟贺永华，直奔涟水村找左一平算账。

这时已刮起了大风，鹅毛大雪铺天盖地而来，气温骤降。但贺铁祥师徒没有畏缩，冒着风雪，一路奔跑了两个多小时，到达左家时已是掌灯时分。当气势汹汹的贺铁祥出现在左一平面前，让这个平时天不怕地不怕的左一平也感到了一阵恐惧，知道来者不善！与这个贺铁祥虽然接触很少，一年之中难得见上一次面，但他是妻子的堂叔，是他的叔丈人，因贺兰父亲不在人世，她结婚时还是贺铁祥代替父亲送的亲。今天冒着暴风雪而来，一定是为他打骂了贺兰的事来兴师问罪。于是，他诚惶诚恐地把贺铁祥师徒俩迎进吃饭的侧房坐定，赔着笑脸上前敬烟，但贺铁祥怒目圆瞪，把他递过去的烟打落在地，厉声质问："你为什么要毒打贺兰？你有几个脑壳？"

"请叔叔息怒，全是我的错，我不应该打骂贺兰，我不是人，您打我骂我都行。"别看左一平平时傻乎乎的，这时却变得聪明起来，好汉不吃眼前亏！他虚心诚恳地连连认错，他知道这个叔丈是嗜酒如命的酒鬼，灵机一动，忙打开食品柜拿出两瓶一直舍不得喝的德山大曲，打开一瓶满满倒上一杯，双手递了过去，"叔叔，这是我特意给您留下的，先喝一杯暖暖身子，消消气吧！"

当左一平拿出两瓶难得见到的德山大曲，贺铁祥两眼就发直，现在浓浓的酒香扑鼻而来，更让他口水直流，怒气顿消，忙接过酒杯大大地喝了一口，连声说："好酒，好酒！"

左一平看到贺铁祥一见酒杯就怒气大消，变了另一个人，心里暗喜，就忙不迭地招呼他们坐下喝酒，又倾其所有去厨房炒了几个下酒菜，尽量讨贺铁祥的欢心。这个好酒贪杯的贺铁祥，见到有酒喝就忘记了一切，3个人中只有贺永华酒量小，烟也不抽，喝了一小杯就昏昏欲睡了。而贺铁祥酒量最大，他的烟瘾也不小，还嫌弃左一平的红桔牌烟档次低，拿出自带的长沙烟一支接一支地边抽边喝。左一平也是喜的这一杯，两人你斟我酌、吆五喝六地越喝越起劲，很快，两瓶白酒全部报销！两人也喝得醉醺醺的了。

但凡好酒贪杯的人，一旦几杯酒下肚话语就多起来，由于酒劲壮胆，讲话无分寸，手脚无轻重。如果喝醉了，更是忘乎所以，不能自持。贺铁祥酒兴一发作，又想起了来左家兴师问罪的事，就厉声数落左一平的不是。这个左一平本来就是个不要人惹的角色，原来是怕招惹贺铁祥，而小心翼翼、低声下气地一味讨好。现在已喝得醉眼蒙眬，胆子也就大起来，露出了原形，心想：你算什么家伙，就算是天王老子，我也不怕！

听到贺铁祥一再喋喋不休地呵斥、教训他，一时火气爆发，也就高声大叫地与贺铁祥争执起来。

"你为什么要打骂贺兰？"贺铁祥乘着酒兴，怒目圆睁，厉声喝问左一平。

"她不守妇道，该打！"左一平理直气壮地回答。

"她一贯温良恭俭让、规规矩矩，怎么说她不守妇道？你简直是睁着眼说瞎话！"贺铁祥听左一平这么说贺兰，怒气冲天。

"嘿嘿！规规矩矩？听说她在娘家就与人勾勾搭搭，有着不可告人的关系，难道你做叔叔的不清楚？"左一平一点不让，怒目而视，质问贺铁祥。

本来，贺铁祥与贺兰关系暧昧的事，虽然经陈氏发觉做出约法三章后，两人没再接触而相安无事，但没有不透风的墙，纸包不住火，当地对他们也有过风言风语。但随着时间的推移，人们都已遗忘。而时过境迁，左一平突然旧事重提，直戳他的痛处，以为左一平是含沙射影，故意羞辱他。贺铁祥不禁恼羞成怒、暴跳如雷！就顺手抓起酒瓶向左一平当头砸去，本来凭着贺铁祥做木工的手劲，这一砸下去，左一平就会性命难保，但因当时正值贺铁祥右手受伤使不上劲，是用左手砸的，因此，第一次砸中时，左一平还在"哎呀！哎呀"地呻吟，贺铁祥还不解恨，又使劲补砸一下。这样，左一平头顶经受两次酒瓶的猛烈撞击，已致颅顶骨骨折内凹，脑内大出血而扑倒在地。

这一变故在几秒钟内发生，来得太快了！让在旁边的贺永华还没反应过来，左一平就应声瘫倒，根本来不及劝阻和搭救。眼睁睁地看着左一平被贺铁祥活活打死，贺永华浑身战栗，呆若木鸡地站立一旁。

一番疯狂的发作后，贺铁祥有所清醒，看到左一平直挺挺地躺在地上，意识到闯了大祸！又见贺永华不知所措在旁边发呆，他感到一阵紧张，惊恐不安起来，这毕竟是杀人害命的大事呀！但很快就镇静下来，语气柔和地对贺永华说："我不是有意要打死他，是一时失手，事已至此，我也没办法了！但请你放心，我一人做事一人当，绝不会连累你，现在正是夜深人静、冰天雪地之际，这件事只有你知我知，只要你不作声，就不会有人知道，你是个聪明人，知道讲出去的后果，你是我的得意徒弟，我对你怎么样，你心里清楚，这事就全靠你帮忙了。现在我们来收拾一下，就赶快离开！"

贺永华听贺铁祥这么说，碍于帅父的面子，无言以对，就一声不吭地帮助贺铁祥把左一平搬到杂屋里，又打扫了一下场地。师徒俩就从厨房小门溜了出去。在天寒地冻的雪夜里，高一脚低一脚地艰难跋涉，不声不响地回到了家里。

左一平被害凶杀案，由于当时办案人员的疏忽，把嫌疑人的范围划定在涟水大队平时与左一平有接触的人中，根本没有怀疑到像贺铁祥这些有亲戚关系的人身上，加上贺永华守口如瓶，让贺铁祥逃过了一劫。

然而，人世间的事情就是那样的不可思议，但凡作恶多端的人，虽然凭一时的运气而逃避了应得的惩罚，但天网恢恢疏而不漏，没有人找他，他却会鬼使神差地送货上门！贺铁祥就是这样，本来是个穷凶极恶的杀人犯，却让他逍遥法外，如果他能够有所收敛，不再犯罪，也有可能不会注意到他。但因孽情的困惑，让他丧心病狂，重蹈覆辙，又葬送了两条活生生的人命，自己也就彻底暴露。

十 二

　　自从左一平惨死后，虽然贺兰也曾一度悲伤难过，但由于结婚时间不长，又因婚后左一平对她的无端打骂，在她心目中留下了阴影，夫妻感情一直不好。几个月后，也就淡忘了。她不顾因痛失儿子沉浸在悲伤之中的左一平父母，搬回了娘家居住，左一平父母也因没有儿子留不下媳妇的无奈，只能听其自然。

　　寡妇门前是非多！贺兰这个年轻漂亮的寡妇回到娘家，确为当地生活平添了一道风景，惹得附近的男性青壮年都活跃起来，总是有事无事地前来登门拜访，寻找机会与她接触、搭讪，贺兰虽然不再像以前那样把他们拒之门外，但也是不冷不热地敷衍、应付。但对贺铁祥却激情不减，总盼望他的到来。这个贺铁祥也以照顾陈氏母女为由，堂而皇之地来得更勤密了，陈氏也认为他们都是结过婚的过头人，不再以原来的"约法三章"来约束。使得他们本被割断的恋情又死灰复燃，一发不可收拾！每次见面总是眉来眼去、打情骂俏，曾经一度压抑的欲火又熊熊燃烧起来，他们不再满足于捏捏掐掐、搂搂抱抱的调情嬉戏，而是一有机会就宽衣解带，一番巫山云雨，尽享男女之欢。这样一来，他们朝思暮想的迷恋成为现实，蕴藏心底的渴望如愿以偿，他们如鱼得水、如胶似漆，难以分开。

　　开始，贺兰还不知道贺铁祥就是杀死左一平的凶手。在一次酣畅淋漓的苟合之后，无意中扯到左一平的话题，贺铁祥就毫不掩饰地讲述了他打死左一平的经过，他本来是想显示自己的能耐，在贺兰面前表功。但听完他津津乐道的讲述，让贺兰惊骇不已：让她倾心迷恋的偶像，让她神魂颠倒的情人，竟是两手沾满鲜血的凶手！她惶恐不安起来。她意识到一旦案情败露，就会毫无疑问地牵扯到她：人们就会说是她为了达到能与贺铁祥长期偷情的目的，而合谋杀死了自己的丈夫！让她百口莫辩。她就是千夫所指的犯人，就会受到法律的制裁。想到这里，她不寒而栗！她又想到贺铁祥既然这样心狠手毒，她的这些心理活动绝不能让他觉察，否则，他为了自保，说不定也会对她下毒手。于是，她佯装对贺铁祥的讲述不置可否，继续与贺铁祥缠绵寻欢，幸好，贺铁祥正沉浸在寻欢作乐的亢奋之中，根本没理会到贺兰的心理变化。自此以后，贺兰心理上留下了难以抹去的阴影，担心贺铁祥一旦被抓，她就逃不脱干系，让她惶恐不安。原来不知道反而没事，现在贺铁祥一五一十地告诉了她，她知情不报就是包庇罪。举报嘛！又碍于贺铁祥对她家的恩德，不愿做忘恩负义的事，更不愿把自己迷恋的情人亲手送上断头台。让她思虑重重、寝食不安。她想到，要减轻自己心理上的罪责，如今之计就只有疏远贺铁祥，慢慢摆脱他的纠缠。主意一定，她对贺铁祥的火热心情就渐渐冷漠下来。

就在这时，英俊潇洒的贺永华进入了她的眼帘，本来，作为贺铁祥的徒弟，贺永华跟随师父经常在贺兰家走动，但当时她的全部心思都在贺铁祥身上，根本没去注意他，现在要摆脱贺铁祥，当然就对这个与自己年龄相当，身材伟岸的远房兄弟感起兴趣来。因此，她一改常态，主动热情地与贺永华接触，甚至有意无意地表露出挑逗的言语，卖弄撩人的媚态。而血气方刚的贺永华，对这个魅力四射的寡妇堂妹，早已爱慕已久，只因师父对她的迷恋，她又对师父情有独钟，而不敢越雷池一步去亲近她。但他对师父与贺兰不正当的交往感到极度不安：他们这是有悖伦理道德的乱伦行为，而且贺铁祥又是个心狠手辣的杀人凶犯，无不为贺兰担惊受怕，几次想提醒她，又没有勇气开口。现在，这个心中的女神竟然向他投怀送抱，让贺永华受宠若惊，就放心大胆地与贺兰交往起来，倾吐对她的渴慕之心。贺永华激情似火的爱恋，很快弥补了贺兰情感上的空白，让她称心如意、空前满足。

本来，贺铁祥与贺兰的痴迷已接近癫狂，达到了须臾不可分离的程度。两人只要有机会就要颠鸾倒凤、缠绵狂欢一番。现在，贺兰突然一百八十度转弯，对他不屑一顾地冷淡起来，让他无法接受，他搜肠刮肚地思索着贺兰对他冷淡的原因。霍地，他想到了贺永华，就是这个徒弟背叛了他！因为，最近看到贺永华与贺兰接触多了，而且两人的举动总是那样鬼鬼祟祟，原先认为贺永华是个忠厚老实人，贺兰也根本瞧不起他的这个徒弟，就是借贺永华一千个胆也不会去勾引贺兰。而现在正是让他放心的徒弟与贺兰打得火热，以致贺兰移情别恋，把他打入了冷宫。顿时妒火中烧，对贺永华恨之入骨，这个徒弟简直不是人，竟敢横刀夺爱！寻思着要找贺永华算账，狠狠惩治这个不肖的徒弟。

去年盛夏的一天，贺铁祥在村民组保管室修理即将投入"双抢"的农具，在一起帮忙的是年过六旬的保管员贺伟，他们有个共同的爱好就是嗜酒如命，两个酒鬼凑到一块，话题当然就离不开酒，刚好保管室里有一缸喂耕牛的米酒，贺铁祥闻到酒香就按捺不住了，提议品尝一下牛酒，但贺伟表示

午夜鬼影

——舒云华侦探小说集

反对，他是掌管组上实物的保管员，责任心比较强，虽然平时出进保管室是常事，自己又喜好这一杯，但想到自己偷喝牛酒，就是监守自盗，让人发觉就要受到处罚，因此，总是强忍酒瘾从未去沾过牛酒，现在贺四木匠提出要喝牛酒，他当然不同意。但贺铁祥是个说到就要做到的人，就再三做贺伟的工作："你怕什么呀？喝点牛酒又不犯法，何况，这里只有我们两人，没有人会知道我们偷喝了牛酒。"

"兄弟，你想得也太简单了呀！如果我们一喝，牛酒就少了，肯定就会被人发现的。"贺伟还是不同意。

"我的老哥哥呀！你的脑筋也太不开窍了，我们喝了多少，就加上多少水，牛酒不就一点没少吗？别人又不会来测量牛酒的度数。"贺铁祥已咕噜噜地在直吞口水，继续死缠烂打地做工作。

"好吧，我们每个人只喝一点点，品尝一下就行。"本来，贺伟心里也是猫抓抓地想喝酒，经不起贺铁祥的一再怂恿，加上贺铁祥又想出了这么一个掩盖偷酒的好主意，也就顺水推舟地赞成了。

"好，听老哥哥的，我们只喝一点点。"贺铁祥见贺伟同意喝牛酒，高兴得快要跳起来。

于是，他们打开牛酒缸，用喂耕牛的斜口竹灌筒，倒出一筒牛酒你一口我一口地喝起来，两人都是酒鬼，生怕自己少喝了这样的免费酒，就争先恐后地抢着喝，完全忘记了只喝一点点的话，这一喝就不可收拾了，喝了一筒，又倒一筒，不知喝了多少筒，两人也喝得醉醺醺的了，贺伟到底年纪大一些，很快就醉倒在地。贺铁祥也处于半醉半醒之中。

凡是好酒的人，一旦喝得半醉状态，神经就高度兴奋，各种烦心事就会齐涌心头。此时，贺兰的冷淡、贺永华的背叛……似汹涌的浊浪，猛烈冲击着昏醉中的贺铁祥，让他切齿痛恨、愤怒至极，一种要置贺永华于死地的恶念勃然而生。就在这时，雷声大动，一场暴雨倾盆而下，霍地，让贺铁祥为之一振：真是天赐良机，这个时候去找贺永华算账，不就会神不知鬼不觉嘛！他又瞅了一眼正在呼呼大睡的贺伟，肯定会一时半刻醒不过来。就放心地顺手披上一块用于育秧的塑料薄膜，冒雨奔向贺永华家。

贺永华家距保管室不到两里路程，贺铁祥在暴雨中一路飞跑，眨眼工夫就到了，这时贺永华正在做中饭，由于他母亲生病卧床不起，这几天他一直在家里照顾母亲。见贺铁祥冒雨冲了进来，以为师父是来避雨，忙把他迎进厅堂让座，贺铁祥把湿漉漉的薄膜往墙角一丢，气呼呼地一屁股坐在木凳上。贺永华知道师父爱喝酒，虽然见他已是醉醺醺的样子，但还是拿出两瓶啤酒打开，在一张小方桌上摆上一碟现成的花生米，笑眯眯地说："师父，你先喝点啤酒解解渴，我去炒几个小菜，在我家凑合着吃餐便饭吧！"说完，就走向厨房。

"你给我站住！我不会吃你的饭，只想问几句话，你给我好好回答。"贺铁祥见贺永华要走，气势汹汹地喝住他。

"帅父有什么教诲，我做错了什么？您尽管批评，我一定虚心接受，认真改正。"贺永华摸透了帅父的脾气，他一旦喝了酒就要发酒疯，总喜欢教训、咒骂人，这时只要你不去顶撞，诚恳地接受批评，他就会火气大消。因此，他满面堆笑地回答。

"你为什么要勾搭贺兰？为什么要背叛我？是谁给你的豹子胆？"贺铁祥根本没理会徒弟的虚心态度，连珠炮地吼叫着。

"哦——"贺铁祥劈头盖脸地提出这些质问，让贺永华猝不及防，心里一阵紧张，一时语塞。但又很快平静下来，仍笑眯眯地说，"帅父，你弄错了！我根本没去勾搭贺兰，我们是兄妹关系，接触多一点是兄妹感情呀，也从没想过要背叛帅父！"

"谁跟你嬉皮笑脸！什么兄妹感情，你们是在谈情说爱，自从你和她秘来秘往以来，她就对我冷淡了，你不是在勾搭她，又是什么？你明明知道我喜欢她，却要横插一杠，不是背叛我又是什么？"贺铁祥根本听不进贺永华的解释，气急败坏地数落他的不是。

"既然帅父的话已说到了这个份上，我也不得不讲几句心里话，我和贺兰是出了三服的堂兄妹关系，就算谈恋爱也很正常，婚姻法是允许的，别人也没什么可说的，而帅父您与贺兰是没出服的叔侄关系，你们的交往接触已引起了人们的指责，您也应该觉察到了呀。何况……"

"你在放屁！我要你来教训吗？何况，又何况什么？"贺铁祥一听贺永华这么说，火冒三丈！这个平日对他俯首帖耳的徒弟竟然教训起他来，更让他咆哮如雷。

"帅父请息怒，我绝不是要教训您，而是说的心里话，我是想提醒您，何况左一平还是您失手打死的，一旦案情败露，对您和贺兰都没好处。"贺永华看到贺铁祥总是听不进他的话，总是一个劲地斥责他，有点忍无可忍了，就干脆把话挑明。

"你这个忘恩负义的东西！竟然拿这件事来威胁我，你是想去举报，让我被枪决，你就能和贺兰如愿以偿吧？好！

我绝不让你有这个机会!"贺铁祥一听贺永华提起左一平被他打死的事,认为贺永华是在要挟他,刹那之间,血脉偾张,理智全失,一个一直想实施而未动手的"杀人灭口"恶念顷刻爆发!顺手抡起啤酒瓶往贺永华当头砸了下去……

"啊——"贺永华根本没提防师父会对他下毒手,正要张嘴辩解,但话没说出,就遭到了啤酒瓶的猛然撞击,当即颅顶骨破碎,血如泉涌、脑浆迸裂而瘫倒在地。

厅屋的吵叫声,惊动了卧病在侧边房间的贺永华母亲,她挣扎着爬起来,颤巍巍地走到门口,当看到贺永华已仰卧在血泊中,吓得魄散魂飞,就大声呼喊:"杀人了呀,四木匠杀人了呀!来人……"

由于酒劲发作正处于癫狂之中的贺铁祥,听到贺永华母亲的喊叫,担心会招来附近的邻居,霎时,血红的眼球闪射出凶光,跳起身来猛扑过去,举起紧握的啤酒瓶砸向她的脑门,本来就病病快快的贺母,怎经得起这猛烈的一击,当即应声倒下。

一番歇斯底里的发泄后,贺铁祥的酒醉也醒了一半,当眼睁睁看到贺永华母子躺倒在血泊之中,一阵恐慌袭来,让他战栗不已!怎么?贺永华母子都被我打死了?当他意识到犯下了连杀两人的弥天大罪时,已完全清醒,反而镇静下来,思索着应对办法:事已至此,害怕也没用了!只有尽量掩盖自己的犯罪事实,逃避办案人员的追查,就能化险为夷。上次杀了左一平,至现在3年多了,自己不也安然无事吗?原来一直担心有朝一日,贺永华会把他打死左一平的事张扬出去,曾几次伺机杀人灭口,但总下不了手,现在好了,这个唯一的目击证人今天已被他送上了西天,终于除去了心头之患，让他感到了一阵轻松。于是，他细心地清扫了现场，把酒杯、酒瓶砸得粉碎，不给办案人员留下能找到他指纹的痕迹，又仔细寻找丢下的烟蒂，虽然在杀死左一平后，让他得知烟蒂是公安局追查凶犯的重要线索，养成了不乱丢烟蒂的习惯，但还是不放心，担心醉酒后乱丢了烟蒂。这样，在他确认没有留下自己任何蛛丝马迹后，就披上薄膜放心地逃离了现场。

这时，雨还在一个劲地下着，当他冒雨匆匆返回保管室时，贺伟还在呼呼大睡，又让他放宽了心，原来一直担心贺伟醒来后，发现他没在保管室，自己的行踪就会败露。现在贺伟仍在昏睡之中，根本未觉察到他的行迹，他暗自庆幸自己的运气，为了不惊醒贺伟，他蹑手蹑脚地走了进去，把育秧薄膜甩干放在原处，就动手修理农具。

贺伟被贺铁祥叮叮当当的修理农具声惊醒，猛地爬起来，不好意思地说：“真对不起！多喝了一口就睡着了，让你一个人做事。”

“没关系呀！你是老哥哥，多休息一点是应该的，故我一直没叫醒你。”贺铁祥若无其事地笑了笑说。

“怎么你出去了？看衣服都湿了，这么大的雨披块育秧薄膜是遮不住的呀！”贺伟突然发现旁边的薄膜湿漉漉的，一看贺铁祥的衣服也湿了不少，就关切地问他。

“呵呵！只怪这个该死的老天爷，一直下着暴雨，让我们饿着肚子，刚才我是想披着薄膜回家吃了饭再给你带点来，但出去试了一下，雨太大了，只好又返回来，让我们到现在还吃不上饭，肚子在咕噜噜地造反呢！”当听贺伟这么说，贺铁祥猛地一惊，啊！是不是让他看出了破绽？但他很快镇定下来，胡诌着用苦笑声掩饰过去。

"难得老弟这样体贴我！现在还没吃中饭，确实有点饿了，幸亏我们喝了点酒，要不然会饿晕的！等雨小一点，我们就赶回去吃饭，农具今天修不完还有明天，皇帝老子的日子老板的工，吃饭才是头等大事呀！"贺伟也笑眯眯地说。

这样，雨一停他们就各自回家吃完饭，又赶来保管室修理农具。当传来贺永华母子被打死的消息时，让他们大为震惊，两人丢下修理工具匆匆忙忙赶到现场，目睹了贺永华母子惨死的现状，无不悲痛、惋惜，贺铁祥更是痛心不已！他一直念叨着贺永华这个称心的徒弟，讲到伤心之处，还呜呜咽咽地痛哭起来。让人们无不体会到他们师徒的情深义重。都来劝慰他：人死不能复生，节哀顺变，保重自己要紧。

随着案件侦查的进程，办案人员也一度把贺铁祥列入了嫌疑对象，但因他的脚印不合，加上贺伟不敢把自己因偷喝牛酒而醉得呼呼大睡的过程讲出来，就一再证实他整天与贺铁祥待在保管室修理农具。贺铁祥也就没有作案时间和不在现场的确证。这样，又让他逃过了这一劫。

根据贺铁祥的供述，我们又对贺兰母女、贺伟等证人进行了一番调查、询问，收集了大量证据材料，又把提取的烟蒂做了 DNA 鉴定，其结果与贺铁祥完全吻合。

至此，贺铁祥 5 年内制造两件命案，连杀 3 人的犯罪行径，事实清楚、证据确凿，本人供认不讳。

这样，涟水镇迟迟未破的悬案，在所长上任不到两个月，就全部侦查完结。人们拍手称快，无不为王所长的破案神速而惊叹！一改对公安部门的看法，心悦诚服地称颂公安干警是人民生命、财产的保护神！

正当我和王所长在清潭村陈书记家，为庆祝破案成功，而破例开怀畅饮之际，接到县局一纸调令，任命我为山峰镇派出所所长。

王所长端起酒杯笑吟吟地说："我说过嘛！所长的位子会给你留在那里，来，祝你新官上任，前途无量！干杯！"

陈书记笑嘻嘻上来凑热闹："今天是双喜临门，一是多年悬案一举侦破，二是刘副所长转正荣升，祝贺！祝贺！干杯！"

我也欣喜地举杯附和："好，为国家法律的尊严，为人民群众的安居乐业，干杯！"

"干杯！干杯！"三只酒杯紧靠在一起，发出清脆、悦耳的碰撞声……

酒足饭饱之后，我也就走马上任，奔赴山峰镇派出所履新。

涟水悬案

奇母救子

一

龙潭街，是位于涟水北岸，有着上千年沧桑历史的古老集镇。这里民风淳朴、环境优美、交通便利、物产丰富，是远近闻名的农副产品集散地。

一条东西走向，临水而建的狭长街道上，一排排铺面鳞次栉比，一个个商摊整齐铺展。每天天刚绽亮，小商小贩就摩肩接踵，涌向街头，叫卖声、喧哗声，此起彼伏、混杂一片。周而复始地演奏着一曲曲闹市旋律，勾勒出一幅幅繁华画面。

在这喧闹纷乱的街市上，每天都有稀奇古怪的故事发生，每天都有街谈巷议的趣闻逸出，为平淡的市民生活平添色彩。

一天上午，一个震撼四乡的消息在龙潭街不胫而走，人们奔走相告，啧啧称颂，传扬着一位平凡的母亲，历尽艰辛，从刑场枪口下救回了儿子的一条命！

真是奇人、奇事，一出"刀下留人"的新传奇！

事情还得从头说起。这位母亲叫杨惠，与刘姓丈夫世居龙潭街，以贩卖涟水河鲜活水产维持生计，是地地道道的靠水吃水的市民，由于善于经营，生意一直做得很顺畅，因此，逐渐积聚了一些家产，虽算不上大富，但也够得上小康之家。

　　杨惠中等身材，其貌不扬，但性格热情、开朗，加上能说会道、爱唱好动，一直是龙潭街业余花鼓戏班的骨干，劳作之余，经常随班演出一些市民喜闻乐见的花鼓戏剧目，深得市民喜爱。

　　杨惠夫妇已过不惑之年，育有独子刘华，于去年在省警校毕业，分配在本县青山镇派出所当民警。三口之家，父母做生意，儿子吃"皇粮"，生活无忧无虑，其乐融融。

　　杨惠夫妇对儿子能吃上"皇粮"，端上难得的"铁饭碗"，尤其是当上了人人羡慕的公安警察，自然乐在心里，喜在眉梢。心里唯一的希望，就是儿子能仕途腾达，光宗耀祖。每逢亲朋好友见面，他们总是喜笑颜开、津津乐道地夸奖儿子的出息。

　　然而，乐极生悲！一天清晨，突然传来儿子实施抢劫被抓的消息，霎时，犹如五雷轰顶，把他们击得晕头转向，深陷惊恐之中！

　　杨惠怎么也不相信儿子会犯罪，对儿子的了解莫过于母亲，她知道刘华虽然平时有点骄纵，但从不贪财，家里不缺钱，生活无忧无虑，又是警校培养出来的公安干警，什么是违法犯罪他应该清楚，又怎么会去铤而走险，进行抢劫呢？

　　于是，她强忍悲伤的泪水，四处打听，才依稀得知刘华犯事的经过。原来，刘华自从分配到青山镇派出所，由于年少方刚、心高气傲，自恃是正规警校毕业，科班出身，根本

奇　母　秋子

瞧不起派出所原来的老干警，连对年过半百的派出所朱所长也不放在眼里，从不尊重。朱所长对他的恣意妄为，看在眼里，气在心里，总想找机会教训他，但刘华工作能力强，每次交办的任务都能圆满完成，而且心智较高，一直找不到整治他的借口。

刘华和派出所同事们合不来，却与社会上一帮游手好闲的混混们称兄道弟，交往甚密，用他的话说，他这样做，是在培养公安系统特情工作关系，即所谓"线人"，能及时掌握社会治安动向和违法犯罪人员的情况，便于侦查破案。

也活该刘华倒霉，在一次和几个哥们的聚会中，一个叫周湘的哥们神秘兮兮地告诉他：一个盗墓者挖掘了一座古坟，盗得一匹翡翠宝马，听说把那匹宝马放在水里，还能看到它的四肢在划动，是件稀世之宝，价值不菲！刘华一听，惊喜不已，连忙嘱咐那几个哥们不要声张，并吹嘘说，他要办一件惊人的大案，让派出所那帮"土八路"刮目相看。

本来，对这样重大的案情，刘华应该及时向朱所长报告，由派出所集体行动，迅速将盗墓者抓捕、追缴赃物。但刘华却一声不吭，于夜深人静之时，在那个周湘的带路下，闯入盗墓者家，逼其交出盗取的宝物，在盗墓者抵赖时，在旁边狐假虎威的周湘还逼迫盗墓者下跪，刘华则声色俱厉地说：如不交出宝物，就要以盗掘古墓、走私文物的违法行为将他治罪。因盗墓者已把宝物走私出手，无奈之下，只得悉数交出了30000多元盗卖宝物的赃款。

接钱后，刘华和周湘从盗墓者家扬长而去，走到半路时，周湘提出要把钱分了，刘华对他一顿呵斥："你吃了豹子胆吗？这是赃款，要上缴国家财政的，私分是犯罪！"

周湘原本是想借刘华之手去逼盗墓者交出赃款，发点横财，谁知不仅分文未得，还遭到了刘华的严厉斥责，就愤愤不平地走开了。

　　此时，已是万籁俱寂的深夜，派出所干警都在熟睡之中，刘华疲惫不堪地揣着缴获的赃款径直返回派出所宿舍，把钱往办公桌抽屉里一丢，就倒头大睡。

　　殊不知，周湘从半路上走开后，很不甘心，越想越气，认为刘华太不够朋友，是见利忘义，就掉转身跟踪其后，当看到刘华回到宿舍就熄灯睡觉，根本没把钱交给什么人，就认定他是独吞赃款。霎时，怒从心上起，恶向胆边生：你不仁，我就不义了！当即找到朱所长，举报刘华私吞盗墓者赃款一事。朱所长一听，暗自窃喜：整治刘华的机会终于来了！他马上报告县公安局，说刘华深夜对盗墓者实施抢劫，并获取了大量赃款。

　　当时正值从重、从快惩处各类恶性案件的"严打"时期，县局值班领导一听公安干警竟然知法犯法，这还了得！就迅速组织警力，连夜驱车赶到青山派出所，把刘华从睡梦中拖出来塞上警车。当时刘华还瞪着惺忪的睡眼，懵里懵懂地四处张望，不知发生了什么事！

二

　　得知刘华的犯事经过，大家都傻了眼！"抢劫"，这是死罪啊！早几天，县城就枪毙了一批死囚，其中一名不到 20 岁的犯人，只因在龙城县火车站抢劫了旅客的一双塑料凉鞋，价值仅几元，就执行了枪决，法院张贴的布告还历历在目。而刘华抢劫的数额却是 30000 多元，与之相比，简直是天文数字，刘华必死无疑！

杨惠捶胸顿足、痛不欲生。不，不能坐以待毙！悲痛之中，她缓过神来，从演出过的花鼓剧目中得到启发，天无绝人之路，精诚所至金石为开，遇到什么难事，只要想办法，去努力，或许能感动天地而绝处逢生！她必须竭尽全力，去拯救儿子的性命。

怎么去拯救？眼前一片渺茫！无奈之下，她跑去观音寺庙请回一尊观世音大佛，每天打拱作揖，虔诚敬奉，默默祈祷菩萨保佑，让儿子化险为夷。

她又哭天抹泪地找到隔壁老邻居，在家休病假的王所长，央求他帮忙想办法，救救刘华。

这个在山峰镇派出所工作的王所长，由于侦破了不少疑难案子，在公安系统名气很大，但因长期在基层工作，又是一头尽力牛，总是风里来雨里去，长期超负荷工作，终于积劳成疾，他又不想丢下工作休息，县局领导只得下了死命令，强令他在家治病休养。

由于他见多识广，又是个热心人，乡邻有事，总是去找他出主意、想办法，他也乐于助人，经常想方设法为人排难解纷，深得邻里拥戴。

听了杨惠的哭诉，王所长没有一点惊讶的神色，只是沉默不语地在房间来回踱步，突然，他停下脚步盯着杨惠说："刘华犯罪，是他咎由自取，也是你害的他！"

"是我害了他？"听他这劈头盖脸的一句话，杨惠泪眼汪汪，疑惑不解。

"不是吗？是你娇生惯养，让他养成了目中无人、狂妄自大的习性，不出事才怪呢！"面对泪流满面的杨惠，王所长没有表露一点同情，严厉地说。

"唉！是的，都怪我从小就什么事都由着他，没严加管教，从而酿成了今天的大祸，我后悔莫及！但我不想看着他就这样去死！请看在老邻居的面上，帮我想想办法，救救他吧！"杨惠一把眼泪，一把鼻涕地哀求。

"当然，我也是看着华伢子长大的，也不愿他就这样丧了命，但事到如今，要救他很难呀！"王所长现出无奈的神色。

"我也清楚，他犯的是死罪，救他很难，但您是从事公安工作的，一定有救他的办法，只要有一线希望，我就要去争取！"杨惠苦苦求情。

王所长点燃一支烟，深深吸着，语气变得缓和地说："其实，刘华犯事，我也感到震惊，这几天一直在多方打听，了解他的犯罪事实，总想找找角度救他，刚才听了你的诉说，我又反复琢磨了一番，总认为他的犯事就算已成定局，但也应该罪不至死。"

"我就知道您是个菩萨心肠，不会见死不救，而且知识广、主意多，一定能想出救华儿的办法。"听了王所长的话，杨惠迷蒙的泪眼仿佛看到了希望之光。

"不要急于给我戴高帽子，罪不至死这只是我个人的一些看法，能不能救刘华还很难说，因为办案人员不一定会这么想。"王所长现出为难的神情。

"我想，您既然有不同看法，就肯定有理由，华儿的命就有救了，我会尽力去争取，请快把你的看法告诉我吧！"杨惠迫不及待地催问。

见杨惠催问，王所长脱口而出："我个人认为把刘华犯的事，定为抢劫罪似乎有失偏颇。"

于是，在杨惠的一再要求下，王所长就详细地阐述了他对刘华犯事案情的看法：

"按照法律规定，抢劫罪在客观方面表现为行为人对公私财物的所有者、保管者或者守护者当场使用暴力、胁迫或者其他对人身实施强制的方法，强行劫取公私财物的行为。这种当场对被害人身体实施强制的犯罪手段，是抢劫罪的本质特征。刘华在获取盗墓赃款时，同行人罚盗墓者下了跪，办案人员就以此为依据，认为刘华实施了暴力而确定为抢劫罪，似乎无懈可击。

"但法律条文之间在含义上的表述也有相似、模糊的地方，就看你怎么理解。从刘华犯罪事实来看，更接近'敲诈勒索罪'的特征。因为敲诈勒索罪是指以非法占有为目的，对被害人使用威胁或要挟的方法，强行索要公私财物的行为。虽然抢劫罪、敲诈勒索罪都是非法占有为目的，但在实施手段上有明显不同，前者是对被害人当场使用暴力、胁迫，或者其他对人身实施强制的方法，后者是对被害人使用威胁或者要挟的方法。而且，前者是强行劫取，后者是强行索要。

"综观刘华犯事过程，如果要认定他是犯罪，其实施手段也应该是'要挟'，即：不交出赃物，就会以盗掘古墓、走私文物将盗墓者治罪。因此，获取盗墓者赃款的行为，是强行索取，而不是强行劫取。

"还有，刘华是否属私吞赃款行为，也存有不确定之处，因为他获取赃款后已是夜深人静，派出所人员都下班睡觉了，他是不是有在次日上缴赃款的想法？故把赃款丢在办公桌抽屉里，而不是藏匿或者转移。而且，在那个周湘提出要私分赃款时，还受到了刘华的严厉呵斥。另外，如果刘华在收取赃款时打了临时收条，就可完全排除犯罪嫌疑。但那个周湘和盗墓者对刘华都怨恨很深，绝不会为他作证，所以，即使有这种上缴财政的打算，现在来说，刘华也是百口莫辩！办案人员是不会相信的，但这些都是上诉、辩护的理由。

"在量刑标准上，抢劫罪最高刑罚是死刑，而敲诈勒索罪数额特别巨大或者有其他特别严重情节的，也只有 10 年以上有期徒刑。如果以事实不清，证据不足定案，那就可以作为轻罪或无罪判决。

"因此，只有改变定案性质，刘华才有救。但要把已确定了性质的案子翻过来，谈何容易！因为，一是刘华所犯事实、手段与抢劫罪的客观条件基本相似。二是报案者是以'抢劫'报的案，办案人员往往摆脱不了先入为主的倾向。三是办案人员对法律条文的定义也存在理解、认识上的差距。加上正值'严打'时期，谁又会为刘华是否'抢劫'去理论个究竟呢？因此，能不能翻过来还是未知数！"

说完，王所长端起茶杯抿了一口，现出难以名状的神色。听了王所长的分析、判断，杨惠似乎从黑暗中看到了一缕曙光，惨白的脸庞上泛出了血色，擦拭着眼泪说："经您这么一说，让我心里有了底，不管有多难，只要有一线希望，我绝不会放弃，现在又该怎么办？还要请你指点呀！"

沉默片刻，王所长表情淡然地说："我虽然是公安系统的人，但正是这种身份不便抛头露面地帮你们，尤其是那个朱所长我很熟悉，一贯小肚鸡肠，如果我一出面，他就会说我在越界插手他的案子，干扰他办案，上级也会批评我。虽然，

奇母救子

维护法律的公正、严肃，防止冤假错案的发生，我应该责无旁贷，但尽量少惹麻烦，注意点影响，也是必要的。当然，你有什么不明白的事情尽管来找我，我们一起商量着办。抛头露面的事就全靠你们自己了。至于该怎么去做？你是聪明人，还需要我教吗？只是必须抓紧，否则就会来不及了！"

听了王所长这番语重心长的话语，杨惠激动得连连点头，坚定了她拯救儿子的决心。

三

杨惠急匆匆地回到家里就紧急行动起来，她不惜变卖值钱的家当，取出所有积蓄，动员一切可以动员的人际关系，托亲求友，上下打点，并聘请了辩护律师，按照王所长提示的理由和角度，围绕在改变定案性质、减轻刑罚等方面，多管齐下，据理力争。

她想到案子首先是由公安局侦查定性，就找到县公安局主管刘华专案的领导，哭哭啼啼地跪着哀求，但那个领导不仅没一句安慰的话，反而咬牙切齿地说："刘华的末日终于到了！"

虽然，公安局领导毫不留情的当头一棒，让杨惠如坠冰窟，全身凉透！但她不敢顶撞、争执，只能忍气吞声地求情。她更没有放弃，仍是多方奔波，四处求拜。功夫不负有心人，她还是得到了一些人的同情，特别是在市中级人民法院和省高级法院任职的老乡们更是热心支持，担任过省高级法院刑事审判庭领导的老乡则是满口应承："只要案子到了高院，我会把好关的。"

从所找的关系，所拜托的人的"请放心""一定会帮忙"等等答复中，杨惠夫妇稍觉宽慰。在家静候刘华案子改性、减轻刑罚的喜讯。

但是，时间一天天过去，没有一点好讯息传来，刘华犯罪一案仍按"抢劫"性质，依照司法程序快速推进。

眼看十一国庆节已近，杨惠夫妇心里清楚，按照惯例，每逢国家重大节日，为了强化社会治安，震慑犯罪，政法部门都要进行一次审判、枪决重大罪犯的行动。刘华一案再不出现转机，危险就越来越近。他们心急如焚，惶惶不可终日！

就在这时，传来了刘华抢劫案被最高人民法院核准执行死刑的凶讯。霎时，刘家哀号一片，沉浸在悲伤、绝望之中……

杨惠跌跌撞撞地奔跑到王所长家，一屁股坐在地上号啕大哭。王所长忙把她扶到椅子上，连连摇头叹息："唉！看来一切努力终究徒劳无功！你也不用这样悲伤，保重自己要紧！"

"看来华儿大限已到，他一死，我也不想活了啊！"杨惠哀啼不止，"王所长，我儿子还有没有救？快给我们想想办法啊！"

"事情到了这种地步，还有什么办法？即使有，恐怕也来不及了呀，而且难度很大，你也不敢去试！"王所长沉吟片刻，瞅着伤心欲绝的杨惠无奈地摇头。

"还有办法？只要能救华儿，就是赴汤蹈火我也敢！"听说还有救刘华的办法，杨惠一下坐直了身子。

"这几天，中央电视台一直在播放电视连续剧《杨三姐告状》，你也应该看了，想救儿子能不能学学你们自家姐妹呢？"王所长盯着杨惠说。

"您是说要我上京告状？好，我敢！"杨惠霍地站起来，大声说。

"小声点！谨防隔墙有耳，张扬出去，你去不成，我也饭碗难保！"见杨惠声音很大，王所长连连摆手，压低声音说。

"哦！我差点儿忘了，上京告状属严重的政治事件，是各级政府绝不允许的，发现了就会被截回、关押，但为了儿子活命，我只能铤而走险了！"

"是的，事已至此，这是唯一的一着险棋，弄不好就会全盘皆输！你必须小心谨慎行事，不能有半点疏忽。"

"经您提醒我一定会注意，只是今天是 9 月 25 日，离国庆节只几天了，华儿死刑执行的日期应该就在这几天，去北京这么远，怕是赶不上了呀！"杨惠又是嘤嘤呜咽起来。

"是啊！时间确实紧迫，而且有没有效果也说不准，但要救你儿子的命，这是最后的办法了，必须争分夺秒，我查了一下火车时间表，今天下午 1 点有趟昆明至北京的 K488 直快在龙城火车站停靠，你必须搭上这趟车，明天下午就可到达北京。如果一切顺利，可能就有点希望，当然，这就看华伢子的造化了！"

"好，我这就动身，一定赶上那趟车。"杨惠一听，急忙起身回家。

"慢着，你就这样走？"

"喔，真是把我急懵了，该怎么去做，您还没有指点呀！"杨惠忙掉转身，急切地央求。

"好吧，为了救华伢子，我也豁出去了，这样吧，你迅速去龙潭街邮电所发两份电报，内容一致，即：龙城县刘华抢劫案是冤案。分别发给最高人民法院院长和最高检察院检察长，另外，我给你写两个'冤'字，先收好，等到了北京，你就径直找到最高人民法院，把'冤'字挂在胸前和背上跪在最高法院办公楼前。到时肯定有武警来制止你，你是唱戏的，该怎么做就不用我教了吧。总之要做到让他们能接待你，你就有申诉的机会了。最好和你妹妹一起去，到时能相互配合有个照应。杨三姐告状的遭遇你也知道，要有思想准备，能不能救你儿子，就全看你的了，成败在此一举！"王所长不厌其烦地一一交代。又写了两个大"冤"字和两份电报稿交给杨惠。

临走时，王所长又把她叫住，从书桌上取出一本书交给她："这是《刑事法汇编》，涉及华伢子案情的有关法律内容，我都打了横杠杠，你去北京要坐20多个小时的火车，在车上可能也睡不着，就顺便翻一翻记住一些重点，可能对你在最高法院申诉时有帮助。"

"谢谢您！我一定会按照你的吩咐去做，如果华儿能躲过这一劫，你就是他的救命恩人！"

杨惠声泪俱下地谢过王所长，跑到清涟邮电所发完电报，旋即叫上妹妹，匆匆赶到龙城火车站，登上开赴北京的 K488 次列车。

四

　　杨惠姐妹北上京城，一去几天杳无音信，眼看国庆节越来越临近，刘华父亲及亲戚朋友好似热锅上的蚂蚁，坐立不安，时刻担心刘华被执行死刑。

　　9月27日上午，最害怕的消息终于传来：刘华在明天上午10点执行枪决，要求家人准备去刑场收尸。在法院工作的老乡也看到了准备发布张贴的布告。

　　刘华终究没逃出这一劫！

　　申诉无望！刘华父亲欲哭无泪，只得强忍绞心的疼痛与一帮亲朋好友商议，安排刘华的后事，一班人上山找地挖掘安葬刘华的坟穴，一班人租一辆手扶拖拉机，扯上些白布，备好香火蜡烛、纸钱，去刑场搬运刘华尸体，还请了道士在家念经超度刘华亡灵。

　　按照当地习俗，每逢一家有红白喜事，左邻右舍、亲戚朋友都是不请自来帮忙、凑热闹，因此，自9月27日下午开始，刘家已是人头攒动，一片嘈杂，在悲哀的气氛中，各司其事，备办刘华的丧事。

　　9月28日上午8点，审判刘华等罪犯的公审大会在县剧院大会场进行，在声势浩大的公审大会上，各类犯罪分子由荷枪实弹的武警和公安人员看押着，一字儿排开站在公审台下，胸前挂着木牌，上面写着姓名、性别、年龄及罪行的字样。死刑犯刘华则被戴上脚镣手铐、五花大绑，颤颤巍巍地站在一群犯罪分子的中央，挂在胸前牌子的名字上打上了红

"×"，项背上竖着"抢劫犯"的插标。

审判法官逐一列举犯罪分子的违法罪行，进行公开宣判，然后押上几辆大货车，货车四周贴上"强化无产阶级专政""加强法制、维护治安""坚决打击违法犯罪"等白纸黑字的巨型标语。由警车和三轮摩托开路，进行游街示众。一路上警笛齐响，喇叭轰鸣，声势浩大地开赴刑场。

9点30分，执行刘华死刑的车队到达刑场——一个偏僻的山坳里，这时刑场四周看热闹的民众已是人山人海，黑压压的一片，刑场中心是一块较为平坦的草坡，周围布置了荷枪实弹的岗哨维护秩序，防止看热闹的人们拥入。刑场边上有一条毛草公路通过，这是确定刑场地点时，考虑到便于车辆停放而特意选择的地方。

执行死刑的车队在刑场路边停下来，几十个罪犯被看押干警连推带搡地押到刑场。今天要枪毙的死刑犯只刘华一个，其余都是来"陪杀"的，即站在旁边观看执行刘华枪决过程。刘华戴着脚镣手铐，被两个公安干警架起拖到刑场中央，双膝跪下。

别看刘华原本身高体胖、精力充沛，且平时趾高气扬、目空一切，但案发不到3个月，现在却是形容枯槁，目光黯然、惨无血色。由于全身在一个劲地抽搐，那根竖在项背上的插标也在不停地颤抖。此情此景，无不让人感叹：人心是铁，国法如炉！不管多强悍和不可一世的人物，只要触犯了法律，就会是那样渺小，那样可怜、可悲……

指挥执行死刑的审判官和几个执法人员，拿着照相机、记录本等走上前来，准备对刘华执行死刑前的最后讯问、验明正身等司法程序。

就在这时，本是晴空万里的天际，突然暗淡下来，一条条闪电划过长空，轰隆隆的雷声震天响起。瞬间，狂风呼号、暴雨滂沱、天昏地暗。铺天盖地而来的暴风骤雨，让执行死刑的工作人员猝不及防，刑场上一片混乱，为了躲避雷电、暴雨，他们争先恐后奔向停靠在路边的汽车，但也都成了落汤鸡。只有那些负责警戒、看押犯人的武警战士和公安干警，因为责任重大而不能擅自离开，只能站在原地坚守，那些犯人更是不敢挪动一步，个个畏缩一团，任凭风雨的浇灌。

雨越下越大，风越刮越猛，天越来越暗，眼看这场暴风雨一时停不下来，负责执行死刑的执法人员焦急万分：无法按原定时间执行死刑，又不能草率行事，冒雨下去把刘华枪毙了，因临刑前的司法程序还没履行，没办法，他们只得呆坐车上，无可奈何地等待风停雨住的时刻。

就在这时，一辆警车在暴雨中风驰电掣般驶来，戛然而止停靠在行刑车队前面，接着车门迅速打开，跳下一男一女急匆匆奔向执法警车，透过雨水迷蒙的车窗玻璃，指挥执行死刑的领导认出了走在前面的是市中级人民法院丁副院长，慌忙打开车门把他们迎了上来。

"刘华的死刑执行了吗？"那个丁副院长跳上车，脚没站稳，就急切地问。

"正要执行，突然下起了暴雨，因临刑前的法律程序还没履行，就被耽搁了，我们正准备等暴风雨小一点，就立即执行，院长，没按原定时间完成执行任务，也是没办法的呀，要请领导理解。"执行法官担心没按时执行刘华死刑，会受到丁院长的批评，只得诚惶诚恐地解释。

"哦！好，好，没执行就好，感谢这场暴风雨，否则，我们就做了件无法交代的事啊!"只见丁副院长,长长地舒了一口气,如释重负地说。

"院长,是怎么回事呀?"执行法官瞪大眼睛,一脸茫然,车上的人更是面面相觑。

"告诉你们吧,1个小时前,我们接到最高法院紧急指令:刘华抢劫案,事实不清,证据不足,法律适用错误,撤销原判,发回重审。一看时间,你们应该已到达了刑场,又无法联系上,来不及了呀!在院领导在办公室里急得抓耳挠腮,不知如何是好,就在这时,这个刘华的母亲哭哭啼啼地撞了进来,苦苦哀求和我们一起赶赴刑场救她儿子,我们知道这是徒劳。但实在拗不过她,加上这样做,也好对最高法院有个交代,我就和她匆匆赶来了。现在刘华没被枪决,执行了最高法院的紧急指令。在此,我宣布:刘华死刑暂缓执行,押回重审。"

丁院长话音刚落,只听"扑通"一声,杨惠跌倒在车上,放声大哭起来……在这千钧一发之际,终于保住儿子的命,千辛万苦的努力终没有白费!此时此刻,她又怎么能控制得住自己的情绪?

这时,雨停了,风息了,笼罩天空的乌云已经散去,浩瀚的苍穹一片湛蓝、明净,经过暴风雨的洗涤,广袤的原野显得更加葱翠、清新,轻风送爽,花草芬芳,无不让人心旷神怡!

风雨一停,在车上避雨的执法人员纷纷跳下汽车,聚集在刑场上,准备各司其职,继续执行刘华死刑前的工作,当执行法官走过去,当众宣布上级法院停止执行刘华死刑的指令时,让在场人员惊愕不已!霎时,刑场上一片骚动、喧哗,执法人员手忙脚乱地收拾撤销刑场的工作，执行警戒的撤回了岗哨，看押罪犯的又推推搡搡把犯人押上汽车。几个执法人员解除了刘华的脚镣手铐，拔掉了他项背上的插标……

于是，行刑车队又浩浩荡荡地原路返回。

五

9月28日上午9点，负责搬运刘华尸体的几个人坐着手扶拖拉机，提前来到了刑场附近。当暴风雨来临之际，由于手扶拖拉机没有遮雨的棚罩，他们只得奔跑到刑场附近的一栋茅草房屋檐下避雨。

好不容易等到风停雨住，他们又赶紧爬上拖拉机，只等枪声一响就去刑场收尸。但等了好久，没听到枪声响起，却看到执刑车队原路返回。感觉奇怪，就直奔刑场观望，但刑场上已无人影，一片寂静，他们忙追上看热闹的人一打听，才得知法院接到上级指令：刘华取消了死刑。他们一阵狂喜，赶紧开车回家。

当拖拉机开到刘华家门前，负责放鞭炮的人正要点燃鞭炮，几个披麻戴孝的至亲晚辈蜂拥而上跪倒在地，准备迎接刘华尸体回家，拖拉机上的人慌忙摇手制止，大声喊叫："没事了！没事了！"接着——跳下拖拉机，津津乐道地讲述了他们空手而归的经过。

人们惊喜交集，悲哀气氛一扫而光，刘华父亲及家人更是欢天喜地，迅速拆除搭建好的灵堂，披麻戴孝的晚辈慌忙扔掉孝服，又派人去山上叫回挖坟穴的人。吩咐厨房备办酒席，招呼所有亲戚朋友入席就餐，一场悲声切切的丧事变成了喜气洋洋的贺宴！

正当人们欢声笑语、你斟我酌地庆贺刘华大难不死之际，杨惠和妹妹风尘仆仆地赶了回来，人们反主为客把她们尊为上座，轮番敬酒。亲戚朋友七嘴八舌，啧啧称赞杨惠的智慧和胆量，没有她历尽千辛、锲而不舍的努力，刘华恐怕已成冤魂！

听到人们的夸奖，杨惠泪流满面，泣不成声，连连摆手哽咽："华儿不死，不……不是我的功……功劳。"

"不是你，又是谁？在刘华即将执行死刑的情况下，如果不是你想到去北京，麻着胆子告御状，他能活命吗？"众人不解地问。

"不，真的不是我，而是他，我们的好邻居。"杨惠感激涕零地指着王所长说。

"是他？"众人把目光一齐投向在一旁默默喝酒的王所长。

"是的，是王所长不怕担责任、不怕受牵连，给我出主意、想办法，亲自明察暗访，了解刘华的犯事实情，寻找上诉理由和证据，又为我们查找法律依据，在我们前段所有努力失败后，又是他主张我上京申诉，没有王所长的指点，我们是寸步难行，华儿也就冤沉海底！王所长才是我家的大救星，是刘华的再生父母。"杨惠声泪俱下地讲述了王所长对她家的恩德。接着她拉着丈夫一起走到王所长面前双双跪下，举起酒杯说，"来，老刘，让我们一起敬我家的大恩人一杯！"

"别，快别这样！把我折煞了啊！"杨惠这突然的举动，

奇 母救子

让王所长不知所措，忙起身把他们一一扶起。

"来，来！为我们的好邻居，为劳苦功高的王所长干杯！"众人听了杨惠的讲述，深受感动，崇敬之心油然而生，纷纷举起酒杯。

王所长看到在场的人对他如此敬重，激动不已，慌忙起身答谢："各位乡亲的抬爱，让我受宠若惊，其实我为乡亲们做得太少了，深感惭愧。来，让我敬大家一杯，为各位的安居乐业、幸福美满，干杯！"

"干杯！"

"干杯……"

于是，敬酒吆呼声、干杯碰撞声、欢声笑语声汇成一片，演奏出一曲悦耳的交响乐……

宴席一直闹腾到掌灯时分，人们才余兴未尽地散去。

"王所长，别走，我还要向您请教。"正当王所长挪动微醉的脚步起身回家时，杨惠一把上前扶住他坐在椅子上，泡上一杯香喷喷的热茶，恳切地说。

"有事明天再说吧，你也够辛苦了呀！"王所长关切地说。

"不行呀！是刻不容缓的事，急需您的指点。"

"那就快说吧，什么事？"

"就是刘华虽然取消了死刑，但仍关押在看守所，会给个什么结论，我心里还没一点底，现在又该怎么办？"

"这个嘛！我想，既然撤销了死刑，肯定是个好兆头，至于最终给个什么刑罚，当然还掌握在公检法办案人手里，现在我也猜不出来，你把在最高法院申诉的经过告诉我，让我想想，或许就能猜出个八九不离十。"

"这个好说，正要告诉你呢！在北京的这段经历，恍若一场梦。"于是，杨惠感慨万千地讲述了她在北京申诉的经过。

<h1 align="center">六</h1>

9月25日下午1点，她和妹妹在龙城火车站准时登上了K488次列车，并很幸运地找到了座位。只是由于她们很少出远门，去北京这样的大城市更是第一次，想到儿子随时会被押上刑场执行枪决，她心如刀割，轰隆轰隆奔跑的火车车轮就像碾压在她的胸腔，让她痛楚万分。

她忐忑不安地呆坐在车上，担心到北京后能不能如愿以偿，找到像古戏里的"包青天"，想象最高法院的法官，会不会像戏剧中那些恶煞凶神般的官吏将她呵斥、驱赶，思虑着怎样去申诉，应对随时可能发生的情况。同座的旅客不时发出高低不一的鼾声，妹妹也在瞌睡之中。她也想眯一会儿，但思绪凌乱，无法入睡。

她掏出律师为刘华案子改性、减轻刑罚写的辩护状，认真看了一遍。她又拿出王所长给她的《刑事法汇编》翻阅，特别是对王所长标示的重点内容反复阅读、理解。思索向最高法院领导当面申诉的理由。由于她一贯悟性好，记忆力强，平时演花鼓戏把剧本看一二遍，就能把台词全记下来。这次因对这些内容看得更认真，不一会儿就能倒背如流，心里也就有了些许踏实：去最高法院时就可以有理有据地申诉，随时回答各种提问。这样，心绪稍觉安稳，睡意也就袭来，随着列车的摇晃和颠簸而昏昏入睡。

9月26日下午1点，列车准时到达北京火车站。

这个祖国的政治、文化中心，她景仰已久的圣地，今天终于亲临其境，面对处处车来人往、遍地高楼大厦的繁华景色，她却无意欣赏，无暇游览。下车后，就和妹妹急匆匆地搭上出租车，直奔最高人民法院。来到最高法院办公楼前，杨惠挂上"冤"字牌，要妹妹搀扶着她步履蹒跚地走到办公楼下的广场，双膝跪下，哭哭啼啼地高声喊叫："冤枉呀！冤枉呀——"

这时正值上班高潮，一群群穿着法院制服的上班人员陆续从她们身旁经过，看到她们这个样子，都驻足观望，无不露出惊讶的神色，因为那个时候来京喊冤叫屈的事情极少发生，当然少见多怪！

片刻，她们周围就聚集了一大堆的人，而且越来越多。这时两个五大三粗的武警战士匆匆赶来，拨开围观的人群，上前一顿呵斥，严令她们走开，但杨惠哀啼切切、哭声更大，两个武警就上前抓住她的手臂，想把她拉开，就在这时，杨惠哭声戛然而止，全身一阵抽搐，眼珠上翻、口吐白沫，一下瘫倒在地。杨惠妹妹慌忙上前掐住她的人中，连声哭喊："姐姐，姐姐！你醒醒，你醒醒啊！你不能就这样走了！华儿的冤屈还没申呀！"又跪下向武警等人哀求，"我姐姐患有严重的冠心病，一定是急火攻心心脏病突发，你们千万别动她，一动她就会心跳猝停，危险呀！求求你们快去弄碗姜汤水给她灌下。"

这突如其来的变故，让围观的人群惊慌不已！两个武警战士更是吓得手足无措，不知如何是好。几个上了年纪的法院女工作人员已急匆匆地跑去弄姜汤水了，法院广场一片慌乱。

不一会儿，一碗热气腾腾的姜汤水端来，妹妹在几个人的帮助下，扶住杨惠好不容易地把姜汤水灌了下去，等候片刻，只见她手脚微微颤动，惨白的脸上泛出了血色，"哇——"的一声，醒了过来，又泪水涟涟，上气不接下气地哽咽："冤枉——啊！冤枉——啊——"

这时，一部红旗牌小轿车缓缓驶来，停在人群旁边，副司机车门随即打开，一个手拿黑色公文包的年轻人走下来，匆忙走到轿车左侧打开后车门，走出一位身材魁梧、头发花白、身着笔挺法院制服的老者，人们见到他，都慌忙站立一边，毕恭毕敬地说："院长，您好！"来者微微点头，上前询问发生了什么事？有几个人走上去，诚惶诚恐地汇报了事发经过。在旁的杨惠一听来者是法院院长，看他一副慈眉善目的神态，喜出望外：可能遇到了"包青天"！虽然暗自欢喜，但表面装得更加悲切，一个劲地抽搐哭泣，口里不停地念叨："冤枉呀！冤枉……"

只见那个院长听了汇报后，缓步走到杨惠面前，躬下身子语气柔和地问："你是龙城县来的吧？"

"是的，特来找您申冤呀！"杨惠见问忙双膝跪下，泪如泉涌、凄凄惨惨地哭泣。

"你去接待一下吧！"听了杨惠的回答，老者二话没说，转身吩咐那个拿公文包的年轻人，然后迈着稳健的步履向办公楼走去。

聚集在广场的人群也就迅速散开，走入各自的办公室。

七

那个年轻人走到杨惠面前，弯下腰细声细气地说："阿姨，起来吧，有什么事去接待室说，我会把你的诉求向院长汇报。"

杨惠一看眼前的年轻人，身材、年纪与儿子刘华不相上下，只是这个人谦恭下士、态度和蔼，不像刘华那样狂妄自大、目空无人，不禁暗暗哀叹：我前世造的是什么孽？养了刘华这么个不肖之子，要是像眼前这个年轻人又该多好！

面对这个谦虚、和蔼的年轻人，杨惠不好再演戏了，慌忙爬起来与妹妹一起，跟随他走进最高法院接待室。

在接待室里，年轻人招呼她们姊妹坐在一张棕黄色真皮沙发上，又给她们泡上热茶，然后叫来一位女法官和一个青年人，坐到杨惠对面的办公桌上，他自己则坐在办公桌侧面的椅子上，心平气和地说："阿姨，先介绍我们的身份，我是最高法院院长助理秦伟，这位是刑事审判庭赵副庭长，这位是书记员小宋。你有什么诉求尽管说。"接着又问，"你是不是昨天上午给我们院长发了封电报？"

"是的，我是在走投无路的情况下才来向院长提出申诉的。"杨惠见问忙回答。心想，幸亏王所长有先见之明，昨天发了电报，让法院院长心中有了印象，要不，即使今天凑巧碰上了院长，也不会这么重视，安排他的助手来接待。

"你说刘华抢劫案是冤案，为什么不在当地法院申诉，而要千里迢迢跑到北京来？"

"我们申诉了，他们就是不认可我们申诉的理由，坚持要以抢劫罪定案，现在已由最高法院核准刘华死刑，这几天就要执行枪决。无奈之下，我只得来找你们这些公正无私的'包青天'申诉，不想让刘华成为冤死鬼。"讲到伤心处，杨惠又凄凄切切地号哭起来。

"别哭，各级司法部门，是根据'以事实为依据，以法律为准绳'的原则依法办案，法律是严肃的，触犯了法律，就要承担法律责任。求情、哭泣都没用！"那个院长助理，一改柔和的表情，语气严厉地说。

"这些我都懂，如果刘华罪不至死，或者无罪，而办案人员违背'以事实为依据，以法律为准绳'的原则，硬要判他有罪，甚至是死罪，难道这就是法律的公正吗？这样草菅人命的冤案，你们就不管吗？"杨惠边哭边说。

"当然，违背了依法办事原则的案子，必须及时纠正。防止冤假错案的发生，也是法律赋予司法部门的义务，有错必纠，有冤必申，我国是法制社会，法律是保护人民，打击罪犯的。"

"我们正是想到了这些，才千里迢迢，冒险来向你们申诉，求你们救救我那冤屈的儿子呀！"杨惠又是痛哭流涕地诉说。

"你说刘华抢劫罪是冤案，有证据吗？不能说冤枉就冤枉了，要凭事实说话呀！"那个赵副庭长说话了。

"当然有，没有理由，我们不会这样费尽千辛万苦来申诉！"

"那你说说，到底是怎么回事？"

"好，我儿子的抢劫案其实是人为制造的，是有人挟私报复，整个案卷材料想必你们都看了，但那些都是办案人员按照他们定下的调子，围绕'抢劫罪'人为地罗列、整理出来的'案情'，完全脱离了实际情况，我儿子其实是无辜的。理由和事实是：一、他没有抢劫的主观心理。他得知盗墓者盗窃了宝物的信息后，要朋友们别声张的用意，是出于个人英雄主义，想单独办个惊人的案子，故曾对在场的朋友吹嘘：'要办件大案，让派出所那些土八路刮目相看'。二、他根本没有把赃款占为己有的想法。当收取赃款后，同行者周湘提出要私分，遭到了刘华的严厉地呵斥，并说过'赃款要上缴国家财政，私分是犯罪'的话。三、他没及时把赃款缴公，绝不是主观故意，而是客观因素所致。因为当时已是夜深人静，派出所人员都下班、睡觉了，他自己也疲惫不堪。因此，就把赃款丢在办公桌抽屉里，打算次日上缴，既没动用一分钱，又没转移和藏匿，又怎么能说刘华是抢劫盗墓者，把赃款据为己有呢？"

　　杨惠泪水涟涟地讲述儿子不是抢劫的理由，她瞅了最高法院三位法官一眼，看到他们都在静静地倾听，而且有默默认可的表情，心里无不感谢王所长的指点和为她圈点的《刑事法汇编》，让她能这样有理有据地申述。

　　"收缴犯罪嫌疑人的赃款，必须开具有效的财务收据，即使当时由于条件限制开不出合法收据，但经收人必须写下临时收条，再后再以正式收据来调换，这是办案人员的起码要求，作为警校毕业生，他不会不知道，但他没有这么做，当然就有非法占有的主观嫌疑，如果再加上其他一些犯罪客观要素，当然就是他的犯罪故意了，就应该依法承担法律责任。"沉默片刻，那个赵副庭长提出了刘华有犯罪故意的理由。

"由于他是个人行动，没有带正式收据，但当时他是打了临时收条的。"听赵副庭长讲到开收据一事，不禁使杨惠心里"咯噔"一下，这确是致命的一点呀！原先根本没有考虑到，不免一阵紧张，但她很快镇静下来，就信口回答。

"但整个案件材料里没有这一证据，虽然刘华说打了临时条子，但这只是他个人的辩护之词，没有书证和证人证言印证，是不能认定的。"

"领导，你们应该清楚，那个盗墓者因被收缴了赃款，对刘华已恨之入骨，他会拿出收条为刘华作证吗？"谢天谢地！从赵副庭长口里得知刘华说过打了临时收条，杨惠心里踏实了，就转守为攻，反问起来。

"打没打临时收条，那个同行的周湘应该清楚，但也没见到他的证言。"赵副庭长紧咬不放。

"法官，你也想得太简单了！那个周湘还用提吗？本来就是个劣迹斑斑的混混，当时是想借刘华之手去盗墓者家获取赃款大捞一把，但刘华坚持原则，让他分文未得，当然迁怒于刘华，去派出所报案的是他，他又怎么会去为刘华作无罪证言？"由于心里有了底，杨惠说话的语气也硬起来。

杨惠振振有词的分辩，让赵副庭长无言以对，秦助理和书记员也欲答无词。接待室一片沉寂。

"没有书证，又无证人证言，仅凭刘华自己的辩护，是无法认定刘华有上缴赃款的主观心态的。"秦助理打破沉默，带有疑虑的口气说。

"就算不能百分之百确定刘华有上缴赃款的行为，但在事实不清、证据不足的情况下，怎么又硬要置刘华于死地呢？"

杨惠又呜呜咽咽地哭诉。

那个赵副庭长又发表了自己的看法："是的，法律有在事实不清、证据不全的情况下不能定案的规定，但经办刘华案件侦查、审理的办案人员，对刘华实施抢劫，认定事实清楚、证据充分，看法一致，因此，他们肯定掌握了定案的法律依据和理由。"

"什么理由？那个派出所朱所长，因为刘华没尊重他，就抓住这件事要把刘华往死里整。说刘华实施抢劫是他报的案，案子侦查是他一手经办，他会轻易放过刘华吗？还有那个主管刘华专案的公安局领导，我去找他求情，他居然说出了'刘华的末日终于到了'的话，是巴不得刘华早点死，当时我就实在弄不明白，他对刘华为什么这样深恶痛绝？后来一打听，才知道在一次全县公安干警大会上，这个局领导在做报告时把'一蹴而就'念成'一就而就'，因刘华忍不住笑出声来，引起了哄堂大笑，让他当众出了丑，一直耿耿于怀。这样，他们当然是要置刘华于死地而后快。既然公安局对本系统干警的案子做出了抢劫罪的侦查终结，其他办案人员又还会去质疑吗？因此，刘华的冤案就是这样形成的啊！"杨惠说完，又伤心地痛哭起来。

那个赵副庭长无视杨惠的哭诉，又提出维护原判的理由："从刘华抢劫案材料中看到，刘华在逼盗墓者交出宝物时，还罚盗墓者下了跪，这是使用暴力的行为，符合'抢劫罪'的客观要素，因此，定为抢劫罪是一点不为过。"

"要盗墓者下跪的是周湘，刘华还当场制止了这种强制行为，把盗墓者扶了起来。怎么又要把这笔账算到我儿子身上呢？"赵副庭长说的这一情况，杨惠着实不知，没有一点心理准备，只得随口而出予以应付。

"但在案卷材料里，办案人员没有这个情况的询问笔录。"赵副庭长盯着杨惠说。

"由于我已向领导们陈述过的原因，办案人员会去做对刘华有利的询问笔录吗？"杨惠理直气壮地回答。

"但不管怎么说，刘华采取非法手段，强行劫取盗墓者赃款，而且数额巨大，符合抢劫罪的构成要素，因此，定为抢劫罪没有冤枉他！"赵副庭长还是坚持她的说法。

"如果硬要撇开刘华打了收条，根本没有犯罪的主观故意来说，刘华取得赃款的行为也绝不是'劫取'，最多也只能算'索取'，即：'不交出宝物，就要以盗窃古墓、走私文物将其治罪'相要挟获取的。因此，退一万步来说，如果硬要认定他有罪，也只能是'敲诈'，又怎么说是'抢劫'呢？"根据王所长对刘华案情的分析、推论，杨惠又只得留有余地地诉说。

杨惠一番悲切切的哭诉和据理力争，让在场的三位法官对她既深表同情，又无不佩服，一个乡下女人，竟然对国家法律理解得如此透彻，运用得如此恰当，表述得如此确切，对他们的质询，能如此对答如流，提问又是如此尖刻，有时让他们也理屈词穷、无言以对。实属罕见！因此，都有了要帮她一把的想法，加上又是院长亲自交办的任务，就更引起了他们的重视。三人走进隔壁房间商议片刻后，重新入座。

"你的申诉似乎有一定道理，我们会原原本本地向院长汇报，但案情复杂，已核准的案子要改变，必须召开院审委会讨论研究，还要征询最高检察院的意见，不是一时半刻的事。如有结果，我们会及时通知当地法院，你们不要在这里逗留了，这样在大庭广众之下喊冤叫屈，是严重影响社会治安的行为，特别是在首都更是有损国家形象，有什么不平的事情，只能通过正当渠道合理诉求，绝不要采取过激行动。否则，就会适得其反，无助于问题的解决。"秦助理作了结论式发言。

很明显，这是代表了他们三人的意见，

秦助理的讲话中已表明了他们有改变原判的意向。杨惠暗自窃喜，但表面上仍然是哀声切切地求助、哭诉，还忘不了给他们灌米汤："你讲的我知道，这次我是被逼无奈才来找你们的，也只有找到像你们这样有着宽阔心怀、关心民众疾苦、公正无私的人民法官才能为我们申冤，你们一定要救救我儿子，这几天他就会被执行枪决，迟了就来不及了呀！"

"这些我们清楚，请放心，我们会抓紧汇报，你赶快回去吧！"秦助理说完，他们三人一齐站起身来，表示接待结束。

杨惠也就知趣地一一道谢、拜托，走出接待室。

八

从最高法院出来，杨惠本想在法院附近找个地方住下，好随时去催促，但又想到那个秦助理已讲得很明白，如果再让他们看见，就会认为她不听打招呼，仍在纠缠不休，事情反而会难办。同时又想到，如果最高法院对刘华案子有改变，就会通知市中级人民法院，中级人民法院再通知县法院，按照现行国家机关办事的工作效率，让她担惊害怕，只要哪个地方稍微耽误，所做的努力就会前功尽弃。救刘华是火烧眉毛的事啊！权衡再三，只有迅速赶赴市中级人民法院等候，一旦最高法的改判通知下达，就可及时催促他们执行，以免耽误时间。

主意一定，她们就直奔火车站，但到售票处一问，回市里的列车最早的一班也要明天早上6点，一算时间，由于是慢车，如果不误点也要28日早上8时才能到达市区。没有其他的车了，只能坐这一趟。她们只得打好车票，在候车室和衣而睡，等到27日早上6点才搭上返回的列车。

由于列车误点，到达市区火车站已是今天上午8点半。下车后，她迅速搭上出租车直奔市中级人民法院，刚好碰上中院接到了最高法院对刘华案件改变判决的指令，因刘华已被押赴刑场执行枪决，院长们正急得团团转，不知如何是好。杨惠得知这一情况，就号啕大哭坚持要求他们去刑场救刘华。中院领导认为这样做是白费工夫，已来不及了呀！但在她的一再哭闹下，加上中院领导可能也想做做样子，敷衍一下也好有个交代，就安排丁副院长和她冒雨赶来刑场，救下了刘华的一条命。

听了杨惠的讲述，王所长现出无不佩服的目光，竖起大拇指连连称赞："了不起，了不起！想不到你有这等能耐，真是奇人，女中豪杰！"

"不要夸奖我，这些都是您的功劳！没有您的运筹帷幄、指点迷津，我是寸步难行呀！现在还要请教您，下步又该怎么行动？"杨惠见王所长夸奖她，感到不好意思。

"我还想问一下，中院丁院长他们和你谈过什么没有？"

"谈过，当我坐着警车和丁院长一起从刑场回到中院时，在院的其他院领导仍在院办公室等候，当听到已取消了刘华死刑时，他们都感到轻松了。丁副院长等人就和我攀谈起来，因为已核准执行死刑，又从刑场撤销原判，这样'刀下留人'的事情，听说建国以来全省还是首例，都感到惊奇，他们就试探地问我：'你在北京是找的谁？'当时，我想到华儿虽然死罪已免，但最终命运还掌握在他们手里，就干脆一不做二不休，撒了个弥天大谎！让他们听得目瞪口呆！"

王所长瞪大眼睛望着她问："撒的什么谎，居然让他们如此吃惊？"

杨惠笑眯眯地说："我说：'找到了我的本家。'他们又追问：'你那个本家是谁？'我就故意压低声音，神秘兮兮地说：'杨主席呀！'他们一听，当然大惊失色！"

"呵呵！你真是吃了豹子胆！"王所长也忍俊不禁地大笑起来。

杨惠深有感触地说："没办法啊！到了这个时候，讲点假话，冒冒险，对我来说已无所谓了，而对刘华来说可能是大有好处。这不，当听说我找的是杨主席，在场的人对我另眼相看了，都表现出和蔼可亲的神情。还有，我从中院出来后，想到刘华可能还一时半刻出不来，就又去了看守所安慰他，那些看守所干警也感到不解：明明'上路饭'都吃过了，又活生生地跑了回来！都问我是找的谁？我这次是响当当地回答：'是找的杨主席。'他们一听，惊呆不已，都表示要我放心，他们会照顾好刘华。"

"看来，你是胆子越来越大了，戏也越演越逼真了啊！"

"这些都是被逼出来的，要是华儿不出事，就是借一千个胆我也不敢这么去做。"

"话又说回来，你这样做，确实起了很大的作用，刘华的问题很快就会得到解决。"王所长笑眯眯地盯着杨惠说。

"能很快得到解决？"杨惠不解地问。

"是的，根据我的推测，经过你这番努力，刘华案子的改性，现在是万事俱备只欠东风，而且这个东风也会很快来到。"王所长神情诡秘地说。

"什么东风呀？"杨惠一脸茫然。

王所长笑微微地说："就是那张临时收条呀！这是认定刘华无罪的确证。只要找到了这张收条，一切就会逆转！因此，你去北京这几天，我也一直没闲着，根据刘华获取赃款后的一些做法，我认定刘华根本没有要把赃款据为己有的想法，在收缴盗墓者赃款时应该打了临时收条。但盗墓者被逼交出了赃款，对刘华已是恨入骨髓，是巴不得刘华判刑坐牢，绝不会承认刘华打了收条。而现在刘华被判死刑，即将枪决，想必也不是他原来的意愿。我就通过青山派出所一个与我关系好的干警，瞒着朱所长去找盗墓者做工作。今天上午来信说，那个盗墓者听到刘华被判死刑，良心发现，交出了收条，还写了证词，那个干警又找到周湘做工作，周湘也写了在他罚盗墓者下跪时，当即遭到刘华批评，并迅速扶起了盗墓者和打了临时收条的证词。并说今晚会把这些东西都给我送过来。这样，你把那张收条和证词一并交给丁副院长，在案子重审时，对刘华案子的无罪判决，应该就会水到渠成！"

"您又帮了我们的大忙啊！您对我家的恩情，我们会永远铭记，慢慢报答！"听王所长这么一说，杨惠喜出望外，感激不尽。

"别说了！由于当时情况复杂，我没挺身而出及时制止这场冤案的发生，而让华伢子差一点儿丧了命，一直深感不安，

奇
母
救
子

还值得感激吗？"王所长愧疚莫及地说。

"不要这么说，因为当时各种因素的限制，您不便抛头露面，我们能充分理解，但是没有您所做的一切，这场冤案就肯定发生了，华儿也早就成了冤死鬼！"讲到伤心处，杨惠又激动得热泪盈眶。

"好，都别说了，等重审结果一出来，就会皆大欢喜！"王所长蛮有把握地说。

"好，我明天就带着那些证据去找他们，相信他们再也不敢把人命当儿戏了！"杨惠更是信心百倍。

不出王所长所料，在刘华抢劫案进入重审中，盗墓者递交的刘华收缴赃款时写下的临时收条展示在法庭上，盗墓者和周湘又相继出庭作证，充分证明刘华没有非法占有赃款的主观故意，经合议庭审议，对刘华抢劫案作出"认定证据不足、指控的犯罪不能成立"的无罪判决。这样，在鬼门关前溜达了一圈的刘华，又活生生地回到了家里！

这一轰动一时的事件，被人们绘声绘色，誉为"奇母救子"的新传奇，几十年过去，口口相传，经久不忘……

银河沉尸

一

"银河引水坝坝基下有一堆人骨!"

一天上午,一个骇人听闻的消息疯传开来,人们奔走相告,纷纷前往观看。

银河引水坝是我国著名的银河灌渠起点,它将涟水河拦腰截住,把滔滔河水引入银河灌渠,流经湘中地区 7 个县市区,惠及两岸千多万民众,有效地推动了沿岸工农业生产和社会经济的发展。

为了保证这一建成运行已 50 余年的民生工程能长期安全运行,最近,政府部门投入资金数千万元,对大坝灌浆、闸门更换等 20 多个项目进行全面维修。

对大坝灌浆维修,就必须无水作业,因此,维修施工人员只得打开引水坝闸门把坝里的水放干。当引水坝水位逐渐降落至坝基时,一堆被一辆锈迹斑斑的摩托车压住的人体骸骨露了出来,让施工人员毛骨悚然、惊诧不已!他们迅速拨

银河沉尸

打 "110" 报警，于是，当地派出所和县公安局刑侦大队一班人马迅速赶到现场，开展了紧张的现场勘查。

勘查人员发现，这具人骨除压在摩托车下面的部分躯干骨架外，没有头骨和大部分四肢骨骼，在坝基附近四处查找也不见踪影。而那辆压在骸骨上的摩托车已是铁锈包裹，各个部位被锈块连在一起，无法转动，经仔细辨识是一辆红色五羊牌轻骑摩托，但没找到车牌。勘查人员还找到一些被摩托车压在淤泥里的布块，他们还发现摩托车车身与骸骨上有一根筷子粗细的绳索圈和一根扁形捆绑带。除了这些，没有发现其他物件。县公安局刑侦队干警把这些现场物件、检材一一收集整理，做了初步技术处理后，就统统搬运到县公安局，等待做进一步分析、查验。

次日上午 9 点，我按照县局紧急通知的要求，赶到了县局刑事侦查大队。在刑侦勘验室里，我与王所长不期而遇，他一见到我就上前抓住我的胳膊使劲摇晃，笑嘻嘻地说："呵呵！真是有缘，我们又凑到了一块！"

自从协助王所长侦破涟水镇两起悬案，我就任山峰镇派出所所长以来，由于各司其职，我和王所长就没碰过面了。这次因隶属涟水镇辖区的银河引水坝里发现了人体骸骨，县局可能是考虑到山峰镇与涟水镇是毗邻乡镇，就把我们都叫来参加这起不明骸骨事件（因发现的人体骸骨，是不慎落水还是谋杀所致，还未定性，暂时只能称作事件）的调查。久别的我们又走到了一块。于是，我也乐不可支地说："是啊！局领导又给我创造了向你学习、请教的机会，我会好好珍惜这个难得的机遇呀！"

"说什么请教？你有好多长处还是值得我学习的呀，我们就来个互相学习，共同进步吧！"王所长笑容满面地说。

"呵哈！你们真够亲热的呀！"这时县局刑侦大队胡队长满面春风地走了进来。我们和他打过招呼，就在刑侦勘验室找个位置坐了下来。

待参加不明人体骸骨事件分析、研究的人员到齐后，会议正式开始。

首先由法医介绍了对骸骨的检测和分析：在现场没有找到颅骨和四肢主骨，只有部分肋骨、椎骨和两根小腿的胫骨和腓骨。骨架不全的原因，可能是由于每年放闸泄洪，坝水飞泻，奔腾的河道漫无边际，把这些骨骼冲走流失或沉淤在什么地方。因此，只留下了被摩托车压住而没被水流冲走的部分残骸。根据对这些残留骸骨的长短、粗细、骨质结构密度等生理信息进行检测、分析，初步判定死者是身高不到1.60 米的男性，死亡年龄在 40 岁左右。在残留的骨骼上没有发现有生前受损和中毒变化迹象。且根据坝水深度和水温变化条件下尸体白骨化程度推测，死者溺水时间应该在 2 年前。

接着器械、物件鉴定技术人员又讲述了对摩托车等现场物件的鉴定、查证：该车是广州产五羊 WY125-6AI 红色摩托车，1990 年 10 月出厂，销售价 3000 元左右，此款车辆是由龙城畅达车行专卖店出售。由于当时对购买摩托车办理牌照没有严格规定，在交警部门没有此车的登记信息，表明这辆摩托车没有办理证照。本来，购车者应该在专卖店有购车登记，但因出厂时间已近 10 年，专卖店又几经易手，车行老板换了四茬，以前年度的登记资料没有保留下来，因此，在交警部门和专卖店都无法找到购车者的信息。另外，这辆摩托车虽然锈迹斑斑，但没发现有碰撞或人为损坏过的痕迹，只是两个轮胎磨损严重，特别是后轮胎的花纹已基本磨光。绑在摩托车上的两根绳索，经辨认，一根是在车后座捆绑东西两头带铁钩的专用扁形松紧带，另一根是2米多长的4平方铜芯蓝色金杯牌电线，因浸泡时间过长黏附上了一层淤泥，看上去就好像一根筷子的粗细了，金杯电线一头固定在摩托车后座架上，另一头缠绕着由残缺裤筒布片包裹着的小腿骨。对几块残留布块进行辨析后，确定死者穿着是：上衣是深黑色"圣得西"夹克衫，内衣是白底蓝色条纹的"中国虎"长衬衫，裤子是米黄色"忘不了"纯棉休闲裤。

　　"大致情况就是这些，今天请各位来开个"诸葛亮"会，就是想听听大家的意见，所有现场物件、检材都在那里，在座的都是侦查破案界的精英，等下对这些东西再琢磨琢磨，然后畅所欲言地发表各自的高见吧。"待法医和勘查技术人员介绍完毕，胡队长神色凝重地说。

二

　　于是，参加会议的10多个人围绕那些现场物品和生物检材认真观察、分析起来，凭着各自的刑侦知识和破案经验，你一言我一语，各抒己见、争论不休。有的说是骑车者打偏了方向而不慎跌落水坝中，因摩托车压住身体而溺水身亡；有的说可能是死者生前生活或精神上遭遇了不可逾越的障碍，而与摩托车一起沉坝自杀。甚至还有人提出，为节约办案成本，对这样线索全无的事情，公安局可以不去理睬。

　　听了现场勘查情况和对现场提取物的观察分析，我隐隐感觉到"他杀"的可能性很大，公安刑侦部门应该迅速立案侦查，本想发言，但又担心说不出足够的理由，加上初次参加这样的会议，面对的是经验丰富、知识渊博的探案专家和领导，有种人微言轻的顾虑，怕话多失言，在他们面前留下不好印象，故一直沉默不语。对他们互不相让的争论，虽然也认为各有各的独到见解，各有各的排他理由，但认为总是这样相持不下地争执也不是办法，就不免有点干着急了！

奇怪的是，平时一旦讨论案情，精神就来了的王所长，这次却是一言不发，只是围着那些现场检材反复揣摩察看。我即走过去压低声音问："王所长，您平时发言踊跃，今天怎么变了哑巴，一定有不同见解吧？"

"在场的都是些自命不凡的人物，虽然我有些想法，他们又会听吗？我也懒得去凑这个热闹哩！"王所长对我笑了笑，扮了个鬼脸，轻声地说。

"你们鬼鬼祟祟地在干什么？不准搞小动作！有什么看法大声说出来吧，王所长，我正想听听你的意见呢！"可能是听到了我们在低声叽咕，胡大队长笑微微地走了过来，冲着王所长问。

"本来，听到各位专家、领导争论得这么热闹，我不想插嘴，但胡队长既然点了名，我也只得班门弄斧了！我认为这是典型的'谋杀'，而且发现骸骨的地方不是第一现场。"王所长见胡大队长点了他的将，一改原先的沉默，话语铮铮地说。

谋杀！王所长此言一出，语惊四座，让在场人员目瞪口呆！刹那之间，嘈杂纷乱的会场一片沉寂。

"'谋杀'？你有什么根据？"沉静片刻，坚持死者是不慎

银河沉尸

落水的刑侦大队副大队长于兴，向王所长提出质询。

"这些根据都明摆在现场上，首先，根据车胎磨损严重，且没有发现摩托车有碰撞和人为损坏过的痕迹，说明该车虽然使用频率高，但车主很爱惜车，而且驾技熟练，平时应该是小心谨慎地驾驶，不会是横冲直撞的鲁莽人，因此，由于操作不当而驶入坝里的概率很小；其次，根据现场地形地势分析，死者不可能骑着摩托车跌落在坝下。因为，引水坝上是不允许机动车辆通过的，到达引水坝前就没有机动车畅通的道路了，附近也没有村民的住宅，死者又怎么会无缘无故地把摩托车开到那里去呢？再就是，摩托车上金杯牌电线缠住的小腿骨为我们提供了'谋杀'的证据，因为在车后座上携带东西，用那根专用的松紧绑带就行了，为什么还要加上这根 4 平方的电线？只有一个解释，那就是作案人用专用绑带把被害者捆在车后座上，担心不牢靠就又用这根电缆线把被害者的小腿缠住捆绑在摩托车后座上，然后把他搬运到引水坝前推了下去。作案人这样做是要达到两个目的，一是想借助摩托车的重量把被害者沉入坝底无法浮出水面，而不被人发觉；二是如果一旦被发现，也会像你们一样上当，误认为死者是自己驾驶不当，连人带车冲入水里淹死的。"王所长有理有据地阐述了他认定是"谋杀"的理由后，还忘不了带点嘲讽口气，毫不顾及于副大队长的感受。

"你认为作案人是把被害者连车带人推下了水坝，又说那里不是第一现场，这不是自相矛盾吗？"于副大队长对王所长认为是"谋杀"的分析、判断无法提出反驳意见，但又好像抓住了一个空子。

"一点不矛盾，因为没有完整的尸骨检验，无法认定被害者的死因，现在又不能确定他致死的具体时间，我们就只能根据现场情形进行分析、推理：作案人要用摩托车才能把被害者运到引水坝，说明他到达引水坝应该有一段相当长的距离，如果在经过途中被害人挣扎、喊叫，肯定会惊动沿途的人，事情就会败露，而要在引水坝前对一个大活人实施谋杀，就会被人发觉而更不可能。因此，在这段路程中，作案人就只有把被害者弄昏或者弄死捆绑在摩托车上，让他不能反抗、发声，而那个把被害者弄昏或弄死又对他实施捆绑的地方，就是作案的第一现场。"

"那……是不是这个……"

"别那个这个的了，王华所长的分析、判断很有道理，我的意见就按'他杀'定性，迅速立案侦查，不要把精力耗费在无益的争论上，我们的时间是宝贵的呀！"显然，于副大队长对王所长全部否定他认为死者是不慎落水的判断，扫了他的颜脸，无法接受，还想找出理由反驳，但胡大队长一把打断了他的话。

胡大队长一发话，其他人也就沉默不语了。但又都表现出不安的神色，因为，如果把这一事件定为"他杀"，就必须迅速立案侦查，但案情渺茫，线索全无，破案难度很大，而他们又都有可能成为这一侦查工作的责任人，担心胡大队长点将，把这桩苦差事摊到自己头上，当然就忐忑不安了。

其实，胡队长心里也很清楚，事发这么久，仅凭几根骸骨，要迅速破案，绝不是轻而易举的事，但事情又明摆在那里，命案既然发生，就应该抓紧侦破，绝没有回旋的余地。而自己负责的"4·15"惨案侦查工作，又正处于关键时刻无法抽身。只能指派其他人去负责这件案子的侦查。他扫视了

銀河沉屍

一下与会人员，这 10 多号人都是他的同事、战友，在打击违法犯罪，维护社会治安的斗争中，可以说都是与他朝夕相处、摸爬滚打在一起的患难兄弟，每个人的性格、水平、能力他了如指掌，虽然他们都是侦查破案的好手，但真正要独当一面去侦破一起疑难案件，还有一定差距。由谁来承担这一重任呢？不免让他发起愁来。

突然，他的目光瞅到了王所长，让他愁容尽散，长长地舒了口气，旋即笑眯眯地对王所长说："王所长，银河引水坝位于涟水镇，是你的辖区，根据属地原则，这件案子的侦破是你义不容辞的责任，现在刑侦大队手头案子太多，一时抽不出人手来，这件案子就拜托你全权负责了，能者多劳嘛！当然，有什么要求可以提出来，我会尽量满足你。"

"胡大队，不行呀！这么多领导、专家在这里，你随便点一个都比我强十倍，我一个小小的派出所所长又有什么能耐？实在难当此任。"对胡大队长的突然点将，王所长没有感到一点惊讶，似乎早有预料，只是谦逊地推让一番。

"王所长，不要谦虚了！胡大队是信得过你才委以重托呀！"原来对王所长否定他"不慎落水"的判断而极其反感的于副大队长，突然来了一个 180 度的大转弯，第一个站起来拥护。

于是，在场人员一个个争相发言，齐声附和：

"王所长，你的侦查破案经验和技能，是全局有目共睹的呀！你完全能胜任。"

"上次涟水镇这么难破的悬案，你上任不到 2 个月不就全部解决了吗？快莫推辞了！"

"领导侦破这件无头案的重任，非你王所长莫属！"

……

旁观者清！看着他们七嘴八舌、争先恐后地恭维王所长，怂恿他服从胡大队长的安排。其用意一目了然，不是真正认同他的能耐，而是想把侦破这件案子的重担推给王所长，他们就轻松了。因此，我心里暗暗着急：王所长，你千万别上当呀！

但王所长好像根本没意识到这一点，听了他们的劝说，就笑容满面地说：“既然胡大队对我这么信任，各位又如此抬举我，恭敬不如从命，我就只得勉为其难服从安排了，只是，我还有一个小小的要求。”

听他说完，我差一点儿要骂出声来：蠢猪！这么清的门子都看不出来吗？真是聪明一世，糊涂一时！让他们的目的就这样轻易地得逞。

“什么要求？快说吧！只要我能做到，一定答应。”胡大队长一听王所长服从了他的安排，就笑逐颜开地说。

“我的要求就是这件案子的侦查工作，由我和刘所长一起来承担。因为他们山峰镇与我们涟水镇是毗邻，说不定这个案子也会牵扯到他的辖区，因此，他也有义不容辞的责任，而且只要他肯合作，这起案子就会不难侦破。”说完，他笑眯眯瞟了我一眼。

真是冤魂不散！听他这么说，我简直快要气晕了，你一时糊涂上当受骗，怎么还要扯上我？难道这个案子真的这么好破？于是，我愤然而起，准备提出反对意见，但胡大队长对我摆了摆手，笑微微地说：“刘所长，我知道你要说的是什么，请不要推辞了，你们是老搭档，你能协助王所长一起来承担这一重任，就如虎添翼！我也就完全放心了，具体怎么

银河浮尸

行动，你们商量着办就行，我完全相信，在你们的共同努力下，这起案子的侦结就指日可待了，我静候你们的佳音！好，今天的会议就开到这里，散会！"

连发言的机会也不给了，我闷闷不乐地走出会议室，启动边三轮摩托，准备返回。只见王所长飞步跳上车来，笑嘻嘻地说："慢着！我想搭趟便车，故地重游到山峰镇派出所去做做客哩！"

"你爱去就去吧！"我没好气地嘟哝着，加大油门赶回山峰镇。

三

县局到山峰镇派出所有 60 多里路程，一路上，我没理睬王所长，只顾开着边三轮风驰电掣般向前奔驰，不足半个小时就到达了所里。当我把车子停稳跳下车来时，王所长走过来拍了拍我的肩膀，笑吟吟地说："看得出，你对我的怨气还真不少！其实我之所以这么做，也是被逼无奈呀！"

"被逼无奈？是谁逼你了？"我仍是一肚子的闷气。

"看来不向你作些解释，对我的误会就会越来越大呀，走，到你办公室去讨杯茶喝，我们沟通沟通，给你一个说法吧。我相信，等我把话讲明了，你就会理解、支持我的。"王所长见我总是一副赌气的样子，一改嬉皮笑脸的神情，语气变得恳切了。

见他这样，我也就顺坡下驴，毕竟他是我多年的老领导，今天他这样做虽然我不太理解，但可能也有他的原因，那就先听听他的什么说法吧："那就请进，我们确实也应该好好谈谈了！"

在派出所办公室里，我给他倒了一杯热茶，又丢给他一包黄芙蓉王烟，他坐在沙发上点燃一支，深深地吸了几口，然后语气深沉地说："刘所长呀！其实今天我也不想这么做，但如果我不接镖又有谁会去接镖呢？你看那几个人，明明是一件刑事命案，他们却喋喋不休地说是什么不慎落水，什么跳水自杀。目的其实很清楚，就是想放弃侦查，以意外死亡事故结案。当然，仅凭这样几根骨头，要立案侦查，找出凶手，难度确实很大，可能会徒劳无功，谁又愿意去瞠这趟浑水呢？但作为一名人民警察，面对一件命案，因为畏难而采取回避、退缩，甚至放弃不管的态度，能对得住头上的国徽吗？既然胡大队长点了我的名，而且又是我坚持认定是'谋杀'，因此，我就只能顺水推舟，挑起这副担子，来个皆大欢喜！"

听了王所长语意深长的解说，我也有所触动，明白了他当时的心境，只是对他把我无端地扯进去还是不满，就生气地说："皆大欢喜！我又有什么欢喜？明知案子侦查难度大，是件费力不讨好的差事，却硬要把我扯了进去，你是在害我呀！"

"这你还不明白吗？如果我不提出来，胡大队长也会点你的将，因为我们的辖区连在一块，一旦侦查破案肯定会有所牵连，我们又是老搭档，当时他要我提要求，其实是在启发我，由我主动点出你来，你应该注意到了吧？当你正要发言时，他却一把拦住了你，说明他心里早已确定了要我们一起承担起这件案子的侦查，只是想由他提出来担心我会有想法。其实，我这样做只是顺应他的意愿而已。至于，我积极主张

银河沉尸

你和我一起来干，绝不是要害你，而是想又要给你一个立功的机会啊！"王所长看到我仍是满腹牢骚，一再耐心地解释

"什么立功机会？这么个没有一点线索的无头案，恐怕就是神仙下凡也破不了！却要这样自告奋勇地去承担，不是挠烂脑壳往刺蓬里钻吗？"本来，听了他的一再解释，我的怨气也就逐渐消散了一些，但当他说到要我参与破案是给我立功的机会，又让我冒出了无名火。

见我生气了，他又耐心地劝慰我："不要说得那么严重，也不要那么悲观。虽然，要侦破这个案子，乍一看，确实显得很渺茫，但仔细琢磨起来，线索还是很多的呢！只要我们好好掌握，绝不会是那么难破。"

"线索，线索在哪？仅凭这几根光骨头就能破案吗？真是异想天开！你讲话怎么总是嘴巴不和牙齿商量的呀？"我还是听不进他的话。

"不要讲得这么难听吧！那些线索不是明摆在那里吗？首先，那个被害者比较富有，应该是个小小老板哩！其次，那个作案的也不马虎，可能也是个做生意的，而且那个时候他可能正在装修房子呢！"王所长点燃一支烟，盯着袅袅升起的烟雾，若有所思地说。

听王所长说得这么肯定，却让我陷入迷茫，就不知不觉地带着教训的口气说："何以见得？侦查破案不是靠乱猜的呀！"

"绝不是乱猜，而是那些现场情形告诉了我，你看，死者穿的是'圣得西'夹克衫、'中国虎'衬衫、'忘不了'休闲裤，虽然不是什么高档的名牌，但也算得上档次呀，而且还有一辆价格不菲的五羊摩托车，说明他经济条件相当不错，

绝不属于一般的农民或低薪族群体。而那个作案者的特征也很明显，一是肯定与被害者熟悉，甚至不是一般的关系，否则，被害者就不会轻易地上他的当；二是也是个经济条件比较好的人，他能够熟练地驾驶摩托车作案，说明自己也应该拥有一辆摩托车，因此，绝不是低收入人群；三是他可能正在装修房子，因为他捆绑被害者用的是金杯牌电线，这种电线是品牌，价格比较贵，而且还是4个平方的，一般是用于装修房屋的主线，硬度比较大，但捆绑东西反而不得力，如果为了把被害者牢固地绑在摩托车上，随便一根麻绳或纤维绳索都会比这种电线强，根本没必要用这样价格高又不适用的电线，这种现象只有一个解释，就是作案者在捆绑被害者时因找不出其他绳索，只能就地取材把正在装修房子的电线用上。"王所长说完，端起茶杯咕噜噜地一口而干，又笑眯眯地说，"好香的茶，再来一杯吧！"

听了王所长的讲述，我顿觉眼前一亮，是啊！这确实是一些实实在在的线索，他的分析、推理又是如此确切。同样参加案情分析会，同样察看了那些现场检材，让包括我在内的所有与会人员都感到一筹莫展，认为是件毫无头绪的案子，却让他发现了这么多重要线索，让我又一次从心底里对他善于从细微中观察而发现端倪，绝不放过任何蛛丝马迹的侦察技能而钦佩不已！原来对他的怨怼也就烟消云散。听到他要茶，赶忙又给他泡上一杯，面带微笑地双手递了过去。

"呵呵，终于阴转晴了！我说过嘛，你是个聪明人，只要我把事情讲清了，你就会理解、支持我的，'话咀讲得明，牛肉敬得神'嘛！"王所长见我对他的态度来了180度转弯，朗朗大笑起来。

银河沉尸

"听了你的推理、判断，确实让我茅塞顿开，看来，你对侦破这件沉尸案，已经胸有成竹。具体怎么进行，你安排吧，我一切行动听指挥！"怨气一消，浑身也就轻松愉快了。

"不是胸有成竹，只不过是有了点底儿，至于怎么开展侦查，还需认真研究，现在，我们就来讨论一下行动方案吧。"

"好，那就赶快抓紧呀！"我有点急不可待了。

根据已知的案情和估计可能出现的新情况，我们进行了反复的研究、讨论。拟订了一套完整的侦查方案。采取既分工又合作，各负其责的办法，两个派出所干警20多人集中出动，展开全面的侦查、走访。

于是，一场揭开银河沉尸之谜的侦查行动，紧锣密鼓地开展起来。

四

侦查这起无头案，第一步就是要寻找尸源，确定死者的身份，再围绕死者的有关信息，展开侦查，捕捉作案人的蛛丝马迹。根据现场情形和王所长的分析、推测，死者的大致特征已基本确定：男性，身高1.60米左右，现年在43岁上下，家庭经济条件比较好，拥有一辆五羊牌红色摩托车，可能从事个体经营活动。根据这些特征，我们又仔细查阅了近几年来失踪人员的报案登记，但没有发现有类似情况的失踪人员，因此，就只有发布寻尸启事，在广播、电视节目上播出和到处张贴，但这样一来就会打草惊蛇，作案者就有可能望风而逃。为慎重起见，我们只能悄悄进行。另外，在查找死者尸源的同时，对作案人也要暗暗查访，但对他的特征还很模糊，按照王所长的分析、判断，这个人应该也是做小生意的，也拥有一辆摩托车，2 年前的某个时候还可能正在装修房子。根据这些情况，我和王所长安排所有警力，遵循由近及远的侦查方法，首先在各自辖区进行地毯式排查。

我所在的山峰镇，由于交通便利，生产力发展比较快，市场经济很活跃，有一个规模较大的商贸市场，远近来这里做生意的人不少，在册登记的商户就有千多家。因此，每天街道上是车水马龙，热闹非凡。

在开始调查走访时，我想到既然死者可能是做生意的，那他的居住地、铺面就应该在集市里，于是，我就把全部警力安排到集市上进行逐家逐户的查访。但忙忙碌碌地搞了几天，没有一点收获，因为那些个体户都忙于谈生意，搬运货物，自顾不暇，根本没工夫接待我们的干警，但又怕得罪派出所的人，就只得笑脸相迎，敷衍应付："不认识这样一个人。"

"好像没见过这模样的人。"

"有五羊摩托车的人有好多呢！"

……

都是诸如此类的回答，然后就匆匆忙忙走开了。

看到这种情况，我有点着急了，是调查方法不对头呢？还是这里确实没有这样的人？让我陷入困惑之中，日子匆匆过，这样下去不行呀！针对这几天调查走访碰到的情况，突然让我想到那些个体户，都是些只注重自己的生意，对别人家的事不太关心的人，仅靠派出所干警难从他们口里打听出什么来，必须改变方法，通过与他们经常打交道的社区干部和税务、工商部门的人去找他们，可能会起到事半功倍的效果。于是，我连夜召集这些人开会，把他们与派出所干警搭配，分成若干个小组，一一布置调查任务。

这一招，确实奏效，次日下午好消息终于传来，有一侦查小组发现集市上有一个做建材生意叫刘文的人，已有2年多没露面了，刚好是40多岁，矮胖矮胖的个子，身高不到1.6米，而且四五年前购买了一辆红色五羊牌摩托车，他们是夫妻店，老婆朱英是个女强人，在铺面打点生意，夫妇两人男主外女主内，配合默契，生意越做越红火，周围的人还都眼红他们钱赚得多。由于这个刘文与我们要找的失踪人特征很相似，其他情况又不太明朗，侦查组的人拿不定主意，故没有去找刘文的老婆核查，就急匆匆地回来向我报告。但所有调查小组没有发现有关作案人的信息。

根据这些情况，我反复思索，认为这个叫刘文的人，2年多没露脸了就应该是失踪了，很可能就是我们要找的那个死者，但他的家属为什么没报案？实在可疑。至于这里没有发现作案人的信息，可能也属正常，从死者要骑摩托车去与作案者见面的情况来看，说明他们之间应该有一段相当远的距离，不可能同住在一个集市里。死者如果真的居住在这个集市里，作案者就有可能是其他地方的人。现在的工作就是要围绕这个叫刘文的人展开调查，但怎么进行呢？我心里没有一点底，想到当时我与王所长确定的侦查方案是：两个派出所首先在各自的辖区内展开侦查，如果发现可疑情况就及时通报，共同商议下步措施，不得擅自采取行动，以免顾此失彼而打乱整个行动部署，并约定我和王所长每天24小时手机不关，随时保持通话联系，并且每两天碰一次头。

于是，我拨通了王所长的手机，想给他一个惊喜，报告了我们这边的侦查情况，并且喜滋滋地说我们可能找到了死者尸源。但王所长好像没感到惊喜，只是说你辛苦了呀！我就问他那边的侦查情况，他却说在电话里讲不清，明天见面再谈吧。听他讲话的口气，我猜测出他们肯定收获不大。不好再问，就知趣地挂了电话。

次日上午9点，我如约赶到了涟水镇派出所，王所长在办公室热情地接待了我，寒暄几句就转入正题，我详细地介绍了我们派出所开展调查走访的情况，想到他们可能是一无所获，就扬扬得意地说："那个刘文应该就是我们要找的被害者，我所的侦查工作开展得还算可以吧！"

"呵呵，看你那个神气，是在说我们涟水镇派出所的干警不如你们，有点骄傲起来了吧？"王所长笑眯眯地盯着我说。

"哪里，哪里！你们的成绩肯定比我们要大，我们只是发现了与被害者特征相似的人，是不是真的还待进一步查实，哪有骄傲的资本？只不过是向你汇报情况而已！"见他一针见血地戳中了我说话的用意，赶忙谦逊地解释。

王所长见我表露不好意思，忙笑嘻嘻地补充："不用解释了，你们的收获确实可喜，但我所干警也一点不逊色，他们也取得了很好的成绩呢！"

"很好的成绩？难道他们也找到了作案嫌疑人？"我不解地问。

"是的，是找到了这样一个人。结合你刚才反映的情况，不出所料，这件案子把我们两个派出所扯到了一块，你看，被害者可能是你辖区的人，施害者又可能是我辖区的，我们都是侦破这一案件的第一责任人了啊！"见我现出不解的神色，王所长朗朗大笑起来。

在我的催问下，王所长讲述了他们的侦查经过：原来，在我们一起确定侦查行动方案后，他就把全所干警集中起来，在全镇范围内开展侦查走访，他们没有像我一样走弯路，而是一开始就依靠社区居委会和税务、工商部门的工作人员，提供在集镇、街道从事个体经营活动人的信息，再针对具有被害者和作案嫌疑人特征的人进行逐一排查。很快，他们发现一个距银河引水坝 3 里多路的小集市上，一个做建材零售生意的叫刘琦的人，他现年不到 40 岁，身材高大，有 1.7 米以上的个子，四五年前购置了一辆五羊牌摩托车，由于做建材生意赚了些钱，在 2 年前起了一栋新房，只是他老婆一直身体不好，至今没有生小孩，因此，夫妻关系不太好。这个人的情况与我们原先分析的凶犯嫌疑人特征基本吻合，但由于没有绝对把握，他们还没有直接与这个人接触，只是做了一些外围调查。但他们却始终没有发现与被害者特征相似的人。

"这么说来，我们那里发现了与被害者特征相似的人，你们这里又发现了凶犯嫌疑人，只要我们加把劲，这件沉尸案的侦破就没多大悬念了！"听了他的讲述，我仿佛看到了案子侦结的曙光，就欣喜地说。

"没这么简单！虽然，根据现有侦查出来的情况，可以肯定我们的工作取得了成效，但这只能说是万里长征走完了第一步，以后的路程还是很漫长和充满艰辛的呀，现在还不是乐观的时候。"

听王所长这么说，提醒了我，是啊，就算我们已找到了死者尸源和凶犯嫌疑人，但他们是什么关系？为什么被害者要送肉上寨死在凶犯手里？死者失踪了几年，他的家人又为什么不报案？……这些疑问都还笼罩在一片迷雾之中，必须一个个地去查找答案，厘清整个案情的真相，绝不是一件简单的事！

针对上述问题，我和王所长根据已掌握的情况，又进行了认真的分析研究，确定了下步行动部署：继续采取从外围侦查入手，掌握扎实材料，在证据确凿、条件成熟的时候，再与犯罪嫌疑人直接交锋，打他一个措手不及，力求一举侦破。

五

按照分工，我们山峰镇派出所继续负责查清被害者刘文的来龙去脉。通过调查走访，我们又进一步弄清了刘文的一些相关情况，原来，刘文是山峰镇岭北村的村民，10多年前就来到了集市上做小生意，先是摆摆地摊，做一点小五金买卖，由于经营得法，原始资本积累较快，生意越做越大，几年时间就发展到拥有4个门面的建材批发部，主要经营钢筋、水泥、电线等房屋建筑、装修材料，附近几十里内的建材零售商贩都要来他的批发部进货，因此，生意一直很红火。

熟悉刘文的人，都说他做生意是"苏州人挂船，老板娘掌舵"，就是说他之所以买卖做得这么好，是得益他老婆朱英的功劳，因为，朱英不仅长得杏腮桃脸，楚楚动人，而且身材高挑，比刘文还要高出半个头，又能说会道，待人热情大方，那些生意客户都是冲她来的。因此，批发部的生意全由她一手打理，是精明能干的内当家。刘文只是负责进货、催收货款，当然，他这个角色也做得圆满得当，因此，批发部生意越来越兴隆。人们都羡慕他们是天生的一对生意夫妻。只是因两人的形象太不相称，一个是百里挑一的大美人，一个是又矮又胖的黑皮汉，又不免为朱英感到惋惜，暗暗为她叫屈：一朵鲜花插在牛粪上！又有人反映，近几年来，刘文由于生意做大了，口袋有了钱，在外面还养了女人，因此，夫妻感情出现了裂隙，经常吵吵闹闹，还传闻刘文多次提出要与朱英离婚。

现在，刘文两年多没露面了，本来是件很蹊跷的事，但人们却没有一点惊奇的感觉，因为听说他是在外面承包了一个大的装修工程，听说有人还在贵州、云南等地看见过他。而且现在在外面打工挣钱的人一两年不回家是很寻常的事，集市上的人又都是些"只扫自家门前雪不管他人瓦上霜"的生意人，自己的买卖都忙不过来，是不会去注意别人家的事的，加上包括他老婆朱英等刘家的人都没提起这件事，又有谁会寻根问底地去操这份闲心呢？

由于刘家没报案，派出所没有失踪人员登记，也就没有人来调查，因此，集市上的人根本没把刘文这么久没露面当作一回事。

调查了解的情况，让我陷入困惑之中，这些现象太不正常了呀！一个大男人就这样无声无息地不见了，别人不关心，但刘家的人不关心吗？他老婆不急，难道他父母也不管吗？实在不可思议！为什么会这样呢？霍地，"一朵鲜花插在牛粪上"的话语在我耳边响起，一个疑问冒了出来：莫不是朱英嫌弃刘文而红杏出墙，又发现刘文有外遇就火上加油，于是，与人合谋杀害了刘文？那么刘文的被害就是典型的"情杀"！朱英不是主犯就是帮凶，难怪她对丈夫的失踪不声张、不报案，而刘文在外地承包装修工程的信息也可能是他们有意散布的，企图把人们蒙在鼓里，如果真是这样，上述诸多疑问也就得到了合理解答。这样，刘文失踪案就变得越来越复杂了！

想到这些，我的神经一下紧绷起来：朱英是这件命案的关键人物，我却没对她采取措施，如果她风闻到我们正在追查刘文被害的案子，就肯定会坐立不安而与合谋者串通，一起采取反制措施，毁灭证据，攻守同盟或者逃匿，那么，侦破工作就会陷入被动。必须采取果断措施，迅速把她抓捕归案！

于是，我调集民警准备拘捕朱英，并已分派到位，只等一声令下，就直接抓人。就在这时，王所长走了进来，笑吟吟地说："看这架势，是要去抓人了吧？"

"是的，根据调查了解到的情况，刘文的老婆朱英可能是害死刘文的凶犯之一，至今却没把她控制起来，我差一点儿犯了个大错啊！现在必须采取补救措施把她逮捕归案，你来得正好，一起参与我们的行动吧！"王所长的突然出现，让我记起了今天是他来与我碰头的时间，我就向他讲述了我们正要去抓朱英的事情，并邀请他同行。

"且慢！我问你，你掌握了她害死刘文的证据吗？有人检举、揭发或者能指证她害死了刘文吗？你询问过朱英吗？"王所长一把拦住正要出发的我，提出一连串的问题。

"没有，我只是担心她望风而逃，为侦查工作增加难度，根本没有去考虑那么多，你是不是认为我这样做有点莽撞了？"听他这么说，让我意识到他是在反对去拘捕朱英。

银河况尸

　　"是的，现在去抓人确实草率了，当然你的心情是可以理解，但现在对朱英谋害刘文还是你的一种猜测，根本没有掌握证据，在条件不成熟的情况下去抓人，就会弄巧成拙，不仅对侦查破案无益，还会打乱整个行动部署！"王所长毫不留情地指出了我这种草率行事的害处。

　　"朱英谋害刘文虽然还是一种猜测，但根据现在掌握的情况，她如果不是凶犯或者帮凶的话，最起码也应该犯了知情不报的包庇罪。当然，要找到确证现在还很难，但如果她意识到我们已怀疑上了她，一旦逃匿，再去追捕麻烦就大了呀！因此，我就想法先把她抓起来，再通过一些侦查手段逼她自己交代，就不怕找不到她的犯罪证据，这样就能达到事半功倍的效果。"听王所长这么说，我只得把原先的想法和盘托出，为自己的行动做辩护。

　　王所长听了我的辩解，朗朗大笑着说："呵呵！你原来是想走捷径！但你想过没有？在没有确凿证据的情况之下，采取一些手段逼她交代，就是典型的逼供，就算她交代了，但一旦翻供，就会适得其反，法庭不仅不会认可，还会说我们是在违反侦查纪律，搞刑讯逼供，肯定就要被追责。因此，这条路是行不通的！"

　　听他说这也不行那也不行，我有点烦躁了，这样前怕龙后怕虎的，还要不要办事？案子还要不要破？就气恼地反问他："根据已掌握的情况，她犯罪的可能性很大，但抓她的证据又不足，如果她一溜烟跑了，那侦查的难度不就会更大了吗？"

　　"嘿嘿！不要急躁，也不用担心！虽然现在还没有足够证据抓捕她，但只要她真的犯了罪，就不怕她不把证据送上门来哩！"王所长笑吟吟地说。

"把证据送上门来？"听他这么说，我迷糊了！罪犯会主动把自己的犯罪证据送给侦查人员，世界上应该没有这样蠢的人。

"是的，根据现场勘查物证及我们这几天的侦查了解，这件命案的凶犯嫌疑人已基本锁定，但由于案发这么久，没有直接的证据能让凶犯认罪服法，又难找到有力的佐证，要侦破这件案子确实棘手，唯一的办法，就只有让凶犯自己提供犯罪证据了。"王所长目光闪烁地说。

"他们要把自己的犯罪证据提供给我们，不会这么愚蠢吧？"我心里却在说，你是不是在白日做梦？

王所长却显得胸有成竹地说："是啊！的确没有这样的傻瓜，但只要略施小计，他们就会把证据乖乖地送上来！"

"略施小计？你又有什么妙计呀？"我还是不明白。

"天机不可泄漏！"王所长微微而笑，现出诡秘的神情。

见他总是这样卖萌戏谑，我也就懒得问了，倒要看看他能施展出什么妙计来！

六

在王所长的拦阻下，我只得鸣金收兵，把分派出去抓捕朱英的干警全部撤回来。心想，既然你王所长有这么大的神通，能让凶犯把自己的犯罪证据送上门来，我们又何必这样劳师动众地去煞费苦心呢？

在办公室里，为了把王所长说要略施的小计寻出来，我只得恳切地讨教他的破案良策，见我一副虚心诚恳的态度，他也就详细地介绍了这几天他们对那个作案嫌疑人刘琦的侦查情况，又毫无保留地阐述了他的分析、判断过程和开展下步侦查的工作思路。

原来，他们通过多方调查，已获得了有关这个嫌疑人刘琦的更多情况，这个刘琦在涟水镇集市上开建材店已近十年，既做零售又承包装修工程。他进的货都是由山峰镇集市上刘文的批发部供应，因此，他与刘文交往密切，又因是同姓且年龄相近，故以兄弟相称，刘琦还总是口口声声地"家名老板，家名老板"地称呼刘文，显得更加亲密。还经常听到刘琦对刘文老婆赞不绝口，说她姿容姣好又热情大方，很会做生意。左邻右舍还看到刘文经常出入刘琦家，他一来，刘琦就要邀请几个亲朋好友陪他喝酒，而且每次都是不醉不散。他们两家相距30多里，为了来往方便，早在5年前刘文购了一辆五羊摩托车，因眼红刘琦也购了同样的一款。还在别人面前炫耀他购车的钱是"家名老板"主动借助的。但从2年前的下半年开始，好像没有看见那个刘文来过，也没听刘琦提起这个"家名老板"了，有人多次探问刘琦："你那个'家名老板'怎么好久不来了？"刘琦总是不耐烦地回答："听说他在外地包工程。"就不愿多说了，人们也就不好再问。

综观这些情况，结合现场勘查分析，这个刘琦与原先确定的作案嫌疑人的特征完全吻合，而且，刘文两年多不来刘琦家了，与法医检验认定被害者死亡时间是在2年前的结论基本相符，还有，刘琦邻居说2年前的下半年开始就没见过刘文了，说明时间正是在气候凉爽的秋季，这与被害者死时只着外衣和衬衫的穿戴又相印证。这样，就让他判断出：刘琦就是制造银河沉尸案的重大嫌疑人。

按说嫌疑人既然已经锁定，把他抓捕归案，进行严格审讯，让他供出犯罪情节，一切就会真相大白。但是，王所长却发起愁来：你又有什么理由去抓他？虽然他与嫌犯的特征是那样如出一辙，与被害者的牵连又如此清晰明了，但这些现象只是现场勘查情形与相关佐证相吻合，还缺乏足够的证据来认定他就是凶犯。这样贸然去抓捕，如果他死心抵赖，不予配合，势必弄巧成拙，侦查工作就会陷入被动。怎样才能找到认定嫌疑人的确证？怎样才能让他认罪服法？怎样开展下步侦查工作？……一个个问题让王所长一筹莫展，陷入困惑之中，但又必须迅速做出决断。

王所长抓耳挠腮，在办公室里来回踱步，不时拍打着脑门，揪扯着乱如鸟窝的头发，他搜肠刮肚地思索、推测、判断……霍地，一个让上述难题迎刃而解的行动方案很快形成！他又想到这一行动方案要付诸实施，就必须有山峰镇派出所的全力配合，于是就匆匆赶来和我商量。却碰上我正要去抓捕朱英，就及时制止了我的这一鲁莽行动。

当我问到他能让一切问题迎刃而解的方案是什么，他笑嘻嘻地说："敲山震虎、引蛇出洞！"

经他这么一说，着实启发了我：让我想到原来我们的侦查方法是怕打草惊蛇，都是在暗暗地进行，但事与愿违，一直没有找到凶犯嫌疑人的犯罪确证。因此，现在就只能改弦更张、另辟蹊径了。既然没有足够证据让犯罪分子就范，那就要为犯罪分子创造条件，让他们自觉地把犯罪证据摆出来。现在，我们只要把刘文几年不露面的原因，是已经被人谋害，公安机关正在侦查破案的信息散发出去，并且进行公开的调

银河沉尸

查走访，那些原来以为自己做得天衣无缝，可以高枕无忧的犯罪分子就会恐慌起来，势必蠢蠢欲动，以期攻守同盟，逃避罪责。这样一来，他们就会自我暴露。我们也就可坐享其成，获取到他们的犯罪证据。原来这就是王所长所说的要略施的"小计"，亏得他想出了这么个绝招。

于是，我们按照行动方案要求，把两个派出所干警召集到一起，集中调度，统一安排，分成若干个小组，负责侦查走访的，在山峰、涟水两镇的集市上穿梭走动，故意透露出刘文被害的信息；负责通讯监控的，把刘琦、朱英的手机、座机号码输入设备，即时开始监听；负责摄像拍照的携带摄像设备，选准适当位置隐蔽起来，准备随时抓拍；负责近距离观察监视的，都穿上入时的便装，在嫌疑人居住、出入地段迂回游走，捕捉嫌疑人行动踪迹。我和王所长则在山峰镇派出所办公室合署办公，24小时轮流守值，静候各侦查小组报告情况，再根据反馈来的信息，进行分析研究，迅速做出决策，力求达到预期目的。

一切安排停当，几天来一直绷紧的神经稍觉松弛，我也就悠闲自在地在办公室喝起茶来。当我无意中瞅了一眼端坐一旁的王所长，发现他却没有一点轻松的表情，只见他眉头紧锁，一个劲地抽烟，深邃的眼神凝视着窗外，就像那里有什么神奇的东西在吸引他，他的这种神态我最熟悉不过了，每逢遇到难题，沉浸在苦思冥想之中，他就会不自觉地呈现这副"尊相"。心想，现在按照他的"敲山震虎、引蛇出洞"的计谋，都已布置就绪，只等着打虎捕蛇了，他却仍是愁眉不展的样子，让我感觉奇怪，就不解地问："王所长，都已按照你的要求，撒下了天罗地网，就等收网捉鱼了，我们应该轻松愉快了呀！你还有什么不放心的呢？"

王所长见我迷惑不解，叹了一口气："唉！刘所长，不是我不放心，如果事情能够按照我们的思路发展，结果就应该会是你说的那样，但情况总是千变万化呀，好多事情是难以预料的，因此，总让我有点不踏实。"

"不要自寻烦恼呀！我们侦查了解的情况充分反映出刘琦、朱英是刘文之死的重大嫌疑人，虽然还没抓住他们的确凿把柄，但现在只要他们轻举妄动，其犯罪行径不就暴露无遗了吗？"看到他忧心忡忡的样子，我心里在说，你真是在杞人忧天！

"虽然你说的确实有道理，但对一些可能出现的情况，我们也要充分估计，才能有备无患，比如，他们要是识破了我们的用意而按兵不动，我们又该怎么办？还有，如果我们的判断一开始就出现了偏差，他们根本就不是我们要找的人，下一步我们又该如何行动？这些问题都要设想到呀！"见我总是不理解他，王所长说出了使他不得不担忧的理由。

"你这么一说，让我明白了你的忧虑，说明我考虑问题太简单了！"听他这么说，不得不承认我看问题很不周全，是呀，人无远虑必有近忧！

王所长见我认识到自己的不足，忙笑容满面地说："别这么说，你的那些想法也没什么不对，我只不过从坏的方面多想了一些，是不是真会这样还很难说！"

"那按照你的意思，我们现在又该怎么办？"

"据我的估计，虽然我们已把鱼饵撒了下去，但一时半刻，鱼应该还不会上钩。利用这段时间去走访一下差点儿让我们忽略了的重要对象。"

银河况尸

"重要对象？是谁？"几天来的调查走访，要找的人都找了，他却说忽略了重要对象，让我实在不解。

"就是刘文的父母呀，你想过没有？刘文这么久没露面，最着急的人是谁？应该就是他的妻子、父母吧，现在他的妻子不急，难道他父母也不急吗？是什么原因使他们如此沉默？我们还一无所知，因此，必须去探个究竟。"

"是啊，我确实忽视了这一点，由于怕打草惊蛇，一直没有直接去惊动刘文的妻子，但刘文父母应该是必找的对象呀！那我们抓紧行动吧！"经他一提醒，使我意识到自己工作上的失误，必须尽快采取补救措施。

"好！事不宜迟，我们这就去刘文父母家登门拜访，说不定还会在那里找到有价值的东西呢！"王所长笑眯眯地说。

说走就走，我和王所长匆匆赶赴刘文老家。

七

刘文父母居住在山峰镇岭北村第一村民组，我们首先找到了岭北村支委会张书记。张书记一听我们是来找刘文父母调查刘文失踪的事，立即现出一种难以名状的神情："恐怕你们会徒劳无功。"

"调查还没开始，应该讲点顺畅、吉利的话呀，你怎么就当头一盆冷水，扫我们的兴？"我很不理解张书记的话，就板着脸孔说。

见我对他的话表示反感，张书记有点不好意思了，但还是坚持自己的说法："刘所长，你是不了解这里的情况，故对我说的话反感很大，等我把话说完，你们就会明白我绝不是在乱说。"

"到底是什么情况？快点讲吧！"见他这么说，让我迷惑不解。

在我的追问下，张书记详细介绍了刘家的情况，又反映了当地对刘文失踪之事的一些看法。

原来，刘文家是祖居岭北村的农户，由于他父母一贯勤劳俭朴，又善于经营养殖业，常常是栏里有肥猪、埘窝有鸡鸭，因此生活过得还算安稳。刘文是他家的独子，因心志较高，高中毕业后在家帮着搞了几年农活，就对脸朝黄土背朝天的农家生活产生了厌倦，刚好碰上国家实行改革开放政策，自由市场遍地开花，穷乡僻壤里不安现状的年轻人纷纷走出山冲死角，在外面打工、做生意，寻求发展。刘文也就趁势带上父母省吃俭用下来的所有积蓄，来到本镇集市上做起了五金小买卖。由于他脑袋瓜子灵活，生意做得顺手，几年时间从摆地摊开始逐渐发展到拥有几个门面的建材批发部。在做生意中他认识了在集市上开发廊的朱英，两人很快坠入情网，进而结婚生子。由于刘文的建材批发部经营业务大，朱英就把发廊转让出去，专心致志地和刘文做起建材生意来。因朱英也是做生意的好手，有妻子的辅助，刘文如虎添翼，生意越发兴隆，成为稍有名气的小老板。他和朱英生育了一男一女，现在大儿子 14 岁，在县城一私立学校读初中，小女孩也快 10 岁，在镇中心小学读书。

刘文虽然做生意发了财，如愿以偿地跳出了"农门"，成了小老板，但对父母很孝顺，每逢节假日，他都要携妻带子回家看望老人，为他们送钱送物，早几年还把家里的几间土

银河沉尸

砖茅屋全部翻新，改建成了一栋红砖瓦房。他对家乡的事情也非常关心，碰上村组筑路、架桥、兴修水利等公益事业，总是慷慨解囊，带头捐献。深得家乡人的爱戴。

只是，让人们感到奇怪的是，快2年时间没见刘文回家了，村上好心的人多次去集市上打听，得到的消息也都是说好久没见他的踪影。去问他父母，他们也是满面哀容地说，听说去外面搞工程了，再问，就缄口不言，只是唉声叹气地摇头叹息。因此，时间一长，各种说法不胫而走。有的说，现在这世道，人心不古，男人有钱就变坏，听说刘文在外面养了小老婆，还提出过要和朱英离婚，现在是不是带着小老婆私奔了？有的说，他老婆本来就是个开发廊出身的不正经女人，说不定她旧病复发找了个野男人，把刘文谋害了？……人们议论纷纷，猜测不断。

"刘文失踪这么久了，难道他父母没向村委会报告，请求你们帮忙寻找吗？"听了张书记的讲述，我不解地问。

"是的，发生了这样的事情，本来他们就应该向政府报告，请求公安部门寻找，把事情搞个水落石出，但他们没有这么做，而是默默地承受，让我很不理解，但转念一想，他们之所以这么做是有说不出的苦衷。"

"儿子不见了，他们应该心急如焚，还有什么不能报警的苦衷呢？"我越发糊涂起来。

"你们有所不知，刘文父母是从没有见过世面的老实巴交农民，是连树叶子落下来都怕打破脑壳的人，儿子不见了，他们当然焦急万分，听了外面的议论更是惶恐不安，如果传闻儿子喜新厌旧，带着小老婆私奔的话属实，儿子做出这种抛妻弃子、伤风败俗的丑事，丢尽了祖宗颜面，他们就无脸见人，家丑不可外扬呀！如果真是媳妇朱英偷人，谋害了刘文，朱英就会被判死刑执行枪决，那么两个未成年的孩子就会成为孤儿，自己都是七老八十的人了，又由谁去抚养他们呢？而且刘文辛辛苦苦积聚下来的资产也就会消散殆尽。一旦报案，不管出现哪种结果，都是人财两空！他们又怎么接受得了？与其这样，不如保持现状，小孩有人抚养，刘文创下的家产也会保留下来。因此，他们就选择了沉默，无奈地接受了这一痛苦的事实。"张书记见我始终不理解他说的话，就又分析阐述了刘文父母对儿子失踪而不报案的原因。

"应该不会是这样吧？人命关天的大事，他们居然为了名声和利益，而放弃追查杀害儿子的凶犯，不仅荒唐至极，更是十足的法盲！"我认为刘文父母这种做法，实在匪夷所思。

张书记见我质疑他的说法，又不厌其烦地解释："刘所长，你说的确实有道理，只要有点法律知识的人，就不会这么做！但你应该清楚，他们根本没念过多少书，是世代的做田汉，法制观念当然淡薄，遇事不会去多思考，只会顾及眼前利益，正如你说的是十足的法盲，而且，他们这么做也不是没有先例呢！"

听他这么一说，让我更加迷糊了："有先例，难道还有类似情况？"

"是的，以前我们村上就发生过这样的一件事。"见我追问，张书记又讲述了一件让人不可思议的事情。

70年代末期，岭北大队第三生产队一社员发觉妻子与本队的一个单身汉有不正当关系，因而夫妻感情不好，经常吵架斗殴，而他妻子又是个远近闻名的泼妇，根本不把丈夫放在眼里，在一次争吵中，妻子一把将丈夫推下屋前的山崖而

银河沉尸

当场毙命，当时死者父母都在现场，目睹了儿子被媳妇推下去活活摔死的过程，但公安局来人调查时，他父母却说是儿子不小心失足跌落的，而办案人员发现死者手里抓有一块妻子的衣襟布，认为是被他妻子推下去的，就把她抓了起来，但在侦查、审理中，他父母却坚持说是亲眼看到儿子即将摔下去时，是媳妇去施救而被他撕下了布块。生产队全体社员也联名请愿，说她一贯表现好，根本不会做谋害丈夫的事，她本人也一再申辩没有去推丈夫，办案人员由于找不到认定她犯罪的确证，也就把她做无罪释放了。好多年以后，熟悉内情的人才在无意中透露出真情：其实她的公公、婆婆之所以要保她，是因她正育有两个幼小的儿女，担心她因杀人罪被判了死刑，小孩就无人抚养，家庭重担就会全压在他们两个年衰岁暮的老人身上。而生产队社员之所以为她联名请愿，也是认为一旦她被枪决，死者家里留下 4 个又老又小没有劳动能力的人，其生活来源就全靠生产队供养，会增加他们的负担。因此就联名求情来保她的命。而刘文父母正是当年联名打报告的社员之一，对此事记忆犹新，这次他们当然就会照样效仿了。

听了张书记的讲述，让我困惑不已，在几十年前由于当时生产力落后，人们生活贫困，靠出集体工维持生活，加上法制观念不强，他们做事情，只图眼前利益，根本不会去考虑是否合规合法，做出那种离谱的事情来，还可以理解。但现在是什么年代了？法律知识越来越普及，社会主义法制日益加强，人们生活水平不断提高，刘文父母还会这样做吗？于是我提出心中的疑问："你翻的都是些老皇历了，还是几十年前发生的事情，此一时彼一时，现在国家的法制日臻完善，人们的法律意识越来越强，刘文父母的这种做法，不仅法律上不允许，于情于理也站不住脚。"

"本来也应该是这样，但刘文父母现在已是风中残烛之人，是活一天算一天，他们是不会去想那么多的呀！"

"张书记反映的情况如果属实，这件案子的侦破就增加了难度。我们必须抓紧行动，去与刘文父母当面谈谈，不要在这里再磨蹭了，走，去刘文家！"一直坐在旁边抽烟喝茶，静听我和张书记谈话的王所长，突然站起身来向门外走去。

于是，我们3人一起来到刘文家，两位颤巍巍的老人接待了我们，看得出来，他们见到我和王所长都是穿着公安服装的陌生人，有点惶惶不安。在厅房里坐定后，张书记把我们一一作了介绍，我即满面笑容地和他们打招呼，试图消除他们的不安情绪，王所长更是和颜悦色地上前嘘寒问暖套近乎，见我们这样和蔼可亲，他们紧张的神情也就放松了，就热情地和我们攀谈起来。只是因为他们年老气衰，口齿不清，加上耳朵失聪，讲话是前言不搭后语，答非所问，谈了半天都不知所云。我心里暗暗着急：这样聋子对诗的又怎能了解到真实情况？但王所长很有耐心，不厌其烦地东扯葫芦西扯叶地和他们聊得很起劲。我知道王所长的用意，是想在和他们的谈话中套出一些有价值的东西来，但看到这种情形，心想，王所长这样做也只怕是在枉费心机！也就一言不发地在旁边听他们胡扯。

"听说你儿子在外面做生意，现在情况怎么样？"当王所长好像无意之中把话题转向刘文时，本来反应迟钝的刘文父亲好像一下警觉起来，连声躲躲闪闪地说："他在外面搞……搞工程，在外面挣……挣钱。"并反问王所长："你们是不是听……听到点什……什么了？请千万别相……相信那些人的胡言乱语，他们都是些巴望不得邻居家火……火烧屋的人。"

王所长就顺着他的话问："那些人的话，我们当然不会相信，但你儿子在外面搞工程，这么久不回家，你媳妇朱英又要做生意，又要照顾小孩，实在难得呀！"

"是的，是的，她本来就是个贤淑温良的人，对我们也……也很孝敬，丈夫没在家，她生意这么忙还隔三差五地要来看……看望我们，真……真是难为她了！"刘文父亲见问到朱英，又连连称赞她是个好媳妇。但讲话断断续续，目光遮遮掩掩，好像生怕我们不相信他的话，语气又似乎有点言不由衷，而且我还发现当王所长与刘父讲到刘文时，端坐旁边的刘文母亲却在偷偷地抹眼泪，这就更加深了我的怀疑：看来，张书记说的一点没错，他们是在撒谎说假，尽力掩饰刘文失踪的真情。不禁让我烦躁起来。

"这么说，朱英真是你们称心如意的好媳妇了。"王所长却一点不烦，继续和他们攀谈。

"一点不假，她确实是没什么话让人说的。"刘文父亲肯定地说。

王所长关切地问："刘文这么久没在家，他的一些朋友也来看望过你吗？"

刘文父亲不假思索地回答："我儿子都是些生意上的朋友，淡淡相交，他们都很忙，来我家走动得很少。"

"难道他就连个把两个称心的朋友都没有？"王所长还是紧紧追问。

刘文父亲想了想说："啊！我想起来了，他确有一个要好的朋友，我儿子在家时经常来我家玩，这2年儿子没回来，他也来过几次，来时还要带不少礼物，是蛮讲义气的。"

王所长赶紧问："这个人叫什么名字呀？"

"他的名字……我还真记不起了。"刘文父亲抓耳挠腮地思索着，突然大声说，"啊，我想起来了，他和我们同姓，总是亲热地叫我伯伯，与我儿子年龄相仿，因此他们总是称兄道弟的，有时还叫我儿子为'家名老板'……"

听他这么说，一下提醒了我，就打断他的话问："这个人是不是叫刘琦？"

见我讲出刘琦的名字，刘文父亲连连点头："对，对，他也是单名，就叫刘琦，人长得高高大大的，比我儿子还要高出半个头呢！听说也是和我儿子一样做建材生意的，你认识他吗？"

经他这么一说，证实了这个刘琦是他家的常客，而这个人的特征又与我们要找的嫌疑人特征相似，我暗自窃喜：案件侦破工作可能又进了一步。为了不引起他的猜疑，我就赶忙回答他的问话："不怎么熟，只是一面之交。"

"现在通讯这么发达，刘文在外面这么久了，应该经常会给你们打电话、发信息报平安吧！"见我问完，王所长又继续与刘文父亲闲扯起来。

"我们都是耳聋眼瞎的人了，通讯好对我们来说又有什么用？早几年他们要给我买手机，我就没同意。当然，这段时间刘文没在家，朱英来看我们时，总是打开手机拨通他的电话要我们和他通话，但由于我们耳聋手机里只是嘟嘟的声音，听不清他讲的什么，只好由朱英把他的话转给我们，说他正在搞一个大的装修工程，暂时回不来，他现在一切平安，要我们不必挂念他等等，我们也就放心了！"刘文父亲介绍了与儿子通讯的情况。

就这样，我们在刘家花了几个小时，虽然作了一些努力，但收获不大，根本没有达到预想的目的。一看时间不早了，我们也就与刘文父母告辞返回。

"从他们的表情可以看出，对刘文的失踪，他们也很着急，并怀疑儿子可能出了什么事，不然那个老太婆不会偷偷掉泪。但他们又好像在千方百计地要隐瞒什么，真没见过这样的人！看来，我们这次调查真的应了张书记的话，是徒劳无功了。"在返回的路上我愤愤不平地说。

"刘所长，不要人心不足呀，我们的收获还是蛮大的，起码那个刘琦与刘文的关系在这里得到了进一步印证，还有朱英为了掩饰刘文失踪的真相，一直在蒙骗眼瞎耳聋的两位老人，这些现象，都为我们侦查破案提供了重要线索，说不定对嫌犯还是颗重型炸弹呢！至于，老人一再认可刘文是在外面搞工程，说朱英是个好媳妇，也是出于无奈，正如张书记说的他们是有难言的苦衷，实属情有可原，我们暂时别去计较，待案子破了，把凶手抓住，在铁的事实面前，他们也就会幡然觉醒。"王所长见我郁闷不乐，就笑眯眯地劝慰。

"嘟嘟——嘟嘟——"突然，我的手机响起来。

我赶紧接听，原来是蹲守的干警打来的，说有重大发现，要我们迅速赶回去。我们就与张书记告辞，火急火燎地往回赶。

回到派出所办公室，负责监听的人员就迫不及待地报告了他们的重大发现：他们通过对刘文原来手机号码的通话查证，发现他的最后一次通话讯号出现的时间是在 2 年前中秋节前 3 天的傍晚，范围就在银河引水坝附近，这与刘文的死亡时间和地点完全吻合。但他们没有发现刘琦与朱英有什么通话。另外几拨蹲守干警也向我们汇报了一天来的监视情况，但没有什么令人兴奋的消息。虽然，他们有意无意地把刘文已被人谋害，公安部门正在侦查破案的信息透露了出去，但我们锁定的嫌疑人没有一点动静：那边的刘琦与平常一样在店子里做生意。这边的朱英更是手忙脚乱地经营建材批发部业务，根本看不出有什么异样。

听了他们的汇报，我沮丧不已，虽然获知刘文手机最后通话的时间和地点确是重要线索，但原来认为通过敲山震虎，嫌疑人就会蠢蠢欲动的计谋似乎失效。不然，他们怎么就没一点动静呢？因此，对王所长原先的判断产生了怀疑。就毫不隐讳地说："唉，看来又是竹篮打水一场空！或许他们本来就不是我们要找的人。"

"刘所长，看来你又沉不住气了，这些现象很正常呀！说明我们的对手不简单，他们知道现在侦查手段很先进，如果一听到对他们不利的信息，就迅速通话联系，肯定会被公安部门监听到，如果他们贸然见面，也会被监视的公安干警捕个正着，聪明的做法就是装作若无其事、按兵不动，以期

银河沉尸

打消对他们的怀疑。现在正是与他们比耐力的时候，只要我们耐心地等待，他们的狐狸尾巴迟早会露出来。"王所长见我表现出急躁情绪，耐心地阐述了他的不同看法，接着又笑眯眯地盯着我说，"你也不要怀疑我原先的判断，从技术人员查证的情况来看，说明刘文的手机在他被害前后还与人通了话，而且时间和地点又是如此吻合，更加证实了我的判断是正确的，说明刘文被害时曾出现在那个地点。"

"那现在我们又该怎么办？派出所要做的工作很多，既然嫌疑人暂时不会行动，是不是把人抽回来去干别的事，我们不必在这件事上去空耗气力。"

"不，人绝不能抽，你应该知道，嫌疑人已似热锅上的蚂蚁，比我们更急，肯定会伺机妄动，据我猜测，应该很快就有好消息传来，现在我们要做的事就是吃饭，我的肚子在造反了呀！"

"哦，真的对不起，由于只顾办案，这个时候还没吃中午饭，一定饿坏了吧？"经他提醒，我也感觉饥肠辘辘的了，一看腕表，快下午 2 点了。我急忙吩咐在场干警去厨房炒了几个小菜，就和王所长等几个干警在办公室里狼吞虎咽地吃起来。

由于都饿得发慌了，一桌饭菜几分钟就风卷残云般一扫而光，王所长放下碗筷，伸出衣袖往嘴巴上一抹，就笑眯眯地对我说："来，我们大战一盘，给你一个报仇雪恨的机会！"

"下棋？"心想，在这个时候你还有心思下棋？

"是的，快把象棋拿来，我们博弈一番，或许楚河汉界还没出胜负，嫌疑人与我们的耐力比赛就已见分晓了！"王所长语气肯定地说。

下棋对弈是我们的共同爱好，以前在一个所里工作，只要有空闲总要兴致勃勃地杀上几盘。加上我们的棋艺不相上下，又互不服输，有时一盘棋几个小时也分不出输赢，上次一不小心让他钻了个空子，输在他手里，让他一直恃骄狂，故又提出要和我大战一盘。

在这个因侦破工作没有一点进展，让我心烦意乱的时候，根本没有下棋的兴趣，但又不好扫他的兴，就只好在办公桌上铺开棋盘和他对弈起来。

由于牵挂嫌疑人是否会行动，我一直心不在焉，而他却是全神贯注，瞅准空子主动出击，几着下来，我就损兵折将、出师不利。他却越战越猛一路追杀，连连叫"将"，我只能疲于应付，毫无反攻之力。尤其是他的一着卧槽马叫"将"抽车，让我无力回天。眼看我的劣势已成定局，他就咧着嘴大笑起来："嘿嘿嘿！看来又是我手下败将了呀，服不服……"话没说完，他的手机突然响起来，他忙接听，并按了免提键，让我也能听到，原来是涟水镇派出所打来的，报告说刘琦刚才骑着摩托车去了县城方向，他们已派出两名干警跟踪其后，特来请示他下步行动。只见王所长对着手机大声说："告诉他们远距离跟踪，千万不要让他发觉，只要不跟丢就行，有什么情况及时通报。"

"丁零零——丁零零——"就在这时，办公室座机也响了起来，我忙抓起话筒一听，是监视朱英的干警打来的，说朱英提着一包东西搭上了一辆去县城的拼的车，已有两名干警驾驶一辆私家车跟了上去，于是，我也按照王所长的说法，吩咐他们不要惊动朱英，发现什么异常及时向我报告。

银河沉尸

"不出所料，他们已按捺不住了，我说过嘛，他们会比我们更急呢！看来有好戏看了。"王所长喜滋滋地说。

"他们能出动，自然是好兆头，只是让我不解的是，监听通讯的干警没有发现他们有通话联系，他们又怎么会同时出发呢？"嫌疑人终于有动静了，确是个难得的惊喜。只是想到他们一直没有通话，又怎么会不约而同地行动呢？让我百思不得其解。

"他们这种现象确实让人费解，我反复思索也得不出合适的解答，我想他们是不是已通过其他途径相约见面，抑或是他们事先已形成了于某个时候在某地约会的习惯，今天又正好碰上是这个时候。当然，这些还只不过是我的一种猜测，但不管什么原因，既然他们有所行动，我们就要利用好这个机会，把真相揭示出来，现在我们就在这里静候跟踪人员的信息吧！"

"还有，听监视的干警说，朱英是携带了一包东西上的车，她是不是想逃跑？"想到这里，我有点紧张起来。

"不会吧，如果真想逃跑她也不会这么仓促呀，应该做一定的准备，如带些现金、食品等，但监视的干警没有发现她去过银行、商店。当然你能想到这个方面，说明你遇事细心老靠了。"王所长听了我的担心，露出赞许的神情，笑吟吟地说。

由于这突然的信息，让王所长没有心思下棋了，只见他撇开棋盘走到窗前，一个劲地抽烟，又在办公室里来回转悠起来，还不时地搔抓着蓬乱的头发。我则暗自庆幸，感谢这个电话，拯救了我即将惨败的棋局，不然又会给他一次吹牛的本钱。

"啊，坏了！刘所长，可能要出大事，快，快！通知跟踪的干警紧紧跟上，我们赶快调辆车追上去。"突然，王所长猛地扔掉还没吸完的大半截烟，神情显得很紧张。

"怎么？会出大事？"听他劈头盖脸地冒出这么一句话，让我昏头打脑了，这一惊一乍的真吓人！

"是的，如果他们真是合谋杀害刘文的嫌犯，意识到事情已经败露，一旦公安人员追查，其中一方就会把自己供出来，为了自保，就会实施杀人灭口谋害对方。"见我一脸愕然，王所长讲出了让他担惊的原因。

"是啊！犯罪分子就是这样，一旦危险威胁到自己，就会铤而走险致同伙于死地。好，我立即调车。"王所长这一提醒，让我大吃一惊，差一点儿忽略了这么重要的一环！

"快，刻不容缓，我们必须尽快追上他们，及时制止这场可能发生的命案，并多叫上几个干警，免得到时人手不够。"

于是，我迅速调来一辆私家小面包车，把在所里的干警一一叫上，快速驶向县城。

九

根据跟踪人员提供的线路，我们一路猛追。当面包车行驶到县城郊区时，跟踪朱英的干警突然打来电话，沮丧地报告说：朱英不见了。

"什么？跟丢了！你们是干什么吃的？"在这关键时刻，几个大男人竟然把一个堂客跟丢了，我的气不打一处来。

"是朱英不见了吧？说明她很狡猾，已觉察到我们在追踪她，现在发火也于事无补，要他们在前面等着，我们赶过去问清情况再说。"王所长见我一副气呼呼的神色，口气平静地说。

幸好我们相距不远，几分钟就与跟踪朱英的干警碰上了面，他们讲述了跟丢的经过，原来，拼的车是返回县城的空的士，司机为了挣钱，只要有乘客不管乘车远近都要接送，因此沿途都有乘客上下车，跟踪的干警怕惊动朱英，始终与拼的车保持一定距离，由于的士总是停停靠靠的上下乘客，他们就紧盯着下车的乘客，因为他们已经确认朱英上车时穿的是一件显眼的粉红色中长风衣，提着一个蓝色包裹，只要她一下车就会被发现，再根据她的去向继续跟踪。但随着的士的几次停靠下客，都没发现朱英下车，直到拼的车到达县城也没见朱英下来，他们感觉奇怪就追上那辆的士，发现车上乘客已全部下完，根据的士司机反映，那个穿粉红色风衣的女人上车后就有点紧张不安，原来说是到县育英中学下车，但到城郊后就急匆匆地提前下去了，并在下车前还把风衣脱下放在包裹里。听司机这么一说，他们叫苦不迭，大呼上当。失去了跟踪目标，他们意识到了自己的失职，一个个垂头丧气地站在一旁准备挨训。

"由于拼的车沿途停停靠靠，你们跟踪的车也只能走走停停，她肯定对你们的行迹产生了怀疑，本来就是心惊肉跳的她，当然就要千方百计甩开你们而溜之大吉呀！你们也不必过分自责，赶快去把她追上不就将功补过了！"看到跟踪干警一个个愁眉苦脸的样子，王所长口气柔和地安慰他们。

"追上她？我们还不知她是往哪个方向逃跑的呢！"见王所长要他们将功补过去追上朱英，都表现出一副懵懵懂懂的神色，其中一人不解地问。

"真是木脑壳！的士司机不是告诉了你们吗？快，去育英中学。"当我正要对他们丢失了跟踪目标而大发火时，王所长的话启发了我，霍地，想到了朱英逃跑的方向。

于是，我们两辆车一前一后全速赶赴县育英中学。

"嘟——嘟——"就在这时，王所长的手机响起来，只见他接听后大声说："别急，你们迅速赶去育英中学附近找吧。"

原来，可能是刘琦也发现有人在跟踪他，在到达县城后，就在城区的小街小巷里转弯抹角地穿梭起来，由于城区行人密集，车流量大，虽然跟踪的干警识破了刘琦要甩开他们的企图而紧咬不放，但因小街小巷里岔道多，他们又不太熟悉路径，稍不留神就被他溜了。幸亏我们已得知朱英要去的地方是育英中学，如果他们是相约见面，刘琦也就肯定会去那里与朱英会合。因此，王所长就要跟踪的干警赶赴育英中学附近寻找。

当我们赶到县育英中学校门前时，只见那两个骑摩托车跟踪刘琦的干警满头大汗地走来报告，说他们听了王所长的吩咐后就迅速赶到了育英学校，由于学生还未放学，怕影响学生上课，他们就只在学校外面寻找，但找了几个来回都没发现刘琦的踪迹，正急得不知如何是好。

听了他们的汇报，王所长一声不吭坐在车里，只是一个劲地抽烟，一副冥思苦索的神情。我也陷入烦闷之中，现在两班跟踪人员都把目标丢了，两个嫌犯都不见了踪影，又一起凶杀案发生的危险就越来越大了。必须尽快找到他们，不能有半点拖延，怎么办？我抓耳挠腮地干着急！

这时，育英学校陆续来了不少的人，有开小汽车的，有骑摩托车的，有坐的士的，越聚越多，校门前的广场里人声鼎沸，一片喧哗。他们有的下车后就奔向校门往里张望，有的还大包小包地提着一些东西在门外等着。看到这一情景，突然让我想起今天是星期五，正是学校下午放学的时候，因为，育英学校是我县比较有名气的私立学校，实行封闭式教学，绝大部分是寄宿生，学生不是节假日一般都不让家长来打扰，更不准学生擅离学校。因此，只有每个星期五不搞晚自习。下午放学后，远处的家长们都要赶来学校，有的为学生送吃的、穿的，有的把学生接回家过双休日，还有的家长则在学校附近饭店就餐为子女改善伙食。猛然，让我意识到，朱英坐拼的车时说要到育英学校下车，原来是来看她在这里读书的儿子。于是，我对还沉浸在苦思冥想之中的王所长说："快，我们去找朱英的儿子，他就在这所学校读书，原来朱英是来看她儿子的呢！"

"哦！我真糊涂！怎么没早想到这一点？白白浪费了这宝贵的几分钟。你们知道他叫什么名字，在哪个班级，班主任是谁等情况吗？"王所长听我说完，一下站起来走下车，表现出不无遗憾的神色。

"根据这几天的侦查摸底，我们已掌握了朱英的有关情况，她儿子叫刘杰伟，在育英中学211班读初二，班主任叫王芳。"一名干警赶忙回答。

"那事不宜迟，我们赶紧去找他，说不定朱英还在那里呢！"我即刻招呼几个干警走向校门。

"慢着，别去这么多人，这里不是一般的地方，不要影响学校的教学秩序，更不要惊动她儿子，否则会给他造成心理压力而影响学习，我和刘所长去找班主任了解一下就行，你们继续分头寻找朱英和刘琦，据我估计，即使朱英是来看儿子也应该已离开了，因她此行还有更重要的事呀！"王所长说完，就掏出工作证交校门保安查验后，和我一起走了进去。

没费多大周折，我们就找到了 211 班班主任王芳，一打听，说朱英确实来过，给儿子刘杰伟送来了一包吃的和穿的就走了。

我赶忙问："她什么时候走的？在这里逗留了多久？"

"走了大概有 1 个小时，进来把东西交给我就走了。"

王所长又走上前来问："她经常来吗？以前也是这样行色匆匆？"

王芳见我们一再问他，表现出一种疑惑的神色。"一般每个星期五下午都要来，但以前来时都要和我交谈一阵，问这问那地打听儿子的学习情况，还要带儿子去附近餐馆吃顿饭，不像这次这样匆匆忙忙的，我也感觉有点奇怪。是不是发生了什么事？"

"呵呵！没什么事，我们只是想找她买点建筑材料，听说她来看儿子了，故顺便来学校找她。"王所长看到王芳起了疑心，笑吟吟地回答。又问，"她以前是在哪个餐馆为儿子改善伙食？"

"应该是校门左边的兴隆宾馆，因那里是吃喝住宿一条龙服务，生意很好，有一次因刘杰伟考试得了前两名，她硬要请我吃顿饭以表感谢，我拗不过她也就去了，就是在那个兴隆饭店吃的。"

"她平时来看儿子是一个人来吗？"王所长又问。

"平时的情况我不太清楚，但那次请我吃饭时，还有刘杰伟的一个叔叔也来了。"

"哦！"听王芳说完，王所长目光忽闪，现出难以名状的神情。

"你们要找她的话，我这里留有她的手机号码，你们可打她的电话呀！"王芳见我们要找朱英买建筑材料，就主动要把朱英的手机号码告诉我们。

"她的号码我们也有，就不麻烦你了，打扰了呀！"王所长很客气地与王芳打过招呼，就和我匆匆走出育英学校。

"唉！看来又扑了个空，这个朱英真的太狡猾了！"走出育英学校校门，我不免悻悻然。

"别气馁呀！她狡猾是狡猾了一点，但再狡猾的狐狸也逃不过猎人的眼睛嘛，我们的收获还是不少，起码掌握了朱英和刘琦他们的行踪。"王所长对我沮丧不已的情绪不以为然。

王芳只是说朱英到过学校，但没提到刘琦，他怎么说找到了"他们"的行踪呢？我就不解地问："掌握了他们的行踪？"

"是的，既然朱英请王芳的客都是刘琦作陪，说明他们已是秤不离砣了，朱英利用看儿子的机会在这里与刘琦见面，应该已成为他们不变的习惯，今天是星期五，正是他们约会的时间，肯定会不约而同地来到这里，现在我们快去他们幽会的地点找吧。"王所长见我不解，就讲述了他之所以说找到了朱英和刘琦踪迹的原因。

"哦！你说他们约会的地点，就是兴隆宾馆吧？"听他这么说，我恍然大悟。

"一点不错，我们必须迅速赶去兴隆宾馆，由于这段时间的耽搁，我们已处于被动之中，如不争分夺秒恐怕就来不及了呀！"说完，王所长现出少见的紧张神色，向校门左侧奔去，又边跑边喊，"快，快，通知所有干警向兴隆饭店靠拢。

尽快去制止那场可能发生的凶杀案!"

受王所长的感染,我也全身神经紧绷起来,跟随他边奔跑,边招呼其他干警到兴隆宾馆集结。

十

兴隆宾馆是坐落在育英中学左侧的一栋三层楼房,几分钟我们就赶到了那里,只见宾馆前坪上,停了很多的摩托车、小汽车,穿蓝白相间学生服的学生和着各式服饰的家长出出进进,热闹非凡,一层餐厅里,更是宾客满座,吃饭的、喝酒的,一片喧哗。当我们一群干警走进去,他们都现出惊讶的神情,有的窃窃私语,有的呆头呆脑地张望,嘈杂纷乱的厅堂,霎时一片寂静。

见此情景,王所长忙笑眯眯地上前解释:"我们只是例行的安全检查,请各位不用紧张,继续你们的用餐吧!"

这时一位打扮时髦的青年妇女,拿着一包极品芙蓉王笑容可掬地上前装烟:"不知领导要来检查,快到二楼雅间就座,这里太吵了!"

"你是宾馆老板吧?好,我们去二楼,了解了解一下你们的安全防范情况。"王所长边说边走,快速上了楼梯,我也就示意两个干警留在楼下监视,其余几个紧随而上。

"老板,先向你打听一个人,你认识朱英吗?"当进入二楼的雅间,那个女老板热情地泡茶递烟时,王所长突然冲着她问。

"认识,她是我店的常客,几乎每个星期五下午来看她儿子时，都要在这里吃饭，有时还要在这里开个房间睡一晚。"那个女老板赶忙回答。

"她今天来了吗？"

"来了，进来就开了一间房，说疲劳得很，要休息一下。"

我一听，忙抢着问。"她来了多久？住在哪间房？"

"大概有 1 个小时了，开的是她常住的 305 房间。"

"她还有同行的人吗？"听她这么说，我正要奔向三楼，但王所长对我微微摇头，又继续问。

"今天好像只有朱英一个人来的，但以前常有一个做伴的跟她一起来，朱英说是她的一个兄弟，故她儿子总是把那个人叫'叔叔'。"那个女老板见我们总是问个不停，现出不解的神色，但还是有问必答。

"我们想见见那个朱英，请你给我们带个路吧。"王所长随即走向三楼，同时暗示我们准备行动。

"好！"女老板满口应承。

我示意两个干警留在二楼监视，以防万一。就带着其余人员走上三楼。

当我们一行人走到 305 号房间前，王所长就要那个宾馆老板去叫门，那个老板上前边敲门边喊："朱姐，朱姐，有人找你呢！"但房间里没一点声响，女老板又在门上边敲边推地大声地喊，"朱姐，朱姐，开门呀，开门呀！"房间里仍没动静。

看到这一情形，一个不祥的预感涌上我的脑际：是不是真的出事了？我瞅了一下王所长，见他也现出了一种不安的神情，同来的干警个个都紧张起来。

"这么喊，这么敲，房间里却没一点反应，她是不是没在里面？"我问那个女老板。

"不会，明明看到她开房后就上了楼，没有下来过，我一直坐在一楼大厅里，客人上上下下都看得很清楚。"女老板忙解释道。

"你带了门钥匙吧？快打开看看。"我赶紧催促。

"怕用钥匙也是开不开了呀，既然这么喊叫，这么推都没作用，里面肯定是反锁了，当然你还是快去试试吧。"看来王所长也急了。

听王所长说完，宾馆老板忙掏出随身携带的房间钥匙，插入门锁孔旋转一下，又使劲推了一下门，然后转过身来说："锁是开得动，但门里面打了倒闩开不开，因为为了防止偷盗，我们在每个房间里面的门上都安装了插销锁，并提醒顾客注意安全，在休息、睡觉时都要把插销闩好。朱英一定是休息时把门插销闩上了。她应该在里面，不然，就不可能闩门。"

听她这么说，我越发紧张了，既然人在里面，怎么没有一点动静？肯定是出了什么事！

这时，王所长也感到了事情的不妙，果断地做出决定："看来只有把门撞开了，刘所长你力气大，这个任务就交给你。"

侦查破案、抓捕犯罪分子，要破门而入是常事，以前和王所长在一起时，这个活几乎是我承包，今天照样没有人跟我争。于是，我走到门前，两脚分开站稳桩步，右脚尖扣近门底边，膝盖抵住门板，左手紧抓门锁拉手打开门锁，就鼓足劲用右肩膀猛撞门锁上端部位，因我知道插销一般是安装在门锁上面不远的地方，而插销一端的闩孔是由两个螺钉固定在门框上，根据以往经验，只要在这个位置使劲，门框上的螺钉就会被撬松，因此，我连续猛撞三下，啪哒一声门就开了。

门一敞开，一个惊悚的场面展示眼前：只见一张单人床上，躺着一个白色棉被盖着全身只露出头部的女人，头发凌乱、脸色惨白，木床左边的棉被下伸出一只血糊糊的手，地下流有殷红的血迹。把在场人惊得目瞪口呆！尤其是那个宾馆老板更是惊恐万状，"啊"的一声尖叫，走了出去。

见此情景，王所长示意其他人别动，干警们都是经历过血腥场面的人，更懂得现场原貌的维护，就都站在门口止步不前。只见王所长快步跨进房间，伸手在死者鼻前探了一会儿后连连摇头："唉！没有一点气息了，叫救护车来也没用。唉！最担心的事情还是发生了！刘所长，赶快封锁现场，报请县局来勘验。"

于是，我把跟来的干警一一分派到兴隆宾馆的出入口把守，要求原来在宾馆的客人及工作人员一律不得走动，等待查询。幸好宾馆结构简单，一至三楼只有一层大厅一扇门出进，把大厅门一封锁，所有人员就不能走出宾馆。我又迅速报告了县局刑侦队，请求派员来现场勘查。安排停当，我和王所长就在三楼走廊里焦急地等待县局领导的到来。

由于案发地点在县城，与县公安局很近，不到15分钟刑侦大队副大队长于兴一行6人就匆匆赶到了。王所长在305房间前的走廊上，向于副大队长等人简单地介绍了案发情况，又不无遗憾地说："这个死者可能是银河沉尸案的重大嫌疑人，我们正要找她，现在却不能说话了，实在可惜！"

"怎么搞的呀？我们的王神探！银河沉尸案还没一点眉目，嫌疑人就死了，又白白地葬送了一条人命！"听王所长说完，于副大队长皮笑肉不笑地说。

听了于兴带着责备和讥讽的口气，还流露出幸灾乐祸的神情，让我想起了那场案情分析会上的争论，原来他对王所长仍耿耿于怀，今天又让他抓住了报复的机会。于是，我就理直气壮地说："于副大队，这是始料不及的事呀！本来我们一直追到这里就是想阻止这场命案，但还是迟了一步，这事的发生也怪不得谁，'天要下雨，娘要嫁人'嘛！谁又能阻止得了？何况她是罪有应得。这样，可能还给国家节约了一颗子弹呢！因此，根本不值得大惊小怪。"

"刘所长，你怎么能这样说呀！即使死者真是身负命案的凶犯，我们也只能把案情弄清楚，把证据搞扎实，由法律去制裁她，又怎么能随便让她去死呢？"显然，于兴对我的话极其反感，就气咻咻地说。

王所长见我和于兴说话上了坡，就赶忙出来打圆场："刘所长，于副大队说得对，这件事情的发生，也确是我们工作上的失误，尤其是我的判断迟后，没有提前预见到可能发生的事情，但现在不是争论的时候，抓紧现场勘查，迅速追查凶犯才是当务之急！"

听王所长这么说我只得忍住了要讲的话，于副大队长也就没吭声了。于是开始进入紧张的现场勘查。

首先，由刑侦大队专司摄像的人员对现场一一拍照摄像；再由痕迹勘查技术人员对现场物件用具、门窗等仔细观察、提取痕迹，收集现场物品和生物检材；最后由法医对死者尸体做初步检验。我则亦步亦趋地跟随勘查人员，认真观察、琢磨勘查的全过程，争取学到一些勘查方法和经验。

我发现，在别人都在紧张忙碌的这个时候，王所长却不声不响地站在一旁，虽然有时也察看一下勘查人员检验过的地方，但大部分时间是一动不动地站着发呆。特别是围着房门不停地察看、揣摩，把从门框上撞落下来的插销锁一端重新恢复好，又在插销上缠绕什么东西，拿着插栓不停地推动，还扯着一根很细的什么线好像在丈量房门的宽窄长短，又试着关了几次门，有一次不知什么原因还把自己关在外面，叫我去给他开门，对他那些怪异举动，让我实在不解，别人都在聚精会神地进行现场勘查，他却在傻乎乎地做些无用功。

　　勘查完毕，我们在宾馆二楼的雅座间开会，于副大队长根据现场勘查情况作综合发言，现场勘查结果是：一、死者全身肌肉骨关节仍处于柔软之中，没有发生尸僵，更没出现尸斑，由此判断出死者死亡不到 1 个小时。二、死者左手腕血管割断，地上流有血液，且在血迹旁边有一块锋利的刮胡须刀片，因此，可以肯定死因是割腕致死。三、在死者睡床右边的床头柜上，有一张用宾馆为旅客备下的便笺和铅笔写下的"我罪孽深重，只能以死了之"字样，笔迹潦草模糊。四、房间窗户关闭，没有撬动过的痕迹，窗户门插销紧闩、玻璃完好无损，窗台亦没有攀爬过的迹象。五、房间只有一扇门出进，房门锁是佳宝丽牌门拉锁，一旦关门落锁没有钥匙打不开，且房门里面加装了插销锁，把插销闩上，在外面即使有钥匙也无法打开门，是刘所长破门而入时撞开的，因而门框上的插销螺钉被撞出，插销锁在门框上的一端已脱落。六、房间里除死者的脚印、指纹外没有其他人留下的任何痕迹，且房间里物件包括死者的包裹在内没有翻动过，里面尚有 500 多元现金。死者的金耳环、金手镯等贵重首饰均穿戴在身。

介绍完毕，于兴就很客气地征求在场人的意见："我们的技术人员对现场勘查的情况就是这些。三个臭皮匠顶个诸葛亮，对这个案子的性质、动机、手段等案情，请各位发表看法，我好综合大家的意见，迅速确定案子性质向局领导汇报。"

"死者是畏罪自杀，留下的遗书就是确证。"

"窗户紧闭，房门反锁，房间里只有死者一人，不可能是外人作案。"

"房间的物件没翻动，死者现金、贵重首饰均没丢失，不可能是谋财害命。"

……

待于副大队长一说完，刑侦勘查人员就七嘴八舌，纷纷发表自己的看法。

"看来大家的意见高度一致，我也认为死者是典型的割腕自杀，好，我就按这个结论去向局领导汇报，争取尽早结案，这里的现场清理、寻找死者亲属等事情就要辛苦王所长和刘所长了呀。"于兴满面堆笑地瞟了我和王所长一眼，就起身准备走出房间。

王所长见于兴带着现场勘查人员就要走，忙站起来说："且慢，于副大队你们不能这么快就走了！"

"怎么？难道死者的善后工作也要我们来做？"于兴看到王所长不要他们走，显得很不耐烦。

"不，处理这些事很简单，不需要你们帮忙，我是认为你们对这起案子做出的结论错了，根本不符合事实。"王所长对于兴的不满情绪视若无睹，说出了不要他们走的理由。

听王所长这么说，于兴不以为然，带着嘲讽的口气似笑非笑地说："啊哈！难道我们的王神探还有新的见解？我倒是要洗耳恭听了！"

"不是什么新的见解，而是明摆着的事实。"

"什么事实？"

"死者不是自杀。"

"难道是他杀？"

"是的，是典型的谋杀！"

"啊呀呀，又是谋杀！真是闻所未闻！房间门窗紧闭，房门反闩，连一只蚊子都无法进出，又有谁能进来杀人？"于兴对王所长的说法感到好笑。还加上一个"又是"，仍忘不了上次那场争论。

王所长没有去理会于兴的嘲笑，而是语气净净地说："于副大队，你是被表面现象蒙蔽了呀，这是典型的'密室杀人'！"

密室杀人！王所长此话一出，让在场人员惊呆不已！都瞪大圆溜溜的眼睛望着他。

我则倒抽一口冷气，为他捏了一把汗，现场所有情形表明，朱英畏罪自杀是无可争辩的事实，他却认为是谋杀，还说是什么典型的"密室杀人"。担心王所长无中生有地说漏了嘴，下不了台！

十一

于兴听到王所长说朱英之死是谋杀，全盘否定了他原先的结论，不免有点愤愤然，更不相信他说的是什么"密室杀人"，就不屑一顾地瞅了王所长一眼，挖苦地说："'密室杀人'！这一说法真新奇，王所长，那就请讲讲你的'密室杀人'吧，好让我们也长长见识！"

王所长反唇相讥，笑呵呵地说："好啊！既然我们于副大队连'密室杀人'都不理解，我也就只得献丑了！"然后，就有条不紊地阐述了他认定朱英之死是"密室杀人"的推理、判断。

"所谓'密室杀人'，是刑侦词汇中'不可能犯罪'的一种，也是最具代表性的一种。就是在表象和逻辑上都不可能发生的犯罪行为。指凶手通过一系列手段，使被害人被杀的证据全部指向被害人所处封闭的空间内，没有第二者，而又非被害人自杀的杀人方法。

"从此案的所有情形来看，朱英畏罪自杀，确实无懈可击：窗户紧闭，房门反闩，留有遗书。加上死者对丈夫的离奇失踪负有重大嫌疑，随时有被公安局抓捕归案的危险，因为害怕而惶惶不可终日，这些客观和主观因素，导致她畏罪自杀就顺理成章。如果，办案人员稍有疏忽，就会被这些假象所迷惑而误入歧途，认定她自杀无疑！当时，我也差点儿上了当。但现场上一些疑点引起了我的警觉，通过反复分析、判断，从而推测出了朱英之死是'他杀'。"

"死者留下遗书，紧闭窗门，反锁房门，然后割腕自尽。现场一切表象让人一目了然，自杀特征无可非议，又有什么可怀疑的地方？"于兴瞪大眼睛，根本不相信王所长的话。

"有呀！很多不正常的现象都明摆在那里，只是我们的于副大队没有去注意，没有去思考而已。"王所长盯着于兴，微微而笑。

"有好多？"于兴没有去计较王所长刺耳的话语，而是疑

银河沉尸

惑不解地问。

　　"既然于副大队想听，现在我就把我所看到的疑点都告诉你吧，一是现场上死者只有左手伸出在外，而右手却全部盖在棉被里，让人费解。既然是割腕自杀，朱英就应该是右手拿刀片割断左手动脉，两只手就都应该露在外面，右手又怎么会刻意放在被窝里呢？二是割腕自杀，死者只有割断动脉出现大流血导致休克而死，但我发现死者割断的只是静脉，血流速度会相对缓慢，血还没流完就会凝固，这样，绝不会在短时间内死亡，而且地面上的血迹也不多，看不出是大量流血形成的，因此，死因应该不可能是割腕所致。三是因为有了第二点疑虑，我就仔细观察了死者脸部，发现其颜面有皮下出血形成的青紫色，口唇黏膜有严重挫伤，双侧球睑结合膜出血点也很明显，看到这些现象，就让我想到了窒息死亡的体征，原来'割腕'自尽只是一种假象，'窒息'才是真正的死因！那她又是怎么窒息而死的呢？我就仔细琢磨了死者的死亡体征，发现不像是被扼颈或者上吊所致，而是有被什么东西捂住过的迹象，我就特意抽出朱英睡着的枕头观察，发现枕头压在下边的一面上粘附有依稀的黏液，让我恍然大悟：朱英是被人用枕头捂死的。"王所长说完，点燃一支烟，慢慢地吸着，犀利的目光扫视在场人员，揣摩着他们的反应。

　　"你说死者是被人捂死后，再制造了割腕自杀的假象，但死者左手确是血糊糊的，地下又流了不少的血，人既然死了，还会流血吗？"显然，于兴对王所长有理有据的分析、判断无言反驳，但又提出了新的疑问。

　　见于兴又提出新的质疑，王所长把目光投向来现场勘查的法医，笑眯眯地说："这种情况应该属于正常现象吧，至于为什么？就应由我们的法医官来回答了！"

"是的，王所长讲的确实没错，人一般窒息 5 分钟就会死亡，但血液不会很快凝固，如果在这个时候割断血管还是有血液流出的，因人死亡后，一般要 1—2 个小时后血液才会凝固而出现尸体僵硬。当然，人死后血液就停止了循环，只有在刚死时切断血管才会有少量血液流出，而且流速很慢并会很快凝固。这些都是最基本的人体解剖常识，难得王所长也了解得这么深刻。"法医对王所长投以钦佩不已的目光。

"这么说来，王所长的分析、判断基本站得住脚，只是在这个封闭的房间里，杀害死者的凶犯又是怎么出进的呢？这个谜团，恐怕在场人员都弄不明白，还要请你王所长做一番讲解才行呀！"显然，通过这场争论，于兴对王所长的分析、判断已心悦诚服，语气也变得谦逊起来。

"既然于副大队还想听，我又只得继续嘈你们的耳了呀！"见于兴改变了态度，王所长说话的语气也就变得柔和了。

于是，王所长又讲述了他对这起"密室杀人"的推理、判断过程：

当他跨进房间发现死者已无生命体征，死者手腕血管割断，地下留下一摊血迹，门窗又都紧闭的情景，让他第一时间想到，这是一个不折不扣的自杀现场。后来又看到了死者的遗书，就更坚定了他"死者是畏罪自杀"的看法。但当他无意中发现在床的侧面，位于死者左手下边的床单上，有一个一横一竖近似横"7"字的血迹，就引起他的警觉，是不是死者临死时要告诉人们什么信息？如果真是这样，死者就绝不是自杀。因此，他对现场情形又进行了反复观察、分析，

银河沉尸

功夫不负有心人，终于让他找到了诸多疑点，从而判断出死者是被人用枕头捂住而窒息死亡。

是"他杀"，就有凶手！但在这个可以说是密不透风的空间里，凶手又是怎么进出的呢？他一遍又一遍地搜索房间里的一切：墙壁、门窗、天花板、地面砖、衣柜、桌椅……希望这些装修、摆设里藏有玄机，从而能找到凶犯出进的通道。但很失望，一切是那样的正常，没有任何疑点。正像于兴说过的是一只蚊子也无法进出。难道凶犯有遁天入地的本事？抑或像空气一样飘忽无踪？让他百思不得其解，他搜肠刮肚地寻找答案，想啊想，倏地，密室杀人！一个刑侦词语冒出脑际，是呀！这只能是凶犯做了一番手脚，设计了一个不可能犯罪的现场来蒙骗办案人员。他又想到，既然是凶手设计出来的现场，那一切就是假象，就肯定存有破绽，只不过是暂时还没被发现而已。

于是，他又重新审视房间的一切，既然房间里没有凿壁挖洞，那凶手就只能从门窗出入了。他又仔细检查窗户，但窗门紧紧拴在窗框上，窗玻璃完整牢固，没有做过任何手脚，凶手不可能在此出进。这样，就只剩下房门了。他就围绕房门反复查看起来，他发现房门铰链是钉在里面，且钉铰链的螺钉是纹丝不动的，不可能做过手脚。他又发现房门上装的佳宝丽门拉锁，虽然有反锁功能，但只要有钥匙，在外面还是能打开房门，故宾馆为了安全起见，在里面都加装了插销锁，这样，关门后只要在里面闩上插栓，门外的人要想进去，就只有破门而入了。因此，"插销"是使门外人从房门进入房间的唯一障碍。凶犯在房间作案既然只能从这扇门出进，而要把房间做成密室，也就只能在插销锁上打主意了。如果凶犯杀了人后就慌慌张张地走出了房间，这时房里的人已经死了，不可能起来闩插栓，又是谁把门闩上的呢？他懵懵懂懂地盯着插销锁发呆，这是一把型号较小的永恒牌"7"字形插销锁，插销锁长的一端用 4 个螺钉钉在门页上，短的一端由 2 个螺钉钉在门框上，门关上后，只要把"7"形插销长的一头，穿过门页上固定的插销孔闩上门框上的插销孔，外面的人即使有钥匙也无法打开门。凶犯又是怎样在插销锁上做的手脚，使凶杀现场变成了封闭的空间？他上前拿着插销锁的"7"字形插栓前后推动，揣摩着凶犯是怎样在上面耍的花样。突然，一个想法涌出来，如果房门未关之前让插销处于将要闩门状态，在人出去把门关上后，再想办法从外面把插销移动到门框上的插销孔，不就在外面把门闩上了吗？这个想法一经冒出，让他惊喜不已，凶犯肯定是这样做的！

　　这时，房门下一小块黄色锯齿形海绵片引起了他的注意：这是缠绕鱼线的呀！平时喜欢垂钓的他，对此类物品很眼熟。这里怎么有这种东西？是凶犯无意中遗留的？这一发现启发了他：原来凶犯是利用渔线作的案。他通过反复思索，推测出凶犯是怎样进行操作才把门插栓从外面闩上的，然后，按照揣摩出来的方法进行推演测验，刚好他早几天在一个渔具店买了一些 04 号钓鱼线等渔具，准备星期天无事时去涟水河钓鲫鱼。他就拿出几米渔线把一端折过来，在"7"字形插栓短的一端绕一圈打一个双线头活抽结，然后拉紧，不让渔线从插栓上滑落，又把"7"字形插栓短的一端扳正垂直对正插槽，把双线活抽结线长的一端线头穿过门页上的插销孔垂至门底，再把垂下的渔线从门底下牵出门外，把门带关后再在门外轻轻拉扯渔线，插栓就在渔线的牵动下闩向门框上的插销孔,把插销拴上后,再用力拉扯渔线,由于原来在"7"字插栓短的一头打的是双线活抽结,把活抽结线头长的一端用劲一拉,活抽结就自然松开,整根渔线也就拉出了门外。这样,就可在外面把门闩上而不留任何痕迹,一个无法进入的密室现场也就形成!

当然,在操作时必须手法轻巧,稍不注意,不是插销没闩上活结就松了,就是插销没移动到位就倒了下来而拉不动,而且,渔线活结长的一端的线头要有足够的长度,不然,在关门前,人走出房间时就会牵动渔线,提前移动插销而达不到目的。他试了几次才成功,说明凶犯也应该是操练了多次才付诸实施。

虽然,制造这样的"密室杀人"现场,其实已是一种老套的犯罪手法,但往往会让破案人员上当受骗而误入歧途。

讲述完毕,他又把我们领到死者房间,进行现场演示,为了避免在外面关门后,无人开门,他特意要我留在房间里。我注意到,当他按照上述说法操作一番把门关上后,他在外面轻拉渔线时,门闩在线的带动下不偏不倚地闩上了门框上的插销孔,又在他的用力拉扯下,渔线原先在"7"字插栓短的一端打的活结就迅速松开,通过插销孔滑落下来而被扯出了门外,一切如他所说。

听了王所长的分析、判断和现场演示,让我恍然大悟,他先前的那些怪异举动,原来是在搞模拟测试,难怪还把自己关在门外而要我去开门呢!在场人员更是惊呆不已,霎时,会场一片沉寂。

"这么说来,死者确是被人谋杀了,必须尽快缉拿凶犯!现在我们就来研究一下追查凶犯的工作,请各位畅所欲言,谈谈自已的看法吧。"看来于兴对王所长这番有理有据的推论已深信不疑，沉默片刻他发话了。于是，现场勘验人员又各抒己见、议论纷纷：

"这个凶犯太狡猾了，在现场上没有留下任何蛛丝马迹，要找到他很难呀！"

"能设计出这样的密室来作案，是个高智商的罪犯，恐怕一时半刻是找不到他的踪影！"

"这是个厉害的对手，要抓捕他仅靠我们这些人恐怕是无能为力，也是费力不讨好的事，只有向局领导汇报，多派人手，并争取省、市公安部门的支持，才可能有点希望。"

……

听了他们的发言，我也有同感，这个凶犯确是个难以对付的家伙！原来认为刘文的死，朱英与刘琦有重大嫌疑，只要抓住他们一审查，就会真相大白，因此千辛万苦地追踪到这里，本想只要他们一碰头，就可一箭双雕捕个正着。但现在朱英被害，刘琦又不知所踪，追查刘文案子的线索不仅中断，又发生了新的命案，确实让我们无所适从。

"王所长，你的高见呢？"于兴看到他的部属都说出了追查凶犯的难度，自己也感到一筹莫展，更说不出个所以然来，就把探求的目光投向了王所长。

"于副大队，我认为大可不必发愁，其实抓捕凶犯不会是那么难的事，虽然他的智商确实高人一筹，但智者千虑必有一失，现场上还是留下了他的蛛丝马迹，给了我们追踪他的重要线索。"见于兴问他，王所长扫视了一下愁眉不展的人群，笑眯眯地说。

"现场上留有凶犯的踪迹？"听王所长这么说，于兴现出疑惑的神情，其他人更是一脸茫然。

"是的，而且很明显，只要沿着这些线索寻找，我们就会很快把凶犯抓捕归案。"王所长语气肯定地说。

十二

正当大家都因找不到凶犯线索而对追查失去信心的时候，王所长却说现场上留有了线索，而且会很快把凶犯抓捕归案。让在场人员迷惑不解，我也感到糊涂了：现场上除了死者以外，没有第二个人的痕迹呀！正准备向王所长问个究竟，却听于副大队长又在不解地问："你说有明显的线索？我们怎么没看到呢？"

王所长微笑着说："你们没看到，不等于就没有呀！你看那封遗书，那个横'7'字形的血迹，不就是重要线索吗？"

"呵呵！这就是你说的重要线索？遗书是死者留下的，那个模糊血迹其实也只是有点像横着的'7'字，这些对追查凶犯又能起什么作用？"于兴听到王所长说的重要线索竟是这些，感到大失所望，就大笑起来。

"我的于副大队，你不应该小看这些线索呀！它可能正是打开这起'密室杀人'案的钥匙呢！"王所长没有去理会于兴的蔑视，而是笑盈盈地说。

"是打开这个案子的钥匙？仅凭这些现象？不可能！"于兴连连摇头。

王所长仍是满面笑容地说："不要质疑，完全有可能，等我说出理由来，你就不得不相信了。"

"那就讲讲你的理由吧，也好让我们开开眼界！"于兴还是一副不相信的态度。

　　"好，既然于大队总是这样紧逼不放，我也只得又一次饶舌了！首先，既然我们已经认定这起案子是'谋杀'，那封遗书就绝不是死者所写，应该是凶犯伪造的，这样，凶犯不就给我们留下了能追查到他的笔迹线索吗？其次，凶犯伪造这样的遗书，企图让办案人员上当而认定死者是畏罪自杀，那么他肯定就掌握了死者有值得自杀的犯罪事实，也就暴露了他与死者应该不是一般的关系，而且认为死者的生存对他有着致命的威胁，这样，只要我们围绕与死者交往甚密的人群进行排查，不就可以找到凶犯的蛛丝马迹吗？再次，从凶犯能够制造出这样一个'密室'来杀人，我总认为这个人应该具有房屋装修知识和有钓鱼的喜好，才会启发和助长他制造这种密室的想法。因为，设计这个密室必须熟悉插销锁的结构和作用及有着合适的细绳索，而这种细绳索又只有钓鱼线最合适，如果换成其他任何的绳线，不是粗细不合就是韧性不够，是很难成功的。上述这些，不就是查找这个凶犯的重要线索吗？"王所长这番分析、判断，有理有据，不容置疑。

　　听王所长讲到凶犯的这些线索，突然，让我想到了刘琦，他与死者朱英的关系不一般，又最熟悉朱英的情况，知道她正为丈夫刘文失踪之事已被公安部门怀疑而惶恐不安，他又有可能正是刘文之死的凶犯，担心朱英一旦被抓就会把自己供出来，为了自保，他陡生恶念而杀人灭口，是完全有可能。加上刘琦又是搞建材经营业务的，对房间装修，建材配件结构、作用最熟悉，而且又居住在涟水河畔，捕鱼垂钓也应该是家常便饭，刘琦的这些特征与王所长讲的那个凶犯的特征

银河沉尸

完全吻合。而通过这几天的艰辛侦查，我们对刘琦的情况已基本查清，把他抓捕归案也只差一步之遥，因此，我担心于兴他们如果意识到这一点，而接手这个案子的侦查，不仅会把我们即将到手的功劳抢走，还会笑话我们破案无能！

想到这里，我赶忙发言："王所长讲的这些，虽然有一定道理，但仅凭这些线索，要把凶犯抓捕归案恐怕是不可能的。"说完，我特意对王所长眨了眨眼，希望他理会我的意思。

"是的，刘所长讲的没错，王所长讲到的线索还是一种猜测，侦查破案绝不是轻而易举的事，面对狡猾的凶犯，我们绝不能掉以轻心呀！"于兴见我对王所长的说法表示质疑，有了同盟军，就附和我的话说。接着又问，"真的，王所长你还没说清那个横'7'字形血迹是什么意思呢！"

"你说的那个模糊的横'7'字形血迹，其实不是横'7'字，而是死者写出的正正板板的'7'字，我们可以想象：当时她正处于死亡状态，只尚存一丝微弱气息，可能是想告诉人们杀死她的人是谁，但躺在床上无法动弹，就下意识地伸出正在滴血的食指，在木床侧挡板的床单上写下了这个'7'，由于她是躺着写的，我们站着看去当然就是横'7'字了。至于这个'7'字是表示什么？现在我还摸不准，只有在与凶犯见面时才有可能一见分晓！另外，既然于副大队等领导都认为没有什么线索，难追查到凶犯，加上这起命案的发生又与我们工作上的失误有点关系，既然领导们很忙，这起案子的侦查就由我和刘所长来负责，争取将功补过，你们就放心地回去吧！"王所长说完，对我眯眯而笑，显然，他心有灵犀一点通，已完全领会了我的意图。

"好啊！王所长既然能主动承担这个任务，相信刘所长也不会推辞，这件案子就拜托你们了，我回去会把你们这种不怕艰难、勇挑重担的精神向局领导汇报，到时一定会给你们嘉奖、庆功！"见王所长主动提出承担这件案子的侦查，于兴喜不自胜，就满面春风地对我们夸奖一番。

同来的现场勘查人员见王所长承担了这起案子的侦查，个个如释重负，也就轻松愉快地跟随于兴匆匆返回。

"刘所长，你怂恿我去接手这个烫手的山芋，是不是对这件案子的侦破蛮有把握？那我现在就一切听你的摆布了呀！"等于副大队长一帮人走后，现场只剩下我和王所长时，他笑呵呵地对我说。

"说的什么话！我之所以这么做，还不都是为你着想吗？这个案子经过你辛辛苦苦的侦查，眼看有了眉目，而且根据你的分析、判断，那个杀害朱英的凶犯又很可能正是我们追踪的刘琦，只要把他抓捕归案，两起命案不就会全部了结？这眼看到手的果实，如果被他们抢走，恐怕第一个不甘心的人是你呀！又怎么埋怨起我来？"听他这么说，我有点恼火了，就佯装生气的样子，说要接手这件案子的原因全是为了他。

见我现出生气的样子，他却朗朗大笑起来："呵呵，有点不高兴了吧？但'都是为你着想'的话实在不中听！接手这件案子的侦查，应该说是为我们共同着想才对。是啊！通过艰辛努力即将到手的胜利成果，却眼睁睁地要被别人拿走，相信任何人都不乐意，当然我也会想不通，故一句话就把他们打发走了。"

"既然是这样，那就别再啰里啰唆了，抓紧研究抓捕凶

银河沉尸

犯吧，我们的干警已把守了宾馆的所有出进通道，案发后宾馆里的客人都没放行，现在时间不早了，你看，是不是开始进行一个个查询？"听他说完，我也就怨气大消，提出抓紧办案。

见我这么说，王所长连连摇头："没有必要了，那个凶犯作案后肯定就溜之大吉，他绝不会蠢到待在这里让你去抓。赶快把宾馆警戒解除，让那些家长、学生迅速回去，这段工夫的耽延，他们肯定是怨声载道了呀！"

"就算凶犯已经走了，但通过对这段时间在宾馆里的人员的调查，或许能多多少少打听出一些凶犯的信息，但现在不向他们询问，又到哪里去找凶犯的踪迹呢？"我想到如果把客人都放走，就无法了解到凶犯在宾馆这段时间内的一些线索，因此，表示不同意解除警戒。

"你想过吗？家长和孩子们见面，都是沉浸在亲热的气氛之中，场面一片嘈杂纷乱，又有谁会去注意别人的举动？他们又能提供些什么线索？因此，要把凶犯抓捕归案，就只有让他自投罗网！"王所长笑着说。

"自投罗网？难道他会自己送上门来？"我实在不解。

见我质疑，王所长却显得很自信，笑眯眯地说："一点不错，只要我们做好应做的事情，他就会乖乖地送上门来。"

"那我们应该做的事又是什么？"我越听越糊涂了。

"暂时不便声张，到时你就会明白！现在我们赶快打'120'，要他们迅速派救护车来，把朱英接去医院。"王所长现出神秘莫测的神情，忙不迭地吩咐我。

听他这么说，简直让我如坠烟海中！朱英已经死亡多时，却要我叫救护车把她送去医院，他是不是有病？但又不好与他争执，只得无奈地拨打"120"。

当救护车上的医务人员急匆匆走进房间，看到朱英已经绷硬笔直了，就气呼呼地说："你们在开什么国际玩笑呀！这个人已死了多时，还要我们来干什么？"只见王所长笑眯眯地上前与他们耳语了几句，又看到我们都穿着公安制服，他们也就无可奈何地把朱英抬上了救护车。

救护车"呜咽呜咽"的鸣叫声，惊动了宾馆附近的人，都纷纷上前打听谁生了急病，那个宾馆老板更是满面疑惑地走过来问我："怎么？朱姐没有死？"

我没好气地回答："她的命长着咧！"

王所长却笑嘻嘻地凑上来说："她想自杀，但阎王老子不要，害得我们又只好把她送去医院抢救了！"

于是，我们一班干警尾随一路"呜咽——呜咽——"的救护车，快速驶向县人民医院。

十三

来到县人民医院，王所长率先跳下车，这时，县人民医院陈院长也匆匆忙忙地赶来了，因他与王所长是老熟人，王所长在路上已给他打了电话。只见王所长上前和他讲了几句话，陈院长就安排医护人员把朱英直接抬入了急救室，对她插上输氧管、挂上点滴吊瓶、打开心率监测仪等，进行一系列的治疗抢救措施。

接着，陈院长又拿来了几套医务人员的服装，王所长和我们几个干警都戴上口罩穿上白大褂，与几个留下来的医护人员在急救室和走廊间来回走动，俨如一场紧张抢救病人的场面。王所长又小声地吩咐我们密切注意病房内外来往人员，并诡谲地笑着说："可能又会有一场好戏让你们看咧！"

从拨打"120"到医院"抢救"的这一系列经过，让我突然想到王所长先前说的"暂时不便声张"的事竟然是这些！原来他煞费苦心地设置了这样一个圈套，要让凶犯自投罗网。他的这个"诡计"实在够"歹毒"：把朱英没有死，已送医院抢救的讯息散发出去，让凶犯获悉就会惊恐不安，如果朱英死了他就心安神定，庆贺大功告成！如果朱英没死被抢救过来，对他就是致命的祸患，朱英不仅会把他杀害刘文的犯罪勾当如实交代，还会把他杀人灭口置自己于死地的罪恶揭露出来，想到这些，让他浑身战栗！必须去探个究竟，如果朱英真的没死，就只能采取补救措施，让她永远闭上嘴！于是，他就会千方百计地潜来抢救场所。霍地，我的神经紧绷起来，就悄声提醒负责警戒的干警们务必睁大眼睛，严格监视，又吩咐其他干警在医院各个通道值守，只要凶犯露面，就绝不能让他再度逃脱！

这样，我们高度警觉地在医院守候了1个多小时，但没出现什么异常。当接近傍晚7点，医院进入人流高峰时期，只见行色匆匆的交接班医生、护士，看望病人的探视人员，出院入院的伤员病号，来来往往，一片嘈杂。

这时，我感觉到肚子在咕噜咕噜地响，才记起还没吃晚餐，想到其他干警肯定也是饥肠辘辘的了，本想要他们出去吃个快餐，但又想到在这个人员混杂纷乱的时候，警戒更不能放松，于是我就准备到外面商店买点食品先给他们充充饥，当我正要走出走廊时，看到一个身材高大的医务人员迎面走来，只见他戴着护士帽和大口罩，穿着白大褂，全身只露出眼睛部位在外，手里还端着一个好似装有打针换药器械的盘子，从我身边匆匆而过，想到他应该是来接班的医生，也就没有去过多地注意，就继续急匆匆地去外面买食品。当走出不远，倏忽之间，一个疑问冒出来：不对！抢救朱英本来是假的，不需打针换药，他又端个盘子做什么？另外，负责急救室的医护人员都是从救护车上留下来的，根本不存在交接班。这个医生一定有诈！我猛地转身往回跑，见我突然赶回来就直奔急救室，站在急救室前监视的干警也都跟了进来，但急救室里除了死者静静悄悄地躺在那里外没有任何人。我走近一察看，发现给朱英输氧、打点滴的管子都被扯掉了。

我忙问在场的干警："你们刚才看见一个穿着白大褂的人进来了吗？"

"来过了，我们看见他端着一个医疗器械盘子走进急救室，以为是这里的医生，就没跟着他进来。"

"坏了！他就是凶犯，眨眼工夫又让他溜了，但他应该还走不远，快，快，立即封锁医院所有出进口，赶紧去追！"眨眼工夫，又让他逃跑了！气得我七窍生烟，呼喊着所有干警赶快去追捕凶犯。

"刘所长，不要这么急嘛！他想走就让他走吧！这么晚了，兄弟们还没吃饭！人是铁饭是钢，应该关心同志们的身体才是，我看现在还是先把饭吃好再说。"这时，王所长不知从什么地方走了过来，笑吟吟地对我说。

真要把我气晕了！在这紧要关头他不是支持我去抓捕凶犯而是出来阻拦，还好像说我不关心干警们的身体，要是不关心，我还会为他们去买充饥的食品吗？就是因去买这该死

银河沉尸

的食品而让凶犯钻了空子！而且这场让凶犯自投罗网的戏又是你王所长一手导演的，现在如果让他在我们的眼皮子下逃脱，这场戏不就白演了吗？你能想得通我还想不通呢！

于是，我就没有好气地冲王所长说："你如果饿得硬是不行的话，就一个人先去吃饭吧！现在是追捕凶犯的关键时刻，我们还得先办正事！"

"又说胀气话了，其实迅速把凶犯抓捕归案，都是我们共同的目标，我又何尝不着急，现在却要放弃这个千载难逢的机会让他逃脱，确实让人难以接受，但我又不得不这样做。"见我一副愤愤不平的神情，王所长收敛了笑容，语气恳切地说。

"不得不这样做？又是谁在逼迫你？"我还是没好气。

"不是别人逼迫，而是我自己不得已而为之！"见我总是气鼓鼓的听不进他的话，王所长无奈地解释。

"不得已？你得说出个理由来！"我仍一点不让。

"还是先去吃饭吧，到时，我会把之所以要这么做的原因全部告诉你。"王所长还是拦住我不要去抓捕凶犯。

没办法，拗不过他！加上这段时间的耽误，凶犯可能也跑得无影无踪了，我就跟随王所长和干警们一起走进一家快餐店。

我们狼吞虎咽地吃过晚餐，在我的紧紧追问下，王所长点燃一支烟，语气深沉地谈起了他阻止我们去追捕凶犯的原因。

在对朱英被害现场的分析、推演中，杀害朱英凶犯的轮廓已越来越清晰，让他判断出这个凶犯，其实就是我们已经认定的杀害刘文的嫌疑人刘琦，刘琦对朱英痛下毒手的目的是杀人灭口。但他又想到，凶犯因作案仓促，动手之后就很快逃离了现场，会担心是否达到了目的，肯定会躲藏在现场附近探听消息。他就想利用这一点把凶犯引出来，就演出了一场朱英未死在医院抢救的戏，让凶犯信以为真而自动上钩。但凶犯很狡猾，虽然跟踪到了医院却没立即露面，而是等到傍晚，在医院上下交接班和探望人员多的人流高峰时期，才趁混乱之际潜入急救室，动手扯掉抢救朱英的医疗设备，因凶犯想到只要这样做朱英就必死无疑，为了怕被发现遭到抓捕，凶犯作案后就很快离开了。但还是被我发觉，正准备去追捕，本来在这个时候凶犯肯定还没走多远，是抓捕的最佳时机，他却极力阻止了我们的行动，引起了我的极端不满。原来，他之所以这么做，主要是出于两种原因，一是，他想到凶犯是个心狠手毒的家伙，在医院这个人口密集的公共场所，尤其是人流高峰时期，如果我们追急了，凶犯在走投无路的情况下，就会狗急跳墙，干出诸如劫持、杀人、放火、放毒等恶性事件来，而且凶犯本来就是孤注一掷、有备而来的，不担保身上没有带凶器或毒物。而这种危害公众的恐怖事件又屡见不鲜，让人教训尤深。二是，他担心如果这样去穷追不舍，就会让凶犯想到自己已是身负两条人命的罪犯，被抓捕归案就死罪难逃，与其被枪决不如自行了结，情急之下，不做出危害公众的恐怖事件就会自杀，这样，涉嫌刘文被害案的两个嫌疑人就都死光了，我们也就无法交差。虽然，对凶犯一再作案，又让其侥幸逃脱，让他忍无可忍，但想到如果贸然去抓，一旦突发上述事件，后果就会更加严重。穷寇勿追！忍得一时之气，免得百日之忧！权衡再三，他只得无奈地放弃了这个抓捕的良机。

听了王所长的讲述，让我明白了他当时之所以反对追捕凶犯，原来有如此苦衷，对他的怨懑也就烟消云散，只是对这样眼睁睁地看着凶犯逃脱而感到惋惜，因为再去抓捕又不知要费多少周折？就不无遗憾地说："不去追捕凶犯原来你是出于这些考虑，我还是能够理解，只是失去了这样的良机实在可惜，时不再来呀！"

"呵呵，不要这样叹息！抓捕他的机会随时会有的，今天把他放走只不过是多给他一个晚上的自由，而且正是今天这场戏，让他给我们交出了犯罪的铁证！"王所长见我对他的怨气尽消，就轻松愉快地笑着说。

"你是不是把话讲明白点儿，不要总是这样讲半句留半句呀！"听王所长讲到"只多给了他一个晚上的自由"，"他交出了犯罪的铁证"的这些话又把我打入了竹筒！越听越糊涂。

"时间不早了，忙忙碌碌地辛苦了一天也该松口气了。你提的问题我也一下子讲不清，我看现在还是回家休息，明天请你们在上午9点来我所，亲自听凶犯的供述，一切就会让你们明白的！"王所长现出诡秘的神情，笑嘻嘻地说。

我知道他就是这样一个德行，你越不明白的事，他就越要和你打哑谜，吊你的胃口。因此，就不想再问他。只是，听他说要我们明天去他派出所听凶犯的供述，让我更加迷糊了！现在还不知凶犯在何处，又没有安排警力去抓捕，就说明天有"凶犯的亲口供述"，又怎么可能呢？他怕是在痴人说梦吧！那好呀，明天就来看看你的好戏！

次日，我和派出所几名干警起了个绝早，迎着冉冉上升的朝阳，一路跋涉赶到了涟水镇派出所，一看表还不到上午9点。虽然对王所长昨晚说的话我一直表示怀疑，但还是按照他的要求准时赶到了。

"呵呵！你们真守时，快进屋喝杯热茶，先休息一会儿吧！"王所长见我们准时到达，就笑吟吟地把我们迎进派出所会议室，又是递烟，又是泡茶。

"凶犯呢？我们今天是按照你的吩咐，特来听他的亲口供述呢！"进屋坐定后，我四处张望，没发现一点要审问犯人的迹象，心想，他昨晚的话是不是真的在逗我们玩？

"哦！你是说刘琦吧？至现在为止我也没见过他的尊容，他可能正在和我们李副所长讨价还价讲生意呢！"见我催问，王所长笑容满面地说。

"讨价还价？难道抓捕他，还要和他讲价钱？"王所长这么说，又让我听得糊里糊涂了。

见我一脸茫然，王所长微笑着说："不，是你想岔了，因我们派出所的房屋已破烂不堪，想请刘琦来搞一次装修呢！"

"他是我们要抓捕的重大涉案犯，你却要他来派出所搞装修，不可能！肯定又是你在要什么诡计！"要重大犯罪嫌疑人来负责派出所的装修工程，只有脑壳进了水才会这么做。

王所长见我说穿了他的用意，就呵呵大笑起来："呵呵！还是被你说中了，但不是'诡计'，而是破案策略！要不动声色地将凶犯抓捕归案，就必须智取呀！因此，我们只能把他请来，但又总得要有个'请'的理由，我苦苦思索，也就只能想出这么个'下三烂'的旧招了。"

在关键时刻用利益引诱让嫌疑人主动上钩，这是王所长的拿手好戏，而且屡试奏效，让我不得不佩服，也就赞许地说："不能说是'下三烂'，最多也只能说是故伎重演吧，确实，要让嫌犯高高兴兴地送上门来，没有利益的驱使是不行

银河沉尸

的呀，亏得你又想出了这么个计谋，真佩服你！"

"你过奖了！我也是被逼出来的呀，要想把那些穷凶极恶的犯罪分子抓捕归案，只能开动脑筋想出个行之有效的办法来，如果让他稍有觉察，就会逃匿或者反抗，我们就要多费周折，因此，我就利用他搞装修挣钱的心理去把他'请'来，避免弄出不必要的动静，只是老调重弹而已，让你见笑了！"见我对他表示赞赏，王所长显得有点不好意思。

"不要管老调新调的，只要凶犯能上钩就是胜利，但这个时候了，他怎么还没来呢？"我一看表快9点半了，担心有变故，不免有点焦急起来。

"不要急躁呀，应该很快就会到的。"王所长显得很自信。

"嘟——嘟——"就在这时，王所长的手机响起，他接听后就喜笑颜开地说："我说过不要急嘛！刚才李副所长说，刘琦认为我们的工程造价太低，要上升一点，但李副所长说他做不了主，要找一把手表态，刘琦就跟随李副所长赶来找我，你们很快就会听到他的亲口供述了呀！"

"刘老板，你说要加点价，就向我们王所长提出来吧，他是个通情达理的人呢！"不一会儿，只见李副所长带着一个身材魁梧的人，谈笑风生地走进了会议室。

"你就是搞建材装修的刘七？"当刘琦刚踏进门槛，王所长就劈头盖脸地问他。

"哦！王所长吧，您……您怎么知道我的小名？"听王所长冲出这么一问，刘琦猛地一怔，一下收敛了笑容。

"奇怪嘛！是朱英告诉我的。"王所长目光威严地盯着他说。

当王所长把刘琦叫作"刘七"时，我也感到茫然，你又怎么知道他叫"刘七"？听了他的补充，才让我恍然大悟，原来是朱英在床单上留下的"7"字形血迹启发了他，难怪他当时说"只有与凶犯见面时才有可能一见分晓"。

"她……"听王所长这么说，倏地，刘琦面如土色，颤巍巍地讲不出话。

"听李所长说你嫌装修工价低，要求提高一点，我想要加点可以，但必须增加两样东西。"王所长对他的惊恐万状视若不见，把话锋一下转到了装修上。

"要……要增加哪……哪两样东西？只要……要有，我……我一定照……照办。"刘琦赶紧回答，但结结巴巴的讲不清话了。

"一把'7'字形插销锁，3米长的04号鱼线，你当然有！"王所长怒目圆睁，声色俱厉地喝道。

王所长的话音刚落，只见刘琦全身瘫软，瑟瑟发抖，惊慌得不知所措。见此情形，我们立即蜂拥而上将他五花大绑，押进讯问室。

在王所长有理有据的盘诘下，在铁的事实面前，刘琦如实交代了他两次行凶杀人的始末。

十四

5年前，在做建材经营装修工程中，刘琦认识了做建材批发的刘文，由于他们从事的是同一行当有共同语言，且都有喝点小酒、打点小牌的兴趣爱好，两人很快就称兄道弟，成为莫逆之交。加上刘琦当时做的只是小打小敲的建材零售，

银河况尸

而刘文已经是势力较为雄厚的建材批发部老板，刘琦就想借靠刘文这棵大树把自己的经营业务做大，因此，零售店的货物都从刘文的批发部进，而且从不讨价还价，因而深得刘文夫妇的欢喜，总是多给他返点优惠。这样，刘琦的生意就越做越大，两家来往也就更加勤密了。在这段时间里，刘琦对刘文这对夫唱妇随，善于经营的生意夫妻赞不绝口，尤其是对朱英娇艳欲滴的容貌，倾慕至极，想到自己的老婆因疾病折磨，已如残花败柳、不成人形，不免长吁短叹、悲哀不已！那个时候，虽然他对朱英的风姿已是垂涎三尺，但想到刘文夫妇是自己生意的依靠，刘文与他又是不分彼此、情同手足的挚友，朋友之妻不可欺！加上刘文夫妇恩爱和睦，因此，他对朱英也就没有什么非分之想。他们两家也就亲密无间，和睦相处。

然而，人世间的事情总是那样变化无常、出人意料，两家本来风平浪静的生活，却因刘文一时的放荡，搅起了轩然大波，最终遭受灭顶之灾！

俗话说：饱暖思淫欲！刘文由于批发部生意越做越红火，口袋里的钱鼓胀胀的了，生活上也就放荡起来，可以说是吃喝玩乐样样精通，还赶时尚养起了小老婆，并多次提出要与朱英离婚。这些现象让朱英深恶痛绝。因此，经常吵闹，甚至大打出手！夫妻感情也就逐渐淡漠。朱英原来是开发廊出身的小老板，生活作风本来就不是那么检点，只因与刘文结婚后，认为刘文善于经营，生意红火有奔头，就专心致志地帮刘文做生意，待人接物也就小心谨慎，没有什么闲话让人说。现在刘文竟然在外面找野老婆，让她忍无可忍：你刘文能在外面嫖，难道我就不能？也就一改常态地放荡起来，总是寻找机会与男人们打情骂俏、卖弄风骚，并暗暗物色对象。这样，就给对她迷恋已久的刘琦大开了方便之门。常言道：苍蝇不叮没缝的蛋！现在这个蛋既然裂开了缝，苍蝇当然就会叮上来！于是，两人一拍即合、勾搭成奸，深陷孽情之中。

没有不透风的墙！刘琦与朱英偷情的事，很快传进了刘文的耳朵，让他怒不可遏，这对畜生竟然给我戴绿帽子了！必须找他们算账！但转念一想，朱英之所以偷人，可能是对自己以牙还牙的报复，去惩罚她似乎有点理亏，但刘琦又算什么东西？他的生意还是我的全力扶持下才有这个样子，没有我哪有他的今天？他竟然忘恩负义欺负到我头上来了，真是岂有此理！一定要给他点颜色看！于是，刘文暗暗寻找惩治刘琦的机会，总想在他们偷情苟合之际，来个双双捉奸，打断他的手脚，以泄心中之恨。

然而，可能是觉察到了什么风声，刘琦与朱英的交往有所收敛，行踪也诡秘起来，刘文一直没捕捉到惩治他们的机会，让他沮丧不已，怨气日深，好呀！你不露马脚，我就找上门来！刚好他发现刘琦最近几次进货，没有像以前那样及时把货款打来，想到一定是刘琦自恃与朱英的关系而故意拖着不付，让他怒火中烧，就气冲冲地跳上摩托车直奔刘琦家。

此时，正值两年前的中秋节前夕，按照传统风俗，家家户户都在置办鸡、鱼、肉、月饼等过节物资，以备亲人团圆赏月。

从山峰镇集市到刘琦家有30多里路程，刘文加大油门一路飞驰，不到半个小时就赶到了。当他气喘吁吁地推开刘琦家的门时，没看到刘琦。一问病恹恹的刘琦老婆，告诉他刘琦在新房子里搞装修。对刘琦的情况他再熟悉不过了，知道刘琦上半年开始，在离老房不到2里远的地方新建了一栋小楼房。于是他就气急败坏赶到了那里，只见刘琦正在新房子里布线搞电路安装。

刘文的突然出现，让刘琦大吃一惊！他怎么寻到这里来了？一看刘文怒气冲冲的样子，更让刘琦心虚：来者不善！一定是来兴师问罪的。于是，刘琦满面堆笑地迎上去："呵呵，今天是刮的什么风？把'家名老板'吹来了呀！"

"刮的西北风！谁是你的'家名老板'？真是不要脸！"刘文对刘琦的笑脸相迎，视若不见，开口就是一顿呵斥。

"不要这么说呀！您永远是我的'家名老板'，没有您的扶持，就没有小弟的今天！"刘琦仍是一个劲地讲好话奉承。

"还会记得人家的好处吗？你这个忘恩负义的东西！我问你，拖欠的货款怎么不结？"刘文火气一点不减。

刘琦听到这话，认为刘文是为拖欠货款的事来的，就大大松了一口气，忙笑眯眯地解释："呵呵！原来您是为那点钱生气，以前我是从来不欠您的货款呀，只因这次要装修房子资金紧张了一点，我已和朱姐讲好了，中秋节后就一定来结清。您大可不必为这点事气坏了身子呀！"

当听到刘琦提到朱英，让刘文火冒三丈！就气势汹汹地吼叫起来："谁跟你嬉皮笑脸，真是坐屎不臭！不要以为你和朱英勾搭上了，就可有恃无恐，批发部的事还是我说了算！你们这对狗男女干的好事，以为我不知道吗？"

刘琦见刘文一进屋就听不进他的解释，总是破口大骂，明白了他纯粹是为那事来发泄的，也就恼羞成怒与他争执起来："既然你把话讲到了这个份上，我也没什么好说的了，但要提醒你的是，这一切都是你一手造成的，朱姐为你的付出是有目共睹，你却鬼迷心窍把她抛弃而另觅新欢，我和她交往是看到她可怜，而且我们是你情我愿、情投意合，难道真是'只许州官放火不许百姓点灯'吗？"

"真是恬不知耻的东西！竟然讲出这些畜生才讲的话，来！看我怎么收拾你？"刘文见刘琦不但不心虚，反而教训起他来，更加暴跳如雷，就紧握拳头对准刘琦头部猛揍过去。

刘文这突然的举动，让刘琦猝不及防，下意识地倒退躲避，但还是被击中了脸面，霎时，眼冒金星，一阵晕眩，鼻腔也流出了鲜血。刘琦勃然大怒："你竟敢动手打人，而且下手这么狠毒！难道我就这样好欺负吗？好，既然你不仁，我就不义了！"就反手抓起安装电线的铁丝钳猛砸过去。刘文因打刘琦时用力过猛，身体失去平衡而站不稳脚，正踉跄着向前倾斜，疾飞过来的铁丝钳也就正中他的后脑勺，只听"扑通"一声，他应声倒地。刘琦担心刘文爬起来更会扮蛮行凶，就飞步上前使劲踩住他的脖子，刘琦本来就是个牛高马大的精壮汉子，一脚踩下去哪有轻重？而刘文被铁丝钳击中的是致命点，当时就失去了知觉，加上刘琦这番歇斯底里的踩踏，全身抽搐几下就不动弹了。

此时的刘琦已处于疯狂之中，完全失去了理智，一阵发作后还不解恨，见刘文没动静了，以为他在装死，就连声吼叫："怎么不动了？不要装死呀！起来啊！有本事再来打我。"但见刘文还是没一点反应，又看到他头下流淌着鲜血，刘琦忙松开踩踏的脚把他翻过来一看，刘文已是血流满面，四肢笔挺，已经断气多时了！他怎么是这个样子？刘琦傻乎乎地盯着一动不动的刘文发呆！

他呆若木鸡地站立片刻，猛地清醒过来：刘文被我打死了，闯了大祸呀！让他惊慌失措，恐惧万状。想到打死了人就是死罪，事至如今，只有想方设法逃避惩罚，他四处张望，幸亏已是傍晚时分，人迹稀少，又处偏僻地方，且发生时间短暂，还没被人发觉。但时间一长就免不了被人撞见，必须迅速把刘文尸体处理好。怎么处理呢？他抓耳挠腮想不出办法来。就在这时，刘文身上的手机突然响起来，不知是谁打来的，刘琦怕露马脚就痴呆呆地站着不敢去接，等手机铃声停止后，他才去掏出刘文的手机一看，发现是朱英打来的，因为当时刘文和朱英的夫妻关系虽然是名存实亡，但碍于亲友和养育的两个孩子的份上，还没完全决裂，有时还有点电话联系。当刘琦看到朱英的电话号码时，就突然冒出了一个想法：应该把这件事告诉朱英，和她商量个处理办法才行。因为他知道朱英对刘文的喜新厌旧已恨之入骨，巴望刘文不得好死，自己又正与她打得火热，绝不会怪罪他打死了刘文。于是他拿起刘文的手机回拨过去，不出所料，当刘琦把刘文为他们偷情的事来寻衅滋事，并动手打伤了他，在忍无可忍的情况之下，他失手打死了刘文的经过告诉朱英时，朱英就连声说："打得好，打得好，他早就该死了！"当刘琦问到怎么处理这事时，朱英更是干脆地回答，"这事不要问我，你想怎么办就怎么办，不要牵扯到我就行。"

经过一番思索，他认为只有采取毁尸灭迹的办法，才能把事情隐瞒过去。于是，他用刘文摩托车上的专用松紧绑带把刘文尸体捆在摩托车后座上，担心不牢靠又就地取材，用装修房子剩下的电线加固一番，运到4里多远的银河引水坝，将刘文连同摩托车一起沉入坝里。怕因刘文的突然失踪引起周围人的怀疑，他又与朱英统一口径，散布刘文在外面承包装修工程的信息，一时蒙骗了所有的人。

　　虽然事情已过去了两年多，他们仍安然无恙，但总让刘琦惶惶不可终日，想到毕竟是人命关天的大事，会瞒得了一时瞒不了一世，一旦事情败露，他就会被执行枪决，因此，一有风吹草动就心惊肉跳，经常是噩梦缠身、夜半惊魂！自刘文死后他与朱英虽然如愿以偿，能肆无忌惮地偷情苟合，但他想到人的感情是会变化的，总担心有朝一日朱英变心了，就会把他打死刘文的事抖出去，自己就死路一条！必须有所防备，才能化险为夷！因此，他总在思虑着一旦危机出现怎样让朱英闭嘴的办法。

　　为了避人耳目，刘琦与朱英幽会总是选择在每个星期五下午，朱英去育英学校看儿子的时候在兴隆宾馆开房碰面，并已形成不变的习惯。由于来的次数多了，他对宾馆房间结构、陈设已了如指掌。一次，他与朱英一番颠鸾倒凤之后，看到朱英安静地睡着了，就突然冒出一个想法：如果能让她总是这样睡着，不就永远闭上了嘴吗？而且在这个人员混杂的场所里，只要不留下痕迹，就不会怀疑到自己的头上来。于是他根据这个房间的结构状况反复琢磨、测试，构思了一个让朱英能在这个房间里永远闭上嘴巴的方案。

　　当听到银河引水坝大修时发现了人体骸骨的消息，让他坐立不安，意识到即将大祸临头！又发现公安局办案人员好像已怀疑上了自己，随时会有被抓捕的危险。只能当机立断，实施已确定的让朱英当替死鬼的计划，既能杀人灭口，又能撇开自己的嫌疑。他又想到朱英可能也被怀疑上了，她肯定也急于想和他见面商议对策。刚好昨天是星期五，是他们雷打不动的幽会日，必须利用这次碰面的机会把朱英干掉，以免夜长梦多。他想，一旦这个计划不能成功或者在实施计划时被公安人员发现，自己就必死无疑！在遭到公安人员追捕时要想逃脱，就只有制造混乱才有一线希望，如果无法逃脱，横竖是一死，就要干出点惊天动地的事情来，拿些人来垫背陪葬，然后再自行了结。

主意一定，他就备办好凶器和毒物，匆匆吃过中午饭，随身携带作案工具，驾驶摩托车奔向县城。在半路上他发现有人一直紧跟在后，就意识到自己已被公安局盯上了，他一阵恐慌，就凭着路熟左弯右拐地摆脱了跟踪。当他赶到兴隆宾馆时，发现朱英已开好房间在那里等候。一见面，朱英就惊魂未定地诉说她被跟踪的经过，但刘琦显得很平静，轻松愉快地安慰她：这是你想多了而产生的错觉，公安局根本不会怀疑你。朱英也就半信半疑地上床准备和他缠绵作乐，就在这时，刘琦猛扑过去把她按倒在床上，继而用枕头捂住她的脸面使劲摁压，开始朱英四肢还在使劲挣扎，但不到几分钟就不动了，他又迅速给朱英盖好被子，拉出她的左手悬在床边，用带来的刀片割断她的手腕血管，又拿出房间里备有的铅笔和便笺，模仿朱英的笔迹匆匆写下遗书。然后，又按照原来模拟过的方法，在外面闩上房门，就仓皇逃离了宾馆。

就在这时，公安人员赶到了宾馆，并加强了对宾馆四周的警戒，让他暗自庆幸：好险！自己只要迟走一步，就会被公安局捕个正着！他没想到公安局的人会来得这么快，由于自己行事仓促，还不能确定朱英是否完全断气，要是她没死而被公安人员救活了的话，自己的麻烦就会更大，于是他就隐蔽在宾馆附近，想打探个究竟。当看到朱英被救护车接走时，让他大惊失色：朱英没死！就悄悄跟踪救护车来到医院，趁医院人流高峰混乱之时潜入医护人员更衣室穿上白大褂，拿上医疗器械伪装成医生进入急救室，实施对朱英的再次杀戮。

殊不知，正是他的这些做法，让我们抓住了他再次行凶杀人的铁证。因为，从他潜入医院开始到在急救室拔掉抢救朱英医疗器具的全过程，都清晰地捕捉在医院的监控镜头里。为他的犯罪留下了证据。

在听取刘琦对自己犯罪事实的供述中，让我无法想象到，面前这个衣冠楚楚、道貌岸然的个体小老板，竟然是个心狠手毒、穷凶极恶的杀人犯，实在不可思议！尤其是当他讲到准备孤注一掷，在遭到追捕时将实施更大犯罪的心理时，让我毛骨悚然，冒出一身冷汗，好险呀！要不是王所长的先见之明，极力阻拦我去追捕，一个无法收拾的局面就会随时发生，其后果将不堪设想！

根据刘琦的供述，我们又进行了一系列的补侦取证，把宾馆里留下的遗书进行了笔迹鉴定，最终确定是刘琦亲笔伪造，又从他家里搜出了打死刘文的凶器—剪线钳，还找到了捆绑刘文尸体时剩余下来的4平方金杯牌电缆线与捆绑在摩托车的电线剪口完全吻合。

这样，刘琦丧心病狂先后杀害刘文、朱英，动机明确，事实清楚，证据确凿，本人供认不讳。

银河沉尸之谜也就大白于世！

银河沉尸

血溅矿井

一

山峰镇企业办下属的小煤矿，昨天上午发生了矿井巷道冒顶事故，造成一死二伤。虽然伤者问题不大，但死人的事就不好对付了。

当天下午，死者的妻子与死者同来打工的老乡找到企业办，提出要 100 万的赔偿金，由于要求过高，镇办企业无法做到，死者家属就在企业办吵闹，吃睡在办公室，死缠烂打的闹得不可开交。这样一来，看热闹的、打抱不平的、唯恐天下不乱的，形形色色的人，一拨一拨地越聚越多，现场一片混乱。

为了防止事态发展，镇派出所王所长带领我们一班公安干警迅速赶到了现场，一班人疏散聚集的人群维持秩序，一班人做劝慰调解工作。

经过调查了解，得知死者叫吴伟，现年 45 岁，一星期前，他和 4 个老乡来煤矿打工，矿厂负责人认为他们是同乡人好互相照顾，就把他们分在一个采矿组。昨天上午他们一起下井作业，不到1个小时就发生了事故，5人中一死二伤。

"发生这样的事，说明你们的安全防范措施没有到位，以前发生过这样的事故吗？"王所长神情凝重地问企业办丁主任。

"发生了矿难事故，当然不能否认我们的安全防范工作没有缺陷，但以前从没发生过这样的事情，特别是这次坑道加固不久，坑木都换成了新的。人在里面行走应该是安全的。"企业办丁主任细声细气地回答。

"他们是哪里人？"

"是云南怒江的，因下井采煤是危险又笨重的体力劳动，当地人都不想干，来的都是诸如云南、贵州、四川等外省来打工的，矿上发布了常年招聘信息，他们是按照信息提示来的。"

"哦！你们打算怎么了结这件事？"

"安全事故赔偿有法律规定，但企业工伤死亡事故，上级有严格的管控制度，若上报，矿厂就面临停产整顿，我们只能破财消灾'私了'，但死者妻子提出的要求太高，我们接受不了。"丁主任显得很无奈。

王所长很严肃地说："但她这样吵，拖下去影响很坏！必须迅速上报，抓紧处理，'私了'是解决不了问题的，我们不主张'私了'。"

"他们这么闹，纸是包不住火了，我们也准备实事求是地上报，只是死者家属的工作光靠我们做，他们是一点都不让，现在你们派出所出面就好了，刚才你们一到，他们的态度就有了改变，死者的老乡——就是那两个没受伤的人，好像有点害怕了，还在做死者妻子的工作呢！其实死者的妻子没什

血溅矿井

么主见，全是看那两个老乡的眼色行事。"丁主任对王所长表露出感激之情。

"那就和他们谈谈吧！"

于是，我们在企业办接待室约见了死者妻子和那两个老乡。那个死者妻子年纪在 40 岁左右，穿着得体，打扮精致，但泪痕斑斑，眼睛红红的，手里拿着一块粉红色手帕在不停地擦拭眼泪。

她一见我们就满脸悲伤地哭泣："我那短命的男人就这样没了，叫我怎么办呀！"

"人死不能复生，请节哀顺变！"王所长劝慰着。

"领导啊，他一死，我家就失去了顶梁柱，上有老下有小叫我们怎么活？"死者妻子见王所长劝慰她，瞟了一下那两个老乡，又用手帕掩着脸哭得更伤心了，但眼睛余光总在偷偷地瞅看我们。

王所长还是口气柔和地劝慰："这种意外事情的发生是我们都不愿看到的，既然发生了，也只能面对。现在党和国家的政策，对企业工伤事故死亡人员有一定赔偿，对家庭有一定的照顾，你们也不必过分担忧。"

见王所长不停地劝慰她，死者妻子哭声更大，伤心地诉说着："我男人的死，完全是煤矿的安全问题造成的，本是来挣钱糊口，却一下送了命，现在要他们赔点钱，又不愿出，叫我们怎么办？"

"据我了解，他们不是不愿出，而是你们的要求过高了，他们做不到！"

"一点不高！一条人命只值 100 万吗？党和国家的政策是以人为本呀。"

"是的，现在是法制社会，要相信党和政府会依法办事，根据以人为本的宗旨，企业办应该尽量满足你们的要求，但你们也只能理性地提出合理诉求。"王所长还是耐心地劝解 $

"这位领导说的就实在，毕竟活生生的一条人命就这样没了，他的家属提出赔偿要求，是完全可以理解的，我们也做了她的工作，企业有难处，不可能全部满足，但他们只答应出50万元是太少了呀！请领导做做他们的工作加升一点，尽快把事情解决，让死者入土为安。"一个死者老乡出来说话了。看他口齿清楚，话语圆滑，我特意瞄了他一眼，见他年纪在40左右，长条脸庞，五官端正，只是两只小眼睛总是不停地眨着，忽闪着狡黠的目光。

王所长语气肯定地对他们说："有这种想法就好！我们会做好他们的工作，给你们一个满意的答复。"

听了王所长的话，他们显得很轻松地走了出去。

对王所长的这番话，我实在不认同：他们的要求本来就太过分了，还这样无理取闹，不仅不提出严厉批评，还承诺给他们满意的答复，这是在帮他们说话呀！

但王所长对我的不满情绪好像视若不见，小声地说："小刘，我们去现场看看吧！"

二

我们在企业办丁主任和矿长等几个人带领下，戴上矿工安全帽，走向矿井深处，走了近两里用坑木架构的通道，在一个斜坡前，一堆煤矸石块挡住了去路，矿长说，事故就发生在这里，听说当时他们5人一起去采矿区上班，当走到这里时，突然坑道顶部"哗啦啦"地掉下石块来，因吴伟走在最前面就被掉下的石块砸中了，紧跟后面的另外两个发觉塌方了就慌忙后退，但也被砸伤了脚。只有走在最后的两人因跑得快而安然无恙。当接到报警，救援队迅速赶来，从乱石中扒出吴伟时，发现他的头被石块砸烂，脑浆溢出，已无生命体征了。

我仔细观察了现场，通向采矿区的坑道，是两边和顶端都用碗口大的坑木加固的约2米见方的通道，虽然每隔一段距离安装了路灯，但坑道里还是一片阴沉昏暗，四周散发出潮湿腐败的气味，采矿工人上下班都是从这里出进。坍塌的地方，通道顶端的几根坑木都已垮塌，下面堆积着煤矸石块。我随即作了勘察记录，又拍了几张现场照片。

王所长一直沉默不语，只在现场这里摸摸，那里瞧瞧，突然问矿长："那几根垮下来的坑木还要吗？"

"都已破损，没什么用了。"矿长回答。

"小刘，矿上既然不要了，我们把这些坑木搬回去当柴火吧！"

王所长示意我去搬那几根破损木头时，我实在不解：他怎么贪起这样的小便宜来？所里不是没有柴火烧呀！但看到他已背了两根，也只得极不情愿地扛上剩下的两根跟随他走出坑道。

我们又来到摆放死者遗体的工棚，由于天气寒冷，尸体没做任何处理，只在上面盖了块白布，王所长走过去揭开白布，认真查验着尸体，只见那人皮肤白皙，蓄着刚理过不久的方寸头，后脑勺沾满红白相间的混合物，脸部血肉模糊，面目全非，后脑头骨破损内陷，呈现明显的槽形伤痕。王所长仔细查验了伤痕大小深度，还认真查看了死者的双手，掐了掐他的肌肉、皮肤，又拿出企业办交给他的死者身份证认真核对，一言不发地点燃一支烟，深深地吸着。

我亦步亦趋地又跟着他走进死者生前居住点，这是矿上专为外来打工的民工搭建的临时住所，只见一间 10 多平方米的房间里，进门两边堆放着铁锤、钢钎、铁锹等采矿工具，里面打着一通地铺。两个伤者斜躺在床上，我们走过去检查了他们的伤情，他们只是脚跟擦去了一点皮肉，都涂上了红药水。

王所长走过去问矿长："死者生前是和他们住在这里吗？"

"是的，因为他们是老乡，我们就把他们编成一个采矿组，住在一起。"矿长忙回答。

王所长又问："那死者的老婆住在哪里？"

"他们来时只 5 个人，吴伟老婆是接到他的死讯后，昨天下午才赶到的。"

"他们不都是云南怒江来的吗？"

"是的。"

"哦——"王所长拖着长长的话音，若有所思地凝视着前方。

他又小心翼翼拿起一根钢钎问："这是他们的采矿工具吧？"

"是的，他们 5 人采矿组的工具是两根钢钎、两把铁锤和一些铁锹。"矿长回答。

王所长又问："那么，他们昨天就是扛着这些工具去上班的？"

"是的。"

"呵！"王所长听了矿长的回答，目光异常地盯着那些工具，又说，"我们派出所门前有块大石头一直搬不动，能不能把这两根钢钎借给我们去撬一下？"

我真糊涂了：派出所门前没有大石头呀！王所长先前要那几根破损了的坑木，现在又要借钢钎，他今天怎么了？

"你们要，拿去就是，说什么借呀！"矿长很慷慨地说。

王所长随即戴上手套，拿起两根钢钎放进边三轮车斗里，又把那几根坑木搬上车。然后对企业办丁主任等人说："我们先回去了。"

"所长，你们不能走呀！问题没得到解决，他们还会闹的，我们实在对付不了！"见我们要走，丁主任慌了神！

见丁主任焦急的样子，王所长忙安慰说："丁主任不要急，我已做了承诺，他们不会再吵了。"

丁主任忙问："那你答应给他们多少钱？我们好去筹措。"

王所长笑了笑说："钱嘛，如果按照我的推测，他们一分钱也不会要了。"

听王所长这么说，丁主任他们现出惊愕的神色，我也感到迷茫。

沉默片刻，丁主任不相信地问："啊！不可能，哪有这样的好事？"

"不用怀疑，到时会要你们相信的！"王所长显得胸有成竹

听他说得这么肯定，尽管在场人员都不敢相信，但也无话可说了。

三

回到派出所，王所长把带回来的坑木、钢钎一一搬进办公室，只见他拿出放大镜把钢钎来回察看，又把破损了的坑木整齐排列，用钢钎在坑木之间来回撬动，一会儿俯身琢磨，一会儿眉头紧蹙，一会儿又抬头张望。

我在一旁目睹他这些怪异举动，实在迷惑不解：明明是典型的矿难事故，赔偿点钱就可得到了结，而且企业办已同意出 50 万元"破财消灾"，死者方面也只要求上升一点，再做做工作，把双方距离拉近，问题就会圆满解决。还需这样小题大做，枉费心思吗？

"嘿嘿！不出所料，是谋杀！"正当我对王所长的举动极具反感之际，他突然惊喜地叫了起来。

"什么？是谋杀！"我简直不敢相信：死者家属我见了，现场情况我勘查过，死者伤痕也查验了，一切表明是实实在在的矿难事故。怎么一下变成了"谋杀"？

王所长肯定地说："是的，一切迹象表明，是典型的'谋杀'案。"

"你怎么认定就是谋杀？证据又在哪里？"我实在茫然不解。

"这件'矿难'事故，乍一看，确实无懈可击，但只要我们把现场情形进行认真分析、推理，诸多疑点就会一一呈现：首先，死者妻子没有半点悲伤，她的哭啼是假装的。"

"不，我们看到的是，她在一个劲地伤心哭泣，而且泪痕

血溅矿井

满脸，眼睛红肿，还有假吗？"

"当然，人不伤心不落泪！一般的假哭是有声无泪，而她却是声泪俱下，这正是她的高明之处，让人不会产生怀疑。其实她的泪水是辣椒熏出来的，因为她的手帕沾有辣椒水，只要稍微往眼睛上一擦，眼珠就红了，泪水就涌了出来，当她走进接待室我就闻到了一股辣椒味，因为我一直患肠胃病，禁忌辣食，对辣味很敏感，而你是'辣不怕'，当然就觉察不出来。正是这一发现告诉了我：矿难事故有诈！"

"哦！经你这么一说让我想起来了，当时我也感觉到她身上有股炒菜辣味，还以为她是搞炊事员的呢！但仅凭这一点又怎么能认定就是'谋杀'？"

"当然，这一点仅是整个案件露出的端倪，但它却引起了我的怀疑，然后，顺藤摸瓜找到了他们的谋杀证据。"

"你找到了谋杀证据？"我赶紧追问。

"是的，这就是我要告诉你的第二点：死者伤痕与塌方所致不符。当死者通过坑道时，如果正好碰上顶棚垮塌，掉落的煤矸石块就是垂直砸下来，死者就应该是头顶骨砸破，顶部伤痕密布，但在我检验尸体时发现死者头顶毫发无损，只有后脑勺有槽形伤痕，经仔细辨认是由一圆形钝器重击所致，表明死者是遭受这一凶器猛烈袭击致后脑勺破损，脑浆迸裂致死，就让我联想到了采矿工具——钢钎。当我把两根借来的螺纹钢钎仔细查验，发现其中一根前端形状与死者后脑勺的伤痕完全吻合，而且钢钎螺纹里还依稀留有血迹。这就说明死者是被他的同伴所谋害。"

"但现场上坑道确实垮塌了，而且还有两个同伴也受了伤，这又怎么解释呢？"我还是不明白。

"这些都是他们制造的假象，按常理，通道坑木如果没有腐烂，顶部一般不会轻易垮塌，但要制造'矿难'，让人相信死者是坑道冒顶所致，就只有制造坑道垮塌的现场。因此，他们先用钢钎把死者打死后，又用钢钎撬开通道顶端的坑木，让上面的煤矸石倾泻而下把死者掩埋。我通过对钢钎撬动坑木的模拟测试，发现坑木上的破损压痕正是钢钎撬动的着力点。至于那两个伤者，是他们假戏真做而演出的苦肉计。"

"你的分析、判断似乎有道理，但毕竟死了人，死者与他们不是至亲好友，也应该关系不一般，否则，不会听凭他们摆布。这样的话，代价就太大了呀！"虽然对他有理有据的推断，我无法反驳，但对一些现象实在解不透。

王所长肯定地说："他们是集体预谋作案，这个死者可能是临时物色的，与他们没有任何亲友关系。"

"但都有身份证，而且我在企业办查看的登记表上，他们都是同一个村上的人，又怎么是临时物色的呢？"我还是不明白。

王所长又笑了笑说："登记表上记载的是死的，但人是活的呀，虽然有身份证，但也可以斠称换砭！我特意把吴伟身份证与死者进行了核对，发现吴伟身份证记载是 1960 年出生，现年应该是 45 岁了，但根据死者的皮肤弹性等体征判断，他应该只 30 岁左右。还有，死者皮肤白皙、双手无硬茧，应该不是长期从事农活和打工的人，但他的简历记载信息却是一贯务农。从而让我断定：死者不是身份证上的吴伟！这是疑点之三。"

"虽然死者已面目全非，但我发现他的大体脸庞和发型与身份证的头像基本相符，而且来矿应聘时，负责招工的工作

血溅矿井

人员应该把身份证与本人进行了核对，如果是假冒当时就会被发现呀。"我又提出新的疑问。

对我的一再提问，王所长没感到厌烦，而是一一予以解答："这个嘛，你还是被表面现象所迷惑了，我们应该想到，作案人物物色假冒对象时当然要进行一番选择，选好后又要对他进行一定的加工，让他与身份证的信息基本相符，比如给他刚理过的方寸头型就是一种加工。至于招聘工作人员的核对肯定不是严格的，因为是卖苦力的差事，不是参军、招干，根本不会去严格审查。这就给了他们可乘之机。"

"但我还是不明白，那个死者怎么会听他们的话，轻易地上当受骗？除非有巨大的诱惑或者弱智。"虽然王所长的分析、判断头头是道，但我仍是半信半疑，总觉得不可思议。

"你这就说到了点子上，我推测作案者肯定是用高额回报作诱饵在劳务市场物色单身打工人员，或者是寻找智障流浪汉作为假冒者。只有这样，他们的目的才能得逞。"

"还有一点，按照你的说法，死者是假冒的吴伟，但那个真吴伟又是谁？身份证是不是伪造的？一个人的身份证不可能随意拿给别人去干这样伤天害理的事呀！"

王所长语气肯定说："我反复查验过，吴伟身份证是真的，我想就是那个女人的丈夫也有可能，因为她与吴伟都是40多岁的人，居住地是同一个村子，或许因什么原因他不能出来，妻子就拿着他的身份证出来干这样的事情了。还有一点，让我断定他们是集体行动，协同作案：死者昨天上午遇难，妻子下午就赶到了，从云南怒江的居住地到矿上来有2000多里路程，这么短的时间就赶到了，是不可能的呀！这就完全暴露了马脚：说明她其实居住在附近，是在静候同伙通知，招之即来！"

"上述这些都还是你一厢情愿的分析、推测，还没得到印证呀！"我还是不相信。

"当然，这些暂时还是我根据现场情形的分析推理出来的，只有与作案者的供述相吻合，才能成为他们的犯罪事实。"

"那就事不宜迟，把他们抓来审问再说吧！"

"好，你迅速组织警力，实施抓捕。"

于是，全所干警一齐出动，奔赴抓捕现场。

四

当我带领一班干警赶到他们居住的工棚时，那个女人正在和四个老乡一起吃晚餐，伙食虽然不算丰盛，但也摆了几个炒菜，还有一瓶老白干，可能是他们听了王所长的承诺，吃了定心丸，正在庆贺大功告成！

当一群威风凛凛的公安人员突然蜂拥而至，他们惊恐万状，慌作一团。我们旋即把他们一个个押回派出所。

回到派出所，就立即对他们进行隔离审查，首先，我和王所长对那个女人进行询问，只见她仍拿着那块手帕不停地擦拭着脸颊，一把眼泪一把鼻涕地哭诉："我男人在这里送了死，你们钱不赔，竟然还对我们采取强制欺压手段，党和国家的政策哪里去了？你们是这样执法的吗？"

"刘芳，不要再演戏了，你那块手帕的辣椒味刺得我也要流眼泪了呀！你男人吴伟根本没死，正在家里养伤并享受'低保'补贴！"王所长见那个女人还在耍赖、放泼，霍地站

血溅矿井

起来，两道犀利的目光盯着她，声色俱厉地喝道。

王所长话音刚落，那个女人猛地一怔，浑身哆嗦起来，一下瘫倒在地。

在询问其他人时，他们开始也想狡辩、抵赖，但在王所长紧追不舍的心理攻势和有理有据的盘诘下，精神防线全部崩溃，都悉数交代了自己的犯罪行径。

原来，吴伟和他们4人都是云南怒江同一个村庄的农民，他们一群老乡经常结伴在外地揽活、打工，前年在山西一煤矿打工时，发生了矿井冒顶事故，一死四伤，当时矿上怕影响企业被追责停产，将矿难事故隐瞒不报，进行了私了，死者家属得到了60万元的赔偿，吴伟因脊梁骨严重挫伤，也得到了赔偿10万元的治疗费，回家治伤，并在村上享受了低保补助。他们从这一事件中得到了启发：矿难事故赔偿钱，比打工挣钱来得快、来得多。因此，就伙同吴伟妻子拿着吴伟的身份证外出打工，选择管理松散，安全措施不好的企业，制造"矿难"事故，骗取赔偿款。

他们有一套完整的操作程序：选择矿场、物色对象、实施行动、讨要赔偿，他们分工负责，各司其事。因此，每次都如愿以偿、频频得手。

这次他们得知山峰镇煤矿急于招聘采矿工人，就如法炮制，先在县城物色了一个与吴伟长相近似的智障流浪汉，把他打扮一番，一起来到煤矿打工，轻易地骗过了矿上招聘工作人员。在实施谋杀时，他们考虑到在采矿区动手，会人多眼杂被识破，就在上班的路上，用钢钎猛击他后脑勺致其死亡，然后撬开坑道顶端坑木制造坑道冒顶事故。吴伟老婆则入住在附近集镇的招待所等候，待"矿难"事故一发生，得到同伙的电话，就装作死者妻子迅速赶来吵要赔偿。

殊不知，他们的这些精心策划和逼真表演，都被王所长一一识破，落得个被一锅端的下场！

"所长，对这个案子的侦破，我从心底里佩服你的观察、判断力，让我学到了不少东西，只是让我百思不得其解的是，你怎么就知道那个女人叫刘芳，而且得知吴伟在家养伤，从而击中了她的要害，让她竹筒倒豆子般交代了所有的犯罪事实？"待审讯结束，王所长在办公室轻松自在地抽烟喝茶时，我提出了纠结心头的疑团。

"这个嘛！其实很简单，在你们去现场抓捕嫌犯时，我一个人待在办公室无所事事，突然想到，等下审问嫌犯必须速战速决，一针见血地抓住他们的要害，因为要对付5个人，我们时间有限！于是我拨通了怒江公安局的电话，把吴伟的身份证信息发了过去，请求协查此人，不到1个小时，他们就反馈了吴伟的社会关系等有关情况，不出所料，完全证实了我的判断。因此，决定首先审讯这个女人，给她一个下马威，打开突破口，她能如实交代，一切就迎刃而解了！"

"哦一"，我恍然大悟！

血溅矿井

神秘女郎

一、诡异事件

　　长岛公园——这一坐落在涟水河中的孤岛，经历滔滔涟水千百年冲刷、洗涤，孕育成了两头尖、中间大，状如梭子的岛屿。每逢春夏时节，这座奇特的岛屿，犹如一块晶莹剔透的翡翠，镶嵌在碧波潋滟的涟水之中，显得绚丽多姿，分外妖娆：生机勃勃的树木，青翠欲滴；芬芳馥郁的鲜花，姹紫嫣红；茵茵如毡的青草，铺绿叠翠……

　　然而，就在这座美若仙境的孤岛上，发生了一件耸人听闻的诡异事——

　　仲春时节，阳光明媚。一个风和日丽的星期天，长岛公园如往常一样人声鼎沸、热闹非凡，闲情逸致的游客，在花丛中，在树荫里，或姗姗漫步，或嬉戏喧闹，或引吭高歌……尽情享受大自然的馈赠，悠然陶醉于迷人的春色。

　　"哎哟！"突然一声凄凉的尖叫，从一棵古老的柳树下传来，打破了这怡人的景致，把游客吸引过去，只见在如藻的柳丝下，一个年迈的老妇人斜躺在长椅旁边，脸色惨白、目光呆滞、口吐白沫、四肢抽搐，一位白发苍苍的老人惊恐万状地叫喊："老婆子，老婆子，你怎么啦？"同时，使劲掐住她的人中，经他一番折腾，老妇人嘴唇微微翕动，缓过气来，但当她无神的目光触及椅子下时，全身又瑟瑟发抖："啊，白骨！"一声惨叫，又昏厥过去。

"啊！白骨！"

"哎呀，骷髅，真吓人！"

这时人群中不约而同地发出惊叫声，因为他们看到椅子下有一堆白骨嶙嶙的骷髅，幽幽的眼洞里还若隐若现地散发出淡淡的绿光……

就在人们慌乱之际，那堆白骨倏地不见了，只有一缕淡淡的蓝色烟雾袅袅升起，眨眼之间消失得无影无踪。

人们被这惊悚的一幕吓呆了，惶恐不安地纷纷逃离……

公园管理人员迅速叫来救护车，把昏厥的老妇人送往县人民医院抢救。

霎时，热闹喧哗的公园，空荡孤寂，阴森可怕！

二、疑雾重重

夜，很深，四周一片宁谧、沉寂。

龙城县政府办公楼前的柏油路上，一个瘦长的人影在缓缓移动。他就是刚参加县政法工作会议的县公安局局长郭光，他本可叫局里派车来接，但会议一直开到凌晨1点，他不忍叫醒熟睡中的司机，加上近4个小时的会议开得头昏脑涨，想借这料峭春寒的夜风，清醒一下麻木的神经，就干脆步行回家。

在这万籁俱寂的夜色中，他沿着绿化带，依赖柔和暗淡的路灯，漫步在斑驳陆离的树影下，时而仰望残星闪烁的苍穹，时而扫视黑黝朦胧的原野。在这清风拂面、花草吐芳的时刻，顿觉轻松、惬意！

今晚是县政法委召开的紧急会议，由于长岛公园古柳下发生的骷髅事件，有人把"文革"时期一个蒙冤的女副局长，因受不了造反派的折磨而吊死在这棵柳树上的传闻联系起来，煞有介事地添油加醋，都说是那个冤死的女人化作了白骨精，在公园里作祟唬人。于是，一传十，十传百，弄得人心惶惶，平时热闹非凡的公园，已如荒凉的坟地，无人问津，在全县造成了极坏的影响。特别是那天受惊吓的老妇人是从原县人大退休的王副主任。因此，县政法委书记在会上一再强调侦查此事件的重要性，要求公安部门集中人力、物力，限期查清。

身为公安局局长，肩负全县治安重任，打击违法犯罪，确保社会稳定，是公安干警的天职。郭光义不容辞地接受了任务。

但他心里没一点把握，要弄清这件怪事，实在感到棘手。虽然，白骨精的传闻，纯属荒诞无稽，但人们对这些一时无法解释的现象，总是绘声绘色，大肆渲染。从整个事件发生的过程来看，在众目睽睽之下，骷髅从突然出现到瞬间消失，是不争的事实，自己也感到迷惑不解。

他理了一下被夜风吹乱的头发，思绪回到了事件发生后的一些调查：

事发当时，他接到长岛公园驻园民警的电话，立即和刑侦队干警赶到现场，通过现代侦查技术勘查，没有发现任何有价值的线索，只从骷髅出现的草地上，发现几棵草叶上有焦黄的痕迹，把草叶带回化验，也没检测出什么结果。通过反复询问目击者，都证实看到一堆白骨嶙嶙的骷髅蓦然而逝的过程。

他又赶到医院探询了受惊吓的王主任，虽然，在医生精心治疗下，王主任情况已趋稳定，但由于那天刺激太大，加上原来就有高血压，脑血管严重受损出现瘫痪症状，她躺在病床上，一副苍白、憔悴病态，她强打起精神，详细地讲述了那天的经过：那天上午 9 点左右，她和老头子在长岛公园散步，老头子去上厕所时，她就坐在柳树下的长椅上休息，当听到椅子下有咝咝作响的声音，感觉奇怪，就弯腰去看，猛然发现一堆白骨嶙嶙的骷髅，一时缓不过神来，就昏厥过去。

"您听到这奇怪声音前，发现有什么异常情况吗？"郭光接着她的话问。

"好像没有。"王主任认真地回忆起当天的情景，忙又补充说，"哦，记起来了，在响声之前，有一个穿着时髦，长得俏丽的姑娘在椅子上坐了一会儿，好像系了一下鞋带就走了。"

"她走后多久，那种声音就响起来了？"他忙问。

"刚走就响起来。"

"那您还记得她的模样，大致年龄，穿着等情况吗？"听她这么一说，郭光赶紧追问。

"记不清楚了，让我好好想想。"王主任停顿了一会儿，好像想起来了，又急忙说，"啊，她是高挑个儿，应该有1.70米左右，大概20岁吧，披散着过肩的波浪式长发，好像是鹅蛋脸形，尤其是那双目光犀利的大眼睛，给人印象很深，还有，她穿的是我们这里很少见的一身银灰色连衣裙。还拎着一个橘红色的小包，这样的姑娘一看就让人喜欢。难道你怀疑她与这怪事有关？"王主任用疑虑的眼光瞅着郭光。

"不，我是想把当天的情况了解清楚，至于与什么人有关，只有把事情弄个水落石出，才能确定。"郭光忙解释。

"这事也实在太诡异了，那堆骷髅从出现到消失，就那么几分钟光景，目睹的人很多，议论纷纷，影响太大，你们应该迅速弄清才是啊！"

"是的，我们正在抓紧调查，应该很快会有结果。"郭光只得用安慰的口气回答。

与王主任谈话后，郭光回到办公室，将综合掌握的信息，搜索枯肠地分析、梳理，总是理不出个头绪来，那天发生的怪事与神话故事和坊间流传的鬼蜮异事是如此的相似！难道真有鬼神作怪的超自然现象？虽然在人类上月球、飞船遨游太空的今天，信奉上帝、崇拜鬼神的却大有人在。不拿出确凿证据，用足够的事实说话，尽管你有千万个理由说不是鬼神，人们是不会相信的。郭光越想越觉得自己责任重大，不弄清真相，无法向领导、向人们交代。

但要弄清，该从何处着手？他苦思冥想，一筹莫展！

凭他多年的侦查经验，清楚地认识到，越是棘手的案子，越应沉着冷静，从错综复杂中寻觅线索。

他点燃了一支烟，陷入困惑之中，在房间来回踱步，脑海里尽力捕捉这一怪异事件的蛛丝马迹。倏地，眼前一亮，呵！有了，不是出现这怪事前有一摩登少女经过，并在长椅前弯腰系了鞋带嘛？如果椅子下有骷髅她也应该看到了呀，但她却没惊慌，若无其事地走开了。如果没有，她走后就出现了"咝咝"作响的声音和阴森森的骷髅，这些现象又与她是否有关联？

她来去匆匆是为了系鞋带，系鞋带什么地方都可以，为什么专挑这里？

还有，这样的妙龄少女来公园玩，一般都是成双结对、搂腰搭肩的情侣，而她却是孤身独影，实在不合常理。

面对这疑雾重重的案情，他反复推敲，细心梳理，最后在脑海中形成了一条与事件相关的链条：吓昏的老妇人——穿银灰色连衣裙的少女——椅子下咝咝作响——椅子下的骷髅。

他想，这是现在掌握的侦查这一事件的唯一线索。如果按照这一线索查下去，或许能有新的发现。现在，当务之急就是要找到这个神秘女人。但偌大的城市，从茫茫人海中去寻找一个陌生女人，谈何容易！

但是，作为一名老公安，面对复杂的案件绝不能有畏难的理由。他又一次理了一下被夜风吹乱的头发，借着柔和的路灯光看了一下腕表，哟，已是凌晨3点多了！必须赶回去睡上几个小时，明天就要展开寻找这个陌生女郎的工作。

他加快脚步，转向右侧通往公安局宿舍的岔道。

"嘘——嘘——"，突然，一阵尖利的嘬哨声传来，他停住脚步，凝神聆听，声音是从左侧小巷子里传来的，而那嘬哨声他再熟悉不过了，是时下一帮游手好闲、不务正业的混混们呼朋引类、打架斗殴的信号，哪里出现，哪里就有不安。

尤其在这夜深人静的凌晨，传来这么急促的嗯哨声，凭着职业的警觉，意识到一件不正常的事情正在发生。他下意识地摸了摸手枪，循声奔去……

三、又现骷髅

郭光一路迅跑，走进一条幽暗的小巷，嗯哨声、谩骂声、跑步声越来越近，一群追风逐电般的人影渐渐出现在前方，好像在追赶什么人，不堪入耳的咒骂声、浪笑声越来越清晰："小嫂子，小骚货，别跑呀，乖乖地陪哥们玩玩吧，前面是死胡同了，你跑不了，嘿嘿……"

不出所料，一群小混混正在追逐一个女人。

这帮流氓！郭光怒不可遏，快！快！必须追上去制止，否则，什么样的事都可能发生。郭光撒开脚步飞跑过去。

"哎哟，哎嗬嗬，痛死我了……"突然，前面传来一阵噼里啪啦的打斗声和扑通扑通的倒地声，郭光感觉奇怪，明明是一群混混追赶一个女人，怎么又打起来了？而且打得这么激烈。正在疑虑之中，一片惊慌声传来：

"啊！白骨，真吓死人。"

"啊，骷髅，不得了！快跑！"只见那群混混拼命地往回跑，眨眼间已跑到跟前，一个高个子与郭光撞了个满怀，郭光顺势拧住他的胳膊，大声喝道："不要跑，干什么的！"

惊慌失措的混混们听到这突如其来的怒吼声，震住了！都停下了脚步，当看到他们的克星——一位威风凛凛的警察出现在面前，个个呆若木鸡！但很快反应过来，一阵风地四处逃窜，留下一串串粗鲁的咒骂声："真是活见鬼了！又是白骨精，又是警察，今晚他妈的真倒霉！"

郭光面对那些逃散的混混无能为力，因为，自己孤单一人，夜色蒙蒙中是难抓住这些人的。而被他抓住的那高个子可能是被拧得过重，在连声"哎哟哟"叫喊。于是，郭光稍松了一下紧拧的手。声色俱厉地问："你们在干什么？刚才是在追什么人？"

只见那高个子颤颤巍巍地说："我们刚才在城西影剧院看完电影回家。我们……我们……"

"不要吞吞吐吐，说实话！"郭光在抓他的手上又加了把劲。

"哎呀呀！我说，我说，我们走出电影院，看到一个漂亮女孩哼哼唧唧地唱着歌，悠闲自在地在前面走着，就追了过去想找她玩玩。谁知她比兔子还跑得快，我和哥们就拼命追赶，眼看追不上了，却见她跑进了死胡同，我们暗自高兴，就又猛追了过去，当伸手去抓她时，谁知她很会武功，一阵拳脚相向，把我们兄弟撂倒一大片，我们仗着人多，死死围住她不放，但见她矫健如燕，一跃而起跳了出去，不知使的什么法，刹那间不见了踪影，只留下一堆白骨嶙嶙的骷髅，把我们都吓昏了，以为碰上了鬼，拔腿就往回跑，我就差点儿撞倒了您。我讲的都是实话，求求您松松手吧！"高个子心有余悸地讲述了他们追人的经过。

郭光听他说完，惊讶不已，又是漂亮女孩，又是白骨骷髅，简直不可思议！

为了证实他讲的是真话，就要他带路一起去看看那堆白骨，高个子可能是害怕，不想去，但又拗不过郭光，只好无奈地顺从，但走到死胡同尽头，也没有看见什么白骨，高个子担心郭光责怪他讲了假话，瑟瑟发抖地一再诉说："原来明明看到一堆白骨，现在却不见了，我绝对没讲假话。"

郭光没有理会高个子诅咒发愿的辩白，因为目睹了刚才发生的一幕，他心里有数，高个子没有撒谎。他仔细搜索起这条胡同来，这是县城区一条老巷子，两边高高的围墙把居民住宅隔离在外，前面原来是通的，但因最近建了一个印刷厂，把通道堵了，使这条巷子成了死胡同。他仔细勘查了死胡同周围，但因巷子里四周一片昏暗，根本发现不了什么，一无所获！

郭光详细询问那个女人有什么特征，但高个子说，由于一直处于慌乱之中，没有看清楚，只觉得那女人是高挑个子，好像穿一身粉红色的短衫和白色长裤，头发盘结在脑后，只是目光特殊，有着闪闪发亮的眼神，印象很深。

郭光不想在这个混混身上浪费时间，严厉教训一顿就把他打发走了，他拖着疲惫的身子赶到局宿舍楼，已是凌晨4点。

四、再现骷髅

经过这番折腾，郭光躺在床上翻来覆去睡不着，刚才发生的一幕和长岛公园发生事件，似交织的镜头呈现眼前：同样一个女人，同样一堆白骨，两件事如此相似。

郭光想，要揭开这骇人听闻的骷髅之谜，就必须找到这个神秘女人！从她不知不觉地就走进死胡同，说明她是对城区建设不熟悉的外来人。他思虑再三，迅速确定了侦查思路——

重点：寻找一个年龄 20 岁上下，高 1.7 米左右，鹅蛋脸型，蓄波浪式长发，着银灰色连衣裙或红色短衫白色长裤的漂亮女人。措施：以县局刑侦队牵头，组织城区各派出所对辖区的饭店、宾馆、招待所进行排查，同时考虑到这个女人也可能在亲朋好友中落脚，对城区居民家也要进行逐一走访，了解近几天新来乍到的客人。

方案一定，睡意袭来，他渐渐地进入了梦乡。

"丁零零——丁零零——"一阵急促的电话铃声把郭光从睡梦中惊醒，他习惯性地看了看腕表：刚好凌晨 5 点。睡了不到 1 个小时，心想，这么闹腾，简直不让人睡了！他有点不情愿，但敏锐的职业警觉告诉他：一定发生了什么急事！就一骨碌爬起来，睡眼惺忪地拿起话筒："喂，哪里？"

"是郭局长吧？我是铁合金厂老刘呀！"

"哦，刘厂长，老朋友，有什么指教？"

"什么指教呀？我是有重要事情要向局长大人报告呢！"

"一定是什么急事吧？要让我们大厂长亲自出面。"

"是啊，本来不应该这么早打扰您，但我们厂厂长助理王伟同志昨天碰上了一件古怪事情。扰得我也一直睡不着，就只好来惊动您了。"

"就是那个青年劳动模范王伟吗？我认识，他出了什么状况？"郭光忙问。

"昨天晚上他父亲来电话讲他生了一种怪病，精神恍惚，讲一些疯话，说他碰上白骨精了。"

"什么？他说碰上白骨精了？他现在在哪里？"一听说白

骨精，郭光精神一振，睡意全无。

"是啊！他现在躺在县人民医院。"

"那好，我们上午8点半在医院门前见面，一起去看看他。"

"好，一言为定。"

听完刘厂长讲述，郭光陷入沉思，电话里嘟嘟的声音提醒他：对方已挂机，才若有所思地放下紧握的话筒。

他想到骷髅事件的一再出现，确实扰乱人心，不迅速侦破，难免又会发生什么事情。本想再睡个回笼觉，但辗转反侧难以入睡。他干脆起床，在晨曦初露、薄雾朦胧中，"霍霍"地练起擒拿拳来。

上午8点上班时，他叫来刑侦大队刘队长交代了昨晚初步拟定的侦查方案。就急匆匆地赶到县人民医院，刘厂长已在医院门前等候。他们一同走进王伟病室。只见那个王伟还在蒙头大睡，刘厂长走上前大声说："王助理，郭局长来看你了。"

"怎么惊动了郭局长和刘厂长呀？昨天晚上一直无法入睡，刚才就迷迷糊糊地睡着了，你们来了都不知道，对不起啊！快坐，快坐。"只见王伟翻身爬起来，不好意思地表示歉意。

郭光是市公安系统的标兵，王伟是工业战线的模范，一起多次参加过县政府召开的表彰大会，彼此熟悉。几句寒暄后，就言归正传，郭光直截了当地问他为什么说出碰上白骨精的话。王伟也就毫无隐瞒地讲述了他一段撩人心弦又恐惧不安的际遇：

3天前他从北京出差返湘时，在北京至昆明K18次列车上，认识了一位在北大读研回湘探亲的女孩，由于他们都是下铺，又年龄相当，加上她讲的是家乡话，两人就天南地北地聊起来，越谈越投机，都有相见恨晚的感觉。那女孩如花似玉的容貌，温文尔雅的气质，亭亭玉立的身段，特别是那双目光敏锐、眸若清泉的大眼睛无不使王伟怦然心动，对她一见钟情，那女生对他也好像很有情意，谈话间总是对他投以含情脉脉的眼神和娇艳欲滴的笑靥，使得王伟春心荡漾，心猿意马。

因此，在龙城火车站分手时，王伟告诉了她他的工作地点和办公室电话，热情邀请她来铁合金厂厂部玩，她也爽口答应明天就来看他。这样，王伟就依依不舍地和她道别。

次日上午 10 时左右，那女生如约而来，王伟欢天喜地，形影相随地陪同她游览了南台山森林公园，两人情投意合，兴致盎然，特别是那女孩对王伟总是柔情蜜意，娇态滴滴，让王伟神魂颠倒，想入非非。

正当他暗自庆幸自己找到了心仪的女友而心花怒放之际，奇异的事情发生了：他们在下午 5 点左右游玩后返回城区，途经一公共厕所时，那女生不好意思地说要小解，王伟就在外面等候。但左等右等，总不见她出来，他几次想去喊她，又觉得不好意思，只好在外面耐心地等待，但等了半个多小时还不见出来，这时已是日薄西山，接近黄昏了，游客都已返回，王伟很是担心，心急如焚，就向女厕所走去，只见里面走出一个老态龙钟的老太婆，对他微微眯笑，王伟彬彬有礼地问她："老人家，里面还有人吗？"

那老婆子一声不吭，连连摇头，步履蹒跚地径直往前走了。

神秘女郎

听说没人了，王伟心里一急，就不顾一切地冲进女厕所，只见一堆白骨嶙嶙的骷髅呈现眼前，两个黑黝黝的眼洞里还发射着幽幽的蓝光。吓得他毛骨悚然！拔腿就跑，刚巧碰上一个骑摩托的朋友经过，停下来问他为什么跑，他不好意思明讲，就说是跑步锻炼身体，于是搭上朋友的车，惊魂未定地回到了家。

王伟回到家里心力交瘁，全身瘫软地倒在床上，脑海里一直回现那堆骷髅，惊恐不安。就这样神情恍惚、魂不守舍地躺着，不吃不喝，如生大病。经父母一再追问，才唉声叹气地说他遇到了白骨精，听他这么说，父母慌了神，以为儿子中邪了。急忙给刘厂长打电话，又把他送到了县人民医院。

五、扑朔迷离

听了王伟的讲述，郭光吃惊不小，不到两天时间，那堆骷髅在不同的地方出现3次。但时至现在，他掌握的线索却很少。从一个女人的出现，骷髅事件就发生来看，这个神秘的女人与白骨确实有着紧密联系。但怎样才能找到这个神秘女人？

他想，只有充分掌握这个女人的信息，才能有的放矢，找到她的踪迹。而这个王伟应该能提供些有价值的东西，就赶紧追问王伟："你认为那堆骷髅与你刚认识的女友有关吗？"

"这还用说吗？她进了厕所就没出来，只有一堆骷髅在里面，不是她变成骷髅又是谁？"王伟心有余悸地说。

"你对这个女友一定印象很深，请把她的情况详尽介绍一下吧，如长相、穿着、形态等。"

"好，她身材苗条，应该有 1.70 米以上，因为她比我只矮一点点，我有 1.75 米。是瓜子脸形，一双大眼睛目光炯炯，乌黑的长发瀑布般垂直披在肩上，肤色白皙透红，双唇微薄红润，嘴角微微上翘总是给人一种甜美的笑意。"王伟一讲到那女友的形象，就眼睛发亮，侃侃而谈。郭光心想按照他的描述，这个女人简直是艳丽绝伦的美女。真是情人眼里出西施。没有闲工夫听他的形容词，就插言问他："她的穿着打扮呢？"

"在火车上碰见时她穿的是粉红色长连衣裙，昨天来游玩时穿的是一套嫩绿色的刚过膝盖的中型连衣裙，由于她身材均称得体，这些服饰把她的美妙曲线都恰到好处地裹束出来，显得绰约多姿。"王伟又是一套赞美之词，看来他对这个女友确实着迷了。

"好了，你提供的情况很重要，不要胡思乱想，也许昨天她出来没看到你，就走散了，至于那堆骷髅，可能是你的幻觉吧！"郭光想到要了解的情况基本清楚，没必要再浪费时间，劝慰几句就告辞返回。

郭光匆匆忙忙赶回办公室，叫来刑侦队刘队长了解侦查的情况，心想通过半天的调查，应该找到了一些线索吧，但刘队长很遗憾地告诉他：通过对城区所属宾馆、饭店、招待所和居民区地毯式地排查，一无所获，要找的嫌疑人渺无踪迹！

郭光很是失望，但没有责怪刘队长的理由，仅凭当事人提供的模糊印象，在茫茫人海中去寻找这样一个人，绝不是

神秘女郎

轻而易举的事！于是，郭光和颜悦色地交代刘队：不必自责，也不要气馁，增加信心继续侦查，总会找到线索的。

待刘队长一走，郭光关上门，点燃一支烟，在办公室来回转悠，梳理着所掌握的信息。从3个当事人反映的情况来看：这个神秘女人的情况仍很模糊，只有"高挑个儿"是统一的，其他方面一片杂乱，有说是鹅蛋脸，又有说是瓜子脸，有说是波浪卷发，又有说是披肩长发，而穿着就更乱套了：时而是粉红色连衣裙，时而是银灰色连衣长裙，时而又是嫩绿色连衣裙，时而是粉红色短衫白色长裤，简直让人眼花缭乱，摸不着头脑。

他梳理归纳出这个神秘女人与骷髅出现的时间、地点及其规律特征：

昨天上午9点左右，长岛公园女人和骷髅先后出现。蓄波浪式卷发，着银灰色连衣裙。

昨天上午10点，女人在王伟办公室出现。然后与他在南台山游玩到下午5点。蓄垂直披肩长发，着嫩绿色连衣裙。

昨天下午5点半，在南台山下路边公共厕所神秘女人如厕失踪，出现骷髅。

今天凌晨3点半左右，神秘女人在城西电影院前马路上出现，被混混们追赶到印刷厂后面的死胡同，打斗后不见踪影，出现骷髅。头发盘结在脑后，着粉红色短衫和白色长裤。

按照上述归纳表明：在18小时内，神秘女人在不同的地方出现4次。骷髅在不同地点出现3次。而且不同地方之间至少相距10里之遥。

还有，不同地方和不同时段出现的神秘女人都是不同的发式和服饰。

在短短时间内这样频繁变换发式和服饰实属罕见，一个人在这么短的时间内很难做到的呀！难道出现的神秘女郎不是同一个人？

但从骷髅出现到消逝及表现形态，又如出一辙，好像是一个人的故伎重演。

他想这个事件如果是一人故意所为，她采取变换服饰、发式、装扮，是为了增加神秘色彩，让人们信以为真是千变万化的白骨精出没，还可说得过去，但她又为什么要这样做？

从被她吓唬的对象来看，一个是年迈的老妇人，一个是对她着迷的年轻人，再就是一群劣迹斑斑的混混，对象之间没有任何联结点。

面对这些纷繁复杂的信息，郭光满头雾水，一片迷茫！

"丁零零——丁零零——"正当郭光对这个变化无常的女人理不出头绪之际，办公室电话突然响起，他抓起话筒一听，是在湘水公社当书记的老同学丁军华打来的："老同学，我的大局长，在干什么？"

"哦，丁大书记，有何指教呀？"

"说什么指教？关心你嘛！告诉你一个好消息，上次和你提起的京玉表妹回来了，讲到你，她很感兴趣，想见见你，看来我有呢子短裤子穿了！我把她留在公社吃中餐，你一定要赶来呀，我这个媒婆只牵个线，成不成全靠你自己了。"听了老同学热情的话语，郭光握着话筒，没及时答话。

原来，别看郭光是堂堂的县公安局局长，但年龄只30出头。由于一心扑在工作上，至今还是孑然一身，虽然亲朋好友多方物色介绍，但总是高不成低不就。前不久，老同学丁

神秘女郎

军华介绍了他在北京大学读书的表妹，郭光答应见见面再说。现在表妹回来了，丁军华当然想促成这桩事，就急着来催他。但郭光想到手里的案子还没一点眉目，在这节骨眼上，不能分散时间和精力，想婉言谢绝。

"感谢你的操心啊！只是现在正有件棘手的案子纠缠在身，抽不出时间来。"郭光细声地解释。

"怎么？不想来？那就算了！过了这一村没那一店，我也懒得管了。"电话那边传来了赌气的口吻。

"好吧！我半个小时赶到。"听丁军华略带生气的话语，感觉盛情难却，不好拒绝，郭光只得答应。

为了赶时间，郭光骑上刑侦队的边三轮摩托车向涟水公社奔去。

当郭光风尘仆仆地赶到涟水公社时，正在翘首以盼的丁军华走上来拉着他的手热情地说："好啊，总算来了，再不到饭菜就凉了，因陋就简在我办公室就餐。"

于是，两同学相拥着走进办公室。

"呵呵！郭大局长驾到！欢迎，欢迎！"郭光刚踏入办公室门槛，一串银铃般笑声传来，抬头一看，一位婀娜多姿的少女，笑吟吟和他打招呼。只见她身材苗条、体态优雅，一件粉红色紧身短衫把丰满的胸脯束裹得圆润挺拔；一条翠蓝色超短裙把修长的双腿衬托得恰到好处，使这个从不为女色所动的公安局局长，心跳加速！

"你好，一定是京玉表妹吧！"郭光抑制住激荡的心情，彬彬有礼地微笑着答礼。

"好了，你们相识了，就不用我介绍了啊！"丁军华见他们相互打过了招呼，乐不可支地说。

接下来宾主入席，丁军华坐主位，郭光和表妹左右相陪。丁军华打开一瓶酒，给每人斟上一杯，边斟边说："这是我一直舍不得喝的白沙液，今天要食堂加了几个小菜，一是为京玉妹接风洗尘，二是欢迎郭大局长光临，三嘛，就是庆祝你们俩的相识。我们一定要把它干掉。"

"好，好，难得表哥这么盛情，我赞同！"那个京玉欢欣雀跃，笑嘻嘻地附和。

"老同学，你是知道我的酒量，但为了给京玉妹接风洗尘，我破例喝半杯，其余请你代劳。"郭光本来是大酒量，由于职业习惯白天一般不喝酒，但看到那京玉妹兴致勃勃，不好扫兴，就婉转地提出推辞的办法。

"不行，不行，三一三十一，公平合理，不准耍赖！"京玉噘着嘴，装作很不高兴的样子。

"你怎么了！连我表妹都不如？亏你说得出口。"丁军华更不相让，没办法，拗不过他们，郭光只得很无奈地接过满满的酒杯。

于是，杯觥交错，谈笑风生，气氛极其亲和热闹。

郭光注意到那京玉在敬菜劝酒之间，总是笑眯眯地瞅着他。乘着酒兴他也大胆端详起她来，只见她拥有一张白里透红、微胖的瓜子脸，两颊晕红，弯弯的柳眉下一双清澈明亮的大眼睛忽闪着睿智的光芒。嘴唇红润、两角微翘，浅浅的一对酒窝儿荡漾着迷人的甜美。乌黑发亮的秀发用一束紫红色绸带扎在脑后。一笑一颦给人一种无法抗拒的魅力。这优雅气质与美妙形态的组合实在无与伦比！不禁使郭光心潮荡漾，神思恍惚。

他越看越觉得这相貌很熟悉，好像在什么地方见过，但

神秘女郎

又怎么也记不起来。

为了寻找这个答案，郭光再次向她投以探究的目光，恰巧这时京玉也在细心观察他，四目相视的一瞬间，使郭光惊呆了！她那目光如炬的眼神就是 3 位当事人描述过的呀！

倏地，一个闪念掠过脑海：难道她就是……

简直不敢想象，不可能，绝对不可能！他尽力否认这突然冒出的念头。但是职业直觉又使他无法否认，脑海内迅速地回现他所梳理过的线索，她那形态，她那眼神实在太像了！难怪一见她就有似曾相识的感觉，想到这几天一直为那个神秘女人不时变化的穿着、发式所困惑，而忽视了她眼神的特殊性。是啊，一个人的眼神是独特的，无法掩饰和改变的，而那些衣着、发式可随时更换，样貌也可通过易容术来改变。

虽然他极不情愿相信自己的眼睛，把京玉与那个神秘女人划成等号，但从她与王伟认识的女人都是最近从北京返湘探亲的情况相吻合，尤其是那如此相似的眼神就可判定：十有八九就是他要找的人！

真是踏破铁鞋无觅处，得来全不费工夫！这一发现，本来是他冥思苦索的寻觅，梦寐以求的目的，应该欣欣庆幸，但他怎么也高兴不起来，毕竟她是老同学的表妹，也是第一个使自己心动的女人！

他想到现在还不是轻易做结论的时候，只有在掌握了她的全部信息和来湘后的所有行踪才能做出判断。因此，打算寻找机会对她做一次全面了解。而对她的怀疑暂时不能表露出来。于是，他谈笑自若，继续热情地敬酒干杯，同时特别留意那个京玉的每一微小变化，担心她有所觉察。但见那

京玉仍然是笑容可掬，热情豪放地和他们谈笑嬉闹，使他放下了心

中餐延续了近 1 个小时才结束。丁军华下午要赶去区公所开会，交代他们留下来好好聊聊就走了。

趁京玉收拾残席打扫卫生之际，郭光走出房间，在过道里点燃一支烟，思考着怎么展开对这个京玉探查的行动，但是，怎么也找不出一个合适的办法来，你总不能在这里对她进行唐突的盘查，更不能盲目地对她进行审问。可靠的办法是先让那 3 个当事人确认她是不是那个神秘的女人。但这里离县城太远，一时无法联系。只有把她请到县城去，但怎么才能把她弄去县城呢？

"在打什么鬼主意呀？是不是喝多了点？我们出去走走吧！"正当郭光一时想不出把她弄去县城的办法时，只见京玉走出来对他嫣然一笑。

听她这么说，郭光猛吃一惊，冒出了冷汗：难道她觉察出了我的猜疑？但从她笑盈盈的神态来看又好像还蒙在鼓里。郭光赶快镇定下来。听说出去走走，他一下来了主意，心想，只要你上了车，我就可把车一直开到县城，到时就由不得你了。就笑容满面地说："好啊！我刚好开了辆边三轮来，我们去兜兜风，散散酒也好！"

"好的，我去拿点东西就走。"京玉欣喜地答应后，折回办公室拎着一个银白色小包，跟随郭光走到摩托车前，很利索地跨上驾驶员车座，笑嘻嘻地对郭光说："你开我不放心，由我来开。"

"你会开？开什么玩笑呀！"听说由她来开，郭光吃惊不小，以为她是在闹着玩。

神秘女郎

"开车能开玩笑吗？别小看人吧，不是吹牛，只要是交通工具我都能开，等下你就可见识见识我的车技了！"

"那就你试着先开一会儿，我再来开，让你也见识一下我的技术。"看她满不在乎的样子和熟练的动作，郭光虽然不相信她什么交通工具都能开，但开三轮摩托应该没问题，只是让她开，自己的如意算盘就会落空，但又不好和她争执，无奈之下提出个折中办法。

"好呀！别再磨磨蹭蹭的，快把钥匙给我。"郭光只好坐进车斗，把车钥匙丢给她。只见她接过钥匙很熟练地启动车子，扭动油门把摩托车向公路开去。

一上公路车速就越开越快，郭光提醒她开慢点，但她好像没听见，车速加到了极限。只见耳边风声嗖嗖，两旁景物飞逝，车后尘土飞扬。说也奇怪，虽然路况高低不平，但她左弯右拐，总是避开了那些坑坑洼洼，坐在车斗里感觉不是那么颠簸，连郭光这样的开车老手，也不得不赞叹她的开车技能。

当将要到达公路横穿湘黔铁路道口时，她突然降了速，瞅了一下小巧玲珑的腕表。郭光告诉她，前面不远处是公路与铁路交叉的路口，无栏杆，没有值班人员，出过多次事故，很危险。提出由他来开，但她坚持说要过了铁路再换。

这时传来了"呜——呜——"列车的汽笛声，这是由西向东开来的昆明至北京 K19 次列车即将经过的鸣笛声，只见她扭了几把油门向前猛冲。

郭光大声喊叫："刹车，火车开过来了，快刹车！"但她不予理睬，车子像飞一样向前狂飙，刚好"轰隆轰隆"的列车风驰电掣般驶来。

郭光大惊失色：这是送死呀！跳车也来不及了，心想，即将车毁人亡，必死无疑！他下意识地闭上眼睛……

只听"叮当"一响，接着传来"嘎吱——吱——"车子急刹和一阵车轮旋转的声音，摩托车陡然停下来，他惊魂未定，睁开眼睛一看，只见车子熄火停在路的中央，郭光急忙跳下车，寻找京玉，却不见她踪影！他又走到铁路边查看，发现铁路道砟旁有一堆白骨嶙嶙的骷髅，他快步跨过去想看个究竟，但骷髅蓦地不见了，只留下一缕袅袅升起的蓝色烟雾。他又认真搜索了周围，但没有发现一点车祸的痕迹。

刚才惊悚的一幕，让这位可以说在公安战线上身经百战的公安局局长，也冷汗直冒、浑身颤抖起来，木然地站在原地发呆。

一阵凉风袭来，让他头脑稍觉清醒，猛然回过神来，一个不可置疑的判断迅速做出：京玉就是那个神秘女郎！

六、真相大白

经历这场惊心动魄的变故，郭光身心俱疲，小心翼翼地把摩托开回公安局已是掌灯时分，他没有一点胃口。直奔办公室，点燃一支烟，呆坐在沙发上，认真回顾、梳理着自前天长岛公园发生骷髅事件至在湘水公社亲眼所见的一切，断定这个京玉就是整个事件的始作俑者，在她身边发生的事情实在令人生畏：

用飞奔的摩托去与快速行驶的列车相撞，瞬间摩托车旋转180度，使坐车的人和车子毫发无损，而她却不见踪影，

神秘女郎

只留下了一堆倏然而逝的骷髅，简直不可思议！一般的人是难做到的呀。

她是人？还是鬼？使他这个坚定的无神论者也迷糊了。

脑海里又浮现她天仙般的身影，这个谈笑风生、魅力四射的少女，有这等神出鬼没的本事？

如果有，她又是个什么样的人呢？

而且她又为什么要用这种诡异手段来吓唬那些素不相识的人？特别是对他这个第一次见面的相亲对象，也毫无顾忌地进行吓唬。

她的动机、目的又是什么？

一个个疑团充塞心头，堵得他喘不过气来，他百思不得其解。

要解开这些疑团，必须找到她！

郭光想到，对这个神秘女人的情况还知之甚少，只从王伟和丁军华的口中得知她在北京大学读书，但真假难辨。对她的情况丁军华应该有所了解，但今天下午由于慌乱之中，忘记了与他打招呼就赶回了局里，于是他拨通了湘水公社总机要丁军华接电话，但对方告之丁军华在区公所开完会就参加了区农村体制改革考察团赴外地学习。看来从丁军华口里了解情况的渠道也行不通了。

现在只有增派力量从城区到农村进行全方位排查，再就是与北大联系查找这个京玉。值得庆幸的是他已亲眼见到了这个人，可以有的放矢去寻找，他立即拿出碳素笔在肖像纸上凭着记忆绘制京玉的模拟画像，由于对她印象太深了，几分钟就神形兼备地把她描画出来。凝视肖像纸上那温文尔雅的形态，他真不敢相信唯一让他心动的女人，竟然是他要找的嫌疑人。

他多么希望这个嫌疑人不是她。但事实是残酷的，现在所有的线索和疑点无情地告诉他：嫌疑人非她莫属！

为了抓住时机，加快办案速度，郭光忘记了疲劳和饥饿，立即通知刑侦队及相关人员来办公室开会，人到齐后，他把整个案情进行了介绍，经过认真分析、讨论和研究，最后部署了行动方案：成立侦查指挥部，自任指挥长，以刑侦队为主组织各派出所，分工负责，对所属辖区内宾馆、饭店、车站、码头等地方进行蹲守排查，农村以大队治安主任包干负责，对生产队社员家庭进行调查走访，把描绘的模拟像迅速复制分发，在重点地方张贴，实行举报有奖，鼓励全民提供线索外，办案人员也各执一份，按图索骥地查找。自己则在办公室坐镇指挥，随时听取汇报，根据各地反馈的情况，再发出新的行动指令。

这样，一场寻找骷髅案嫌疑人的人民战争在全县展开，郭光想，只要这个人还在我辖区，尽管你再神秘，再千变万化，也逃不出我如来佛的手掌！

令人遗憾的是3天过去，那个嫌疑人京玉好似人间蒸发，杳无声息！

郭光想到，这个京玉可能已返回北京，在这里找不到她的踪影了，幸亏他前天已向北大发去了协查函，现在的希望就寄托在北大的调查上了。刚好这时值班室送来北大的复函，他迫不及待地打开，但大失所望，复函内容是：查无此人。

郭光沮丧不已，回想自从诡异事件发生至今已整整1个星期过去。虽然兴师动众地做了大量工作，但一无所获！尤其是在自己的眼皮下，嫌疑人溜之大吉！是真的碰上了对手。

神秘女郎

想到在政法委书记多次催问时，自己总是满有信心地汇报：嫌疑人已经锁定，案子指日可破。而现在是线索中断，嫌疑人踪迹全无！

下一步该怎么侦查，缉拿嫌疑人？郭光思绪混乱，一片渺茫！

"报告局长，您有一封北京的来信。"正当郭光垂头丧气地在办公室悲叹自己的无能，值班民警递给他一封信，一听是北京的来信，喜出望外，以为是北京大学协查补送来的好消息，一看信封，一笔漂亮秀丽的钢笔字展现在眼前，再看称呼格式，不是公文，纯属一封私人信件，他感觉奇怪，北京没有亲朋好友，是谁给他的来信？他疑惑不解。立即拆开阅读起来：

尊敬的郭大局长：

你好！

我知道当你收到这封信时，一定感到奇怪：是谁给我寄的信呢？告诉你吧，给你寄信的就是我——你要寻找的嫌疑人。

为了感谢你那天的一路相送，使我不孤单地登上了K19次列车，同时也感谢你内心上对我的认可，今特来信致意。

我知道你为了寻找我这个"神秘女人"，费尽了心血，特别是这几天布下了天罗地网，在办公室废寝忘食地等待捕捉到我的好消息，但很失望，一切关于我的线索都已中断，我已如水珠般蒸发，使你第一次感到束手无策。沮丧至极地悲叹自己的无能。对此，我深感痛心！这都是我无意中给您造成的伤害！因此，我不得不出来澄清一切，告诉你要寻找的谜底。

正如你的判断：骷髅事件是我一手制造，神出鬼没的白骨精7就是我，本来我所做的一切是无法被识破的，因为我们已通过了多次演练验证，但这次却被你识破而找到了我，让我不得不佩服你的聪明才智。我认真检讨了被你识破的原因，其实很简单，是一个"情"字惹的祸，"情"是干我们这一行的大忌。但我却明知故犯，以至差点儿被你抓捕。

　　只怪我那多管闲事的表哥，要介绍我们相识，一见到你就被你那英俊潇洒、风流倜傥的形象和谈吐高雅、彬彬有礼气质所迷倒，使我感觉相见恨晚，动了真情，而多看了你几眼，就是这几眼被你捕捉到了我的眼神，而怀疑上了我。

　　是的，一个人的眼神有如指纹一样是不可替代的，人的七情六欲尽在眼神中表露。而瞳孔的变化，眼球的活动等又直接受脑神经的支配，所以，人的情感就自然而然地从眼神中反映出来，你在想什么，想做什么都可从眼神中解读出来，这是干我们这一行的必修课。是你窥视到了我的眼神而发现了我。是我的眼神出卖了我，让你找到了端倪。

　　当然，有得必有失。也是你的眼神背叛了你，当你认定我就是那个"神秘女人"，并正要想办法把我弄去县城的一切思维，也都让我从你的眼神里解读出来。因此，我就将计就计，让你送我一程。临别时还给你表演了一场爬车杂耍，吓得你心惊肉跳！

　　你可能会问：你这样冒险，不怕车毁人亡吗？

　　这就请你放心，跳车爬车是我们最基本的技能，车速、时间我都已计算得准确无误，当我跳上K19次列车的同时，我已让车子熄火并用双腿扭转了摩托车的方向。按照用劲的轻重车子会不偏不倚转180度停下来，这些都是在我的掌控之中，保证了车子不受损和你的绝对安全。当然这些动作必须在瞬间同时完成，没有经过特别训练和多次演练是无法做到的。

至于，留下白骨骷髅，是想让你也见识一下这诡异现象的神秘感，考验一下你这个无神论者的意志！

你还会问：你为什么要采取这种诡异的方法吓唬那些素不相识的人呢？你的动机、目的又是什么？

在回答这个问题之前，先让我讲述一个小女孩的悲惨遭遇吧。

20多年前，那场黑白颠倒，人性扭曲的年代中，使一个原本幸福的三口之家，遭受了灭顶灾！

当时这个家庭中，已近不惑之年的父母都有一份稳定的工资收入，虽然不算富裕，但吃穿无忧，他们心满意足，知足常乐。而这个正值小学毕业的女孩，是父母的掌上明珠。在父母亲呵护下，无忧无虑，茁壮成长。

然而，好景不长，史无前例的革命洪流席卷神州大地，搅乱了每个家庭的宁静。当时女孩的母亲是县文化局副局长，有着充满光环的前程。但是，她亲如姐妹的同事，检举揭发她有"反党""反革命"的言行，其实是她们姐妹私下闲聊时对当时激进、狂热现象表露出的不同看法。既然有人举报，红卫兵就如获至宝，不分青红皂白，无限上纲，把她打成"现行反革命"，剃了阴阳头，挂上黑牌子，揪出来游街示众，每天是小会批、大会斗。女孩的母亲有理无处讲，有冤无处申，不堪这残酷的打击和非人折磨，而上吊自尽，长岛公园那棵古柳就是她含冤而死的见证！

女孩的父亲是抗美援朝复员的老实巴交的产业工人，一夜之间成了畏罪自杀"反革命分子"的丈夫，同样是专政、批斗对象，经常被拉去陪斗、游街，父亲本来就患有严重的心脏病，承受不了妻子含冤惨死的打击，再加上这番精神和肉体的折磨，在一次陪斗会上心脏病突发而撒手人寰！可怜的小女孩在短时间里失去了双亲，成为无助的孤儿。

她悲痛欲绝，欲哭无泪！

幸亏她父亲在朝鲜战场上出生入死的战友从北京赶来，埋葬了含冤惨死的战友，把女孩带回北京，对她细心抚育，并把她送入了他担任教官的特种学校培养、深造。

这个女孩在胜于亲生的养父家幸福成长，在特种学校里经历了漫长的、魔鬼式的培训后，练就了一身超人的本领，即将分赴有关地区、有关领域为国家建功立业。在即将分配前夕，学校为了再次检验一下学员所学技能，给每人一个星期时间，地点自选，对所学内容进行一次演练。

再说，母亲那个亲如姐妹的同事，由于举报有功，得到了领导赏识，迅速接替了母亲的位置。而且一路官运亨通，很快被提升为文化局一把手，进而当上了县人大副主任，然后光荣退休。其实，熟悉内情的人都知道，她之所以举报亲如姐妹的同事，是对这个副局长职位窥伺已久，给同事安上莫须有的罪名，自己就如愿以偿地得到了升迁。

你会说：这个小女孩就是你，那个母亲的同事就是那天受惊吓的王副主任吧！

一点不假。这次我选择了让我经历过悲惨遭遇的故乡作为演练的地方，就是想见识一下当年迫害我父母的人。

你又会问：那个王伟是对你着了迷的年轻人，与你没什么恩怨，又为什么要吓唬作弄他呢？

这不奇怪，你应该联想到他也是姓"王"，当年迫害我父母的这个王副主任，有一个帮凶，就是她的亲弟弟，是他们两人狼狈为奸，捏造事实，让我母亲蒙上不白之冤。本想对这个人也吓唬一下，但他已身患不治之症，担心他受到惊吓就会一命呜呼，就只好让他儿子王伟父债子还，当了替罪羊。

本来，凭着心头的愤恨，对当年迫害我父母的人，我可像捏死一只蚂蚁一样实施报复而不留任何痕迹，为惨死的父母报仇。但我没有这样做，因为，我本身就是国家法律的守护者，不会去触碰法律的底线，更不能利用国家培养出的技能去泄私愤。因此，就这样开了个小小玩笑，让他们受点惊吓。只是为你增添了麻烦，在此深表歉意！

至于那些混混，在社会上招摇撞骗，劣迹斑斑，我是想帮你个忙，惩治他们一下，实际上是我主动把他们引进死胡同，痛打一顿后，又把他们吓得屁滚尿流。既演练了拳脚功夫，又教训了那些无赖，使我感觉到了一种从未有的快慰。

而那个老态龙钟的老太婆，只是想试试我的易装术而已！

你可能还有一个问题：那堆多次出现又瞬间消逝的骷髅实在让人迷惑不解？

告诉你吧，其实这有如舞台上演员的道具，是我们为了完成某项任务或碰到紧急情况得以脱身，而出其不意制造混乱的工具，是多种化学物质组成的混合物、秘而不宣的新材料，根据需要，事先设定好形状及显现时间，密封起来。一旦需要，让其暴露在空气中，就会迅速膨胀形成原来设定的形状。

好了，你想知道的我都已和盘托出，有的还是行业机密，

可能又触犯了保密纪律，但没办法，不知怎的，在你面前，

　　我总想一吐为快。可能又是那个该死的"情"字作怪吧！（笑）

　　你不必找我，也找不到我，如果有缘，我们还会相见。

　　……

　　郭光捧读这封来信，心情沉重，思绪万千，虽然一切疑窦都已澄清，卸下了心头的重压，但一种莫名的痛感侵袭着整个身心，他意乱如麻，好像丢失了什么，又好像期待着什么……

　　他伫立窗前，凝眸远望，陷入惆怅、彷徨之中！

神秘女郎

失窃的男裤

"咚咚——咚咚——咚咚——"一阵急促的敲门声把我从睡梦中惊醒，我瞅了一下腕表，时针正指凌晨 5 点，一种职业的警觉使我意识到一定发生了案情，我一骨碌爬起来，披上衣服，打开值班室的门，只见一个瘦高个子年轻人站在门口。

"什么事？"

"我家被盗了，治保主任要我来报案。"

要出警！我感到为难，因为正值"除恶扫黑"统一行动，派出所干警都集中到县里办案，只留下了所长王华和我在所里值班，同时负责管区内"黑恶"势力的摸底排查。几天来我们夜以继日，忙得不亦乐乎。就在昨晚王所长为了整理上报材料，还熬了一个通宵。要去破案，只能叫醒他，我又实在不忍！但报案者这么早来报案，案情肯定不一般，去与不去，还得由所长决定。

踌躇之下，我敲了敲所长的门。

片刻，王所长披着衣服，拖着长长的哈欠走进值班室，瞅了报案者一眼很不耐烦地说:"怎么搞的?裤子都守不住!"听他劈头盖脸一句话,让我一头雾水!所长怎么说他丢了裤子?

"还不明白吗?一个大男人穿着女人的裤子大清早来报案,不是丢了裤子又是什么?还有,我知道他是棋山大队的,是治保主任陈明叫他来的吧,放在值班室外的飞鹰牌单车,只有陈明才有这样除了铃子不响,其他都响的'坐骑'呀!"见我一脸茫然,王所长补充说。

听他这么说,我瞅了报案者一眼,他确实穿着一条裤腿吊得很高,很不得体的女裤,显得很滑稽。我实在佩服所长的观察力!

接下来是例行的案件询问登记,据报案者讲述,他叫彭为,是县供销社采购员,女朋友是棋山大队综合场员工,昨天下午他出差顺路来看女友,晚上请了综合场几个员工吃饭,大队治保主任陈明是负责管理综合场的大队干部,故也邀请了他。他们几个一时好兴,喝酒猜拳,一直闹腾到凌晨1点才散场。

女友滴酒不沾,又有点感冒就早睡了。陈主任喝多了没回家,与综合场门卫睡在一起,彭为在食堂的沙发上倒头就呼呼大睡,因口渴醒来找水喝,发现睡觉时脱下放在茶几上的裤子不见了,吓得魂不附体,因为裤兜里有价值近百万元的提货单,还有一块刚买的上海牌手表。没有提货单就提不到已付款订购的商品,正因为提货单的重要,他一直放在裤头贴身的暗袋里。而现在随同裤子丢失了。没有订货单就提不到货,将为供销社造成巨大损失,自己的饭碗也保不住。他惊恐万状叫醒了所有人,陈主任感觉事态严重,就叫他来

失窃的男裤

派出所报案，因为是顺路来看女友，没带多的外裤，又不能穿着裤衩来报案，就凑合着穿上了女友的裤子。

看着彭为可怜巴巴的样子，王所长动了怜悯之心，对我说："小刘，收拾一下，我们去看看吧。"

当我们风风火火地赶到棋山大队综合场时，正在翘首以盼的陈主任，立即迎上来："所长、小刘，一大清早就惊动你们大驾，真不好意思！"接着边走边说把我们领进屋里，"案发后现场没动过，场里员工也都待在屋里，静候你们的到来。"

于是，我们一起察看起现场来，当走进食堂时，一个杯盘狼藉的残席映入眼帘，只见王所长瞟了一眼说："呵呀呀！晚餐还真够丰盛！一碗红烧肉、一条大草鱼，还有可口的潭市豆腐……整整8个菜呀。"王所长就像在一起吃饭似的，一口气点出了菜的名字，接着又说："你们也真够喝的，5个男人报销了3瓶德山大曲，1个女同胞可是滴酒没沾呀！"

我观察了一下残席，确实如此：6套碗筷，8个菜碗菜盘留下了残汤剩菜，5个大酒杯横七竖八地摆在桌上。3个德山大曲空瓶横躺在桌下。

我仔细观察这间食堂，东头墙上有个老式木制窗户，窗下靠南边的墙壁摆了一条长木沙发，沙发前摆着木茶几，正对窗户的西头是一扇木门，平时来食堂就餐的人就是从这扇门出进，彭为一直跟随我们讲述，他就睡在这条靠南墙的木沙发上，脱下的衣服就放在茶几上，起来找水时，发现上衣掉在地下，裤子却不见了。

我看到窗户与沙发、茶几距离很近，正值仲夏，窗户没糊纸，在外面通过窗户看里面很清楚，蓦地一个念头掠过脑海：是流窜作案！犯罪分子是从窗户外把裤子勾走的，因为最近来了一伙流窜作案犯，作案手段就是从窗户外勾东西，类似案件发生了不少。我即在窗户上认真勘查起来，果然发现木窗上靠沙发一边的两根窗柱及窗框横方的灰尘有被抹去的痕迹，这就证实了我的猜测：犯罪分子在把裤子勾走时，擦掉了窗户上的灰尘，因整个窗户灰蒙蒙的，布满蛛网，唯独这个地方显得很洁净。

这时王所长和陈主任也好像有所发现，都在围着窗户仔细察看，我没声张，不动声色地走到窗户外面勘查，不出所料，窗户外紧靠湘棋公路，从公路到窗户不足 5 米，昨晚正值满月，借助射进的月光，从窗户外看屋里是一览无遗，犯罪分子有充分的作案条件，看来这是典型的流窜作案！

这时陈主任也来到窗户外察看，从他的神情看得出，也认定是流窜作案。但我们互不透露，默不作声地一同走进屋里，只见王所长一直在食堂外理发店墙角的一堆发渣前来回转悠。心想，王所长这是白费工夫，明明是外盗，你却在屋里磨蹭，又有什么用呢？

现场勘查完毕，我们就一起询问综合场的员工。

门卫是一个 50 多岁的老实农民，他说由于不胜酒力，散席后在综合场巡查一遍，就上床睡着了，陈主任和他睡在一起可以证实。

"散席后，有人在综合场出进吗？"王所长不放心地问。

"没有，睡前我把各个营业室的出进门都落了锁。没有我开门，任何人是无法进出的，这是综合场一贯的门卫制度。"

"好，没你的事了。"

门卫出去后，陈主任把理发匠叫进来，师父是一个年近花甲的老人，徒弟是个不到 20 的小伙子，都称喝高了酒，进

火场的男裤

房就倒头大睡，是被彭为的叫喊声惊醒，然后寸步没离综合场。待小徒弟走后，王所长笑吟吟地问帅父："您带的小徒弟一定很勤快吧？"

"勤快个屁，懒瘟了呢！每天下午扫地、收拾发渣都是我的事，要不是看在他是大队书记亲戚份上，早把他退了！"

"唉！现在的年轻人，就是有点好吃懒做！"

彭为女友由于有病在身，在他们喝酒时就进房里睡觉了，凌晨时听彭为叫喊丢了东西，才慌慌张张起床帮忙寻找，然后按陈主任吩咐一直待在房间里。

"你们综合场喂了一只黄花猫吧？"王所长问彭为女友。

"没有，黄花猫是隔壁李大妈家的。"

"你买的新表有谁见过？"王所长转问彭为。

"在一起吃饭的人都看见过，喝酒划拳时，因戴着手表不方便，我就取下来顺手放进了裤兜里。"

"你脱下的上衣是放在裤子上面吧？"

"是的，我睡觉时的习惯是先脱裤子再脱上衣。"

"上衣是掉在茶几西头的地下吗？"

"是的。"

"哦，哦！"听了彭为和女友的回答，王所长现出难以捉摸的神色连连点头。

我实在不解，王所长怎么问起这些无关紧要的琐碎事来？

通过询问，没有人提供一点有用线索，我想，这只不过是王所长多此一举的例行公事，对破案没有什么作用，明显是流窜作案，他们又能讲出什么所以然？看来所长也有失算的时候！

询问结束，王所长把我和陈主任叫到一起讨论案情，探询我们的看法，我担心陈主任抢了先，迫不及待地接着王所长的话音说："这是典型的外盗，是流窜作案。"接着就详尽地讲述了我勘查现场的发现和自己的分析判决，有理有据，无懈可击！心想，这回所长对我应该刮目相看了！但王所长对我的发言好像不置可否，把目光转向陈主任问："老陈，你有什么发现？"

"我的发现与小刘说的一致，所有的现场情形表明，这个案子确确实实是典型的流窜作案。"看得出陈主任对我先发言，抢了头功，有点不服气，但也只能按事实说话，附和我的看法。

"你们都是这样判断，我也只能少数服从多数，看来这个案子就只能按流窜作案定性了！"王所长无可奈何地说。

于是，我们召集员工开会，由我介绍现场勘查结果，宣布流窜作案的定性，听我说完，其他人好像没有什么反应，只是急坏了彭为和女友，特别是彭为刹那之间已是脸色惨白、呆若木鸡！

"流窜作案犯是打一枪换个地方，这就意味着彭为丢的东西一时很难找回，虽然我们深表同情，但事实就是这样残酷无情，我们实在无能为力呀！"王所长两手一摊补充说。

"那就散——"当我正要宣布散会时，王所长却拦住我的话说："等一下，公事已办完，我还有点私事，就是我最近起了几间房子，听说发渣拌灰浆粉屋脊，能防止裂缝，我想把理发室的那堆发渣买下来，要多少钱？陈主任，开个价吧！"

"讲什么钱呀！所长想要拿去就是。"

"那就不好意思了，但还要麻烦哪位师傅帮个忙，把发渣装好送到我家去。"

火场的男裤

"我去吧！"王所长话音刚落，那个小徒弟霍地起身向理发室走去。

真把我弄糊涂了！王所长根本没起屋，却煞有介事地要买发渣粉屋脊。还有，那个懒惰的小徒弟怎么突然变得勤快起来，这样自告奋勇地要给王所长送发渣？

"所长，全部装好了，告诉我地址，我这就送去。"不一会儿，小徒弟扛着一个胀鼓鼓的塑料编织袋走进来。

"不忙！先坐下吧，我问你里面装的是什么？"王所长指着编织袋问。

"您要的发渣呀！"

"我问的是还装了什么？"王所长声色俱厉地说。

"没……没装什……什么了。"小徒弟低下头避开王所长锐利的目光，结结巴巴地说。

"还在撒谎吗？小刘去把赃物拿来！"

王所长突然要我去拿赃物，我懵了！赃物在哪？

猛地，想到刚才的情景，让我恍然大悟！忙走过去打开捆绑得紧紧的编织袋，一条灰色劳动布裤子抖了出来，在场的人惊呆了，不约而同地发出"啊"的一声！

瞬间，小徒弟面如土色，瑟瑟发抖，一下瘫倒在地。

王所长鄙夷不屑地瞟了他一眼，对陈主任说："被这小子折腾了一早上，肚子咕噜噜的在造反，走，到你家喝杯烧酒子去！"

"您怎么知道赃物藏在发渣里？又怎么断定小徒弟是偷盗者呢？"在陈主任家，望着狼吞虎咽地吃着面条、津津有味地品着米酒的王所长，我提出纠结心中的疑团。

"这个嘛！是全靠这个吃饭的家伙分析推理出来的呀！"

王所长见我和陈主任睁大眼睛看着他,拍了拍脑壳,笑眯眯地说。

"那请您谈谈是怎么推理出来的,也让我们长长见识吧!"陈主任抢着说。

"好吧!既然你们都想听,就让我慢慢道来。"王所长大大地喝了口米酒。

"其实一开始,现场的情形差一点让我和你们一样上了当,认为是外盗,就是窗户上的灰尘被抹去的痕迹,加上茶几与窗户靠得这么近,当前流窜作案又频繁发生,这些假象很容易把我们引入歧途。但当我把整个现场情形进行综合分析、推理时,排除了外盗的可能。

"其一,流窜作案犯对赃物没有选择性,从窗户外勾东西是能勾到什么就勾什么,到手后有价值的就拿走,没用的就丢了,而这个案子的作案者具有明显的选择性:放在上面的衣服不要,却拿走了下面的裤子,很显然,作案者事先知道裤兜里有块崭新的手表,他是冲着手表来的,而这些情况只有当时在一起吃饭的人知道,偷盗者就应该在这些人中。

"当然,你们会说,这些人可以把信息告诉外面,由外面的人来作案呀,当时我也想到了这种可能,但通过仔细分析,这种可能不存在,一是他们没有与外界联系的通信工具,二是都喝得醉醺醺的,散席后就倒头大睡,而且综合场所有出进门被门卫上了锁,无法进出。

"其二,从窗外勾衣服,就算上衣没勾稳掉落了,应该是掉在靠窗户的茶几东头,而现在是掉在相反的方向:茶几的西头,这就告诉了我,作案者是从西边食堂门进出的,偷裤子时把上衣拖落在茶几的西边。"

　　"按您说的是内盗，那窗户上的擦痕又怎么解释？"我疑惑不解地问。

　　"别急嘛！这就是我正要讲的第三点，得出上述推理结论后，窗户上留下的痕迹又是怎么回事？我就仔细察看了抹去灰尘的地方，发现有两个模糊的梅花形印痕，仔细揣摩是猫的爪子印，而且在抹去灰尘的窗柱上找到了几根黄色毛发，我就特意询问了彭为女友，得知隔壁李大妈家有只黄花猫。原来窗户上的灰尘是猫抹去的，就是这只该死的黄花猫误导了你们！

　　"确定是'内盗'后，我就在室内寻找作案者的蛛丝马迹，因为根据分析掌握的情况，作案者没有走出综合场的时间和条件，没来得及转移的赃物就应该藏匿在综合场的某个地方，因此在你们为'外盗'在窗户外勘查寻找证据时，我却在室内转悠，当我发现食堂门外是理发室，从理发室侧面的门进去是理发匠师徒的睡房时，一个念头冒出来：理发匠作案最有条件：进出食堂最近、最方便。我计算了一下从睡房门到食堂门只需 12 步，耗时不过几秒。我又发现堆放在理发室靠睡房墙角的发渣有翻动过的迹象，因为每天下午收工时老师傅要把理发室打扫一遍，把发渣堆放在墙角，由于地面没硬化，发渣与地面灰尘混杂在一起，堆放时发渣上面会覆盖一层地灰，但这堆发渣有一处地方没有了地灰，只有黑黝黝的发渣，显然有人动过发渣，灰尘掉了下去。

　　"我把上述这些发现一一集合起来分析推理，作案者的作案过程呈现出来：吃饭喝酒时，他眼睁睁地看到彭为把一块亮晶晶的新表放进了裤兜里，羡慕不已，心想，我要有块这样的表该多好！由于惦记那块表，上床后辗转反侧，无法入睡，当听到食堂里传来彭为呼噜噜的鼾声，喜出望外，一股邪念涌上心头：何不趁此良机，去把表拿来！于是，他蹑手蹑脚起床，小心翼翼地走进食堂，借助窗外射进的月光，伸手去翻茶几上的裤子，殊不知他的这些轻微动作，惊动了在桌子下觅食咬骨头的黄花猫，一跃而起，跳上窗台逃窜了。

"猫的出现，把作案者吓得胆战心惊，没时间找表了！又不愿撒手，情急之中，就一把拖走了裤子，这样上衣就抖落在地上。走出食堂时他惊魂未定，担心彭为也会被猫惊醒，起来发现他，理发室大门被门卫锁了出不去，拿进睡房又怕被同伴发觉，慌乱之际，就只得顺手把裤子塞进了发渣里。"

"既然您知道赃物藏在发渣里，直接拿出来，不就万事大吉！还要花那么多周折做什么？"听到这里，陈主任忍不住问。

"问得好，为了省事可以这么做，但你应该知道，我们办理偷盗案件，必须人赃俱获。何况当时理发师徒俩都有作案的可能，他们是共同作案还是单独作案？我心里没一点底。因此，就利用你们对现场勘查结论的定性，放出烟幕弹，使作案者放松警惕，然后演出一场买发渣的戏，让作案者自我暴露，从而达到人赃俱获的目的！因为作案者绝不会让别人去装发渣而发现他藏匿的赃物。"王所长咕噜一声吞下一口米酒，结束了他滴水不漏的推论。

听了王所长的精辟分析和缜密推理，让我和陈主任佩服不已！不约而同地举起酒杯："为所长高超的破案技巧，干杯！"

"干杯！干杯！"3只玻璃杯靠在一起，发出清脆的碰撞声……

失窃 的 男裤

红木家具

那年，我从大队支部书记岗位上被提拔为吃皇粮、拿俸禄的国家干部，分配到沙河人民公社任司法助理员，工作职责是负责全公社范围内的民事纠纷调处，没有一点法律知识的我，竟然当起了"法官"，真是拿黄牛当马骑！

一天清晨，我正在办公室兼卧室里看刚借来的《福尔摩斯探案集》。忽然一男一女敲门进来，我忙起身相迎。他们是来找我申诉的，这个男的叫成全祥，诉说沙河公社所属的清江大队，有个叫成金祥的社员，强占了他家的一套红木家具。事情的始末是：20多年前，在外面工作的成全祥，把妻子迁往自己工作单位时，将一套红木沙发寄存在堂兄成金祥家。由于成全祥工作单位是从事冶建的国有企业，工作流动性大，他们夫妻跟随单位走南闯北、居无定所，故从未想到要来搬家具。直至最近在江西贵溪定居下来，加上红木价格日渐攀升，才想到要来搬家具。

但始料不及的是成金祥矢口否认成全祥寄存了家具，那套红木沙发是他自家的。成全祥大吃一惊，又气又恼，但又不能强行搬走。因此，多次向公社、大队申诉要求主持公道。公社公安、司法人员与大队组成调查组前去调查处理，但沙发上明明写着成金祥的名字，而且名字是写在漆的里面，不是新写的。虽然，成全祥说在请人做好家具后，在白坯子上也写了自己的名字再漆的漆，但现在是成金祥的名字而不是他成全祥的名字。成全祥又拿不出其他证据来证明是他家的财产。因为时移世易，当时的木匠和漆匠都死了。联合调查组的处理结论，就以沙发上的名字作依据判为成金祥所有。

成全祥不服，上诉到区法庭，法庭派员复查，也没有找到新的证据，维持了原来的处理结论，训斥成全祥是无理取闹。成全祥家虽然对处理不服，但又苦无证据申辩，成金祥更是得理不饶人，到处宣扬成全祥无中生有来打他的冤枉主意，成全祥是家具没要得回，还背了一身冤枉！

这次成全祥夫妇回老家探亲，听亲友们议论说公社新来了一位司法助理员，办事公正，分析和处理问题能力强，上任不久就处理了几件疑难纠纷。他们喜出望外，故一清早就来公社找我，要求为他们讨回公道。

听了他们的讲述，我反复询问了一些有关情况，心想，从他们的申诉中，看不出有捏造做作的痕迹。从他们的外表形态看，觉得不是属于贪婪占小便宜一类的人。从家庭状况分析，都在国有企业工作，有固定的收入。这样的家庭应该不会这样千里迢迢、三番五次地来讨要这套旧家具。可能是事出有因、咽不下这口气！

是不是原来的调查处理出了差错？但原来的结论是基于沙发上写有的名字判定的，而成全祥家又提供不出推翻这一结论的理由和证据。现在如果答应他们接手重新调查，难度

红木家具

很大，一是会遭到原来参与处理的人员的反对，要得罪他们。二是如果贸然接手复查，找不出新的证据，不仅对成全祥没有什么帮助，反会弄巧成拙，对自己不利。

但当面拒绝他们又讲不出口，毕竟他们是抱着很大的希望来找我的，使我陷入两难之中。为了暂时不使他们扫兴、失望，我只好婉言相劝，有意无意地表露出重新调查的难度。他们可能听出了我的弦外之音，就怏怏不乐地走了。

待他们走出房间，我陷入沉思，连抽了几根毛三烟（当时劣质香烟红桔牌，1角3分钱一包，戏称"毛三烟"），心情郁闷至极，想到自己对他们反映的情况也是疑虑重重，怀疑原来的处理可能存在纰漏，但由于顾虑太多，虽然讲得委婉，实际上是拒绝了他们，如果那个成金祥真的强占了他们的家具，而自己却熟视无睹，放任得逞，既对不起成全祥，也是自己的失职。何况自己正是处理这类巧取豪夺事件的公社"法官"。"当官不为民做主，不如回家卖红薯！"想到这里，我毅然决定要对这件纠纷进行复查，不管结果如何，既可对自己释疑，对成全祥也是一个交代。

于是，我走到公社总机室给清江大队的成书记打了个电话，说有事找他，要他在家等我，就急匆匆地吃过早餐，蹬上我的"坐骑"——辆老掉了牙的鲲鹏牌破单车，向清江大队奔去。

我在坑坑洼洼的山路上颠簸了半个多钟头，赶到成书记家时，已是汗流浃背。进屋寒暄几句后，就言归正传，表明我要对这件案件进行复查的想法，但成书记连连摇头，认为我是自找麻烦，区法庭都做了判决，已盖棺论定，你又有什么能耐去翻这个案？

听了成书记的话，我犹豫了。但想到既然来了还是去看一下再说，于是提出去看看那套家具，但成书记说成金祥不是马虎人，如果这样贸然地去看家具会引起他的怀疑。听他这么说，提醒了我，必须找个适当的借口！我摸摸脑袋稍事思索，旋即提出装作检查春插工作，顺路去成金祥家，到时见机行事的想法，成书记表示赞同。

我和成书记边谈边走，向成金祥家走去，当走到成金祥屋前田头时，看到有人正在插田，成书记告诉我那两个插田的正是成金祥夫妇，我即煞有介事地走到田埂边弯腰去查看插田的质量，成书记忙上前指着我介绍："这是舍干部，是公社派来检查春插工作的。"

"你们辛苦了！"我笑容满面地和他们打招呼。

"不辛苦，你们当干部的日理万机，还亲自来检查春插工作，才辛苦呀！"看来这个成金祥确会来事，满脸堆笑地和我打招呼，接着又说："看你们这样风尘仆仆的，一定走得很累了，到我家去喝杯茶吧！"他边说边走已上了田埂。

因当时，还没有实行土地承包到户责任制，农业生产是以生产队为单位集体耕作，社员一般是按定额承包农活，按劳取酬，因此，为了防止少数社员为多捞集体工而偷工减料，公社、大队干部就要经常深入田头检查社员的农活质量，发现问题就要对他们进行罚工扣钱的处罚，我心里清楚，这个成金祥当然是怕我们在田边待久了，会发现他的插田质量问题而受到处罚。故主动邀请我们到他家去喝茶。但这对我来说却是求之不得，忙对成书记说："也确实有点渴了，既然老成这么客气，那就恭敬不如从命！"

看到我们欣然接受了邀请，成金祥显得格外高兴，忙在前面引路，把我们请到了他家里。当在他家厅屋里落座时，趁成金祥忙于泡茶之际，我仔细观察了里面的摆设，一套五件套的红木沙发映入眼帘：做工讲究、雕龙刻凤、古香古色，确实价值不菲！而其他家具是破破烂烂、陈旧不堪，与红木沙发摆在一起极不协调。我想那套沙发应该就是两家争夺的财产了。

在成金祥端茶至我面前时，我近距离观察了他的举止形态，看他那尖嘴猴腮、贼眉鼠眼的模样，一眼就可看出确非善良之辈。再看那套沙发，表面上没写有什么名字，心想，按常规名字应该是写在沙发底下，只有把沙发翻倒过来才能看到，但当着成金祥的面把家具翻过来，就可能会引起他的警觉而发生不必要的麻烦。因为对这件纠纷原来的处理结论，我还只是怀疑可能存在纰漏，是不是真有问题，心里还没一点底，暂时不能在他面前公开行动。必须设法支开他！

于是，我装作拿烟的样子上下摸口袋，成书记心有灵犀一点通，忙笑着对成金祥说："舍'烟枪'肯定忘记带烟了，老成快去买包烟来吧！"

我立即掏出1元人民币交给成金祥。

"买什么牌子的，'常德'吧？"成金祥接过钱问我。认为我们当干部的至少是抽"常德"牌（当时2角8分一包）。

"不要那么贵的，抽不起。'毛三'就行，买三包，一人一包。"

"舍干部真节约，和我们一样也是抽'毛三'，我就不要买了，给成书记一包就行。"看得出成金祥听到我要给他买烟，心里乐滋滋的，但却口是心非地讲客气。

"快去买吧，还讲什么客气呀？既然舍干部请客，我们就吃大户了！"成书记也晓得他是在讲假客套，怕耽误我查案，就插嘴催他。

听成书记催他，成金祥拿着钱，一溜烟地向大队代销点跑去。

"好了，他来回至少要 15 分钟，你想查就抓紧行动吧！我到外面走走，给你望风。但讲句不中听的话，您的复查恐怕会是白费工夫！"成书记等成金祥一走对我说。

听他这么一泼冷水，我又有点犹豫了，是啊！复查，就是意味对前面的处理结论不认可，通过复查予以否定，但要否定就要有新的证据，证据！证据在哪？眼前一片渺茫！

但凭自己的分析和观察，又认定这件纠纷应该存有蹊跷，开弓没有回头箭！没有证据，那就找吧！主意一定，我就迫不及待地寻找起证据来。

我随即翻倒一张重量较轻的茶几，看到茶几底面板上赫然显示出"成金祥"三个黑色大字，我仔细观察这三个字，看不出有什么明堂，确实是写好后上的漆，因为字上面与整个家具的面一样有一层透明的漆膜，无懈可击！

面对这几个字，我冥思苦索，就是这三个字决定了这套家具的归属！心想，据他们反映：一个说写了"成金祥"，一个说写了"成全祥"，如果有问题就应该出在这里，于是，我就反复研究起这个几个字来，用手心抚摸着这几个字面的平整度，又用手背来回滑动检查漆面的光滑度，脑海里认真捕捉感觉神经反馈出的每一点微弱的信息。

倏地，发觉这个"金"字好像与其他地方比稍有凸的感觉，光滑度也有微小的区别，这一微妙的发现激发了我进一步探究的决心。我即把茶几搬到大门口光线充足的地方，上

红木家具

下左右从不同角度反复琢磨这几个字，又发觉"金"字上的两点与其他笔画的色泽稍有不同，这一发现，使我信心倍增，因为，有不同，就有可疑，这里可能就是暗藏玄机所在！

根据发现的疑点，我详尽地推测、梳理着每一个细节，揣摩如果成金祥造伪作假，是怎样实施的，很快，一个造假的全过程在我脑海中演绎出来。

于是，按照已形成的构想进行查验，我立即掏出随身携带的小刀，在"金"字的一点上小心翼翼地刮去上面的漆膜，让墨迹裸露出来，然后用手指沾水在墨迹上擦拭，这下好了！显示出了我预想的结果。我又用小刀继续刮拭，直至把漆膜全部刮尽，刮出木屑来。边思索边操作，心里越来越明朗了，查验出来的这一系列结果，一一印证了我的猜测，使我惊喜不已，啊，谜底终于揭开了！

"怎么这么快就回来了？"当我正想把查验结果告诉成书记，让他分享这一难得的胜利成果时，却听到他在大声讲话，我知道他是在报信：成金祥回来了！我急忙把茶几放回原处摆好。

"我是怕舍干部烟瘾发作难受，因为我尝过这种滋味，故来回都是一阵小跑啊！"只见成金祥气喘吁吁地边走边说跨进了大门。头上还冒着微微的热气，说明他确实没讲假话，我暗自庆幸自己动作快，已大功告成而没被他撞上。忙迎上去："真的辛苦你了，谢谢！"

"说什么谢谢的话呀！为你们干部尽点力是我应该的，何况还有丰厚的报酬呢！"成金祥现出一副诣谀取容相，边说边递过两包烟，把另一包装进了自己的口袋。

我接过烟，递给成书记一包，把留下的一包打开一人发一支，边抽着烟边思考着怎么向成金祥摊牌。想到像成金祥这样狡猾的人，不见棺材不会流泪，只能一针见血，打他个下马威才好对付。主意一定，就对一直站着抽烟的成金祥说："老成，坐下吧，我有点事要跟你讲一下。"

"领导有什么指示，我一定洗耳恭听呀！"成金祥仍是一副阿谀奉承相。

"其实，今天我来你们大队是带着领导交办的两个任务，一是检查春插工作，二是来复查你和成全祥家的财产纠纷案。"等成金祥坐下，我就开门见山地对他说。

"什么？复查我们的纠纷案，没搞错吧？"一听是来查他们的案子，他一下子警觉起来。

"一点没错，有人反映到了县里，说你伪造证据，欺骗区、社、大队三级调查人员，强占他人财物。"看到他紧张的样子，我干脆把话挑明，看看他的反应。

"真是胡扯！三级领导的调查处理，是通过多次调查，在事实清楚、证据确凿下做出的结论。是铁板钉钉的事实！怎么说我是欺骗、强占呢？舍干部你这么说是要有证据的呀！"成金祥听我这么说，霍地站起来，脸色铁青，怒目圆睁，放连珠炮一样气势汹汹地冲口而出，露出一副蛮横相。

"老成，不要这么激动，对舍干部怎么这样说话？有话慢慢讲嘛，他也是来传达领导指示的呀！"成书记看到成金祥对我大发其火，有点看不下去，急忙打圆场，同时又对我使眼色，意思是认为我讲得太露骨了，没有绝对把握，这样会惹祸上身的呀！

"你叫我怎么能不激动呢？你们不是经常讲实事求是，没有调查就没有发言权嘛！舍干部没有调查就平白无故地乱讲，不让人生气吗？今天我倒是要向舍干部讨个说法了。"成金祥看到成书记口气柔和的相劝，我又没反驳，以为我是无的放矢、理亏了，就更加肆无忌惮地冲我发泄。

"呵呵！看来今天不给个说法，是出不了老成这扇门了，本来嘛！我是不想明说，现在是逼上梁山了！"我故作无奈的样子，似笑非笑地说。

"舍干部，我成金祥做事行得正，坐得稳，身正不怕影子斜，今天我倒要看看你能给个什么样的说法。"成金祥又紧紧相逼。

"是的，正因为我党是一贯倡导实事求是的工作作风，坚持以事实为依据，以法律为准绳的办案方针，所以要对你们的财产纠纷案进行复查，还原事实的本来面目，你不是要事实和证据吗？那请少安毋躁，且听我慢慢道来。"看到成金祥气焰越来越嚣张，不想再跟他多费口舌，我就故意慢条斯理地讲述起成金祥的造假经过和我的勘查结果：

"其实，那套红木沙发，成全祥在20多前打制时，就请漆匠在白坯子上写上自己的名字后再刷的漆。可惜20多年过去了，木匠和漆匠都过世了。这就为你成金祥造假创造了条件：死无对证。

"成全祥把老婆迁往他工作单位时，把这套沙发寄存在你成金祥家里，由于是手足兄弟，当时既没有写文字依据，也没有请证人，这又为你强占家具打下了基础。

"由于成全祥一直在外面奔波，从没提出过要来搬家具，而你对这套放在自己家里已20多年的家具，认为成全祥不会要了，是属于自己的了。但万万没有想到的是，成全祥突然来信提出要来搬家具，这是你无法接受的，特别是红木制品价格日趋看涨，这套沙发已价值不菲，到手的鸭子怎么能让它飞了呢？

"于是，你挖空心思打主意、想办法，一定要把这套沙发据为己有。

"你想到虽然能证明沙发是成全祥的人都死了，但沙发上'成全祥'的名字却是抹不去的铁证，你绞尽脑汁，搜肠刮肚地想呀想，成全祥与自己的名字只一字之差，一个是'全'字，一个是'金'字，而'金'字比'全'字又只多了两点，而这两点就能决定家具的归属，突然间一个邪念冒出来：如果在'全'字上加上两点不就是'金'字了嘛！名字不就变成'成金祥'了？

"你刻不容缓地弄来笔、墨，仿照原来的字体笔迹在'全'字上添上两点。这对读过几年私塾的你来说，实施这种简单的笔迹模仿是绰绰有余。你发现原来的名字是写好后刷的漆，因此你又在名字上刷上一层清漆。一系列造假操作结束后，你沾沾自喜地欣赏着自己的杰作，乍一看，加上的两点与原来的字形浑然一体、天衣无缝，看不出什么破绽，自认为大功告成：现在家具上的名字都是我成金祥了，看你成全祥怎么争！

"然而，若要人不知，除非己莫为！你做的假自以为是天衣无缝，其实是破绽百出。首先，你在名字上加刷的漆，就给我留下了突破口，因为我在抚摸字体时发现有凹凸不平的感觉，感到不正常，漆家具时是一次刷的漆，表面应该是均匀平滑，又怎么会凹凸不平呢？让我意识到，凸的地方是新涂上去的漆！而且你在'全'字上加两点时没有抹去原来的灰尘，又让我发现了新刷的漆下有微小的灰尘颗粒。其次，凸出的地方又正好是写名字的地方，而且在光线充足下察看，凸的地方比其他地方光泽明显要亮些，这就告诉我：名字上刷过新漆，因为新涂上去的漆面比旧漆面反光度要强些。旧漆上涂有新漆，其中必有猫腻！

"当我用小刀刮去'金'字两点上的漆膜，在露出的墨迹上蘸水擦拭时，手指变黑了，在擦去的墨迹下面又露出了一层漆膜，这就说明，'金'字上的两点是新加上去的。因为这两点的墨汁是停留在旧的漆膜上，故蘸上水就能轻轻擦去，而在擦去墨迹后露出的漆膜，就是原来的老漆膜。

"还有，当我把'金'字两点下面的漆膜全部刮去后，再刮下来的木屑是纯净的木质，这就表明'金'字的两点是在原来的漆膜上加的，墨汁无法渗进木质。如果是在白坯上写的字，墨汁就会渗进木质，刮下来的木屑就会变黑。

"这就真相大白：家具上'成全祥'的名字是在刷漆之前在白坯上写的，而'成金祥'字样是你在'全'字上加上两点变为'金'字伪造出来的。因此，这套家具毋庸置疑是成全祥的！

"当然，也不得不佩服你的聪明才智，但聪明反被聪明误！你忽略了墨汁是无法渗入漆膜的这一基本常识。"

我注意到，在我分析讲述时，成书记一直是疑惑不解、呆头呆脑地望着我。而成金祥则是惶恐不安，脸色红一阵白一阵，大气不敢出，原来那种盛气凌人的气势荡然无存……

后记

在几位文友的鼓动下，我把一叠书稿向出版社邮出，几天后，编辑部来信：小说集已经审阅，可以出版了。接此消息，虽在意料之中，但还是有点惊喜。

本来，我没有想过要写小说，更没有出书的奢望，总认为著书立说高不可攀，不是我这样一个在基层行政事务里摸爬滚打几十年的人能涉足的。

我之所以走上这条文学之路，纯属偶然。2015年春节期间，在乡下碰到了我的高小班主任陈国球老师，一见面，他就对我说，云华，现在你已经退休，有时间了，怎么不为家乡的刊物投点稿呢！因他退休后和几位文友在我的家乡潭市创办了《潮音》文学杂志，发行省内外，影响很大。为了不辜负老师的期望，我就勉为其难地写了几篇散文和诗歌，他们看后，大为认可，并连续在《潮音》杂志上刊出。2015年市委宣传部组织纪念抗战胜利70周年征文活动，我尝试着写的一篇小小说《躲兵》获得了一等奖。后来，我又写了几篇以财政管理为题材的小小说，得到了时任湘乡市财政局局长、现任中共湘乡市委常委、市委办公室主任陈星辉以及现任市财政局局长黄耀威和财政局干部职工的支持和鼓励，在财政系统获得了奖项并由湖南财政网刊载。这样一来，激发了我的写作热情，也就沉下心来写点东西了。

我喜欢阅读，尤其是对侦探小说情有独钟，在写作时就突发奇想，能不能写点侦查破案方面的作品呢？自己没搞过公安，对这方面的知识是一片空白，无从动手，但又不愿放弃。于是，根据平时积累的素材，进行提炼、加工，写出了一些侦探推理方面的小说，得到了诸多文友、读者的认可和领导们的鼓励。记得有一次，与时任中共湘乡市委常委、政法委书记，现任中共湘乡市委常委、宣传部部长谢永根相逢时，他笑着说，我读过你的作品，你没有搞过公安，却写出了侦探小说，实在不简单。他不经意的一句话，却是对我莫大的鼓舞，使我在创作侦探小说方面做了些努力。这次罗列一下，发现已有长长短短的十多篇，也就结成了这么个集子。

由于我在文学创作上，起步迟、时间短，写出来的东西可能纸漏不少，在此，恳请方家批评指正。

我的这些习作能够结集出版，是诸多领导、老师、文友关心、鼓励的结果。尤其得到了武汉大学文学院教授、著名博士生导师易竹贤教授的指点、教诲，让我受益匪浅。还有谢永根、陈星辉等上述领导以及市文联主席石海平、市文联原党组书记彭伟平、市作协主席陈子赤、农民作家陈华等文友一直以来给予的大力支持和无私帮助。在此一并致谢！

舒云华

2017 年 8 月